TEA
BOOKS

Naslov originala
Helen Parusel
The Last Bookshop in Prague

Za izdavača
Tea Jovanović
Nenad Mladenović

Glavni i odgovorni urednik
Tea Jovanović

Lektura / Korektura
Agencija Ortograf / Agencija TEA BOOKS

Prelom
Agencija TEA BOOKS

Dizajn korica / Crteži za korice
JD Design Ltd / Shutterstock

Izdavač
TEA BOOKS d.o.o.
Por. Spasića i Mašere 94
11134 Beograd
Tel. 069 4001965
info@teabooks.rs
www.teabooks.rs

ISBN 978-86-6142-249-2

Helen Paruzel

POSLEDNJA KNJIŽARA U PRAGU

Sa engleskog prevela
Gordana Subotić

Mom mužu Zigiju i ćerki Kler. Vi ste radost mog života.

1.

PRAG, FEBRUAR 1942.

Knjižara je bila Janino utočište. Tu je mogla da se skloni od stvarnosti i odluči da uđe u bilo koji svet koji izabere. Od pustolovina, putovanja ili romansi delila bi je samo jedna knjiga.

Prešla je prstima preko hrbata, udišući miris papira i drveta starih polica koje su se pružale duž jedne strane zida. Nasuprot njima, na stalažama su izložene rukom rezbarene lutke koje je njen otac pravio, obučene u odeću koju je Jana sašila. Šivenje je naučila od majke koja je umrla dok je Jana studirala. A sad je vodila maminu voljenu knjižaru; bol zbog gubitka majke pre dve godine bio je njen stalni pratilac.

Bila je sama u knjižari, ako se izuzme dečačić koji je sedeo na hoklici, pozadi u odeljku za decu. Petogodišnji Mihal je većinu popodneva dolazio tu posle škole. Jana nije bila sigurna da li dolazi iz ljubavi prema knjigama ili iz želje da izbegne kinjenje na ulicama; verovatno je posredi bila mešavina ta dva razloga. Gledala je njegovo usko ozbiljno lice sagnuto nad knjigom, duboko usredsređeno.

Prišla je naslonjači pored njega i potapšala pohabani tapacirung pored sebe.

– Dođi, Mihale. Sedi ovde i čitaj mi.

On je poletno skočio i naslonio se mršavim telom na nju, raširivši preko krila veliku knjigu čeških mitova. Počeo je da čita – svoju omiljenu priču o Bivoju, junaku koji je uhvatio divljeg vepra za uši. Promena koja bi se u Mihalu odigrala kad bi počeo da čita, uvek bi očarala Janu. Glas mu je živnuo, ton mu je bio samouveren. Nije bilo traga od stidljivog, nervoznog dečaka koji je zurio u pod kad bi mu se obratila. Jani su bili potrebni meseci da osvoji njegovo poverenje, ali sad su izgradili čvrsto prijateljstvo.

Kad je Mihal završio priču i okrenuo stranicu da započne drugu, Jana je pogledala ispred prodavnice. Smrkavalo se; izgubila je pojam o vremenu.

– Vreme je da kreneš kući, Mihale. Kasno je.

Klimnuo je glavom, zatvorio knjigu i pružio joj je pre nego što je ustao iz naslonjače. Uzeo je svoj kaput, koji je bio prebacio preko jedne hoklice pa se šćućurio u njemu pre nego što je pošao ka vratima. Jana se sažalila; bio je mali za svoj uzrast, a mrak se navlačio...

– Sačekaj, Mihale. Otpratiću te kući.

Zgrabila je svoj šešir i kaput, zaključala knjižaru pa su njih dvoje zakoračili u ledeno februarsko veče. Prag je bio pokriven snegom još od pre Božića, a niski oblaci obećavali su nove padavine te noći.

Držala ga je za ruku dok su prelazili kratak put preko zaleđenih prolaza ka Josefovu, Jevrejskoj četvrti.

Grupa dečaka je gluvarila na uglu, a kad su se približili, osetila je da se Mihal ukočio. Dečaci su zurili u njega, a zatim u Janu.

– Jesu li to oni? – upitala je.

Mihal je jedva primetno klimnuo glavom.

– Ignoriši ih – rekla je, jače ga stegavši za ruku i zaputivši se ka njima. Pomislila je da se suoči s dečacima zbog kinjenja, ali onda se predomislila. Idućeg puta, kad bude naišao na njih, Mihal neće biti s njom, te je brinula da bi mu učinila medveđu uslugu. Morala je da razmisli pre nego što nešto preduzme; to joj je majka rekla mnogo puta kad je bila dete.

Prošli su pored njih, a jedan dečak mu se podsmehnuo, ali njegove reči su se izgubile u vetru koji je zavijao kroz usku ulicu. Mihal ju je vodio ka mestu gde je živeo, ka nizu otrcanih kuća smeštenih u sumornim senkama gotskih građevina sa obe strane. Ispred se okupila grupica. Policijski auto je bio parkiran uz ivičnjak. Grupica se razdvojila, a dva policajca i muškarac u civilu koji je izgledao nadmeno, izašli su iz kuće. Skupljena između njih išla je jedna žena, kaput joj je, nezakopčan, lepršao na vetru. Nije imala šešir, te joj je tamna kosa zaklonila lice.

– Mamica – rekao je Mihal, povukavši je.

Jana je uzdahnula pa ga jače stegla za ruku.

U tom trenutku, tamnokosa žena je primetila sina i prostrelila Janu prestravljenim pogledom, odmahnuvši glavom pre nego što su je odvukli u kola.

Jana je povukla Mihala ka sebi, i kad je muškarac u civilu zastao pored kola osmotrivši ulicu, Jana se okrenula, odvevši dečaka putem kojim su došli. Pošto još nije imao šest godina, nije morao da nosi žutu zvezdu, te niko nije obratio pažnju na njega.

Kad su se vratili u knjižaru, Jana je smestila Mihala u naslonjaču sa ćebetom i šoljom tople čokolade. Zavukla se pored njega.

– Gde ti je otac, Mihale?

– Ne znam – tiho je rekao. – Juče se nije vratio s posla. Zašto je policija odvela moju mamu?

– Mora da je posredi greška. Pokušaj da ne brineš. – Pomilovala ga je po glavi. Imao je mnogo razloga za brigu. Racije su se pojačale poslednjih nekoliko nedelja otkako je novi Nemac preuzeo dužnost u Pragu. Zvao se Rajnhard Hajdrih i šuškalo se da je on SS oficir najvišeg ranga nameren da gvozdenom pesnicom upravlja gradom. Jana nije imala pojma kad će se i da li će se Mihalovi roditelji vratiti. Šta da radi s njim?

– Imaš li još nekog od porodice?

– Uskoro stiže mali brat ili sestra.

O, ne. Mihalova majka je trudna.

– To je divno – nežno je rekla. – A baku ili tetku?

Rekao joj je da je imao tetku i dva brata od tetke, ali nije bio sasvim siguran kako se stiže do njihove kuće.

– Možemo sutra da ih nađemo, po dnevnom svetlu. Noćas možeš ostati sa mnom. Ušuškaćemo se u krevetu i čitaćemo dokasno. Jel' bi voleo?

Jedva primetno je klimnuo glavom. – Gde ti živiš?

– Gore, iznad knjižare. Sa ocem – video si ga nekoliko puta.

Iznenadno lupanje na prednjim vratima knjižare oboje ih je trglo. Lupa je bila silovita, ne kao kucanje mušterije koja je došla da se raspita za nešto.

Jana je uhvatila Mihala za ruku, prinela prst ustima pa ga kroz vrata u zadnjem delu knjižare brzo odvela u mali deo s kuhinjom. Pogledala je unaokolo, pokušavši da obuzda paniku.

Ispod sudopere je visila zavesa koja je skrivala sredstva za čišćenje. Pokretom ruke odgurnula ju je u stranu.

– Mihale, moraš biti hrabar kao Bivoj kad je uhvatio vepra za uši – rekla je pomažući mu da upuže ispod sudopere – ali tiši od miša.

Pošto je navukla zavesu, vratila se u prednji deo knjižare gde su se vrata i dalje tresla od udaraca pesnicom. Načinivši krajnje ogorčen izraz lica, podigla je rezu. Dva smrknuta češka policajca gledala su u nju.

– Izvolite, gospodo?

– Zašto vam je toliko trebalo? – rekao je onaj s brkovima.

– Sama sam ovde, a žena ponekad mora da ode u toalet.

– Možemo li da pogledamo malo? – upitao je drugi, mlad, sveže obrijan.

– Nešto posebno? – upitala je Jana, uvevši ih i pokazavši im police s knjigama. – Beletristika ili dokumentaristika?

Brkatom nije bilo zabavno. – Nismo mislili na knjige. Tražimo jevrejskog dečaka, a jedan prolaznik nam je rekao da je ranije video malog dečaka kako ulazi u vašu knjižaru.

– Nimalo neuobičajeno. Imamo širok izbor knjiga za decu.

– Tražimo određenog dečaka – rekao je sveže obrijani.

Prošao je odgurnuvši je i zaputio se ka zadnjem delu knjižare. Tamo su bila dvoja vrata: jedna su vodila u zadnje dvorište, druga u kuhinju i toalet.

Jana je zadržala dah. Brkati je pošao u dvorište, sveže obrijani u kuhinju. Kakvo je grozno skrovište izabrala za Mihala. Ali gde je drugde mogla da ga sakrije? Kako je mrzela te češke policajce koji su izdali sopstveni narod i sarađivali s njegovim nacističkim okupatorom. Srce joj je tuklo dok je čekala da mladi, nadmeni policajac otkrije Mihala u skrovištu i odvede ga. Gde će ga poslati?

Verovatno u koncentracioni logor Terezin na obodu Praga.

Muškarci su se, smrknuti, vratili u knjižaru.

– Ni traga od njega u dvorištu, kapetane Kovare – lanuo je brkati.

– Ništa ni pozadi – rekao je sveže obrijani.

– Trebalo bi da proverimo stan na spratu – zarežao je brkati.

– Da požurimo – odvratio je sveže obrijani, pogledavši na sat. – Uskoro nam se završava smena.

Jana ih je povela iz knjižare pa kroz susedni ulaz koji je vodio u stan koji je delila sa ocem. Onda je morala da otrpi policajce koji su joj gazili kroz kuću. Nakostrešila se kad je brkati otvorio njen garderober i zapiljio se u njenu odeću. Bar su bili brzi, izgubili su interesovanje, nestrpljivi da odu kući.

Kad su otišli, odjurila je dole u knjižaru, pa u kuhinju i razmakla zavesu. Mihal je zurio u nju, njegove širom otvorene smeđe oči bile su ispunjene stravom.

Privukavši ga u zagrljaj, Jana ga je tiho umirivala, uveravajući ga da je sad bezbedan.

Malo kasnije, bila je u stanu, mešala je supu na šporetu dok je Mihal čitao za kuhinjskim stolom. Trebalo je da se njen otac uskoro vrati s lutkarske predstave koju je priredio u obližnjoj školi. Morala je da mu objasni otkud Mihal tu; skrivanje jevrejskog dečaka sve ih je moglo odvesti u zatvor.

Kad se ključ okrenuo u bravi, krenula je pravo ka vratima da dočeka oca poljupcem u obraz.

– Tata, imamo gosta.

Posmatrala je njegovo lice kad je pogledao u Mihala, prepoznavši ga iz knjižare, ali se iznenadivši što ga vidi u svom domu. Već je rekao Jani da je zabrinut zbog nedavno donetog zakona koji Jevrejima zabranjuje ulazak u prodavnice Arijevaca. Kako će reagovati? Iznenađeno je pogledao u Janu, zatim je procenio okolnosti, brzo se pribravši. Spustio je kofer pun marioneta, pridružio se Mihalu za stolom pa počeo da ćaska s njim o knjizi koju je čitao.

Kasnije, u svojoj sobi, Jana je iz zadnjeg dela fioke izvukla svoju pidžamu iz vremena kad je bila mala i dala je Mihalu. Bila mu je prevelika i izgledao je žalosno s predugačkim rukavima i nogavicama koje su se vukle po podu. Ćutao je kad se sagla i podvrnula mu ih, a zatim ga ušuškala u svoj krevet.

Sela je pored njega, milujući ga po glavi.

– Sad spavaj, Mihale, a ja ću ti se uskoro pridružiti.

Oči su mu se caklile od suza kad je progovorio. – Hoće li se mama i tata uskoro vratiti kući?

Dah joj je zastao dok se trudila da nađe prave reči, ali takvih nije bilo.

– Nisam sasvim sigurna, ali znaćemo više sutra, kad nađem tvoju tetku i braću.

Dostojanstveno je klimnuo glavom, a ona ga je ovlaš poljubila u čelo pre nego što se vratila ocu. Razgovarali su šapatom, zabrinuto, o događajima od tog dana: o opasnostima, mogućnostima.

Ujutru je Janin otac odveo Mihala u svoju lutkarsku radionicu u potkrovlju zgrade, a Jana je otišla u Jevrejsku četvrt da se raspita o Mihalovoj porodici. Grad je tog jutra bio sablasno siv; nebo se jedva razaznavalo od snegom pokrivenih zgrada u ranojutarnjoj izmaglici. Jana je čvršće vezala šal oko vrata pokušavši da se zaštiti od hladnog, vlažnog vazduha. Brzo je prolazila pored još neotvorenih prodavnica, trzajući se na svaki crveni znak V pored kojeg bi prošla. Kako je okrutno od nacista što su prisvojili češki simbol pobede koji su ovi koristili na početku okupacije. Znak je bio istaknut širom grada sa ostalim nacističkim znamenjima: zastavama, trakama sa sloganima i plakatima koji su skrnavili divnu kulturu njene zemlje. Svuda su ulični znaci zamenjeni onima na nemačkom, sa češkim imenima ispisanim malim slovima ispod. Sve je to bio deo plana germanizacije.

Kad je ušla u zonu Josefova, Jevrejske četvrti, srce joj je ubrzalo. Iako nije bilo zakona koji bi joj zabranio da bude tu, verovatno bi je ispitivali ako bi neki vojnik Vermahta video da nema žutu zvezdu na svom kaputu.

Kad je malo napred videla dvojicu vojnika u patroli, munjevito je skrenula u paralelnu ulicu ka Mihalovoj kući. Nadala se da će tu naići na susede koji znaju nešto o dečakovoj tetki.

Taj deo grada ju je očaravao: mešavina graditeljskih stilova, na svakom koraku neko iznenađenje. Španska sinagoga izgledala je kao sredozemna palata naspram visokih, propalih kuća koje su se smestile na krivudave, popločane ulice. Mnoge prodavnice su bile zatvorene i zakovane daskama, a u onima koje su još radile, video se žalostan izbor robe. Prošla je pored dvojice bradatih muškaraca u dugačkim crnim kaputima, glava pognutih u misaonom razgovoru. Dve devojčice rumenih obraza protrčale su ispred nje igrajući se šugice i izgledale su kao bilo koja druga deca u Pragu, ako se izuzmu žute zvezde prišivene na rukave njihovih kaputa.

Približila se delu gde je živela Mihalova porodica i kad je pogledala u stranu da bi prešla ulicu, sledila se. Dugačka vrsta ljudi stajala je uz ivičnjak, svako s po jednim koferom. Jani je trebao trenutak da shvati zašto izgledaju natrontano i izobličeno; svako je nosio slojeve odeće, kapute preko sakoa, žene su pokrile glavu s po nekoliko marama, deca su imala vunene kape, više šalova oko vrata. Grupa je bila tiha i sumorna; bacali su pogled uz i niz ulicu, vukući noge. Neki bi ovlaš pogledali ka stambenoj zgradi iza sebe, tužno iskrivljenih lica. Ti ljudi nisu uhapšeni kao Mihalova majka. Nacisti su ih okupili da bi ih iselili iz njihovih domova i predali Rajhu, pri čemu su svoju imovinu morali da ostave za sobom.

Zvuk motora razbio je tišinu i niz vojnih kamiona zabrujao je ulicom. Jana se povukla i stala uza zid jedne zgrade. Vojnici Vermahta istrčali su iz vozila dovikujući uputstva, požurujući ljude ka zadnjem delu kamiona. Jani se stomak okrenuo dok je gledala ljude kako se žurno ukrcavaju stežući dragocene kofere uza se; jedan starac se zaneo, kofer mu je ispao iz ruke. Tinejdžerka mu je priskočila u pomoć, ali kad je posegnula za njegovim koferom, jedan vojniku ju je odgurnuo u stranu naredivši joj da se ukrca. Drugi vojnik je podigao starca na noge i gurnuo ga u kamion, pa šutnuo njegov kofer niz ulicu u slivnik. Dva vojnika su se smejala.

Ne mogavši više da gleda, Jana je odjurila. Kuda vode te ljude? Da li ti ljudi uopšte znaju? Hladna sumnja prostrujala joj je venama.

Kad se približila Mihalovoj kući, videla je ženu s metlom kako čisti sneg s pločnika. Nemci su izričito zahtevali da građani čiste prolaze ispred svojih kuća. Ako bi se neki Nemac okliznuo i povredio, kazne su bile stroge, naročito za jevrejske građane.

Kad ju je Jana pozdravila, žena je podigla pogled, gurnuvši pramen kose ispod marame. Pogled joj je skliznuo ka Janinoj levoj ruci i kad je primetila da ova nema zvezdu, kao da se zabrinula.

– Izvolite? – Tanke usne bile su joj ispucale i u ranama.

Jana je zastala, sabirajući misli. Morala je da bude oprezna da ne dovede Mihala u još veću opasnost, zato je odlučila da ne zalazi previše u detalje.

– Ja sam Jana Hajek. Zabrinuta sam za jednog dečaka, Mihala. Očekivala sam ga juče u svojoj knjižari, ali nije došao.

Pocrvenela je zbog te poluistine.

Ženino lice je postalo tužno kad je odmahnula glavom, naslonivši se na metlu.

– Majka mu je juče uhapšena, a od njega i oca nema ni traga.

Pogled joj je bio tako očajan da je Janu srce zabolelo od želje da joj bar kaže da je Mihal zasad bezbedan. Ali šta ako žena u svojoj naivnosti prenese tu informaciju nekom kolaboracionisti? Ili je možda i sama kolaboracionista; rizik je bio prevelik.

– Jednom mi je rekao da ima tetku. Možda je kod nje. Ako znate gde ona živi, mogla bih da proverim da li je dobro.

– Nema potrebe da traćite vreme. Čula sam da su ona i njena porodica odvedeni jutros – rekla je, progutavši jecaj. – Uskoro će i na mene doći red.

Jana je teško progutala, ne znajući šta da kaže.

– Zašto ste tačno došli ovamo? – upitala je žena, namrštivši se.

– Kao što sam rekla, brinem za Mihala.

– Stvarno? Zar nije briga za Jevreje *verboten*?[1] – Gorčina joj je prožela reči.

Jana se ugrizla za usnu.

Žena je uzdahnula. – Sad moram da idem. – Onda je nastavila da čisti, stavivši joj do znanja da je razgovor završen.

Jana je krenula nazad kući s teretom na srcu. Mihal više nema porodicu kojoj bi se vratio. Njegova budućnost je u Janinim rukama,

---

[1] Nem.: zabranjena. (Prim. prev.)

a ta odgovornost ju je prestravila. Potisnula je strah. Sudbina, Bog ili nešto treće dalo joj je Mihala na staranje, a ona će učiniti sve da ga zaštiti. Trebaće joj pomoć i verovala je da i dalje ima dobrih ljudi na ovom svetu. Kao što je njen otac.

Tri sata kasnije, pela se stepenicama u potkrovlje, noge su joj bile teške od potištenosti. Kako da kaže Mihalu da nikog nije bilo kod kuće kad je napokon našla dom njegove tetke? I da je čula da su njegovu tetku i braću takođe odvezli tokom jutrošnje racije?

Kad je otvorila vrata potkrovlja, dočekao ju je prašnjavi zrak bledog sunca. Mihal je sedeo na visokoj stolici i zurio u njenog oca koji je za radnim stolom dletom udahnjivao obličje i život drvenoj lutki.

Pogledali su je sa iščekivanjem. Jana je jedva primetno odmahnula glavom i pre nego što je stigla da uobliči reči, Mihal se, dostojanstvenog lica, okrenuo od nje proučavajući dopola izrezbarenu lutku pred sobom.

Otac ju je znalački pogledao. – Smislićemo nešto; imam plan. Sad, dušo, treba da se spremiš za svoj sastanak.

Usred događaja od tog jutra, skoro je zaboravila na svoj razgovor. Prijavila se za posao u Praškom zamku; nekada imanje bohemskih kraljeva i careva, sad je ugošćavao nacističku glavnu komandu.

2.

Vojnik Vermahta proučavao je Janine papire, uključujući i zvanično pozivno pismo na razgovor u Praškom zamku, pa ju je pustio da prođe kroz veličanstvenu Matijasovu kapiju, sa obe strane oivičenu ogromnim statuama: surovi, divovski ratnici ubijali su svoj plen.

Pahulje su padale iz bledog neba kad je ušla u prvo dvorište okruženo nekolikim zdanjima podignutim u različitim graditeljskim stilovima: baroknom, gotskom i romanskom. Praški zamak nije bio jedna zgrada, već kompleks palata, crkava i spomenika koji su podizani tokom hiljadu godina, ugošćavajući careve, kraljeve i predsednike. A sad i nacističke okupatore.

Janina najbolja školska drugarica, Lenka, preporučila ju je da preuzme njen posao u zamku sad kad je ona bila trudna. Pomisao da će njena drugarica postati majka izazvala je Jani toplinu u grudima, uprkos ledenom vetru koji je brisao preko dvorišta. Prošla je pored Katedrale Svetog Vida, gotske građevine koja se isticala na imanju, pa našla obližnju zgradu koju su joj pomenuli u pismu.

Razgovor s gospođicom Jezek, sitnom ženom s dubokom borom između obrva, bio je kratak. Janino poreklo i preporuke već su bili temeljno provereni. Dvadeset minuta kasnije Jana je izašla iz zamka s novim položajem u timu ranojutarnjih spremačica; bila je zahvalna na prilici da zaradi još novca. Knjižara je bila njena strast, ali od nemačke okupacije, posao se smanjio te su se mučili da plate najam. Mogla je da radi dva sata pre nego što otvori knjižaru. Naravno, za posao spremačice mogla je da se prijavi i negde drugde, umesto u nacističkom glavnom štabu, ali u tome i jeste bila suština.

Tanane, ledene pahulje padale su joj na obraze dok je išla Nerudovom ulicom, koja se pružala od Praškog zamka ka Karlovom mostu malo niže, nekada kraljevskom putu kojim su prolazile krunidbene povorke. Pogledala je u otmene barokne kuće s kitnjastim kućnim obeležjima koja su pripovedala priču o porodicama koje su tu živele; omiljena joj je bila tabla ukrašena trima violinama koje su predstavljale generacije muzičara. Na obronku je bilo i prodavnica, a Jana je uzdahnula primetivši da je zatvorena knjižara polovnih knjiga. Nije ni čudo; spisak zabranjenih knjiga iz dana u dan se povećavao.

Dok se približavala svojoj knjižari, videla je natrontanu priliku kako zuri kroz izlog. Lenka.

– Šta ćeš ti napolju po ovoj zimi? – doviknula je Jana dok joj je prilazila.

– Zanimalo me je kako si prošla u zamku. Niko ne otvara vrata tvog stana – rekla je Lenka kroz cvokotave zube.

Jana je pomislila na Mihala, koji se krije u potkrovlju među lutkama. Njen otac se nije obazirao na posetioce.

– Hajde da uđeš da se ugreješ – rekla je Jana, izvadivši ključeve iz tašne i otvorivši vrata knjižare.

Kad su ušle, Jana je smestila Lenku u naslonjaču u kojoj je juče sedela s Mihalom, pa otišla u malu kuhinju da joj spremi šolju tople divke; godinama nije bilo prave kafe. Kad se vratila, Lenka je sedela zavaljena u naslonjači, otkopčanog kaputa, ruke su joj počivale na ispupčenom stomaku; izgleda tako krhko, pomislila je Jana kad je privukla hoklicu.

– Drago mi je što prestaješ da radiš idućeg meseca – rekla je Jana. – A dobra vest je da ja preuzimam. – Široko se osmehnula; uzbuđenje prožeto strahom blesnulo je u njoj pri pomisli na priliku koja joj se pruža.

Lenka se uspravila pa pljesnula rukama. – Znala sam da će naš plan upaliti i da ćeš dobiti posao.

– Ti sad moraš da misliš na sebe i bebu – rekla je Jana. – Ja ću da preuzmem. I ne brini; držaću na oku Rajnharda Hajdriha, rajhsprotektora Bohemije i Moravske. – Iz glasa joj je izbijao podsmeh kad je izgovorila njegovo zvanje.

Lenka je zažmurila. – Nedostaje mi vreme kad smo bili Čehoslovačka.

– I meni. – Janin glas je bio napet. – I kad nismo bili izloženi tiraniji čoveka čiji je nadimak Praški Kasapin.

– Moraš biti krajnje oprezna – rekla je Lenka, uhvativši Janu za ruku. – Hajdrih je okrutan, opasan čovek, rešen da saseče svaki otpor okupaciji.

Jana je klimnula glavom. Načas su zaćutale, a onda je ona napravila kružni pokret rukom rekavši: – Šta vidiš?

– Knjige? – Lenka je nakrivila glavu u stranu.

– Samo ostatke onog što je moja majka nakupila na ovim policama. Većina stranih knjiga koje smo proučavale na fakultetu zabranjena je i predata nacistima. – Janu je izdao glas. – A sad sam prisiljena da prodajem nemačke pisce koji govore o slavi i časti borbe za *Faterland*.[2]

Namrštila se kad je pogledala ka izlogu, gde su morali da okače kukasti krst.

– Mama bi bila skrhana kad bi znala šta se dogodilo njenoj voljenoj knjižari. Knjigama. Svetu. – Jana je potisnula tugu i ispravila ramena. – Bila si tako hrabra, Lenka, ali sad je na mene red da uzvratim. Bila sam toliko obuzeta tugom za mamom da sam postala pasivni posmatrač. Preuzimanje tvog posla daje mi novu svrhu; onu koju bi mama odobravala. Kaži mi šta treba da znam.

Kad je Lenka otišla, Jani je trebalo malo vremena da sabere misli pre nego što se popne da vidi Mihala i oca. Vrzmala se po knjižari dodirujući i nameštajući stvari: izbor pohabanih polovnih knjiga, papir za pisanje raširen po stolu i obeleživače za knjige koji su stajali pored kase. Sama je pravila obeleživače od kartona i tkanine preostale od odeće za lutke. Tuga ju je preplavila kad se setila sebe u šestoj godini, kako sedi za kuhinjskim stolom i s majkom pravi obeleživače za knjige kao božićne poklone. Da li je bila toliko bliska s majkom zato što je bila jedinica?

I dalje se prisećajući, otišla je u prednji deo knjižare. Vilica joj se zgrčila pri pogledu na nemačke knjige koje su bile poređane po policama i ukrašavale izlog.

– O, mama – prošaputala je za sebe. – Bolje što nisi ovde da vidiš sve ovo. Toliko si uložila u izbor knjiga za prodaju. Užasnula bi se...

---

[2] Nem.: otadžbinu. (Prim. prev.)

Odmahnula je glavom da bi zaustavila uskomešale misli. Bolje je biti besan i kanalisati taj bes u dobre svrhe. Stavila je znak *brzo se vraćam* na vrata, pogledavši natpis iznad njih; bar su im dozvolili da zadrže porodično ime knjižare: Hajek. Zaključala je vrata pa ušla u stan nekoliko koraka dalje.

Mihal je zadivljeno posmatrao njenog oca kako vešto pokreće uzice marionete. Lutka je bila Hurvinek, šaljivi dečačić riđe kose. Govoreći piskavim glasom, njen otac je izgovarao rečenice iz komedije koju je nedavno prikazivao u pozorištu za decu. Mihal se gotovo osmehivao, ali Janin ulazak razbio je čaroliju te mu je pogled postao bezizrazan kad se vratio u stvarnost.

– Dobila sam posao, tata – rekla je, poljubivši oca u obraz.

On nije znao da postoji i drugi razlog za njeno zapošljavanje, osim potrebe za dodatnim prihodom. Razbarušila je Mihalu kosu.

– Jel' moj otac bio dobar? – Osmehnula se.

Mihal je zdušno klimnuo glavom.

– A lutke?

Još jednom je klimnuo glavom.

– Zaista znaju da budu neposlušne. – Pokazala je na drveni sanduk u uglu. – U onoj tamo kutiji su neke nedovršene koje sam pokušala da napravim kad sam bila mala. Bojim se da su prilično loše. Hoćemo li da ih pregledamo i izaberemo najbolje i najgore?

Otac se zakikotao, bio je to srdačan smeh pun uspomena. Onda se rastužio, a Jana je znala da on misli na njenu majku.

– Idi pogledaj – rekla je, ohrabrivši Mihala. – Ja ću biti ovde.

Odgegao se do sanduka pa klekao, izvlačeći stare lutke.

Jana je tiše upitala: – Šta ćemo da radimo, tata? Pomenuo si plan.

Zagladio je prosede brkove. Glas mu je bio ozbiljan kad je progovorio.

– Zatvori knjižaru i ostani ovde gore dok ja odem da se vidim s prijateljem zbog kola. Odvešćemo Mihala kod tvoje bake. Petak je i biće veća gužva, te se nadam da patrole neće proveravati svako vozilo.

– Moramo im odvući pažnju – rekla je Jana, osetivši nalet uzbuđenja. – A ja imam prijatelje koji mogu da nam pomognu.

3.

Jana je gledala kroz prozor potkrovlja dok njen otac nije naišao, a onda je odvela Mihala dole. Otvorila je prednja vrata pa provirila napolje, držeći Mihala iza sebe. Tata je otvorio zadnja vrata kola i namestio je zadnje sedište; bio je to jedan od onih automobila sa sedištima koja se obore napred, kako bi se povećao prtljažni prostor. Savršeno. Okrenuo se ka njoj i pogledao uz i niz ulicu. Onda je brzo odmahnuo glavom. Jana je čekala. Dva muškarca u dugačkim kaputima i s fedora šeširima prošla su pored njih. Sačekala je još malo. Pognuta starica prošla je vukući noge. Nakon još nekoliko trenutaka otac je klimnuo glavom; put je bio slobodan.

Jana je brzo uvela Mihala u kola kroz zadnja vrata, a on se popeo na oboreno sedište i šćućurio se u prtljažniku. Pogledala je u njegove širom otvorene oči ispunjene poverenjem.

– Ispraviću sedište, ali ću ga oboriti čim izađemo iz grada. Ne plaši se. Možemo da razgovaramo sve vreme: moći ćeš da me čuješ.

– Ne plašim se – rekao je odlučnim glasom.

– Znam – odgovorila je, pa ispravila sedište pre nego što je zatvorila vrata.

Otac je pokrenuo motor, ali umesto da sedne na suvozačko sedište, Jana je krenula da sedne za volan obrativši mu se kroz otvoren prozor.

– Mislim da treba da idem sama – rekla je. – Patrole su manje sumnjičave prema mladim devojkama. Veću pretnju će videti u sredovečnom Čehu.

– Koga ti to nazivaš sredovečnim? – negodovao je njen otac tobože ozlojeđen. Onda ju je pogledao, zabrinut.

– Biću dobro, ne brini – rekla je. – Ovako imamo bolje izglede.

20

Uzdahnuo je i izašao.

Kad je sela, Jana je ubacila menjač u prvu, pa pošto je umirujuće mahnula ocu, odvezla se popločanom ulicom.

– Čuješ li me, Mihale? Jesi li dobro? – doviknula je.

Tiha, prigušena potvrda stigla je otpozadi.

Svetlo je bledelo te je Jana pritisla prekidač za farove na instrument-tabli. Dok se približavala lokalnom češkom restoranu, trojica njenih prijatelja sa studija već su bila tamo. Stajali su ispred, Pavel se naslonio na kola svog oca, druga dvojica su pušila. Pavel joj se široko osmehnuo i pokazao prijateljima da uđu u kola. Ona je usporila, dozvolivši im da se uključe ispred nje, pre nego što su se odvezli lavirintom kaldrmisanih ulica koje su krivudale kroz centar Praga.

Ona je usput dovikivala ohrabrenja Mihalu, koji je ostao skriven iza zadnjeg sedišta.

Napokon su stigli na kontrolni punkt na obodu grada. Ispred nje je bilo četiri-pet automobila, uključujući i Pavelov. Ugrizla se za usnu.

– Sad ni reči, Mihale. Reći ću ti kad prođemo.

Vojni kamion i vladin auto ispred nje prošli su. Kad se zaustavila ispred Pavela, čula je glasnu muziku s njegovog radija i videla kako se tri glave pozadi njišu u ritmu. Muzika je bila češka. Osmehnula se u sebi. Pošto je posetila Pavela tog popodneva, znala je da će joj on pomoći.

Do tog trenutka, sve je išlo po planu. Pavel je stao ispred stražarske kućice, a Jana mu se primakla, podigavši ruku da zakloni oči od farova. Vojnik Vermahta se namrštio i pokazao Pavelu da otvori prozor. On je poslušao i nehajno se nagnuo. Dok su razgovarali, drugi vojnik je prišao prtljažniku Pavelovih kola i otvorio ga.

Unutra je bila velika kartonska kutija. Vojnik je doviknuo nešto drugom stražaru, koji je pokazao Pavelu da izađe iz kola.

Još jedan auto se zaustavio iza Jane. Stomak joj se zgrčio. Čekala je. Ovo mora da upali. Kola su se lagano zatresla kad je Mihal promenio položaj. Htela je da mu kaže nešto ohrabrujuće, ali nije smela rizikovati da je vide kako razgovara sama sa sobom.

Pavel je prišao vojniku koji je stajao uz prtljažnik kola njegovog oca, a vojnik je počeo da gestikulira jednom rukom, dok je drugu držao na pištolju. Jana je zadržala dah kad je Pavel prišao prtljažniku. Dok je čekao da Pavel iznese kutiju, vojnik se okrenuo ka njoj, zagledavši se kroz vetrobransko staklo.

Zadržala je dah.

Pogledao je na prazno suvozačko sedište, a onda joj razdraženo odmahnuo. Preplavilo ju je olakšanje kad je pritisla gas.

Nekoliko trenutaka kasnije, vozila je kroz polja, ostavljajući iza sebe veličanstveni Grad stotinu kula.

Debele pahulje plesale su grozničavo u zracima farova. Brisači su jedva uspevali da obrišu sneg koji je padao na staklo, a Jana je morala da zuri u tamu kroz snegom zasut stakleni pravougaonik. Pogledala je u Mihala pored sebe; zaspao je i glava mu je pala na stranu, trzajući se povremeno kad bi prešli preko rupe na putu. Pošto su ostavili grad i stigli na miran deo puta, pozvala ga je, a on je oborio sedište i uspentrao se do prednjeg dela kola. Nije morala ni da se zaustavi.

Proverila je pokazivač goriva; rezervoar je bio dopola pun. Kako je njen otac uspeo da nađe gorivo i novac da ga plati? Njegov prijatelj je očigledno imao veze na crnoj berzi.

Tek je prošlo sedam kad su stigli, ali po gustom mraku činilo se kao da je ponoć. Jana je nežno protresla Mihala.

– Stigli smo – rekla je.

Mala, drvena kuća spolja je izgledala kao da je u mraku; teške zavese bile su navučene da se spreči prodiranje hladnoće.

Jana je lupnula okruglim gvozdenim zvekirom. Baka će se zaprepastiti. Nije imala telefon, te nije bilo načina da je upozori. Ali čak i da ga je imala, nacisti su redovno nadzirali razgovore, te bi najava dolaska jevrejskog izbeglice bila veoma opasna.

Kad je čula škripu podnih dasaka s druge strane vrata, Jana je doviknula: – Babi, Jana je.

Vrata su se otvorila, a na prigušenom svetlu uljane lampe stajala je njena draga babi, sede razbarušene kose koja joj je u pramenovima uokvirivala lice. Na sebi je imala omiljen dugački grimizni kućni kaput od vune i stare papuče postavljene krznom.

Pogledala je u Janu i njenog malog pratioca sa zaprepašćenjem izmešanim sa zadovoljstvom pa ih uvela unutra.

– Jano, volela bih da sam znala. Umesila bih nešto ili skuvala...

– Ne brini, babi. Sve se odigralo tako brzo.

Seli su ispred malog otvorenog ognjišta. Nekoliko komada uglja koje je ležalo na ložištu nije moglo dugo da gori. Babi je obično išla rano u krevet da bi uštedela ogrev i dobro bi se pokrila.

– A ko je ovaj zgodni mladić kojeg si mi dovela u posetu? – upitala je Janina baka, ljubazno pogledavši Mihala.

– Ovo je Mihal. Tata je mislio da bi ti bilo drago da brineš o njemu neko vreme, dok mu se roditelji ne vrate – rekla je Jana, pažljivo birajući reči i značajno gledajući u baku.

– To je divno – odvratila je ona, pljesnuvši rukama. – Volim društvo.

Onda se zaokupila u kuhinji na brzinu spremajući večeru od oskudnih zaliha. Jana je dodala jučerašnji hleb koji je donela od kuće. Uvek se divila mladolikosti i snazi svoje bake. Kad bi pomislila na portret tipične bake opisan u mnogim pričama koje je pročitala, uvek bi joj palo na pamet kako njena babi nije nimalo nalik njima. Imala je samo devetnaest godina kad je rodila prvo dete, a šezdeset sedam godina nije duboka starost.

Stavile su Mihala u krevet u sobi u kojoj je njen otac spavao kao dečak, sobi koju je delio sa starijim bratom, koji je nažalost poginuo u Velikom ratu. Kad je Mihal zaspao, Jana je ispričala baki celu priču o njihovom izlasku iz Praga. Kad je došla do dela u kojem je stražar naredio Pavelu da izvadi kutiju iz kola, zastala je, ugrizavši se za usnu.

– Šta je bilo u kutiji? – upitala je babi.

– Samo stara odeća. Kutija je samo trebalo da im odvuče pažnju – odgovorila je Jana. – Nadam se da Pavel nije upao u nepriliku.

– Jesu li momci pili?

– Ne, samo su pevali prateći pesmu s radija, to je sve.

– Pa teško da je nezakonito voziti unaokolo staru odeću i malo pevati.

Jana je iskrivila usne u osmeh. – Dok ne pevaš češku himnu.

Babi je klimnula glavom i zagledala se u umiruće ćilibarske odsjaje vatre. – Mihal će biti bezbedan ovde sa mnom – rekla je. – Nacisti se neće zamajavati jednom staricom, koja živi na selu.

– Ti nisi stara. – Jana se osmehnula.

– Mogu da se pravim da jesam – rekla je, a oči su joj zasijale.

– Moraš biti oprezna. Ako iko pokuca, reci Mihalu da ode pravo na tavan. Ne bih da te dovodim u opasnost...

– Ne brini za mene. – Vragolasto se osmehnula. – Volim malo pustolovine. – Kucnula se kažiprstom po čelu. – I pronicljiva sam.

Kad se vatra ugasila, pošle su na spavanje, Jana je legla u krevet pored Mihalovog u kojem je njen stric spavao kad je bio mali. Dok je slušala Mihalovo tiho disanje, Jana je u mislima odlutala u svoje srećno detinjstvo, ispunjeno čarolijom majčinih knjiga i njihovim pričama koje je otac izvodio. Njeni roditelji su napravili malo lutkarsko pozorište u kući, a Jana je ponosno dovodila uzbuđene drugove da gledaju predstave. Oca je tome naučio njegov otac; nasleđe lutkara protezalo se generacijama unazad. Sutra će Mihalu pokazati dedinu radionicu iza kuće. Iako je deda umro još pre osam godina, babi otad nije ni pipnula njegovu radionicu; nedovršene marionete i alat još su stajali unaokolo kao da će se on svakog trenutka vratiti.

Pomislila je na Mihala. Kako će njegovo detinjstvo izgledati ako mu ne puste roditelje? Šta će biti s njegovim nerođenim bratom ili sestrom? Suze su joj pekle zatvorene kapke. Ne, mora biti optimista, rekla je sebi, potiskujući talas tuge. Ponovo će se raspitati o njegovim roditeljima kad se bude vratila u Prag.

U jednom trenutku tokom noći, dušek je ulegao kad je Mihal legao pored nje. Privukla ga je uza se milujući mu leđa dok se nije umirio a ona čula njegovo ravnomerno disanje.

4.

Sedam malenih hoklica stajalo je u krugu. Jana je izvukla najvišu za sebe pa stavila knjigu čeških bajki na nju. Bila je spremna za svoje male goste koji su dolazili svake subote ujutru da je slušaju kako čita. Starija deca pratila su mlađu braću i sestre, majke su dovodile malu decu, pretražujući po knjižari dok je Jana zabavljala njihovu decu. Žene su naročito bile zainteresovane za polovne knjige; nisu mogle mnogo da uštede.

Prošle nedelje, jedna od majki, Karolina, premetala je po rukama stari primerak romana *Gordost i predrasude*.

– Ranije sam ga čitala – rekla je žena zamišljeno. – Ali to je bilo odavno. Bilo bi lepo ponovo ga pročitati. – Vratila je knjigu na izložbeni sto.

– Zašto je ne uzmeš? – rekla je Jana.

Žena je odmahnula glavom. – Nemam novca za takav luksuz.

Jana je uzela knjigu i stavila je u ženine tanke ruke.

– Ništa ne košta.

– Kako ćeš išta zaraditi ako poklanjaš knjige? – upitala je žena.

– Novac uzimam od Nemaca. – Jana se osmehnula.

I to je istina, pomislila je Jana sad. Nacistički režim ju je prinudio da drži nemačke autore i nemačke prevode odobrenih knjiga. Jedini način da plati najamninu za knjižaru, bio je da ih prodaje Vermahtu i drugim nemačkim oficirima koji su postali njene mušterije. Gorela je od ogorčenja kad god bi ih služila, ali morala je da bude praktična. Nije dolazilo u obzir da izgubi knjižaru koju je njena majka napravila s takvom ljubavlju. Posegnula je za medaljonom oko vrata, zlatnom knjigom koja se otvarala otkrivajući fotografiju s venčanja njenih roditelja. Bio je to poklon njenog oca majci za njihovu godišnjicu i najdragocenija stvar koju je imala.

Vrata knjižare su se otvorila, a nanos pahulja pokuljao je unutra s prvom decom. Uzbuđeno su se probili kroz usku knjižaru do zadnjeg dela, gde se prostorija širila, pa stali da se jure između hoklica. Nivo buke porastao je za nekoliko decibela. Jana bi im ostavila nekoliko minuta da se malo istutnje, a onda bi ih pozvala da sednu.

Vrata su se ponovo otvorila i Karolina se pojavila sa svojom trogodišnjom ćerkom. Uvela ju je da bi se pridružila ostaloj deci, zatim se okrenula ka Jani i otvorila tašnu.

Pružila joj je knjigu *Gordost i predrasuda.* – Mnogo sam uživala, hvala ti. Vraćam je da bi neko drugi mogao da je čita.

Jani je tad sinulo. Zašto ne bi svim majkama pozajmljivala polovne knjige pod uslovom da ih vrate kad ih pročitaju? Razmena knjiga.

Saopštila je Karolini tu zamisao.

– Mislim da bi to bilo divno. Naravno, imamo biblioteku, ali ona je puna nemačkih knjiga, sad kad je nemački zvaničan jezik u Pragu. I uvek vrvi od Nemaca. U svakom slučaju, ovde je prijatnije.

– Mogla bih da uvedem redovan dan za razmenu, samo za našu malu zajednicu – rekla je Jana, dok joj je polet bujao. – Nemamo više primeraka iste knjige da bismo mogle da držimo čitalački klub, ali svako može da predstavi knjigu pre nego što je da nekom drugom.

– Ja mogu da prenesem to drugim majkama – rekla je Karolina poletno. – Sigurna sam da će se zainteresovati.

Jana je otišla da se pridruži deci, zamisli su joj preplavile um. Napraviće klub. Klub razmene knjiga.

Pošto su deca otišla, Jana je čistila osetivši nalet hladnog vetra. Pogledala je ka vratima.

Prepoznala je tog čoveka. Bio je to onaj mladi, sveže obrijan policajac koji je pretresao knjižaru i stan dok se Mihal krio iza zavese u kuhinji. Kolega ga je nazvao kapetan Kovar.

Naježila se, namerno nastavivši da ređa knjige na police. Bila je mnogo smirenija nego prošli put kad je on bio tu i nije skočila da ga posluži. Pozdravio ju je.

Na nemačkom!

Naglo je podigla glavu.

– Mislim da smo oboje Česi, zar ne? – istakla je. Dobro je govorila nemački, ali je odbijala da ga govori s nekim Čehom, čak i ako je on bio pripadnik fašističke policije.

Kratko je klimnuo glavom. Imao je visoke, izražene jagodice, oštre kao izrezbarene crte lica jedne od očevih marioneta. A to je i bio. Marioneta čije su uzice vukli nacisti, stvorenje drveno i tupo kao...

– Čekao sam da deca odu. Nisam hteo da ih uzbunim – rekao je, oponašajući onaj kruti nemački način govora. Ali je bar nastavio razgovor na češkom.

– Veoma ljubazno od vas – odgovorila je odsečno.

Mrzovolja mu je preletela preko lica.

– Došao sam sa upozorenjem.

To joj je privuklo pažnju. Potisnula je strah koji je buknuo, ljuta na sebe što mu se tako lako prepušta. Progutala je čvor u grlu. Da li se to na neki način odnosi na Mihala? Ili je to nešto u vezi s njenim novim poslom u zamku, koji počinje idućeg meseca? Ili s Lenkom? Lenka je bila izuzetno krhka sad kad je beba bila na putu.

– Sutra će objaviti ažuriran spisak zabranjenih knjiga i hteo sam da vas podsetim da budete naročito obazrivi kad proveravate svoje zalihe.

Kakve zalihe? Zakoni su je već ostavili s malim zalihama. Naglas bi se nasmejala da cenzura nije bila tako zastrašujuća.

– Kao što vidite, gospodine, ovde nema mnogo zaliha za proveru.

– Bez obzira na to. I, naravno, proverite i polovne knjige. – Pogledao je na gomilu na okruglom stolu. Njenom novom stolu za razmenu knjiga. Nadala se da nijednu od njih neće morati da preda vlastima. – Treba da znate – nastavio je – da će vlasti vršiti nasumične provere.

Shvatila je poruku. Zašto samo ne ode? Da li pokušava da je zaplaši?

– Nemam šta da krijem – rekla je.

Čudno ju je pogledao, pa klimnuo glavom i okrenuo se da pođe. Kad je prolazio pored nemačkih knjiga u prednjem delu knjižare, zastao je da prouči naslove na hrbatima. Naoko zadovoljan, otvorio je vrata i otišao.

– Izdajica nadmena – promrmljala je Jana sebi u bradu prišavši kasi da izbroji gotovinu. Nije joj dugo trebalo.

Kasnije tog popodneva, Lenka je došla u knjižaru, bleda i nesigurna na nogama. Jana ju je odmah smestila u naslonjaču u zadnjem delu i otišla da joj skuva šolju divke. Poželela je da može da ponudi prijateljici keks, ali mesecima nije bilo brašna za mešenje.

Kad je spustila topao napitak Lenki u ruke, rekla je: – Je li sve u redu?

Lenka je pogledala prema nekolicini ljudi koji su pretraživali police i promrmljala: – Sačekaj malo.

Jana je razumela. Mušterije su bili Česi, ali čovek je ipak morao biti oprezan. Svuda je bilo kolaboracionista, spremnih da izdaju prijatelje, kao i neznance, zarad naklonosti nacista. Strašno je bilo ne znati kome možeš da veruješ, živeti u senci izdaje. Jana je sela na hoklicu pored Lenke, pričajući o beznačajnim stvarima, dok se knjižara nije ispraznila.

– Šta je bilo, Lenka? Izgledaš iscrpljeno.

– Morala sam da prestanem da radim odmah, umesto idućeg meseca. Juče sam malo prokrvarila...

– O, ne. – Jana ju je uhvatila za ruku.

– Beba je dobro – rekla je Lenka. – Ali doktor je rekao da bih morala što više da se odmaram. Možeš li da preuzmeš posao u zamku?

– Naravno. Mogu da počnem kasnije tokom nedelje.

To će joj ostaviti vremena da poseti baku i vidi kako se Mihal snalazi.

– Treba nešto da znaš. Kako radi prenos informacija. – Lenkin ton je bio svečan.

Jana se ispravila i zadržala dah u iščekivanju.

– Nekoliko nas koji radi u zamku prikuplja informacije za pokret otpora. Ne znam tačno ko su ostali, ali podozrevam. Kako god bilo, kontakt će ti uskoro prići i reći će ti koje naciste žele da držiš na oku. Svi najviši SS oficiri koji upravljaju Pragom imaju kancelariju u zamku.

– Spremna sam da odigram svoj deo – rekla je Jana, glas joj je bio nestrpljiv, dok se igrala svojim zlatnim medaljonom. Kad je Hitler zauzeo Prag u martu 1939, bila je zaprepašćena, a ona i njene kolege sa univerziteta bili su odlučni u svom otporu nacistima još više kad je zatvoren Karlov univerzitet. Ona i njene kolege studenti izašli su na ulice, ali Vermaht je bio nemilosrdan u svojoj reakciji, prisilivši pokret otpora da pređe u ilegalu. Jana i Lenka su se pridružile grupi zajedno s Pavelom i njegovim prijateljima, ali smrt Janine majke sve je promenila; posle toga, bilo je mesta samo za jedno u njenom životu. Za tugu. Ali otkako je Lenka ostala u drugom stanju i ubedila Janu da preuzme dužnost od nje, nešto se promenilo; Jana je želela ponovo da se aktivira. A sad je bila još odlučnija, otkad je lično svedočila odvođenju Mihalove majke iz njenog doma.

Pažljivo je slušala prijateljicu koja je govorila o kontaktima i lozinkama, nestrpljiva da se podvrgne izazovu.

Lenka je pijuckala divku pa je, spustivši ruku na stomak, rekla: – Sve vreme moraš biti na oprezu, Jano. Nikom ne veruj i ne potcenjuj neprijatelja. Ne mislim samo na Nemce. I među Česima ima mnogo fašista.

– Znam.

Jana je pomislila na češkog policajca u svojoj knjižari tog jutra, kapetana Kovara. Imala je osećaj da će ponovo doći. Osetila je žmarce na potiljku.

5.

Pavel ju je čekao ispred kafea *Slava*, s rukama duboko u džepovima i šalom obmotanim preko donjeg dela lica. Bezbroj puta mu je rekla da je sačeka unutra ako stigne prvi, ali to nije bio njegov stil; draže mu je bilo da je on uvede.

Oči su mu sinule dok se približavala, te su požurili unutra sa oštrog vetra.

Unutrašnjost je bila u art deko stilu, sa ogromnim ogledalima na jednom zidu, koja su odražavala pogled kroz prozore naspram njih. Praški zamak i Katedrala Svetog Vida uzdizali su se iznad zaleđene, sive Vltave. Seli su za okrugao mermerni sto za ručavanje pa se skinuli, prebacivši stvari preko naslona stolica.

Pavel joj se široko osmehnuo, otkrivajući poznatu jamicu na levom obrazu i okrnjen prednji zub. Jana je osetila talas naklonosti prema svom prijatelju; on je bio jedan iz grupe sa univerziteta. Mogli su da studiraju samo godinu dana pre nego što su nacisti umarširali u Prag i zatvorili Karlov univerzitet. Jednog dana, velika grupa studenata, uključujući i Pavelovu stariju sestru, protestovala je na Vaclavovom trgu. Vatra iz nacističkog mitraljeza izrešetala je okupljene, mladi životi okrutno su ugašeni u deliću sekunde. Jana je tešila Pavela te noći, dok je žalio za izgubljenom sestrom.

– Ne znam kako da ti zahvalim što si odvratio pažnju stražarima dok sam vozila Mihala – tiho je rekla, prenuvši se iz razmišljanja.

– Jesi li ga odvela na sigurno?

– Jesam. Ali šta se tebi desilo?

– Ništa. – Pavel se nasmejao. – Prevoz stare odeće nije nezakonit. Zasad. Gde je dečak?

Uzdahnula je oklevajući. Ali ako nije mogla da veruje Pavelu, onda nije mogla nikom.

– Kod moje bake, ali prošla su dva dana i moram da ga vidim. Autobusi ne idu. Ili zbog snega ili zbog nedostatka goriva, ili zbog oba.

– Pozajmiću ponovo očeva kola i odvešću te, ali i mi smo sad ostali bez goriva. – Pogledao ju veoma iskreno, trenutak predugo. Jana je znala da mu se sviđa. Mnogo. No iako je nekoliko puta na zabavama bila u iskušenju, nije prešla granicu između prijateljstva i romanse.

Stigla je konobarica i uzela njihovu porudžbinu.

– Kako je Lenka? – upitao je, pošto je konobarica otišla.

– Dobro je, ali mora da uspori do porođaja. Preuzimam njen posao u zamku.

Briga mu je zatreperila u pogledu, pa se nagnuo preko stola i prošaputao: – Nikad nije rekla šta će ona tamo, ali očigledno je da radi za pokret otpora. Stvari su se zaista otele kontroli sad kad je Rajnhard Hajdrih novi rajhsprotektor. Osim što je na čelu Gestapoa, on je jedan od Hitlerovih najistaknutijih ljudi i želi da se dokaže. Nema zezanja s Hajdrihom.

– Neću se ni ja zezati.

Konobarica im je donela divke, pa prišla susednom stolu.

Jana se osvrnula oko sebe. Ljudi su živahno razgovarali ili su čitali knjige i novine. Bila je to uobičajena grupa glumaca, pisaca i umetnika. Ili nije? Neki su nedostajali, na primer Kafka i njegov prijatelj Brod. Pisci koji su bili Jevreji, komunisti, socijalisti ili su se čak izokola protivili nacističkim idealima, bili su proganjani, njihova dela bila su zabranjena ili čak spaljivana.

– Bolje da više ne razgovaramo ovde – rekla je Jana. – Uvek možeš da me nađeš u knjižari.

Klimnuo je glavom i blago joj spustio prste na ručni zglob.

– Budi oprezna, Jano. Hajdrih ima kancelariju u zamku. – Onda je brzo povukao ruku te su ćutke pili divku.

Te večeri, Jana je sela na krevet u dugačkoj, flanelskoj spavaćici pa navukla najtoplije vunene čarape za spavanje. Otvorila je fioku noćnog stočića, pažljivo izvadila dve knjige i spustila ih na krilo.

Mamine knjige.

Nežno je prešla jagodicama preko gornje knjige, osećajući pohabanu tkaninu boje burgunca i slova u zlatotisku. Knjiga, *Male žene*, mnogo puta je prenela nju i mamu u Masačusets četrdesetih godina devetnaestog veka, i u život tvrdoglave Džo i njenih sestara. Spustila je knjigu na krevet pored sebe pa se zagledala u drugu koja joj je ležala na krilu. Grlo ju je bolelo od neprolivenih suza. Privila je na grudi knjigu u tamnozelenom povezu. *Džejn Ejr*: uzbudljiva, lična priča godinama je bila tema razgovora između nje i mame. To je bila omiljena knjiga njene majke. I Janina.

Oči su joj ovlažile dok su je sećanja na majku obuzimala i probijala joj se u um sve dok joj se nije zavrtelo u glavi od ljubavi i tuge. Grunule su joj suze koje je brzo otrla rukavom spavaćice, ne želeći da joj pokvase knjigu.

Vratila je *Male žene* nazad u fioku, pa otvorila *Džejn Ejr*, izvukavši fotografiju koju je koristila kao obeleživač. Zagledala se u sliku: mama je pozirala ispred veličanstvene zasvođene Bogorodičine crkve u Drezdenu, a na sebi je imala suknju do gležnjeva i bluzu s visokim okovratnikom. Njena majka je gledala u foto-aparat ispod slamnatog šešira sa čvrstim obodom; stidljiv osmeh plesao joj je na punim usnama. Bila je tako mlada i lepa, jedva da je imala sedamnaest godina. Janin otac ju je fotografisao u šetnji gradom. Mladi par je bio mnogo zaljubljen, a njen otac je nacrtao niz srca na poleđini te fotografije.

Jana je uzdahnula, zavukla se ispod pokrivača, pa počela da čita, poznate reči donosile su joj utehu.

Koliko je ona znala, te dve knjige još nisu bile zabranjene. Ali druge iz mamine zbirke jesu. Ne mogavši da ih preda nacistima da ih unište, sakrila ih je na sigurno mesto.

Ujutru je u knjižaru ušao zvaničnik mrzovoljnog lica i predao Jani nov spisak zabranjenih knjiga. Trebalo je da pretraži svoju robu i u roku od dva dana odnese sva zabranjena dela u gradsku većnicu. Otišao je, njegove čizme ostavile su tragove prljavog snega na drvenom podu.

Uzela je krpu pa se spustila četvoronoške brišući prljavštinu, kad su se vrata ponovo otvorila, a dva muškarca ušla: jedan je nosio šešir širokog oboda i dugačak crni kožni kaput, drugi policijsku uniformu.

Sela je na listove, paralisana. Čovek u kožnom kaputu bio je gestapovac, a policajac je bio mladić s visokim jagodicama, Kovar. Pre samo dva dana je bio tu sa svojim upozorenjem na novozabranjene knjige, a sad je opet došao. I doveo je gestapovca sa sobom.

Ogorčena netrpeljivost ju je dovela u iskušenje da nešto kaže.

Ustala je, boreći se protiv nagona da se namršti, pa je umesto toga iskrivila lice u usiljeno učtiv osmeh, kao jedna od marioneta njenog oca.

– Izvolite, gospodo? – rekla je, odvrativši pogled od sve mrskijeg policajca.

Gestapovac je progovorio, glas mu je bio tih i promukao. – Samo rutinska kontrola zabranjenih knjiga.

– Ali tek sam dobila spisak i nisam ni počela da ih razvrstavam.

– Bez obzira... – Kožni kaput ju je očešao kad je prošao pored nje. Zgrčila se na njegov dodir, usta su joj se osušila dok ga je gledala kako se približava policama.

Ne paniči, rekla je sebi. Bila je temeljna prilikom prethodne provere, predavši većinu zabranjenih knjiga vlastima, sa izuzetkom nekoliko koje je sakrila. Na njenim oskudnim policama sigurno nije bilo više nijednog zabranjenog izdanja. S druge strane, spisak na koji je tog jutra bacila pogled, bio je dugačak.

Gestapovac je prišao stolu s polovnim knjigama dok je policajac proučavao odeljak s klasicima, zastavši ispred police sa Šekspirom. Jana je čekala, osećaj nelagode mešao joj se sa ozloeđenošću.

Pogledavši na sat, čovek u kožnom kaputu malodušno je uzdahnuo. – Moram da idem. Treba da prisustvujem razgovoru za posao. Ti nastavi odavde, kapetane Kovare.

– Da, gospodine! – Stajao je prav kao strela, leđima uz police.

Pošto je gestapovac otišao, Jana i kapetan Kovar su se ćutke gledali. Naposletku ju je upitao: – Jeste li vi gospođica Hajek?

Jani je laknulo što je ovog puta govorio na češkom, a ne na nemačkom.

– Jesam. Prezime piše na ulazu u knjižaru. Za razliku od naziva drugih radnji, ovo nije germanizovano. Zasad. – Glas joj je bio jednoličan.

Posegnuo je za knjigom pored sebe pa je prelistao.

– *Hamlet* – rekao je.

– Je li vam poznat taj komad? – upitala je, tonom jasno stavljajući do znanja da ne očekuje da mu je poznat.

– Jeste, ali priznajem da sam ga čitao u prevodu. Ovo izdanje je, međutim, original, na engleskom: vredna knjiga.

– Koliko ja znam, Šekspir nije zabranjen.

– Pa, jeste i nije. Pravila su složena.

– Šta hoćete da kažete?

– Rajh je objavio novu verziju komada, u kojoj je Hamlet pronemački ratnik.

Jana je prasnula u zapanjen smeh. – Mora da se šalite.

Kovar je iskrivio usne, a oči su mu na trenutak zasijale. Bile su modroplave, skoro kao noć.

– Bojim se da to nije šala. Ovu knjigu bi vam idući put mogli oduzeti, osim ako...

Osim ako šta? Da li joj on to predlaže da je sakrije? Sigurno ne. On je fašista, pronacista, kolaboracionista i izdajnik, koji svoje ljude predaje SS-u. Samo je želela da on ode.

– Spisak zabranjenih knjiga koji ste jutros dobili bio je dugačak. Možda vam treba pomoć. Ja za sat vremena završavam smenu, pa mogu da vam pomognem.

Zinula je.

Skinuo je policijsku kapu otkrivši kratku crnu kosu koju je zagladio rukom. Izraz lica mu je postao blaži. – Mogli bismo da razgovaramo o knjigama sa spiska.

Jana se napokon pribrala. – Neće biti potrebno. Ni u kom slučaju.

Klimnuo je glavom, izgledajući postiđeno, zamolio je da ga izvini i brzo otišao.

Zurila je za njim a da nije imala ni najblažu predstavu o tome šta se dogodilo.

Dok je dan proticao, kad god bi se oglasilo malo mesingano zvono iznad vrata, uhvatila bi sebe kako podiže glavu uz izvesno iščekivanje. Ali kapetan Kovar nije ponovo došao.

6.

Sneg je i dalje padao, obavijajući grad tihom, belom koprenom; bajkovite blistave kule, svetlucavi krovovi i tajanstvene statue lica skrivenih maskom od belih kristala. Ali bajkovitost je bila paravan iza kojeg se krilo okrutno ugnjetavanje pod novim upraviteljem, Rajnhardom Hajdrihom, te je Janin bes ključao.

Prošla su još tri dana pre nego što se nebo razvedrilo, a autobuske linije koje vode izvan Praga proradile. Jana i njen otac seli su u prvi raspoloživ autobus i otišli da vide Mihala. Jana je bila zabrinuta za dečaka. Teško joj je bilo da zamisli kako se on oseća, otrgnut od svoje porodice i prisiljen da živi s jednom neznankom; da se krije, ne viđajući se s drugom decom. A što je najgore, vesti o njegovim roditeljima nisu bile dobre. Jana je saznala da su Mihalov otac i trudna majka poslati u Terezin, nekadašnju tvrđavu koja je sad bila svojevrstan logor za internirane. Bilo je protivrečnih izveštaja o tom mestu; od priča o tome kako je to banjski grad za oporavak, do onih da je reč o prenatrpanom, prljavom zatvoru. Jana se grizla za usnu zureći kroz autobusko staklo, dok je otac dremao pored nje. Pomisao da bi Hajdrih slao Jevreje na odmor, bila je smešna propaganda.

Ona i tata su još otresali sneg sa čizama na stepeniku, kad su se vrata širom otvorila, a babi ih dočekala sa srdačnim osmehom. – Videla sam vas kroz prozor, Gustave – rekla je, zagrlivši sina, a onda i Janu.

Kad su ušli, Mihal se pojavio u malom hodniku. Spustivši se na koleno, Jana je ispružila ruke. – Zdravo, Mihale. Tako mi je drago što te vidim.

Potrčao je ka njoj i zagnjurio joj lice u kaput. Ništa nije rekao dok su ona i tata skidali kapute i čizme, samo ju je gledao široko otvorenim smeđim očima. Uhvatila ga je za ruku, te su svi prešli u dnevnu sobu gde ih je dočekala toplota razgorelog uglja i privlačan miris nečeg što se kuvalo na šporetu.

– Kad sam jutros videla da se razvedrilo, znala sam da ćete doći, zato sam nam skuvala okrepljujuću čorbu od sočiva. – Babi je prišla velikom loncu i podigla poklopac da proveri čorbu.

– I mi smo vam doneli nešto namirnica – rekla je Jana, spustivši korpu na kuhinjski pult i iznoseći konzerve hrane. Onda su svi privukli stolice vatri, a Mihal je seo na jastuče uz Janine noge.

– Jesi li našla mamicu i taticu? – upitao je sitnim glasom.

Jana je razmenila pogled sa ocem i duboko uzdahnula.

– Zapravo jesam i dobro su – rekla je sa usiljenom vedrinom.

– Jel' dolaze kući?

– Još ne. Smešteni su u naselje tik izvan Praga.

– Onda mogu da odem kod njih. – Mihalov glas je sad bio snažniji.

Steglo ju je u grudima. – Bolje da ne ideš. Tvoji roditelji bi želeli da ostaneš s nama. – Setila se straha na licu Mihalove majke kad se sručila u kola i njenog odmahivanja glavom kad je pogledom preletela sa sina na Janu. Taj pogled je bio molba da ga zaštiti, a Jana bi uradila sve što je u njenoj moći da to učini.

Mihal je pognuo glavu i počeo da vuče rese na jastuku.

– To je zato što smo Jevreji, zar ne? Ljudi nas ne vole.

Teška tišina ispunila je sobu, sve troje odraslih trudilo se da nađe odgovor. Jana je bila ophrvana odgovornošću da nađe prave reči. Za jednog petogodišnjaka. Ali nisu joj nadolazile.

– Ja te volim – jednostavno mu je rekla Jana. – Mnogo. Kao i moji tata i babi.

Nagnula se napred pa mu zagladila šiške sa čela. Mučila se da nađe prave reči.

– Ali da, na svetu ima loših ljudi, no ima i onih dobrih, koji će pobediti zlo, a mi ćemo te dotad čuvati na bezbednom mestu. – Jana je htela da doda da će on ponovo videti svoje roditelje, ali nije uspela da mu pruži obećanje koje nije mogla da održi.

Ručali su, a onda je babi donela u dnevnu sobu sanduk pun očevih starih igračaka. Odrasli su gledali Mihala kako vadi rukom rezbarene domaće životinje koje je napravio Janin deda i ređa ih na pod.

– Kakav je bio? – Otac je tiho upitao babi.

Ona je uzdahnula. – Šta da očekujemo? Jedva da je i reč progovorio, uglavnom bi samo klimnuo ili odmahnuo glavom. Ili bi, kad nema odgovor, zurio u pod. Treba vremena, ali sigurna sam da ću na kraju osvojiti njegovo poverenje.

– To je bilo traumatično za njega. Prvo je video majčino hapšenje, a onda je morao da se sakrije ispod sudopere kao progonjena zver – rekla je Jana.

– Pomenuo je policajca koji je razmakao zavesu – rekla je babi.

Jani se stomak zgrčio. – Šta hoćeš da kažeš?

– Da je policajac razmakao zavesu, pogledao ga, pa prineo prst ustima. Onda je navukao zavesu i otišao.

Jana je poskočila. – Video je Mihala?

– Izgleda da jeste.

Jana je gledala Mihala kako tera u galop drvenog konja po podnim daskama, prateći to njištanjem. Zašto joj nije pomenuo taj incident? Ali kad malo bolje razmisli, bio je toliko traumatizovan događajima da je jedva i govorio, samo se raspitivao za roditelje. Kapetan Kovar je pretresao kuhinju, a onda izjavio da je sve čisto. A nekoliko dana kasnije, ponovo je došao u knjižaru s gestapovcem. Šta je naumio taj češki fašista? Da li joj sprema klopku? Iduće nedelje će početi da radi u Praškom zamku, usred nacističke vlade, a to iznenadno pojavljivanje kapetana Kovara u njenom životu izazivalo joj je nelagodu.

7.

Jana je raspoređena za rad na prvom spratu Salmove palate, smeštene u jednom od brojnih dvorišta Praškog zamka. Tu su bile administrativne kancelarije SS komande. Savršeno je skliznula u Lenkinu ulogu.

Upravo je završavala smenu, brišući prašinu s velikog ulja na platnu koje je prikazivalo nekog generala gustih brkova u sedlu veličanstvenog vranca, kad su je odlučni koraci naterali da podigne pogled.

Odmah ga je prepoznala; bio je mlad, sportski građen, izduženog uskog lica. Dok je marširao ka njoj, skinuo je šapku s mrtvačkom glavom i zagladio plavu kosu. Dugačak kaput bio mu je nezakopčan, otkrivao je njegovu crnu SS uniformu. Proleteo je pored nje i ne pogledavši je, ostavljajući u vazduhu elektricitet koji je zujao oko nje. Stresla se.

Rajnhard Hajdrih: Praški Kasapin.

Otključao je vrata svoje kancelarije smeštene dalje niz hodnik, pa ih zalupio za sobom. Jana je pogledala na sat; smena joj se završila pre deset minuta. Ostaviće pribor za čišćenje, pa će odjuriti niz brdo da otvori knjižaru. Dok je sakupljala perušku za prašinu, kofu i bocu sa sredstvom za dezinfekciju, videla je kako joj se približava sekretarica. Nosila je poslužavnik s lončetom kafe i čašom vode, uspevši da oslobodi jednu ruku kako bi otvorila vrata Hajdrihove kancelarije. Jana je videla da je sekretarica nogom zatvorila vrata za sobom, ali vrata se nisu sasvim zatvorila. Kad je čula Hajdriha kako viče u telefon, Jana je prišla odškrinutim vratima.

– ... Nimalo me nije briga što je đubrište puno. Što se mene tiče, stavi ih po šestoro u krevet. U svakom slučaju, transport odmah počinje...

Koraci. Sekretarica je izlazila iz sobe. Jana je sitnim koracima odjurila niz dugačak, otmen hodnik, prolazeći pored portreta okrutnih bezizraznih lica nekadašnjih generacija.

Uzela je kaput pa se zaputila preko dvorišta, načas zastavši ispred veličanstvene Katedrale Svetog Vida, koja se videla iz celog Praga. Izvila je vrat ka šiljatim, snegom pokrivenim kulama koje su parale bezbojno februarsko nebo. Tu kuca češko srce Praga, tu gde su se obavljala krunisanja i gde su sahranjivani sveci. Ipak, nacisti pokušavaju da istisnu to srce, da germanizuju narod. Da progutaju mali češki narod dok se ne raspri u crnu dušu Trećeg rajha. Pri pomisli na to, pripala joj je muka. Jedva je čekala da dobije prva uputstva od pokreta otpora.

Kasnije tog jutra, Jana se spremila za prvu razmenu knjiga. Nije imala dovoljno stolica za sve, te se snašla pokrivši izvrnute sanduke belim čaršavima. Kad ih je poređala ukrug, Hajdrihove reči sinule su joj u umu. Šta je đubrište koje je pomenuo? Terezin? Podišla ju je jeza kad je pomislila na Mihalove roditelje.

Ponovo se usredsredila na svoj zadatak, pa poređala nekoliko knjiga za decu na nizak sto. Da li bi trebalo da iznese i kutiju sa igračkama? Ne. Danas su glavne knjige i radost čitanja. Pet majki je stiglo s decom, uključujući Karolinu, koja je vratila knjigu Džejn Ostin i dala Jani ideju za klub razmene knjiga. I Lenka se pridružila grupi, a Jana je insistirala da ona sedne u naslonjaču.

Kad su se deca smestila s knjigama u krilu, a starija počela da čitaju mlađoj, žene su iz tašni povadile knjige koje su donele za razmenu.

Na smenu su ukratko predstavljale svaka svoju knjigu. To su, naravno, bile priče koje je odobravao Treći rajh, mnoge su dočaravale zdrave ljubavne priče u kojima žene čekaju kod kuće s buljukom dece dok njihovi voljeni muževi idu u rat da postanu heroji. Ili su to bile lagane, lakoumne bajke smeštene u *Hajmatu*, otadžbini.

Kad su porazgovarale o svim knjigama i svaka izabrala koju će pozajmiti, Karolina se nagnula pa tiho rekla: – Znate šta bi bilo zanimljivo? Da čujemo da li je bilo koja od nas pročitala neku za-branjenu knjigu i o čemu je ta knjiga. – Osmehnula se. – Ja sam pročitala *Velikog Getsbija*.

Jana je pogledala ka deci. – Sačekaj samo malo, Karolina.

Bilo je vreme da deca prave veću buku kako ne bi čula tu pro-menu teme.

– Deco, vreme je da zatvorite knjige i da se igrate. – Dovukla je kutiju sa igračkama i podstakla decu da živnu. Stavila je znak *zatvoreno* na vrata.

Sad je, uz dečju graju, Karolina nastavila. – Priča je smeštena u Ameriku dvadesetih, kad su svi išli na zabave, plesali džez i imali vanbračne veze. Sve je vrlo dekadentno!

Žene su sedele na ivici hoklica, oči su im sijale. Jana se osme-hivala; bilo je lepo videti ih kako se zabavljaju. Uozbiljile su se kad se povela reč o češkom autoru, Francu Kafki, koji je, kao Jevrejin, odavno bio zabranjen u Nemačkoj. Onda je Jana pričala o još jed-nom zabranjenom autoru, Helen Keler. Žene nisu disale dok im je Jana govorila kako je ta hrabra žena, iako slepa i oštećenog sluha, postala pisac i aktivista. – Istinski nadahnjujuća žena – završila je.

– U Nemačkoj spaljuju knjige – rekla je Lenka, odmahujući glavom.

– Ne znam da li ste čitale išta od Hajnriha Hajnea – rekla je Jana, gledajući grupu prijateljica – ali pisao je o tome u jednom komadu... – Zastala je, duboko uzdahnuvši, pa citirala: – *Tamo gde spaljuju knjige, na kraju će spaljivati ljude.*

Njene reči kao da su izvukle vazduh iz odaje; niko se nije pome-rio niti je progovorio dok je svaka od njih pokušavala da obradi ono što su upravo čule. Jana nije htela da se skup završi u tako zastra-šujućem tonu; te reči koje je pročitala dok je studirala na Karlovom univerzitetu došle su joj nepozvane. Ali graja razigrane dece brzo ih je vratila u neposredno okruženje.

Dok su se spremale da odu, ušuškavajući decu u kape i kapute, Jana je rekla Lenki: – Kakva ironija što zbog zabrane knjiga ljudi žele da znaju još više o njima.

– I te kako – rekla je Lenka, mučeći se da zakopča kaput preko trudničkog stomaka. – Današnji sastanak je bio veoma dobar. Mi-slim da nam je svima mnogo koristio.

– Kao što sam rekla ostalima, možemo da se sastajemo ovde jednom u dve nedelje da popravljamo svet.

Lenka joj je sputila ruku na rame. – Moramo biti oprezne kako niko ne bi otkrio o čemu razgovaramo.

Jana je klimnula glavom pa oponašajući jak nemački akcenat, rekla: – Sloboda govora je *verboten*.

– Šta danas nije zabranjeno? – odvratila je Lenka ironično, navukavši kapu preko ušiju. Onda je poljubila Janu u obraz i otišla sa ostalim ženama izvodeći decu iz knjižare.

Kad je zavladao mir, Janu je preplavila usamljenost. Shvatila je da je na razmeni knjiga ona bila žena koja nema porodicu. Jedina bez partnera. Već su joj bile dvadeset dve, ali još nije upoznala mladića koji bi joj zarobio srce. Naravno, bila je veoma privržena Pavelu i njegova nedavna pomoć oko izvođenja malog Mihala iz Praga navela ju je da mu bude još naklonjenija. Znala je da on gaji osećanja prema njoj; možda bi trebalo da pruži priliku njihovom odnosu da se razvije.

Te večeri, dok je ležala na ivici sna, ophrvala su je sećanja: mamino užasnuto lice dok je čitala novine, uzdah koji joj se oteo sa usana. Jana je videla sebe u dvadesetoj godini, kako sa čašom limunade u ruci gleda preko majčinog ramena. Na naslovnoj strani bila je zrnasta fotografija vatre okružene ljudima koji su bacali nešto u plamen. Kad se pažljivije zagledala, Jana je videla šta uništavaju. Knjige.

Zaspala je i sanjala te vatre; osetila je miris izgorelog papira, dodir pepela na obrazima. Citat iz Hajneovog dela proleteo je njenom podsvešću.

Tamo gde spaljuju knjige, na kraju će spaljivati ljude.

Bilo joj je pretoplo; vrelina koja se širila od plamena opekla joj je kožu. Srce joj je tuklo, znoj se slivao s nje. U nemom kriku trgla se iz sna, nateravši sebe da zaplovi talasima stvarnosti. Dahćući, sela je, slike su bledele. Ali citat joj je ostao urezan u um.

Besmislica, rekla je sebi. Spaljivanje knjiga je jedno, ali ljudi? To je nešto iz srednjeg veka, ne nešto što se događa u civilizovanom svetu.

* * *

41

Narednog popodneva, dok je Jana sedela za pultom pored kase praveći obeleživače za knjige, Lenka je utrčala, kaput joj je bio prekriven snegom, zubi su joj cvokotali. Jana je privukla naslonjaču maloj tučanoj peći pa smestila prijateljicu u nju i donela ćebe koje joj je prebacila preko ramena. Onda je prišla vojniku Vermahta koji je tražio nešto u odeljku s nemačkim knjigama i upitala ga da li može da mu pomogne.

Na obrazima je imao ožiljke zbog kojih mu je lice bilo rošavo, i primaknute oči.

– Imate li kopiju remek-dela našeg firera, *Moja borba*? – upitao je.

Jana je zastala na to pitanje, na trenutak ostavši bez reči.

– Ne mogu da ga nađem – nastavio je vojnik.

– Nemam ga na zalihama – rekla je napetim glasom.

– Zaista? A zašto? Mislim da naš SS general Hajdrih treba to da uvede kao obavezno štivo.

To je bila njena knjižara. Njena majka ju je otvorila i imala je slobodu da prodaje šta god da izabere. A sad su nacisti pretvorili knjižaru u mesto širenja svoje propagande. Gnev je ključao u njoj, ali ga je obuzdavala da bi joj glas bio jednoličan.

– Hvala vam, gospodine, što ste mi ukazali na propust da nabavim to... izvinite, kako ste ga nazvali? Remek-delo – rekla je, glas joj je bio prožet sarkazmom. – Izgleda da sam ga previdela i naravno, ispraviću to.

Prišao joj je bliže, Jana je osetila kako se iz njega širi sladunjav miris koji nije mogla da prepozna.

Podrugljivo se osmehnuvši, rekao je: – Dobro, onda ću doći iduće nedelje po primerak.

Jana je zgrčila vilicu dok je on izlazio iz knjižare, ostavljajući prljavi trag svojih čizama na podu.

U knjižari nije bilo više nikoga, te je otišla u zadnji deo, sela s Lenkom i uzdahnula.

– Sad moram da nabavim tu groznu knjigu. Jedva čekam da uzvratim mrskim nacistima. Ali pokret otpora još nije stupio sa mnom u vezu. – Uzbuđeno je iščekivala otkako joj je Lenka saopštila lozinku.

– Budi strpljiva – rekla je Lenka. – Tek si tri dana u zamku.

Ne dugo, ali već je čula uznemirujuće stvari; Hajdrihove reči o transportu zabrinule su je. Bila je u iskušenju da kaže Lenki za to, ali pogledavši u Lenkin trudnički stomak, odlučila je da je ne uvlači. Samo je pitala: – Kako je maleno?

– Brzo, stavi mi ruku na stomak.

Kad je Jana ispružila ruku, videla je kako se ceo Lenkin stomak izmestio u stranu, a kad joj je spustila ruku na trbuh, osetila je snažno ritanje bebinog stopala, ili možda udarac male pesnice. Bilo je neverovatno: malo stvorenje pod njenim prstima, skriveno ispod nekoliko centimetara kože njene prijateljice. Jani su oči zasuzile kad je pogledala Lenkino široko osmehnuto lice.

– Zadivljujuće. Ti i Ivan ste izveli malo čudo. Toliko mi je drago što više nisi u opasnosti. Ivan nije saznao za tvoje aktivnosti, zar ne?

– Nije. – Lenka je zastala okrećući burmu.

Jana je osetila nelagodu u stomaku.

– Završila si s tim, zar ne?

Lenka se zagledala u daljinu.

– Lenka?

Njena prijateljica je slegnula ramenima. – Samo još jedna stvar. Onda završavam. Obećavam.

– Ne, to je ludo. Treba da se porodiš za nekoliko nedelja. Ne znam kako pokret otpora može da očekuje od žene u poodmakloj trudnoći da se izloži opasnosti.

– U tome i jeste stvar. Žena u poodmakloj trudnoći je manje sumnjiva.

Jana je uzdahnula u očajanju. – Šta ćeš da radiš?

Lenka je pogledala ka prednjem delu knjižare. Nije bilo nikoga.

– Da prenesem neke delove radija. To je sve.

– To je sve? – uzviknula je Jana. – Zaboravi. Ja ću to.

– Ne želim da te uvlačim u još jednu grupu pokreta otpora. Počela si da radiš u zamku.

Jana je ustala i počela da šparta. – Zar ne bi bilo bolje da sve te odvojene grupe usklade aktivnosti?

– Nisam sigurna. – Lenka se promeškoljila u naslonjači, pokušavajući da nađe udobniji položaj, te joj je ćebe spalo s ramena. Jana ga je podigla i ponovo je ogrnula.

– Hvala ti. – Lenka joj se slabašno osmehnula. – Pretpostavljam da su male odvojene grupe bezbednije ako Gestapo nekog uhvati. Manje ljudi će izdati prilikom ispitivanja.

Mučnina se popela Jani u grlo pri pomisli na Lenku i njeno nerođeno dete u rukama tajne policije. – Odbij.

– Ne mogu da ih iznsverim.

– Pusti mene da uradim to. Molim te, zbog tvog deteta.

– U redu. Razmisliću. Posao treba da se obavi za nedelju dana, otprilike.

Jana je htela da kaže još nešto, ali razgovor se završio kad se zvonce iznad vrata oglasilo, a stariji par ušao u knjižaru.

8.

Ponovo je došao. Onaj policajac, kapetan Kovar. Samo što je ovoga puta bio u civilu. Jana je klečala ispred izloga raspoređujući knjige, kad je podigla pogled i ugledala njegovo lice, obraze pocrvenele od hladnoće, dok je zurio u nju s druge strane stakla. Jedva primetno je izvio ugao usana u osmeh nelagode jer je bio uhvaćen kako je gleda, ali osmeh je nestao čim mu je uzvratila pogled. Odmakao se od izloga i okrenuo se na pločniku. Nezadovoljna što ju je prekinuo, izvila se unazad i ustala, povukavši haljinu koja se zalepila za vunene čarape.

Šta sad hoće? Nestrpljivo je čekala da on uđe u knjižaru. Kako se on i dalje vrzmao napolju na sivom, ledenom vazduhu, prišla je kasi pa natakla račun na dugačak šiljak na kojem je čuvala račune za prodate knjige. Nije ih bilo mnogo. Možda nije nameravao da uđe u knjižaru, već je samo zastao da pogleda izlog. Nema sumnje da mu je bilo zabavno kad ju je video kako puzi unaokolo na rukama i kolenima. Uzdrhtala je pa pogledala ka vratima.

Napokon su se otvorila i on je ušao, korak mu je bio manje siguran sad kad nije imao uniformu na sebi. Prišao joj je, skinuvši smeđi fedora šešir i prislonio ga na grudi u visini džepa na kaputu.

Provukavši prste kroz kosu – izgledala je sveže oprano, bila je blistavocrna – pozdravio ju je.

– Dobar dan, kapetane Kovare – odgovorila je. – Izvolite?

– Bliži se rođendan moje majke i tražim knjigu za nju.

– Na nemačkom ili na češkom?

– Na češkom.

– Novu ili polovnu?

Pogledao je unaokolo po praznoj knjižari kao da procenjuje pomanjkanje prometa.

– Novu – rekao je.

– Pa, budući da je većina knjiga na češkom zabranjena, izbor je ograničen.

Izašla je iza pulta, rekavši: – Pokazaću vam šta imamo – pa ga povela ka odeljku s policama u zadnjem delu knjižare. Prema novim uputstvima, naslovi na nemačkom morali su se držati u prednjem delu knjižare. – Kakve knjige voli da čita vaša majka?

Na trenutak je zastao, čelo mu se namrštilo.

– Hmm, možda vi možete nešto da mi preporučite? U čemu vaša majka uživa?

– Ni u čemu. Umrla je, kapetane Kovare. – Jana je i sama bila zgranuta sopstvenim izlivom ogorčenja i odmah je zažalila zbog svog oštrog tona.

Iznenađeno je razrogačio oči.

– Žao mi je. – Pogledao ju je užasnut.

Osetila je pritisak u grudima i obuzdala suze. Zašto je to rekla? Uhvatila je malu zlatnu knjigu na svojim grudima, vidljivu iznad otvora njene bluze.

Usledila je duga tišina ispunjena nelagodom.

Onda je, sada mekšim glasom, rekla: – To je bilo pre dve godine. Čekao je.

– Bila je medicinska sestra u Velikom ratu i dobila je sušicu. Otad je kuburila sa zdravljem, često se razbolevala. Onda je jedne zime dobila groznicu koja se pretvorila u upalu pluća i za dva dana je preminula.

Polako je, zamišljeno klimnuo glavom. Ponovo je rekao: – Žao mi je.

Zašto mu je ispričala sve to? Nije mu dugovala objašnjenje. Prenula se iz misli pa zabacila ramena.

– Šta kažete na neku porodičnu sagu? – rekla je, podigavši glas.

Kapetan Kovar kao da je bio zahvalan na promeni teme i pogledao je knjigu koju je predložila. Napetost između njih dvoje je popustila dok su razgovarali o naslovima; o književnosti je znao više nego što je očekivala te su se udubili u lagan razgovor. On nije više izgledao nadmeno, a dok je posmatrala njegove visoke jagodice i jaku bradu, morala je priznati da dobro izgleda.

Uhvatio ju je kako ga proučava i srdačno joj se osmehnuo. Bilo joj je mrsko što joj je u stomaku zalepršalo.

Progutala je. Činilo se da je pravi trenutak da pomene ono što ju je danima mučilo.

– Videli ste ga, zar ne? Zašto ga niste odali?

Ukočio se. – Nisam siguran da vas razumem.

– Razmakli ste zavesu ispod sudopere, videli ga i ponovo je namakli. Zašto?

– Bojim se da ste se prevarili. Nemam pojma o čemu pričate. – Izraz lica mu je postao oštar, njihov prijateljski razgovor od pre nekoliko trenutaka bio je poljuljan. – Uzeću ovu – rekao je, izvadivši nasumice jednu knjigu s police pa se zaputio ka kasi.

Ćutke je platio, klimnuo glavom u znak pozdrava i stavio šešir. Jana je zurila za njim dok je izlazio na ulicu. Bila je razočarana. Želela je da čuje da je on jedan od njih, dobar Čeh, humani policajac koji ne bi odao dečaka zbog njegove vere. Zato što nacisti to traže. Ali sad je bila zbunjena.

Da li se Mihal prevario pomislivši da ga je Kovar video? Da li je kapetan Kovar zapravo neprijatelj? Kolaboracionista? Ako je tako, upravo je učinila sebe veoma sumnjivom, a možda dovela i Mihala u opasnost.

Dok se približavala knjižari na povratku s posla u zamku, Jana je ispred vrata videla mršavog muškarca u iznošenom kaputu i s platnenom kapom. Osmehnula mu se i pitala ga da li čeka da ona otvori. Potvrdio je, pa pošto je otključala, ušao je za njom. Dok se ona vrzmala unaokolo, skidajući kaput, paleći svetla i peć, čovek je tražio po policama.

Jana je prišla kasi, ubacila ključić sa strane pa povukla ručku. Čulo se ding i fioka s novcem se otvorila. Izbrojala je malu sumu sitnine. Sve je bilo u redu.

Kad je podigla pogled, videla je čoveka kako stoji ispred nje; bio je mlad, bledog lica i prodornih crnih očiju.

– Izvolite?

Ko zna zašto, ulivao joj je osećaj nelagode kad je pogledao preko ramena pre nego što je progovorio. – *Naša istinska nacionalnost je čovečanstvo.*

Jana se sledila. Reči koje je upravo izgovorio bile su citat H. Dž. Velsa. Ali nije je prepala činjenica da je taj čovek citirao zabranjenog autora; prepala se jer je to bila lozinka za koju joj je Lenka saopštila da treba da je očekuje od svog kontakta.

Jani je srce tuklo kad mu je pružila ugovoren odgovor, citat jevrejskog, češkog autora, Franca Kafke. – *Bog nam daje orahe, ali ih ne lomi.*

Kratko joj se, jedva primetno, osmehnuo pa prišao bliže pultu.

– Pretpostavljam da imaš primerak Čapekove knjige *Baštovanova godina*. Klimnula je glavom, a on je nastavio. – Poruke će biti niz šifrovanih brojeva usklađenih s rečima i slovima u toj knjizi. Prva dva broja su broj stranice...

Jana je jedva disala dok ga je slušala; ovo je nemoguće. Ličilo je na nešto što bi mogla pročitati u nekoj knjizi; to nije bio stvaran događaj u koji je ona uključena. Dobro se usredsredivši, zapamtila je šifru i ponovila mu je.

Odobravajuće klimnuvši glavom, pružio joj je parče papira. – To ti je prvi zadatak. Uništi ga kad dešifruješ poruku.

Ruka joj je drhtala kad je uzela cedulju od njega.

– Kako da odgovorim?

– Istom šifrom. Najbolje je da sakriješ cedulju u nešto kad je budeš predavala svom kontaktu. – Pogledao je u njene ručno pravljene obeleživače na pultu.

Klimnula je glavom potvrdivši da je razumela.

– Kako ću prepoznati kontakt?

Izgovorio je citat, pa se okrenuo da ode baš kad su se vrata otvorila i prva mušterija tog dana ušla.

Pre nego što je te večeri zaključala knjižaru, Jana je uzela knjigu *Baštovanova godina* i svežanj svojih ručno izrađenih obeleživača za knjige. Onda se popela stepenicama i ušla u stan. Srećom, njen otac je još radio u potkrovlju te je mogla početi nesmetano da dešifruje poruku.

Sela je na svoj krevet i prekrstila noge, pa stala da lista, beležeći odgovarajuća slova dok se poruka nije ukazala: treba svakog dana da zabeleži tačno vreme Hajdrihovog dolaska u Salmovu palatu. *Sasvim lagan zadatak*, pomislila je kad je otišla do sudopere u kuhinji, kresnula šibicom pa zapalila i dešifrovanu i šifrovanu poruku.

Vratila se u svoju sobu pa isekla parče papira za pisanje malo uže od obeleživača. Onda je počela mukotrpno da sastavlja svoju poruku, trudeći se da bude što sažetija, precizno ispisujući brojeve na papir. Njena šifrovana poruka je glasila:

HH govori o skoroj deportaciji.

Onda je izabrala obeleživač koji je nedavno napravila – karton presvučen cvetnom tkaninom, sa zlatnom kićankom na vrhu. Izvadila je korpu s priborom za šivenje ispod kreveta pa uzela male makaze kojima je napravila otvor u dnu obeleživača. Kad je odvojila tkaninu, uvukla je poruku ispod nje, a onda ju je ponovo ušila. Odmakla se da se divi svom veštom radu pa se osmehnula, zadovoljna sobom.

Bezazleni obeleživač. Mama bi bila ponosna na njen poduhvat.

Pokazaćemo im mi, mama. Mogu da spaljuju i zabranjuju naše knjige, ali neće nas ućutkati.

9.

Naredne večeri, Jana se sastala s Pavelom u malom češkom restoranu u Hradčanima, nedaleko od Praškog zamka. Izabrali su ga zato što je bio mali i neugledan – jedno od nekoliko mesta gde Nemci nisu zalazili. Uprkos neuglednoj unutrašnjosti jeftina hrana je bila dobra, te je dvoje prijatelja gladno prionulo na svoje okrepljujuće čorbe od luka.

– Ukusna je – rekla je Jana uzimajući istopljeni sir i krutone kašikom.

– Lokalno pivo joj daje bogat ukus – rekao je Pavel između dve kašike. Smeđa kosa mu je bila razbarušena, a obrazi su mu se zajapurili. Pogledao je u nju, zastavši s jelom, pa joj se osmehnuo njemu svojstvenim dečačkim osmehom pokazavši jamicu na levom obrazu. Jani su se grudi nadimale od zahvalnosti za njihovo prijateljstvo.

Dok su jeli, upitao ju je za Mihala.

– Pa, s obzirom na okolnosti, sasvim dobro mu ide. Tata je odvojio malo vremena da ga poseti danas, dok sam ja radila u knjižari. Upravo se bio vratio dok sam se spremala da se vidim s tobom.

– Kako se tvoja baka snalazi?

– Mislim da je snalaženje pogrešna reč. – Jana se nasmejala. – Ističe se! Tata kaže da su babi i Mihal izveli pravu predstavu s dedinim marionetama, po scenariju koji su sami napisali, čak su pevali češke narodne pesme.

Kad su završili čorbu, razgovor je skrenuo na Lenku i Ivana.

– Uskoro će biti porodica. – Jana se ozarila.

– Bila je to ljubav na prvi pogled kad su njih dvoje primetili jedno drugo. – Pavelovo lice postalo je čežnjivo. – Posle toga su postali nerazdvojni.

– Ne zaljubi se svako naprečac – rekla je Jana. – Mislim da se ponekad ljubav razvija.

Osetila je da joj je vruće i odvratila je pogled. Zašto je to rekla?

Neko vreme su ćutke sedeli, Pavel ju je proučavao, onda je pogledao na svoj sat.

– Vreme mi je da odem kući jer je prokleti Hajdrih ponovo naredio rani policijski čas.

Jana se trgla na pomen Hajdriha i zapitala se šta bi Pavel mislio kad bi znao da i ona sad špijunira tog tiranina.

Prešli su preko Karlovog mosta na Vltavi, prolazeći pored mrzovoljnih statua koje su se nadvijale u tami. Jana je znala sve što se moglo znati o trideset statua koje su oivičavale most. Ponekad bi dodirnula peščanik od kojeg su napravljeni spomenici, upijajući vibracije prošlosti: sveštenika, svetaca i kraljeva. Majka joj je, kad je Jana bila mala, pričala mitove i legende o mostu, a neki od njih bili su baš zastrašujući.

Provukla je ruku ispod Pavelove. Bio je to nevin pokret. Dvoje prijatelja često je tako hodalo. Večernji vazduh je bio leden i Jana je čeznula za letom kad se grad kupa u zlatnom sunčevom sjaju, a gotske građevine izgledaju više čarobno nego zlokobno.

Stigli su pred vrata njenog stana.

– Nadam se da izbegavaš nevolje, Pavele. – Osmehnula se.

– Samo tu i tamo dodijavam mrskim Nemcima. Nekoliko probušenih guma, malo grafita i povremeno pomažem u krijumčarenju dece iz grada.

– Hvala još jednom. Cenim to.

– Uvek sam tu za tebe, Jano. Uvek. Znaš to, zar ne? – Glas mu je odjednom postao promukao.

– Znam – rekla je, zakoračivši ka njemu.

Oklevala je. Bila je ispunjena toplinom zahvalnosti, ali može li tu biti nečeg više? Bila je usamljena, čeznula je za nekim. Za Pavelom?

Vreme je da otkrije.

Na vrhovima prstiju, izvila je vrat i poljubila ga u zatvorene usne. Osetila je njegovu zapanjenost. Obavivši mu ruke oko vrata, ponovo ga je poljubila, jezikom mu razdvajajući usne. Grudi su mu se nadimale u uzdahu kad joj je uzvratio poljubac.

Njihov zagrljaj je bio kratak; ćaskanje prolaznika i tihi zvižduk u znak odobravanja, razdvojili su ih.

– Bolje da pođeš – rekla je Jana. – Uskoro će policijski čas.

– Šta se to upravo desilo? – upitao je Pavel, zadihan.

– Hajde da razmislimo o tome.

– Ja sigurno hoću. – Namestio je šešir pa otišao poskakujući.

Kad je Jana kasnije ugasila svetlo, razmišljala je o tom poljupcu. Žudela je da on raspali malo strasti u njoj, da joj otkrije njena istinska osećanja prema Pavelu, ispuni je nečim što joj je nedostajalo u životu. Ali dok su se ljubili, osetila je malo toga. Nije bilo neprijatno, samo malo čudno. Malo nespretno. Nije bilo kao da se zemlja zatresla, preplavivši je talasom emocija o kojima je čitala u knjigama kao što su *Orkanski visovi* ili *Ana Karenjina*. Sad je bila razočarana, ali pre svega je osećala krivicu. Dala je Pavelu pogrešne signale. Ne, još gore od toga: ulila mu je lažnu nadu.

10.

Mihal je uzbuđeno zgrabio Janu za ruku pa je uveo u staru radionicu njenog dede. Tata i babi su išli za njima. Bila je nedelja i ona i njen otac su rano tog jutra došli autobusom iz Praga. Sad je Mihal željno pokazivao lutkarske veštine koje je savladao.

– Divno! – uzviknuo je tata, tapšući. – Moj otac bi bio ponosan na tebe. Jesi li znao da je on bio poznati lutkar?

– Jesam, babi mi je rekla. I putovao je po zemlji sa svojim pozorištem zasmejavajući sve, čak i odrasle, zato što je zbijao prikrivene šale koje deca ne razumeju. – Ozario se dok je govorio, a Jani je bilo toplo oko srca kad je videla da se on oraspoložio i kad je čula da njenu baku zove babi.

Proveli su nekoliko veselih sati u radionici, zadubljeni u drevni češki svet marioneta, bajki i legendi. Tata, naravno, nije uputio Mihala u satirične veštine nekadašnjih majstora lutkara: u jetke šale na račun vlade i kralja ili skaredne seksualne aluzije. Predstave su bile otvorena, svestrana zabava. Dok nisu došli nacisti i strogo cenzurisali sadržaj.

Ponovo je počeo sneg i Mihal je čežnjivo pogledao kroz prozor.
– Mogu li da se igram napolju?

Tri nedelje je bio kod babi i nije mu bilo dozvoljeno da izlazi iz straha da ga ne vide. Iznenadan dolazak neobičnog dečaka u kraj mogao je izazvati sumnju. Ali babi je sad pogledala u sina i Janu.

– Neće ga videti iza kuće – rekla je. – Najbliži sused je dva kilometra dalje, a niko neće izlaziti u nedelju po ovom vremenu.

Tata se namrštio razmišljajući, a onda klimnuo glavom Mihalu.
– Samo ako mogu da napravim sneška s tobom.

Babi se osmehnula. – Izvadiću neke stare čizme i jakne za Mihala. – Požurila je sa uobičajenom energijom.

Deset minuta kasnije Jana i babi su stajale pored prozora i gledale čoveka i dečaka kako kotrljaju grudve snega po bašti.

– Kako se vas dvoje slažete? – upitala je Jana.

– On je zlatan. – Baki su zablistale oči. – Osećajan je, vispren dečak koji reaguje na izražavanje ljubavi. I toliko mi zadovoljstva pruža. – Prebacila je ruku Jani preko ramena. – Uzela bih celu grupu dece da ih krijem od nacista.

Jana se nasmejala. – Verujem da bi.

Sneg je nastavio da pada i u kasno popodne. Jana i njen otac probili su se do stanice pogledavši na debeo sloj neugaženog snega koji je pokrivao put. Na sve tamnijem nebu videle su se spirale krupnih pahulja. Tog dana neće biti više autobusa za Prag; moraće da prenoće tu.

Vreme se pogoršalo te Jana i njen otac nisu imali izbora do da ostanu još dva dana kod babi. Knjižara će morati da ostane zaključana, ali najviše ju je brinulo što će odsustvovati s posla u zamku; nije htela da izgubi posao koji je tek dobila i želela je da drži Hajdriha na oku.

Jana je donela još knjiga za Mihala te su njih dvoje provodili srećne sate šćućureni na maloj sofi čitajući. Njen otac je našao nekoliko panjeva lipovog drveta u radionici svog oca pa je pokazao pažljivom Mihalu osnovne veštine rezbarenja mekog drveta. Jana je stajala u dovratku gledajući ih kako rade. Tata se nije toliko osmehivao i smejao od smrti njene majke. Prijalo mu je Mihalovo društvo; izgledali su kao otac i sin.

Volela bih da možeš da ih vidiš, mama. Ta misao je zapalila varnicu bola tako oštrog da je ostala bez daha. Dok su joj suze lile, okrenula se na drugu stranu, brišući oči nadlanicom.

Babi je podigla pogled dok je čistila. Naslonila je metlu na zid, pa pošla ka njoj raširivši ruke.

– Nedostaje ti – rekla je znalačkim glasom. – Naravno. Svima nam nedostaje.

Jana se nagnula u njen utešni zagrljaj i tiho joj plakala na ramenu.

* * *

Bila je sreda, sredina prepodneva kad je autobuska linija ponovo proradila, a oni mogli da se vrate u Prag. Jana je otišla pravo da otvori knjižaru, a njen otac u potkrovlje da se spremi za večernju predstavu za decu. Brinula je zbog svog posla u zamku i pitala se da li će je otpustiti zato što je tri dana odsustvovala. Sad, kad je počeo pravi rad za pokret otpora, bilo bi strašno da izgubi prednost koju joj je pružala blizina Hajdrihu.

U knjižari je bilo tiho, te je zatvorila na pet minuta da uzme novine s tezge na uglu. Prodavac je cupkao i trljao ruke pokušavajući da se zgreje.

– Pročitajte sve o tome, gospođice – rekao je kad je prišla. Dodirnuo je kapu u znak pozdrava. – Hajdrih je naredio da se pogubi još jedna grupa Čeha zbog takozvanih zločina protiv države. Pedesetorica muškaraca i tri žene.

Jana je prinela ustima ruku u rukavici. – Toliko? – rekla je, užasnuta.

– Izgleda da se naš novi upravitelj stvarno uživeo u svoj posao. I presrećan je što su novine to objavile kao upozorenje.

Zadrhtala je, ali ne od hladnoće. Platila je novine i odnela ih u knjižaru gde je sve užasnutija čitala o najnovijem incidentu. Bilo je zastrašujuće što optuženi nisu bili samo pripadnici pokreta otpora već i sitni lopovi optuženi za krađu ili za trgovinu na crnoj berzi. Hajdrihova pesnica stezala je srce Praga.

Najnovije vesti naterale su je da još nestrpljivije čeka kontakt kojem će preneti svoju poruku u obeleživaču za knjige: Hajdrihov razgovor koji je načula. Da nije kontakt dolazio proteklih dana dok su bili zavejani kod babi?

Bilo je šest kad je, umorna, krenula da pogasi svetla i uzme kaput. Vrata su se otvorila i ušao je kapetan Kovar u civilnoj odeći, sa snegom na ramenima kaputa.

Gospode! Ne opet!

– Upravo zatvaram – kratko je rekla.

– O, ne bih da smetam. Malo sam se zabrinuo za vas.

Nalet ledenog vetra uneo je sneg kroz otvorena vrata, te su joj se vlažne pahulje spuštale na noge u čarapama.

– Zbog čega ste brinuli? – Glas joj bio malo piskav, čelo namršteno.

Da li je došao da se suoči s njom povodom Mihala?

– Knjižara je bila zatvorena nekoliko dana te sam se uplašio da vam nije dobro.

Uzdahnula je sa olakšanjem. – Ne, dobro sam. Ostala sam zavejana dok sam bila u poseti... prijateljici.

Oprezno. Morala je da preusmeri razgovor u drugom pravcu.

– Da li se vašoj majci svidela knjiga? – upitala je.

Lice mu se opustilo te je počeo da priča o majčinom rođendanu. Ispričao je kako se njegova majka našalila da je nestašica svećica za tortu skoro prednost na rođendanu starije žene. Prvi put ga je videla da se smeje i iznenadio ju je njegov širok osmeh, njegove velike usne. Pomislila je na poljubac s Pavelom; imao je mala usta, ne mnogo veća od njenih.

– Izgledate kao da se smrzavate. Jeste li za vruću divku? – Bila je zgranuta tim rečima koje su joj navrle na usta. Ali bilo je još nečeg. Tračka uzbuđenja.

Izgledao je iznenađeno, ali zadovoljno, te ga je uvela u zadnji deo knjižare gde je pokazala na naslonjaču.

– Pristaviću čajnik na šporet.

On je umesto u naslonjaču seo na hoklicu pa skinuo šešir. To je bilo čudno; pre svega nekoliko nedelja, on je bio tu u sasvim drugačijim okolnostima, umarširao je u knjižaru, smrtno uplašivši i nju i Mihala. Pomislila je da zbog visokih jagodica izgleda nadmeno, ali sad dok ga je proučavala, smatrala je njegovo lice privlačnim.

Susreo je njen pogled, a ona se okrenula na drugu stranu.

U maloj kuhinji je pristavila čajnik pa uzela teglu divke – u to vreme su samo Nemci imali pristup pravoj kafi. Stavila je šolje, posude za kafu i šećer na radnu površinu, pa se zagledala u čajnik, čekajući da se pojave prvi pramenovi pare.

Čula je njegove korake iza sebe i okrenula se. On je skinuo kaput te je videla da nosi košulju i kravatu ispod mornarskiplavog pulovera. Grudi su mu bile široke i imao je jake ruke. *Ruke policajca*, podsetila je sebe, prenuvši se iz neobične otupelosti u koju je utonula.

Pogledao je ka mestu gde je stajala – ispred zavese koja je visila ispod sudopere. Gde se Mihal bio sakrio.

Srce joj je ubrzalo. – Videli ste ga – prošaputala je.

Nesigurnost mu je zatreperila u modroplavim očima. Kakva neobična boja.

Nije odgovorio. Zašto samo ne prizna da je video Mihala?

Zakoračio je ka njoj. Tako blizu. Skoro ju je dodirivao. Stajala je leđima naslonjena na sudoperu, rukama stežući ivicu iza sebe.

Podigla je pogled ka njemu, dah joj je zastao u grlu.

Lice mu je bilo blago, upitno.

Usne su joj se razdvojile.

On je nakrivio glavu.

Kreštavi pisak čajnika zaparao je vazduh nabijen elektricitetom, a on je uzmakao, dozvolivši joj da skloni čajnik sa šporeta i sipa kipuću vodu u dve šolje.

Glas joj je bio drhtav kad je rekla: – Hajde da popijemo divku u knjižari, kapetane Kovare.

– Mislim da je vreme da me zoveš Andrej – rekao je, sa iskrom u očima.

Kad je otišao, Jana je sela u naslonjaču, pažljivo razmišljajući o onome što se upravo dogodilo. Da li je nameravao da je poljubi, ili je ona to umislila? Posle tog trenutka, razgovor uz divku bio je usiljen. Bilo je napetosti između njih, ali nije bila neprijatna. Više kao iščekivanje. Kad se oprostio, osetila je žaoku razočaranja što nije bilo poljupca. Ali to je, zapravo, bilo dobro. Sigurno nije želela da se spetlja s policajcem fašistom dok se bavi antinacističkim aktivnostima. Sutra će ponovo otići u zamak da špijunira Hajdriha, koji je, uz Himlera, bio jedan od najvažnijih Hitlerovih saradnika.

Da li je neizrecivo hrabra ili neizrecivo glupa? Nijedno od toga. Ona je samo devojka iz knjižare koja čini šta može protiv ugnjetavača svoje zemlje.

11.

U svojoj crnoj uniformi spremačice, s korpom s priborom za čišćenje, Jana je čekala ispred Hajdrihovih zaključanih vrata. Nekoliko trenutaka kasnije, njena šefica, gospođica Jezek, koja je obavila s njom razgovor za posao, protutnjala je s ključevima u rukama. Ranije tog jutra prihvatila je Janino izvinjenje zbog odsustvovanja sa umornim izrazom lica i upozorila je da se ubuduće uzdrži od putovanja nedeljom po nevremenu.

Gospođica Jezek je uvek otvarala vrata kancelarije za spremačice i ponovo ih zaključavala kad bi završile. Na prvom spratu Salmove palate vladale su jake bezbednosne mere. Postojao je strog protokol po kojem su se vrata kancelarije ostavljala širom otvorena dok su spremačice unutra, a gospođica Jezek je patrolirala hodnikom, držeći na oku osoblje. Na kraju hodnika je bio i naoružan stražar.

Jana je prionula na posao. Hajdrihova kancelarija bila je onakva kakva bi se očekivala u baroknoj palati: velika, sa zadivljujućim stolom, glomaznom stolicom i slikama u ulju na zidovima. Pomalo neuverljiv među tim umetninama, bio je i obavezan Hitlerov portret. Jana mu je dobro isprašila lice dugačkom peruškom pre nego što je prešla na komodu.

Na srebrnom poslužavniku stajao je kristal, dekanter s brendijem i dve čaše od najfinijeg češkog kristala. Uzela je malu krpu pa nežno obrisala skupoceni kristal pre nego što je prešla na Hajdrihov radni sto. Sve je bilo besprekorno čisto, površina stola prazna ako se izuzmu mastionica i slika njegove žene i četvoro dece. Žena mu je, navodno, bila strastveni nacista i u potpunosti je podržavala muževljevu karijeru u Nacističkoj partiji.

Jani je pogled pao na nešto što ranije nije viđala u kancelariji: kofer za violinu naslonjen na zid. Hajdrih svira na violini? Zgrozila ju je pomisao da taj varvarin drži tako divan instrument; mora da pripada nekom od njegove dece.

Zatim je obrisala prašinu sa starinske vitrine za knjige, zastavši da pročita naslove na hrbatima. Mnoge su bile divni, stari primerci u kožnom povezu i, pretpostavila je, posebna izdanja. Autori su bili uglavnom Nemci, kao što su Gete i Šiler.

– Uživate li u nemačkoj književnosti?

Okrenula se i videla Rajnharda Hajdriha kako je proučava. Imao je fine crte lica i orlovski nos koji mu je davao skoro kraljevski izgled. Plava kosa, plave oči i sportska građa činili su ga arijevskim idealom daleko više od bilo kog naciste na visokom položaju.

Usta su joj se osušila te je zastala pre nego što je odgovorila.

– Da, gospodine. Na studijama sam imala taj predmet.

– Zbilja? – Spustio je akten-tašnu na sto, prišao čiviluku, okačio svoj kaput pa poravnao gornji deo besprekorne uniforme. Čizme su mu se sijale, a srebrna SS značka na okovratniku svetlucala.

– Lepo je čuti Čeha koji govori razumljiv nemački. Većina vas ne može da sastavi rečenicu. – Seo je pa joj odmahnuo. – Možete da idete.

Nije je ni pogledao kad je posegnuo za telefonom.

– Da, gospodine.

Požurila je iz sobe, osetivši olakšanje što može da ode od njega. Taj čovek je bio oličenje nadmenosti. Pogledala je na sat na drhtavom ručnom zglobu pa zapamtila vreme: osam i dvadeset. Odsad će pamtiti vreme njegovog dolaska kao što su tražili od nje i preneće informaciju svom sledećem kontaktu. Završila je smenu pa pošla ka Nerudovoj ulici i knjižari.

Kasnije tog popodneva, dok je svetlo bledelo na bezbojnom nebu, a Jana upalila stone lampe, stigao je Pavel. Otresao je sneg sa čizama na otiraču pa je stidljivo pogledao. Obično bi ga srdačno zagrlila u znak pozdrava, ali sad je jedva uspela usiljeno da se osmehne.

Gledao je po knjižari dok se približavao. Ni on nju nije zagrlio. Pitala ga je kako je u skladištu nedaleko od Vltave u kojem je radio.

– Prilično je grozničavo. Rajh je pojačao proizvodnju u čeličanama, stotine kutija municije prolaze kroz naše skladište sad kad rat besni. – Oboje su načas zaćutali dok su razmišljali o značenju njegovih reči.

– Od iduće nedelje moram da radim dve smene – rekao je, pa tiho dodao: – Pitao sam se da li bi večeras izašla sa mnom u naš omiljeni mali restoran.

Jana je pogledala u njegove oči ispunjene nadom. Sve se u njihovom prijateljstvu promenilo od onog poljupca: način na koji su razgovarali, govor tela i atmosfera između njih. Večera s njim bila bi, po njenom mišljenju, sastanak. Pogrešila je i dugovala mu je da bude iskrena.

Ispružio je ruku nakratko je dodirnuvši, oči su mu sijale.

– Nisam prestao da mislim na tebe od prošlog susreta. Toliko sam čekao ovo i kad si me poljubila, bio je to najlepši trenutak u mom životu.

– Pavele, nisam sigurna...

– Ne brini. Neću te pritiskati – brzo je rekao, kao da shvata težinu svoje izjave. – Možemo da idemo polako. Samo večera.

Jana se zagledala u njegovo dečačko lice, njegov čežnjivi pogled. Oklevala je da ga sasvim uništi.

– Žao mi je, ne mogu večeras. Možda drugi put?

Lice mu je potonulo. – Šteta. Ubuduće ću raditi duge smene, ali javiću ti kad budem imao malo vremena.

– Da, javi mi – rekla je osmehujući se ne bi li ga oraspoložila.

Pošto se činilo da nema više šta da se kaže, on je otišao, ostavivši je sa osećajem da je upravo izgubila najbližeg prijatelja.

Klub razmene je narednog jutra bio živahan. Pored Jane je sedela Daša, stara školska drugarica s kojom donedavno nije bila u kontaktu. Bilo joj je drago što se ona pridružila klubu. Daša je upravo prosledila pohabani primerak ljubavnog romana iz osamnaestog veka i sad je ćaskala o novom poslu svog brata.

– ... Pomislio bi da će, pošto živi u Plzenju, naći posao u pivari, ali zapravo radi u Škodi.

– Zar oni ne prave oružje za Vermaht? – upitala je druga.

– Da. Mom bratu bi bilo draže da radi u pivari, ali mora da radi tamo gde ga Nemci pošalju. – Daša je uzdahnula.

– Slobodna volja je umrla 1939 – dodala je prerano osedela žena.

– Nemci pokušavaju da nas umire boljim poslovima, ali samo koriste našu obučenu radnu snagu da pokreće njihovu ratnu mašineriju.

Daša je klimnula glavom. – Naši ljudi bar ne moraju da se pridružuju Vermahtu.

– Istina – rekla je Lenka – ali to je zato što nas ne smatraju dovoljno dobrim da budemo državljani Nemačke, iako su nam germanizovali zemlju. Rajh želi naše radnike samo zato što su svi njihovi u borbi.

Krugom se proneo žamor odobravanja. Jana je pogledala prekoputa u Karolinu, koja je nadahnula čitalački klub. Tog dana je bila neuobičajeno tiha, lice joj je bilo bledo i ispijeno.

Kad se približio kraj sastanka, a majke počele da oblače decu, Jana joj je prišla i saosećajno joj se osmehnula.

– Pitala sam se da li si dobro. Danas si bila malo tiha.

– Samo sam umorna, ništa više – rekla je Karolina dok se mučila da provuče ruke svoje male devojčice kroz rukave. – Loše spavam.

Jana je ispružila ruku i pomogla joj oko detinjeg kaputa. – Ako ikad poželiš da popričamo...

– Hvala – rekla je Karolina – ali stvarno sam dobro. – Nije gledala u Janu dok je govorila, usredsredivši se na ćerku koja se vrpoljila, pa svima rasejano mahnula na odlasku.

Lenka je zastenjala spuštajući se na sofu pored Jane.

– Hvala bogu što Ivan voli da kuva – rekla je nameštajući jastučiće u pokušaju da se udobno smesti. Poznati zvuci i mirisi dopirali su iz kuhinje: zveckanje šerpi, miris prženog luka. Jana je pogledala po stanu u kojem su Lenka i Ivan živeli od venčanja pre samo nešto više od godinu dana. Bio je mali i prijatan i uskoro će biti ispunjen plačom i čavrljanjem bebe i gugutanjem roditelja malom čudu koje su stvorili.

Jana je tiho i čežnjivo uzdahnula. – Kako se osećaš? – upitala je.
– Iscrpljeno, trapavo i ružno.
– Ti nikad ne bi mogla da budeš ružna. – Jana je uhvatila prijateljicu za ruku i stegla je. – Još samo tri nedelje.
– Želim da ti budeš kuma malenom – rekla je Lenka, lice joj je bilo bledo i ozbiljno.

Nespretno zagrlivši Lenku preko trudničkog stomaka, Jana je rekla: – Bila bi mi čast. I iskreno nameravam da budem najbolja kuma na svetu.

U kakvom će se svetu ta beba roditi? Kamo sreće da ostatak Evrope nije napustio njihovu malu zemlju.

– Pitam se koliko bi sve bilo drugačije da smo se oduprli nemačkom osvajanju – rekla je Jana.

– Bili bismo poubijani, a Prag bi bio sravnjen sa zemljom – uzdahnula je Lenka. – Hitler je pretio da će nemilosrdno bombardovati naš istorijski grad, ako se ne povinujemo.

– Znam. Hoću da kažem, da su nas podržale zemlje kao što su Engleska i Francuska, umesto što su nas doslovno predale Hitleru u ruke ne bi li ga umirili... Tek kad je ušao u Poljsku, ostatak Evrope je reagovao. – Jana nije mogla da obuzda gorčinu u glasu.

– Jednostavno nismo bili dovoljno važni. – Lenka je ponovo uzdahnula. – Mala kopnena zemlja, daleko od Londona...

– Bili smo žrtvovani – rekla je Jana. – Ali zver se nije zadovoljila.

Ivan je provirio kroz kuhinjska vrata. – Još malo, dame. Nadam se da ste gladne.

Lenka je potapšala ispupčen stomak. – Umiremo od gladi. – Osmehnula se. – Naše dete je gladnica. Mora da je dečak.

Smeđim očima, razneženim od ljubavi, Ivan je zurio u svoju ženu, grudi su mu se nadimale od ganutosti, a onda se vratio u kuhinju da spremi ručak. Jana je bila dirnuta prizorom duboke ljubavi između svojih prijatelja, ali stomak joj je treperio od brige. Tiše je upitala.

– Jesu li stupili u kontakt s tobom zbog delova radija? Sigurno ne očekuju da se izlažeš opasnosti u svom stanju.

– Ništa nisam čula. Pretpostavljam da je posao dodeljen nekom drugom.

– Dobro. Obećaj mi da nećeš napraviti nikakvu glupost.

– Obećavam. Sad me pusti da ti dosađujem stvarima za bebu. – Lenka se nagnula pored sofe pa podigla na krilo korpu s klupčadi vune, iglama za pletenje i već ispletenom odećom. – Imala sam posla – rekla je, podigavši nežne svetložute špilhozne.

– Divno! – uzviknula je Jana. – Imam i ja nešto za svoje kumče. Završiću ga na vreme za porođaj. – Jana je spustila ruku prijateljici na stomak, obuzeta naletom ganutosti. Nagnula se napred. – Čuješ li me, maleno? Jedva čekam da te upoznam i držim.

12.

Prošlo je deset dana otkako je njen prvi kontakt došao u knjižaru. Za to vreme Jana je beležila vreme Hajdrihovog dolaska svakog jutra i dodavala to na parče papira koje je krila u obeleživaču za knjige. Iako je sitno pisala, papirić je bio pun sa obe strane, te se zapitala da li da upotrebi novi obeleživač.

Punačka, sredovečna žena u glomaznom kaputu pola sata je šepala između polica ignorišući vojnika Vermahta koji je stajao u blizini proveravajući izbor nemačkih izdanja. Pošto je otišao – a da ništa nije kupio – žena je prišla Jani, koja je stajala za kasom.

– *Ne možeš naći mir izbegavajući život* – rekla je, pošto ju je Jana pitala da li joj treba pomoć.

Jani je zastao dah kad je čula taj citat. Bio je iz dela Virdžinije Vulf, lozinka koju je očekivala. Odgovorila je citatom od iste autorke.

– Zašto su žene mnogo zainteresovanije za muškarce nego muškarci za žene?

Punačka žena je prasnula u smeh. – Nikad nisam čula istinitije reči.

I Jana se nasmejala, pa pošto je hitro pogledala ka vratima, izvadila je knjigu češke poezije ispod pulta. Između stranica je stajao veoma važan obeleživač.

Kad ju je gurnula ka ženi, prošaputala je. – Tu je važna poruka; dodala sam razgovor koji sam naču...

Smesta se zaustavila kad je žena upozoravajuće prinela prst usnama.

– Ako mi ništa ne kažeš, ništa neću znati.

Jana je klimnula glavom, ljuta na sebe što je prekršila jedno od osnovnih pravila pokreta otpora: što manje znaš, to bolje. Zatim je upitno pogledala ženu. Ima li daljih uputstava?

– Idući put – rekla je žena, protumačivši Janin pogled. Izvukla je svoju knjigu iz cegera, pa stavila obeleživač u nju. Krenula je ka vratima, iznenađujuće sigurnim korakom, a onda je, dok ju je Jana gledala kroz izlog, ponovo počela da šepa. Jana se osmehnula za sebe; pripadnici pokreta otpora prerušavaju se na sve moguće načine.

U vreme ručka stavila je natpis *zatvoreno* na vrata pa se zaputila ka Josefovu, Jevrejskoj četvrti. Osetila je poriv da vidi Mihalov dom; možda da popriča sa susedima, sazna nešto više o dečakovoj porodici. Vojnici su patrolirali naseljem te je skrenula, ali se izgubila i obrela u mračnom prolazu oivičenom smećem. Vonj truleži prožimao je vazduh.

Čula je mačku kako cvili, pa je usporila. Prolaz se naglo završavao, visok kameni zid prekidao je put. Mačje cviljenje dopiralo je od nečeg što je ličilo na gomilu odbačene odeće na tlu. *Možda je životinja povređena*, pomislila je dok se približavala, primetivši zid isprskan bojom.

Hrpa odeće se pomerila, a Jana je zaječala. Pred njom je bila sitna žena u muškom kaputu, klečala je u molitvenom položaju, bolno zapomažući.

Jana joj je brzo prišla. – Jeste li povređeni? Šta se desilo?

– Moj lepi dečak, moj unuk. Zašto, dragi bože, zašto?

U jezivom trenutku u kojem je shvatila šta se događa, taj prizor je postao kristalno jasan. Nije bilo povređene mačke koja se krila u gomili odeće. To je bila skrhana baka, koja se smanjila od gladi i tuge, sklupčala na hladnom tlu. A zid nije bio prekriven grafitima, pred njom je bio zid izrešetan rupama od metaka, izbrazdan crno-skerletnom krvlju.

Zid za pogubljenje.

Jedan od mnogih, gde su po Hajdrihovom naređenju, okupljali Jevreje i odmah ih streljali.

Njihov zločin? Ništa drugo do njihove vere.

Te večeri u krevetu Jana je zurila u mrak, oči su joj bile širom otvorene, bolele su je od umora, dok joj se u umu komešalo. Slike žene koja kleči pred zidom za pogubljenje borile su se sa slikama Lenke koja drži odeću za bebu. Prošla je kroz svaku reč svog poslednjeg razgovora s njom, zabrinuta. Da li je Lenka izbegavala odgovor u vezi sa zaduženjem da prenese delove radija?

San joj je izmicao, te je ustala iz kreveta i prišla prozoru svoje sobe koji je gledao na usku kaldrmisanu ulicu. Ulična svetiljka nije radila, a unaokolo nije bilo žive duše – takva suprotnost u poređenju sa samo nekoliko godina ranije, kad su joj koraci i glasovi prolaznika uvek pratili san. Policijski čas i nestanci struje promenili su način života.

Naslonivši čelo na hladno staklo, duboko je uzdahnula. Za kratko vreme, koliko je Hajdrih na dužnosti, okrutni progon protivnika nacizma i Jevreja dramatično se pojačao: Gestapo je ispitivao protivnike Rajha, mučio ih i ubijao. Ljudi su šuškali o Hajdrihovoj strahovladi, oči su im bile ispunjene strahom. Građani su hodali zaleđenim ulicama Praga povijenih ramena. Ugnjeteni. Takvi su bili. Ugnjeteni ljudi. A Jana je strahovala da je Hajdrihova neumorna politika gušenja otpora počela da deluje.

Ne, to se ne sme dogoditi. Ne smeju dozvoliti Hajdrihu da ih porazi.

Drhteći, vratila se u krevet, misli su joj ponovo odlutale do Lenke. Sutra će, odlučila je, zamoliti tatu da pazi na knjižaru, a ona će otići da je obiđe.

Na kraju je utonula u nemiran san.

Ivan se iznenadio kad je otvorio vrata i ugledao Janu. – Upravo si se mimoišla s Lenkom. Pošla je kod tebe u knjižaru. Da budem iskren, više bih voleo da je ostala kod kuće. Vrlo je bleda i teško se kreće...

– Sustići ću je – rekla je Jana, već silazeći niza stepenice sa osećajem mučnine u stomaku. Lenka se nije dogovorila s njom da se vide, ni u knjižari ni bilo gde drugde. Jana je obuzdala paniku, nateravši sebe da trezveno razmišlja. Kad je izašla na pločnik, pogledala je levo i desno, pokušavši da zaključi kuda je Lenka otišla. Ako se sastaje s kontaktom kako bi prebacila delove radija, da li bi pošla ka prometnom Starom gradu u centru i pokušala primopredaju okružena mnoštvom ljudi? Ili je pošla mirnijim ulicama gde je manja verovatnoća da će je neko videti?

Dragoceni trenuci su prolazili, a nju je paralisala neodlučnost. Oba scenarija su bila moguća. Zamislila je prizor. Lenka se probija kroz gužvu, možda oko Astronomskog sata, gde ljudi stoje rame uz rame gledajući uvis, čekajući da figure išetaju na vrhu časovnika; Lenka dodirne ruku neznanca u prolazu, verovatno žene koja krišom preuzima ceger iz Lenkine ruke...

Jana je odjurila niz ulicu, zaputivši se ka centru grada. Dok je trčala, prekorevala je sebe što nije posumnjala da će Lenka izvršiti primopredaju. Trebalo je da bude obazrivija, bolje da se brine o prijateljici.

Bio je pijačni dan na Vaclavovom trgu: savršeno mesto za nošenje korpe za namirnice i cegera punog stvari koje skrivaju elektronske delove.

Ivan je rekao da je Lenka upravo otišla, te je Jana brzo trčala. Zašto je ne sustiže? Lenka se, teška s trudničkim stomakom, sporo kreće. Ledena sumnja nadirala joj u grudi; sve je pogrešno uradila. Donela pogrešne odluke. Pošla pogrešnim putem.

Ispred nje, lavirint uličica krivudao je s Vaclavovog trga; nema izgleda da nađe Lenku ako skrene u jednu od njih.

Obuzelo ju je očajanje te je usporila, pokušavajući da smisli šta dalje da preduzme. Malo napred, jedan starac je stajao ispod ulične svetiljke i svirao na violini. Bila je to poznata melodija, divno odsvirana. Nekoliko njih se okupilo da sluša. Jedan prolaznik je ubacio novčić u kofer za violinu koji je stajao otvoren na tlu. Starac je klimnuo glavom u znak zahvalnosti i dok se odvajao od male grupe, iza njega se ukazala jedna prilika.

Jana je odahnula od olakšanja.

Lenka.

Pozvala ju je, ali Lenka se nije okrenula. Iznenada, dva policajca su zaustavila njenu prijateljicu pokazujući na njen ceger. Jani se srce strmoglavilo. Zašto su je zaustavili? Da li zbog sve češćeg zaustavljanja i pretresanja koje je Hajdrih naredio? Ili je Lenku izdao neki kolaboracionista?

Jana nije mogla samo da stoji i gleda; morala je nešto da preduzme. Pritrčala je policajcu, vičući: – Upomoć, policija. Džeparoš mi je upravio ukrao tašnu. Tamo! – Mahnula je nekud iza sebe. – Tamo pozadi.

Pogledali su je. Tupim, nezainteresovanim pogledom.

– Morate da odete u policijsku stanicu i podnesete zvaničnu prijavu – rekao je jedan dok je drugi posezao za Lenkinim cegerom.

Jana se osmelila da pogleda Lenkino lice; bilo je sleđeno od straha.

Brbljala je: – Lopov je srušio jednu ženu na tlo i... udario je nekoga...

Prvi policajac je sad obratio pažnju na nju, ali onaj s rukom u Lenkinom cegeru nastavio je da pretura, smrknut. Izvadio je šal, novine, vunu za pletenje, mustre za dečju odeću pa ih bacio u stranu. Njegov kolega, gledajući tamo kuda je Jana pokazivala, rekao je: – Da pogledam šta se događa tamo?

Da, molim te, molila se Jana. – Dođite, brzo, inače će lopov pobeći.

– Taj je odavno otišao – rekao je policajac koji je preturao po Lenkinom cegeru. Namrštio se kad je izvadio paketić umotan u list od novina. Jana je prestala da diše i gledala je kao da se sve usporilo: odmotao je papir otkrivajući male metalne delove. Pobednički se zapiljio u Lenku. Lenki su kapci zatreperili kad se uhvatila za stomak, kolena su je izdala i sručila se na tlo. Ali policajac ju je zgrabio i uspravio, čeličnom pesnicom je stežući za nadlakticu, zaboravivši svako zanimanje za Janinog izmišljenog lopova.

Jana je zaječala.

Pred njenim očima, ljudi kao da su plivali.

Bespomoćna, onemoćalog uma i tela, gledala je kako njenu voljenu prijateljicu vuku ka policijskoj stanici. Videla ju je kako posrće i kako je snažno cimaju, kako ljudi zure u trudnu ženu koju odvlače.

Sklupčana u naslonjači, Jana je pokušavala da nađe utehu u tišini knjižare. Pomerila je naslonjaču da bi videla prednji deo knjižare i sedela u mraku, posmatrajući mesečinu kako se zamagljuje i sija, dok oblaci prelaze preko punog meseca. Oči su je pekle i nadule su se od suza, a grlo joj je bilo odrano od jecaja. Sad je, iznurena, sedela mirno i nepomično, čekajući.

Pošto je tog jutra svedočila Lenkinom hapšenju, otrčala je nazad kod Ivana, koji se upravo spremao da krene na posao. Jedva pronalazeći reč, ispričala je Ivanu šta se dogodilo. Lice mu se zaledilo od zgranutosti i zbunjenosti.

– Šta je, dođavola, radila s delovima radija? – promucao je.

Jani se celo telo treslo. Nije mogla da progovori.

Ivan ju je uhvatio za ramena.

– Šta se to ovde događa? – upitao je.

Jana mu je rekla za Lenkin rad za pokret otpora i kako je Jana htela da je spreči, kako ju je molila da prestane. Ivan ju je slušao, lice mu je odavalo nevericu, a onda je zgrabio kaput i istrčao kroz vrata. Jana je potrčala za njim.

Kad su stigli u policijsku stanicu, Ivan je odlučnim korakom prišao policajcu za pultom i primetno pokušavajući da se obuzda, tražio da vidi svoju ženu. Rekli su mu da sedne. Jana je sela s njim. Čekali su dva sata pre nego što su im rekli, da, Lenka je zadržana na ispitivanju; ne, nisu joj dozvoljene posete. Štaviše, Ivanu i Jani su rekli da odmah napuste policijsku stanicu.

Ivanu su se grudi nadimale od gneva, šake je stegao u pesnice.

– Ne idem nikud dok ne vidim svoju ženu!

Policajac bezizraznog lica rekao je: – Svakog trenutka će vas sprovesti. I to pravo u ćeliju.

Jana je povukla Ivana za ruku. Uspela je da ga ubedi da se više ne sukobljava, te su otišli. Dok su silazili niza stepenice ispred policijske stanice, obećala je Ivanu da će saznati nešto više.

Tumarala je gradom po kiši, uz i niz uličice, tamo-amo Karlovim mostom, prolazila pored statua gde su se potočići kišnih kapi slivali niz njihova izmučena kamena lica. Kad je razmislila, vratila se u policijsku stanicu, nadajući da neće naići na istog policajca. Uzalud.

– Opet vi – rekao je.

– Htela bih da razgovaram s kapetanom Kovarom.

Policajac je izvio obrve.

Jana je zabacila ramena i izdržala njegov pogled.

Policajac je slegnuo ramenima i podigao slušalicu.

Nekoliko minuta kasnije pojavio se Andrej i uz izvesno iznenađenje uveo je u kancelariju. Rekla mu je šta se dogodilo, a on ju je uverio da će saznati šta je s Lenkom i da će te večeri svratiti u knjižaru.

Sad ga je čekala, očajnički žudeći za bilo kakvom vešću.

– O, mama – prošaputala je uz uzdah. – Kako se ovo dogodilo?

Košmar je zavladao još otkako je Hitler stigao u automobilskoj povorci, pre skoro četiri godine i trijumfalno umarširao u Praški zamak. Kako bi ugušio svaki otpor, naredio je masovna pogubljenja.

Ledeni prsti sčepali su Janu za srce. Sigurno neće pogubiti Lenku i njenu bebu.

Kad su se vrata knjižare otvorila, Jana je upalila podnu lampu pored sebe pa potrčala da sačeka Andreja. U prigušenom svetlu ispred radnje, videla je umor na njegovom licu i srce joj je podivljalo u grudima. Skinuo je kapu i spustio je na tezgu.

– Kaži mi – rekla je.

– Lenka je ispitana tokom popodneva...

– Ne... nije valjda Gestapo. – Obuzela ju je mučnina u grlu.

– Ne. Uspeo sam da ubedim šefa da ne preda tajnoj policiji ženu u poodmakloj trudnoći, čijem je hapšenju prisustvovao pun pijačni trg. Istakao sam da bi to izazvalo uznemirenost među građanima.

– Hvala bogu – promrmljala je. – Hoće li biti suđenja?

Andrej ju je bolno pogledao.

Naravno da neće. Kako je glupo od nje što je to rekla.

– Poslali su je pre otprilike pola sata.

– Kuda?

– Koncentracioni logor Terezin – tiho je rekao.

Jani se glava zaljuljala, noge su joj postale nesigurne. Kad joj je telo klonulo, Andrej ju je zadržao. Pala mu je na grudi, u grlu ju je toliko stezalo da je jedva disala. Pridržavao ju je i milovao po glavi dok je plakala.

– Šta će biti s bebom? – upitala je, glas joj je bio prigušen njegovim kaputom.

Izmakao se i podigao joj bradu, ozbiljno je gledajući. Otro je suze palcem joj milujući lice. Gest tako nežan da joj se stomak uvrnuo.

– Imam vezu u Terezinu pa ću pokušati da saznam nešto. Tamo ima lekara: dobrih jevrejskih lekara koji će se brinuti o njoj.

– Ali da se rodi u koncentracionom logoru? Kakav početak života. I jadna Lenka bez Ivana pored sebe. Moram je videti, moram...

Znala je da brblja besmislice, ali u tom trenutku, i to je bilo bolje nego da se suoči s grubom stvarnošću.

– Znaš da to nije moguće. Ali možda bih mogao da joj prenesem pismo.

– Mogao bi to da uradiš?

– Srećom, upravo sam unapređen i imam veze... – glas ga je izdao.

– Zbunjena sam. Jesi li ti fašista? – prošaputala je.

– Prelepa si. – Primakao je lice bliže. Oči su mu bile skoro crne u senci, ali ona je videla odsev pre nego što su mu se usne nadvile nad njenim, njegov topao dah milovao joj je kožu. Ovlaš ju je poljubio u usta, tako nežno da je jedva osetila. Onda se ispravio.

– Bolje da pođem. – Glas mu je bio tih i nežan.

Odvojio se od nje, pa uzeo kapu. Na vratima je zastao, pogledao uz i niz ulicu pre nego što je izašao u mrak. Nije joj odgovorio na pitanje.

13.

Jana se kao robot kretala kroz svakodnevnu rutinu: umila bi se i obukla, spremila doručak za sebe i oca, olovnim nogama se odvukla Nerudovom ulicom do Praškog zamka. Telo joj je od tuge postalo teško i sporo, ali joj je um ostao neumoran. Sa svakim udahom mislila je na Lenku. Kako se prestravila kad su je uhapsili. Kako je strahovala za svoje nerođeno dete. I šta li sad radi? Leži na uskom ležaju, u prenatrpanoj, prljavoj odaji sa očajnim ljudima. Je li i ona na „đubrištu" o kojem je Hajdrih govorio? I šta je s transportom koji je pomenuo? Šta je to značilo?

Dok je sređivala knjižaru pre otvaranja, brinula je za Lenkinu bebu. Andrej je rekao da ima lekara u logoru, no imaju li oni pristup lekovima i opremi? A Lenka je već krvarila tokom trudnoće i mogla bi da bude u opasnosti tokom porođaja. Očajnički iščekujući vesti, bila je u iskušenju da poseti Andreja u policijskoj stanici, ali je shvatila da bi to moglo biti sumnjivo i da bi ih oboje moglo dovesti u težak položaj.

Ipak se, u vreme ručka, vrzmala u blizini stanice, u nadi da će ga videti, ali činilo se da je od unapređenja manje vremena provodio na ulici.

I to ju je mučilo. Unapređen je. Njegov nacistički šef očigledno je bio zadovoljan njegovim radom na držanju građana pod Hajdrihovom čizmom.

Prošla su četiri dana od Lenkinog hapšenja, a Jana je hodala ulicama, drhteći na martovskom vetru. Gledala je u ljude koji su prolazili pored nje, idući za svakodnevnim poslom. Kako su se građani Praga promenili. Nestala je vesela, bučna gomila ispunjena smehom, oličenje češke duhovitosti. Sve što je sad videla bila su umorna lica bezizraznih očiju. Očajanje ju je ščepalo kad je prepoznala izraz tih lica. Poraženost. Posle više od tri godine okupacije pod moćnim Rajhom, ljudima je trebao tračak nade. Ali Hajdrih je sistematski gušio otpor, a Lenka je upravo postala još jedna njegova žrtva.

Prošla je pored prodavca novina, odmahujući glavom kad joj je pružio dnevne novine. Propaganda joj se smučila. Petljala je po tašni tražeći ključeve knjižare pa podigla pogled i videla Andreja kako joj prilazi, u civilu. Hvala bogu. Sigurno ima novosti. Srce joj je tuklo dok je pokušavala da protumači njegov izraz lica, da proceni vesti koje će joj saopštiti.

Pozdravio ju je uz jedva primetan osmeh, ali pogled mu je bio ozbiljan. Drhtavim rukama otključala je vrata čim joj je prišao, pa se okrenula ka njemu.

– Jesi li išta čuo? Je li Lenka dobro?

– Dobila je trudove nedugo po dolasku u Terezin. Jedan zatvorenik, lekar, nadgledao je porođaj. Iako je izgubila mnogo krvi i slaba je, očekuje se da će se oporaviti.

– A beba? – prošaputala je.

– Zdrava devojčica. – Ovoga puta osmeh je zaiskrio u njegovom pogledu te joj je spustio ruku na nadlakticu, pre nego što je pogledao preko ramena kroz izlog pa je sklonio. – Možemo li da se pomerimo od izloga?

– Naravno – rekla je Jana, u glavi joj se vrtelo od tih vesti. Toplina joj se razlila u grudima; Lenka je rodila devojčicu.

Pomerili su se u zadnji deo knjižare, van domašaja pogleda sa ulice.

– Jesu li obavestili njenog muža, Ivana? – upitala je Jana.

Andrej je klimnuo glavom. – Danas po podne. Organizovao sam da prosledim pismo Lenki. Ali pazi šta pišeš, u slučaju da ga nacisti presretnu. Rekao sam Ivanu da i on može da napiše jedno.

Žustro je klimnula glavom. – Hvala ti.

Izgledao je pomalo postiđeno ili kao da mu je neprijatno. Nije mogla sasvim da dokuči. Nije skinuo kapu kao prošli put kad je dolazio. Osetila je žaoku razočaranja kad je shvatila da ne namerava da ostane.

– Kakvi su uslovi u Terezinu? Hoće li Lenka i beba imati dovoljno hrane? – Ako je Lenka krvarila tokom porođaja, treba joj gvožđa. Meso bi bilo idealan izvor, ali mali su izgledi da će ga dobiti. – Mogu li nekako da joj doturim hranu?

Odmahnuo je glavom. – Žao mi je. Ali napiši joj pismo, a ja ću ga uzeti za dan-dva. Sad moram da idem.

Glas mu je postao poslovan i okrenuo se da ode. Ponovo mu je zahvalila, ali on se već udaljavao ulicom. Bilo je teško poverovati da je to onaj isti čovek koji joj je pre samo nekoliko dana brisao suze sa obraza i očešao joj usne najnežnijim poljupcem.

Tokom dana mislila je na Lenku: ponekad se smešeći u sebi pri pomisli da je postala majka, drugi put sa strahom za budućnost, njenu i njene bebe. Andrej je izbegao odgovor na pitanje o uslovima u logoru. Jana je pokušala da zamisli prijateljicu kako ljulja svoje novorođenče, ali slika se raspršila pre nego što je uspela sasvim da je uobliči.

Te večeri je posetila Ivana. Posegnuo je za korpom sa odećom za bebu koju je Lenka isplela, pa uzeo mali bledožuti džemper.

– Ne znam ni ime svoje ćerke – rekao je Ivan.

Jana je teško progutala. – Hoćeš li saopštiti novosti Lenkinim roditeljima?

– Ujutru ću odmah da im pošaljem pismo. – Pažljivo je savio džemper pa ga vratio u korpu.

Dok je na povratku od Ivana prelazila preko Vaclavovog trga, Jana je zastala na mestu gde je Lenka uhapšena pa podigla glavu ka večernjem nebu. Veče je bilo crno, zaleđeno ogledalo posuto svetlucavim zvezdama; bledožuti polumesec visio je iznad hiljadu kula. Zamislila je kako se Lenkini roditelji osećaju u tom trenutku. Mučno. Kad je produžila ka kući, odlučila je da ih poseti na proleće. Iselili su se iz Praga i sad su živeli u malom živopisnom selu, dvadesetak kilometara izvan grada. Zvalo se Lidice. Lenka joj je rekla da se tamo osećaju bezbednije.

* * *

Jana je zurila preda se u prazan list bledoljubičastog papira za pisma, nalivpero joj je mlitavo stajalo u ruci. Reči joj nisu dolazile. Izabrala je svoj najlepši papir i uzela najfiniju olovku, ali sad joj se činilo da su njeni postupci besmisleni. Ništa od toga neće uticati na Lenku.

Sedeći pored kase u knjižari, Jana je uzdahnula pa spustila nalivpero. Knjižara je, sad zatvorena, bila delimično u mraku; samo je mala lampa za čitanje pored nje pravila svetlosni krug. Očajnički je želela da piše Lenki, ali sad nije imala pojma šta da kaže.

Zurila je u senke, kao da u knjigama traži odgovor: u riznici o herojima i heroinama koji prevazilaze nedaće. No da li je bilo ko od njih bio u položaju u kojem se Lenka našla? Koje reči utehe ili nade bi mogla da napiše prijateljici? Lenka je bila uz nju kad joj je majka umrla: tiha pored nje, samo njeno prisustvo pružalo je utehu. Jana čak ni to nije mogla da uradi za prijateljicu. Suze nemoći zamaglile su joj vid. Ustala je pa prišla policama prešavši prstima preko hrbata knjiga; bila je to automatska reakcija kad joj je trebala uteha. Ima li knjiga u Terezinu kojima bi Lenka mogla da se okrene?

Knjige su joj često bile uteha. A knjige su sazdane od reči: reči koje mogu sadržati ceo svet emocija. Nije mogla da bude s Lenkom, ali mogla je da joj napiše šta oseća, jednostavno i iskreno. Klimnuvši glavom, vratila se papiru i olovci, pa počela da piše.

Lenka, najdraža moja prijateljice,

Dok sedim ovde i mučim se pitajući se šta da napišem, palo mi je na pamet da ti nisu potrebne lažne floskule ili banalni izrazi saosećanja. Treba ti moja ljubav, a ja se nadam da ove reči mogu preneti koliko ste mi ti i tvoja devojčica u srcu. Stalno mislim na vas i pokušavam da zamislim vaš svakodnevni život, ali naravno, ne mogu. Molim te, znaj da nikad neću odustati od tebe. Moliću se za vas svakog jutra kad ustanem. Volim te kao sestru i čekaću te dok se ovo užasno mučenje ne završi. Budi jaka, draga moja. Ponovo ćemo se videti.

Volim te,

Uvek u mom srcu,

Jana

Obrisala je suze sa obraza rukavom džempera i, dok je ponovo čitala svoje pismo, brinula se da je nedovoljno i po dužini i po sadržaju. Tuga joj je pritiskala grudi kad je presavila pismo i spustila ga u odgovarajuću kovertu. Uskoro će joj ponovo pisati.

14.

Širom je otvorio vrata i zaustavio se, raskoračen, ispunivši do-vratak dok je bezizraznog lica posmatrao knjižaru. Hladna struja pokuljala je unutra. Troje mušterija podiglo je pogled, a Jana je, re-đajući knjige u odeljku za decu, pratila njihov pogled. Sledila se. Hajdrih.

Hajdrih, tu u njenoj knjižari. Hajdrih u crnom kožnom mantilu, s futrolom za pištolj zakačenom za kaiš oko pasa. Viši i još stroži na pragu njene male knjižare. Neprikladan izvan zamka, dok je ulazio u njeno kraljevstvo. Srce joj je tuklo, borila se da sabere misli. Zašto je došao? Da li je uhapšena? Trebalo bi da ga pozdravi, da mu priđe, ukaže poštovanje. Ali noge joj se nisu pomerale.

Pogled njegovih hladnih očiju pronašao ju je. Čekao je.

Jana je žmirnula i prenula se iz obamrlosti. Pošla je ka njemu kad je krupnim korakom zakoračio u knjižaru, čvrsto zatvorivši vrata za sobom.

– Dobar dan, her rajsprotektor – rekla je, najljubaznije što je mogla. Da li je čuo podrhtavanje u njenom glasu?

Zagledao se u nju, lice mu je bilo sveže obrijano. Dašak oštrog mirisa kolonjske vode mešao se s blagim mirisom duvanskog dima lebdeći oko nje. Njegovo prisustvo ispunilo je knjižaru, usisalo ki-seonik iz vazduha, zamenivši ga zagušujućom, opasnom moći.

– Dobar dan, frojlajn Hajek. Kao što sigurno znate, ja sam kul-turan čovek, te sam odlučio da posetim vašu knjižaru.

Nije pomenula knjižaru, ali on je očigledno pročitao njen dosije i odlučio da je proveri. Ali zašto, zaboga? Bila je deo nižeg osoblja. Potpuno beznačajna. Osim ako...

Skinuo je crne rukavice prenaglašeno sporo, prst po prst, pa ih uzeo u desnu ruku. Imao je neuobičajeno dugačke prste; nokti su mu bili podsečeni i čisti.

– Možete da mi pokažete.

Pogledala je kroz izlog. Hajdrihov crni kabriolet mercedes benc bio je parkiran ispred; šofer, grdosija, izašao je i nadgledao ulicu. I on je imao pištolj zadenut za pojas. Nije videla drugo obezbeđenje, što je bilo svojstveno Hajdrihu. Taj čovek je bio tako nadmen i samouveren da se često slobodno kretao Pragom; čovek iz zamka nadzirao je svoje podanike koji su se saginjali pred njim. Ukrotio je Čehe i bio je kralj svog poseda. Osetila je kako joj kiselina oblaže jezik.

Jana se okrenula. – Da počnemo od odeljka s klasicima? – Pokazala je ka tom delu knjižare, ispruživši ruku.

Mušterije su se sad osmelile da se pokrenu te su pohrlile na vrata.

Prvi put je bila tako blizu Praškom Kasapinu. Njegova izveštačena, prefinjena pojava toliko je odstupala od varvarskih postupaka koje je naređivao. I sâm je bio i te kako sposoban da počini hladnokrvno ubistvo. Čula je od Pavela kako je, ranije u ratu, dok je Hajdrih bio na Istočnom frontu, jedan vojnik oklevao da naudi jevrejskoj devojčici kojoj je bilo otprilike osam godina. Hajdrih je izvukao pištolj i ustrelio ju je u lice. Izbliza. Kad se taj oficir ispovraćao na tlo ispred Hajdrihovih nogu, ovaj ga je s gađenjem pogledao.

Koža joj se pretvorila u led na tu pomisao.

– Uživam u autobiografijama velikih kompozitora. Betovena ili Hendla, na primer...

– Imam obe. Rado ću vam pokazati...

– Siguran sam da znate da je moj otac bio kompozitor. Bruno Hajdrih. – Isturio je bradu i samozadovoljno frknuo.

Nije znala. Dok se trudila da smisli prikladan odgovor, on je nastavio da priča, prelazeći pogledom škiljavih očiju po knjižari. – U maju će biti koncert, u *Palati Valdštajn*. Izvodiće se očev koncert za klavir.

– Divno.

– Zaista. – Hajdrih je prikovao pogled za Janu, njegove čeličnoplave oči prodirale su u njene. Imala je užasavajuć osećaj da može tačno da vidi ko je ona; da je iskušava, mami. Svakog trenutka

Gestapo će nahrupiti u njenu malu knjižaru, izrešetaće je mecima, isprskati krvlju knjige. Ili još gore, odvući će je u svoj štab gde će joj se, u podrumu, dogoditi nezamislive stvari.

Hajdrih se okrenuo ka suprotnom zidu gde su bile izložene lutke Janinog oca.

– Ah, živopisna češka tradicija lutkarstva. Prodavati zajedno knjige i lutke zanimljiva je kombinacija. – Izvio je obrvu ka njoj, podstakavši je da objasni.

– Moj otac je lutkar. Sâm pravi marionete.

Hajdrih nije komentarisao kad je zakoračio bliže ka lutki. Bila je to seljančica u tradicionalnoj nošnji. Jana je progutala.

– Kako su Česi zanimljivi – zamišljeno je rekao. Zatim ju je prostrelio pogledom, oštrim kao sečivo. – Sklonite lutku! – dreknuo je, ispruživši ruku. Jana je skočila na taj iznenadan izliv.

– Da, gospodine.

– I recite svom ocu da pravi nemačke lutke. Želim Ivicu i Maricu u lederhoznama i dirndlu za svoju decu.

Jana je klimnula glavom. – Reći ću mu, gospodine.

– Sad moram na sledeći sastanak – rekao je, pogledavši na svoj sat. – Možda ću doći još koji put. – Pokretom glave pokazao je ka policama s knjigama.

Onda je u nekoliko koraka crnih izglancanih čizama izašao. Jana ga je gledala kako je mahnuo šoferu pa seo za volan. Šofer je potrčao oko kola do suvozačkog sedišta i jedva je stigao da zatvori vrata kad je Hajdrih pokrenuo motor i odjurio niz ulicu.

Jani je srce treperilo pod grlom. Malaksala, sručila se u naslonjaču. Šta to bi? Nije se zadržao da pogleda knjige. Zašto bi, dođavola, njega zanimala njena skromna knjižara? U Pragu ima daleko većih, prikladnijih za navike protektora Bohemije. Odgovor je bio očigledan: ili je radoznao i proverava je, ili već sumnja u nju. Oba scenarija su bila zastrašujuća.

Jana je i dalje brisala knjižaru kad se neka prilika pojavila ispred zaključanih vrata. Pošto je uvek otvarala u deset, pola sata po povratku iz zamka, iznenadila ju je rana mušterija.

Škiljeći pred ranojutarnjim suncem, shvatila je da je to Pavel, kojeg nije videla dve nedelje. Srce joj je potonulo, a njena reakcija ju je iznenadila. Ranije bi se uvek oraspoložila kad bi videla svog prijatelja, a sad je njeno impulsivno ponašanje potpuno promenilo njihov odnos. Mora biti iskrena prema Pavelu i razjasniti stvari.

Stavivši krpu u kofu, izvadila je ključeve iz kecelje i otključala vrata.

Osetila je nelagodu zbog Pavelovog osmeha; u izrazu njegovog lica bilo je više od prijateljstva. Pozvala ga je da uđe, a on je zakoračio na vlažan pod.

– Izvini što sam poranio, hteo sam da te vidim pre nego što mi počne smena. – Proučavao joj je lice. – Nedostaješ mi.

– Pavele, moram ti nešto reći.

Nakrivio je glavu u stranu.

– Mnogo mi je žao što sam te obmanula kad je reč o mojim osećanjima prema tebi. Naš poljubac je bio greška, moja greška. Mnogo te volim, ali kao brata. Pitala sam se da li bi naše prijateljstvo moglo da procveta u romansu, ali sad shvatam da to nije pravi put za nas.

Zurio je u nju, bez reči, sjaj u njegovim očima zgasnuo je.

– Žao mi je – ponovila je.

– Jel' postoji neko drugi? – promrmljao je.

Andrejeve meke usne ispunile su joj misli, njegovi nežni prsti na njenom licu. Osetila je žmarce pri pomisli na njega.

– Nema nikog drugog.

Olakšanje mu je preletelo licem.

– Samo ti treba vremena da se prilagodiš promeni u našim osećanjima. Možemo da idemo polako...

– Ali moja osećanja se nisu promenila. Pomislila sam da će možda...

Pavel ju je uhvatio za ramena, pogled mu je odavao nestrpljenje.

– Postoji nešto posebno između nas, više od prijateljstva. Ne možeš to da porekneš.

– Nemoj. Pavele, molim te, nemoj da kvariš naše prijateljstvo. Hajde da ponovo bude kao što je bilo.

Ruke su mu pale, odmahnuo je glavom. – Prekasno je za to. Sve ili ništa, Jano. – Glas mu je postao oštar, nimalo nije ličio na malopređašnji. – Misliš da možeš da se igraš mojim osećanjima: u jednom trenutku da me želiš, u sledećem da me odbaciš.

Bila je zgranuta njegovom reakcijom. Ono što je za nju bio poljubac kojim je proveravala svoja osećanja, njemu je, očigledno, mnogo više značilo. Zajapurila se od osećaja krivice.

– Pavele, nisam želela da te povredim. Molim te da ostanemo dobri prijatelji kao nekad.

– Kao što sam rekao: sve ili ništa. Bolje ti je da pažljivo razmisliš o tome.

Okrenuo se i otišao, njegov ogorčen ton odzvanjao joj je u ušima.

Jana je zaključala knjižaru na kraju radnog dana, pa udahnula svež večernji vazduh. Njen otac je večerao s prijateljem te je htela da iskoristi priliku da malo vežba – da pešači po gradu i možda časti sebe hranom od uličnog prodavca.

Ulične svetiljke bile su prigušenije nego obično; nestašica struje pojačala se kako se rat produžavao. U tami, grad je odisao pustošnom lepotom, njegove statue i isprepletene rezbarije na pročeljima zgrada šaputale su užase i trijumfe prošlosti.

Prešla je preko Starog trga baš kad je Astronomski sat na kuli gradske većnice počeo da odbija. Uvek je bilo ljudi koji zastanu, često roditelja s decom, i pogledaju uvis; dvoja vratanca iznad šarenog brojčanika otvorila bi se i mehaničke figure, dvanaest apostola i kostur, započele bi svoju šetnju. Jana je pomislila kako je njena majka hiljadu puta pokazala na svaku figuru i pričala joj priču dok je nije naučila napamet. A ona će jednog dana istu priču pripovedati svojoj deci.

Ali dok je gledala figuru kostura kako drži peščani sat pored brojčanika, obuzeo ju je neobičan osećaj da je neko posmatra.

Okrenula se da pogleda unaokolo, ali videla je samo lica okrenuta ka satu, ili ljude koji su hitro prolazili pored nje, ne pogledavši je dvaput. Umišljala je, drevne priče uvlačile su joj se pod kožu. Otresavši ih, produžila je i prošla pored gotskog kamenog luka što vodi na Karlov most. Na trenutak je zastala da pogleda u Vltavu i Praški zamak na suprotnoj obali. Ponovo ju je obuzeo nelagodan osećaj, osetila je žmarce na potiljku. Namrštivši se, zakoračila je na most.

Ljudi su žurno prolazili, želeći da pozavršavaju poslove pre policijskog časa, ili su stajali razgovarajući, dok su gledali u reku. Jana je prošla avenijom statua obasjanih svetiljkama pa se zaustavila ispred statue Svetog Vaclava. Nagnuvši se preko niskog kamenog zida, zagledala se u vodu crnu kao mastilo koja je zapljuskivala u svetlosnim mrljama. Uzdahnula je pri pogledu na Vltavu. Nacisti su je preimenovali u Moldau; e pa, mogu da je zovu kako hoće. U njenom srcu, ona će uvek biti Vltava i niko, čak ni nacisti, neće moći to da joj oduzmu.

Osetila je pokret iza sebe.

Disanje na hladnom vazduhu.

– Ne okreći se. – Glas je bio napet. Poznat.

Uprkos naređenju, pogledala je u stranu pa ponovo u reku. Andrej Kovar. Osetila je grč u stomaku.

– Jesi li me pratio? – upitala je u po glasa.

– Izvini. Jesam. Više nije bezbedno da dolazim u knjižaru.

Nije bezbedno? Za njega ili za nju?

Namrštila se, a on je nastavio da govori.

– Donesi pismo za Lenku u Tinsku crkvu, sutra u podne. Levi niz, sedmi red.

– Hoćeš li ti biti tamo? – prošaputala je.

Nije bilo odgovora. Ponovila je pitanje i ne mogavši da odoli, pogledala u stranu.

Otišao je.

Okrenula se, pogledala uz i niz most. Odjednom je zavladao mrak. Svuda oko nje, svetiljke su se ugasile.

Videla je senke ljudi kako bauljaju oko nje. Malo zvezda iznad njih pružalo je slabašan sjaj. Ljudi nisu imali lampe sa sobom; čemu, kad nije bilo baterija? Polako je krenula nazad duž mosta, okružena mnoštvom ljudi koji su gunđali, pa prošla ispod luka i zaputila se preko trga. Masivne, tamne građevine nadvijale su se na svakom uglu, ali ona se nije plašila grada koji je tako dobro poznavala.

Ipak, kad je sama skrenula u usku uličicu, visoke, neosvetljene građevine kao da su je pritiskale, ledeni znoj izbio joj je ispod miški. Njen kratki susret sa Andrejem i njegovo upozorenje da nije bezbedno da se viđaju u knjižari, uplašili su je. Nije se plašila zgrada i duhova. Plašila se nacista. Gestapoa.

Ubrzala je, vrhom čizme zakačivši pločnik. Poletela je napred i jako udarila o tlo, čelo joj je odskočilo o uzan pločnik.

Ošamućena, ostala je nepokretna nekoliko trenutaka. Boleo ju je desni ručni zglob, ali rukavice su joj zaštitile ruke od ozbiljnih ogrebotina. Uspravila se u sedeći položaj. Nešto toplo golicalo ju je po licu, te je, skinuvši rukavice, napipala krv. Hladnoća tla brzo joj je prodirala kroz dugačak kaput; mora da ustane. Na nebu su se navlačili oblaci te je bila u potpunom mraku. Gradska buka je izbledela dok su ljudi tražili svoje kuće.

Damari su joj tukli u ušima.

Čulo se vučenje po tlu. Ukočila se. Onda je prekorila sebe; verovatno je miš. Ali miševi se ne vuku, oni skakuću. Skočila je na noge, trgavši se na oštar bol u kolenu pa naslepo požurila ka kući. Zamislila je zid za streljanje, fijuk metaka koji je parao vazduh. Bila je sigurna da je prate; svake sekunde leđa će joj se rasprsnuti, a život u njoj će zgasnuti kao svetiljke duž Karlovog mosta.

Još jedna Hajdrihova žrtva.

Ruke su joj se silovito tresle dok je nekoliko puta pokušavala da gurne ključ u bravu, a onda je uletela u svoju kuću.

Otac ju je dočekao sa svećom u ruci. Zaškiljio je dok je skidala šešir, primetivši mlaz krvi na njenom licu. Dobro je, uveravala ga je dok je kačila kaput na čiviluk; samo se saplela u mraku.

Ali dok su jeli hladnu večeru u polutami, osetila je kako snažno drhti; ne od pada, već od straha koji ju je preplavio: zbog osećaja da ju je Gestapo pratio.

Struje i dalje nije bilo kad je otišla da se presvuče za spavanje, te je upalila sveću i spustila je na noćni stočić. Skinula je džemper s rol-kragnom i bacila ga na krevet. Iz navike je posegnula za medaljonom. Sledila se. Nije bio tu. Mahnito je pipkala grudi u potrazi za dodirom hladnog metala. Okrenula se ka ogledalu na ormaru od drvenih panela i užasnula se. U treperenju sveće videla je da nema ničeg tamo gde je nekad bio medaljon.

Stomak joj se zgrčio dok je pokušavala da se seti da li ga je nosila ispod ili preko odeće. Grozničavo je pretražila džemper, lice i naličje. Ništa. Da li se lanac s maminim medaljonom otkopčao i pao na ulicu kad se saplela? Mora da uzme baterijsku lampu i potraži ga napolju. Otac će je pitati šta traži. *Bože moj*, ne može mu reći da je izgubila njihovu najdragoceniju imovinu. Taj medaljon oko njenog vrata značio je da je mama uvek s njom, a sad je nestao.

Čula je kako voda teče u kupatilu i svog oca kako se sprema za krevet. Već je počeo policijski čas, ali biće brza. Ispod sudopere u kuhinji imaju džepnu lampu; retko je koriste da bi prištedeli bateriju, poslednju koju imaju. Ponovo je navukla džemper, uzela lampu i kaput, pa se iskrala kroz vrata.

Napolju je, na mestu gde je pala, pretraživala tlo malim svetlosnim krugovima. Kleknula je na ugažen sneg pa golim rukama prepipavala tlo, pokušavajući da potisne očajanje. Prljavi tragovi obuće i mali razbacani kamenčići, bili su sve što je videla. I nekoliko kapi svoje krvi. Majčin medaljon nije bio tu. Izgubila je najdragocenije što su ona i otac imali. Poverio joj je mamin medaljon, nešto što je oličavalo njegovu ljubav prema njoj, što je čuvalo toliko uspomena.

Nije znala koliko je vremena provela tražeći po tlu, ali na kraju se svetlo prigušilo, baterija se praznila, te je bila prinuđena da se vrati kući.

Otac ju je čekao, u pidžami, lice mu je bilo zabrinuto u plamenu sveće koju je držao.

– Hvala nebesima! Bio sam van sebe od brige! Zašto si izašla za vreme policijskog časa?

– Izvini, tata. – Sad će morati da mu kaže.

Dok je slomljenog srca tražila prave reči, svetlo u hodniku je zatreperilo i muzika se začula s radija u dnevnoj sobi. Došla je struja. Izbegavajući očev pogled, sagnula je glavu ne bi li se pribrala. Tad je ugledala nešto kako svetluca na podu pored uredno ostavljenih cipela njenog oca ispod čiviluka.

Uzviknula je od olakšanja i podigla dragi medaljon, zureći u njega kao da je leptir koji joj se odmara na dlanu.

Oči su joj bile puna suza kad je zagrlila oca, čvrsto stežući medaljon. Seli su za kuhinjski sto. Prepoznala je onaj zamagljen očev pogled: pogled koji bi imao kad bi ga preplavila slika njene majke, kad bi mu njena kestenjasta kosa i zelene oči obuzeli sećanje. Posegnula je preko stola i stegla ga za ruku, osećajući grubu kožu njegovih zanatlijskih šaka. Glas ga je izdao kad je počeo da priča kako je upoznao njenu majku tog proleća na obali Vltave... Hiljadu puta je čula tu priču, ali svaki put bi joj od nje zastala knedla u grlu.

Pogled mu je bio prikovan za zlatni medaljon koji joj je visio oko vrata.

– Naravno, volela je da čita, uvek je pored nje bila neka knjiga. Čitala je i dok je kuvala, mešajući jelo jednom rukom, s knjigom u drugoj – rekao je, lice mu je omekšalo od prisećanja. – Kupio sam joj taj medaljon za desetu godišnjicu. Otišao sam kod zlatara, her Kaca, odmah iza Vaclavovog trga. Bio je dobar, porodičan čovek, ugledan. „Pričajte mi o svojoj ženi“, rekao je, pre nego što je dizajnirao medaljon u obliku knjige.

Strpljivo je slušala dok se ponovo prisećao, dok joj je govorio kako je njena majka bila oduševljena poklonom i kako je podigla kestenjastu kosu da bi mogao da joj okači lančić oko bledog vrata.

– Znam, tata – tiho je rekla pa prinela ruku medaljonu, koji je bio mnogo više od nakita oko njenog vrata.

Onda su zaćutali, oboje razmišljajući o istom, znala je. Nacisti su oduzeli her Kacu zlataru i dom, a her Kac je onda oduzeo sebi život.

15.

Sutradan ujutru, Jana je izašla na Starogradski trg u petnaest do dvanaest, prošavši pored Astronomskog sata i zastavši da ga pogleda. Gotska Tinska crkva isticala se u Starom gradu, njene šiljate kule, tornjevi i dvostruke kule stremili su u nebo. Jana je uvek mislila da ta građevina više liči na dvorac iz bajke nego na crkvu – ponekad zlokoban, ponekad čaroban, ali uvek veličanstven. Emocije su se uzburkale u njoj. Crkva je bila drevni simbol Praga i rastužilo ju je što je oko nje videla sivomaslinaste uniforme Vermahta.

Ulaz u crkvu nalazio se iza niza otmenih gospodskih kuća. Prošla je ispod luka koji je vodio u crkveno dvorište i do glavnog ulaza. Kad je ušla, tu i tamo bilo je ljudi u klupama, neki su pognuli glavu u molitvi, drugi su bili nepomični i zamišljeni u tišini. *Svakom od njih*, pomislila je Jana, *život se preokrenuo usled okupacije*.

Tiho hodajući, otišla je na levu stranu pa krenula duž klupa. Blago je hramala zbog sinoćnjeg pada, koleno joj je bilo odrano i otečeno. Tog jutra se probudila s modricom na čelu koju je pokušala da prikrije puderom. Sad je spustila obod svog smeđeg šešira, skrivajući lice.

Zaustavivši se pored sedmog reda, pogledala je niz dugačku drvenu klupu. Da li tu treba da sedne? Možda treba malo da se pomeri, da ostavi kraj klupe slobodan. Tako je uradila.

Srce joj je treperilo od iščekivanja, stezala je uza se tašnu s pismom za Lenku u njoj.

Kad su crkvena zvona označila podne, Jana je zadržala dah.

Ništa se nije dogodilo.

Ljudi su prilazili oltaru. Neki su se okretali. Pojavio se sveštenik sa svećom.

U crkvi je bilo ledeno, hladnoća je prodirala kroz đon njenih cipela, pela joj se uz noge. Sastavila je kolena da bi prestala da se tresu. Koraci na kamenom podu.

Škripa drvene klupe pored nje. Dodir kaputa o njen. Andrejev naočit profil: njegove visoke jagodice i čvrsta vilica u kojoj je mišić pulsirao. Spustila je pogled na svoje krilo pa sagnula glavu, srce joj je tuklo preglasno u tišini crkve.

Gurnuo je *Bibliju* preko drvene površine ispred sebe, prstom značajno lupkajući po njoj. Klimnula je glavom za sebe, skinula rukavice pa otkopčala tašnu. Kopča je glasno škljocnula. Ruke su joj se sledile. *Niko ne gleda*, rekla je sebi, pa otvorila tašnu. Brzim, spretnim pokretom izvadila je pismo, pa ga ubacila u *Bibliju* nehajno je gurnuvši nazad ka Andreju. Onda je spustila ruke na klupu.

Andrej je posegnuo za *Biblijom*, načas zašuštavši kaputom, pa se ponovo umirio. Spustio je ruku na klupu pored sebe, malim prstom dodirivao je njen. Bila je to tek senka dodira, ali joj je izazvala drhtavicu. Pomislila je na dodir njegovih usana kad ju je poljubio u knjižari. Na poljubac koji jedva da je i bio to. Više obećanje poljupca.

Savio je prst oko njenog. Nežno je stegao. Bio je to neznatan gest, ali ju je ostavio bez daha. Gest koji je mnogo značio; on je na njenoj strani, tu je da pomogne, stalo mu je. Sedeo je blizu nje, ali im se tela nisu dodirivala, samo su im mali prsti bili isprepleteni. A onda je povukao ruku i ustao. Poželela je da ga povuče za lakat, navede ga da još malo ostane, kaže mu kako se sinoć uplašila kad je nestalo struje, ali samo je zurila u oltar. Klupa je zaškripala, a on je otišao, ostavljajući samo hladan vazduh iza sebe.

Podigla je glavu ka svodu nalik pećini. Sunce je izašlo i zraci su sijali kroz oslikane prozore, stvarajući mnoštvo blistavih ukrasa. Da li je Bog bio tu i slušao? Pomolila se za Lenku. Zatim za Mihala. Zatim za slomljenu ženu pred zidom za streljanje. Toliko je bilo onih za koje se trebalo moliti da je to previše za nju i suze su joj zamaglile vid.

Ohrabrujući sebe pred osećajem bespomoćnosti, ustala je s klupe. Mora ostati odlučna; očajanje nikom neće pomoći. Mora verovati da svako humano delo, koliko god bilo malo, može da promeni svet.

* * *

Rano ujutru, dok je žurila u zamak, neka prilika se pojavila ispred vrata i preprečila joj put. Jana se prepala. Žena ispred nje umotala je glavu i ramena u šal s resama, čvrsto stežući njegove krajeve. Bledo, izmučeno lice zurilo je u nju.

– Izvinite što sam vas uplašila – rekla je žena.

Jana ju je prepoznala; bila je to žena ispucalih usana koja je čistila sneg ispred Mihalove kuće: žena koja joj je rekla da su odveli i Mihalovu tetku i braću. Jana joj je objasnila da je Mihalova prijateljica i da drži knjižaru, ali žena nije bila zainteresovana za razgovor, te se vratila čišćenju.

Žena ju je nervozno gledala. – Ja sam Lilijan. Srele smo se nakratko kad ste tražili Mihala.

– Sećam se – rekla je Jana.

– Molim vas, treba mi vaša pomoć. – Lilijan ju je uhvatila za nadlakticu. Kad je to uradila, šal je skliznuo, otkrivši žutu zvezdu na rukavu njenog kaputa. Rizikovala je što je izašla iz Jevrejske četvrti, skrivajući zvezdu; nacisti to smatraju ozbiljnim prekršajem.

Jana je oprezno pogledala uz i niz ulicu. Dva starija muškarca su se približavala.

Jana je odvela Lilijan u stranu, glasno se, nehajno žaleći na dugu zimu i oskudicu u hrani. Lilijan je čvršće navukla šal oko sebe klimajući glavom na Janine proteste.

Kad su ona dvojica prošla, Lilijan je nastavila. – Mi smo sledeći. Znam to. Moja deca... molim vas, pomozite im, kao što ste pomogli Mihalu.

Jana se trgla. Lilijan zna? Ne, možda podozreva.

– Ne znam da li mogu da pomognem. Ja... – glas ju je izdao.

– Udovica sam s dve ćerke od deset i četiri godine. Ako poznajete nekoga, neki način da pobegnu. Moja starija, Iveta, umalo je uspela da izađe iz Praga pre četiri godine. Bio je taj Britanac, gospodin Vinton, koji je organizovao odlazak dece u Englesku i Iveta je bila na spisku. Ali tog jutra, kad je voz trebalo da krene, stigli su nemački tenkovi i zauzeli grad... – Glas ju je izdao, povila je ramena.

Jani se srce steglo. Šta bi mogla da uradi? Ponovo pozajmi auto? Izvede neku smicalicu? Ali to bi ponovo uključilo Pavela i još jednom ga dovelo u opasnost. Nije želela da koristi njegovu naklonost prema njoj. Ali koga bi drugog mogla zamoliti za pomoć?

Dok je gledala u očajnu Lilijan, čula je sebe kako govori: – Učiniću šta mogu. Istražiću.

Lilijanino lice je omekšalo od zahvalnosti, a Jana se prepala tog ogromnog zadatka. Ne zbog sopstvenog rizika, već zbog rizika da izneveri tu majku.

Obe su se osvrnule kad su se otvorila vrata alhemičara prekoputa. Mršav čovek u belom mantilu pojavio se s lopatom u ruci. Klimnuo je glavom u znak pozdrava, pa počeo da čisti sneg koji je preko noći pao na njegov prag.

– Bolje da se vratim – rekla je Lilijan. – Potražićete me?

– Da, da, hoću – odgovorila je Jana, umirujući je koliko god je mogla, želeći da ublaži ženin strah.

Jana je gledala Lilijan kako žurno odlazi pognute glave. Skrenula je za ugao i nestala. Jana je morala da sačeka nekoliko trenutaka da sabere misli pre nego što je produžila ulicom.

U zamku je Jana radoznalo posmatrala osoblje, pitajući se ko još radi za pokret otpora. Njen mali doprinos je očigledno bio samo deo većeg plana da se nadzire nacistički glavni štab: kretanja SS oficira, njihovih posetilaca, svega. Tu je bio čuvar širokih ramena pored kojeg je Jana svaki dan prolazila, dok je on čistio sneg s prilaza Salmovoj palati, električar koji je klečao pored svoje kutije sa alatom odvrćući vijke na utičnicama i popravljajući žice, kao i stolar koji je popravljao drvene panele u prizemlju. Da ne pominje one iz tima spremačica, kuvara i kurira; svima je jedno bilo zajedničko; bili su Česi.

Jana je mislila na Lilijaninu molbu dok je, na rukama i kolenima, ribala nepostojeću mrlju na tepihu, nekoliko metara od Hajdrihove kancelarije.

Njena šefica, gospođica Jezek, prišla joj je i namrštila se. – U čemu je problem ovde? – upitala je.

– Gadna mrlja, verovatno od kafe.

Dok je gospođica Jezek škiljila u tepih, Jana je nanela još sapunice na deo koji je ribala i sagnula se, zaklonivši ženi vidik.

– Ne brinite, gospođice Jezek, očistiću je.

– Vrlo dobro – oštro je rekla. – Uskoro ću proveriti. – Tankom rukom nažvrljala je nešto na tabli sa štipaljkom i odjurila.

Povišeni glasovi dopirali su iza Hajdrihovih zatvorenih vrata. Jana ga je videla kako ulazi u svoju kancelariju s trojicom SS pomoćnika na ranojutarnji sastanak. Zapamtila je kad je stigao: dvadeset do osam. Sad je Hajdrih očigledno bio uznemiren zbog nečeg.

– ... Jesam li okružen gomilom nestručnih budala? – urlao je.

Čuo se žamor odgovora, ali Jana nije razabrala šta je rečeno. Hajdrihov odgovor bio je gnevno, piskavo vikanje: – Ne dajem ni pet para za to što su se te štetočine borile s nama u Velikom ratu; sve su to izdajnici. I ne cmizdrite mi o omiljenim javnim ličnostima, piscima, umetnicima...

Sad je nekontrolisano brbljao, njegova besna haranga uznemirujuće je ličila na Hitlerove govore. Jana je sela na svoje listove, osluškujući.

– ... Prokleto javno mnjenje! – Čula je tresak njegove pesnice o sto. – Onda im kažite ono što žele da čuju: da pacovi idu u letnji kamp. Napravićemo predstavu razmećući se svojom humanošću, a u međuvremenu hoću najmanje hiljadu njih u jednom vozu...

Na kraju hodnika se pojavio jedan vojnik u rutinskoj kontroli. Jana je izbegla njegov pogled i sagnula se, revnosno ribajući tepih.

Hajdrih je i dalje besneo iza vrata: – ... To je rezultat koji hoću da vidim, brojevi. Sad se gubite odavde!

Prigušeni glasovi bili su praćeni koracima. Vrata Hajdrihove kancelarije otvorila su se i trojica bledih pripadnika SS-a izašla su odande. Jedan je morao da je zaobiđe u prolazu.

– Sklanjaj se, ženo – obrecnuo se, iskaljujući bes.

Vojnik u kontroli namrštio se na nju.

– Završavaj tamo, odmah. – Zaškiljivši, proučavao joj je lice ispod marame kojom je pokrila kosu. Ukočila se. Bio je to vojnik rošavog lica koji je došao u knjižaru da naruči Hitlerovu knjigu,

Moja borba. Setila se njegovog imena, redov Brant; ko zna zašto, nije došao po knjigu.

Setila se i svog lakomislenog tona tokom tog razgovora.

– Poznajem te. – Prišao je korak bliže.

Pojavio se jedan SS oficir odvrativši Brantu pažnju. Dok su njih dvojica razmenjivali nekoliko reči, Jana je brzo pokupila pribor za čišćenje i kofu.

Dok je žurno odlazila, čula je violinsku muziku kako dopire iz Hajdrihove kancelarije. Ledeni pipci prodirali su kroz nju; kako je izopačeno što tako divnu melodiju svira takav zlikovac: Praški Kasapin.

16.

U vreme ručka Jana je zatvorila knjižaru i otišla pozadi pa sela u naslonjaču, sklonivši se od pogleda, s romanom *Baštovanova godina* na krilu. Pažljivo je brojala redove i reči, zapisujući u beležnicu sa spiralom šifru koja se pomaljala. Nekoliko puta je počela iz početka; bio je izazov preneti poruku što sažetije. Napokon, poruka je glasila: *Tražena pomoć u prebacivanju dece na sigurno.*

Nadala se da će pomoć Lilijaninoj deci stići. Okrenula je papir i započela neodložan zadatak prenošenja Hajdrihovog izliva besa: zlokobno pominjanje hiljade njih u vozu i šta je značilo ono da će napraviti predstavu? I to je bio mukotrpan posao, ali na kraju je bila zadovoljna.

Na stolu pored nje stajao je obeleživač za knjige presvučen tamnoplavom tkaninom, s rašivenim dnom. Bilo je bezbednije koristiti tamne boje koje skrivaju tajnu ispod tkanine. Isekla je poruku na odgovarajuću veličinu i gurnula je unutra pre nego što je zašila krajeve. Radi dodatne bezbednosti, prišila je usku ružičastu traku na oba uža kraja obeleživača. Onda je iza tezge uzela knjigu da ga stavi u nju.

Kad se sagnula, čula je lupanje po izlogu.

Pogledala je i videla ženu širokog, okruglog lica priljubljenog uza staklo, kako se mršti rukama zaklanjajući oči. Iako ju je Jana prepoznala, žena je ponovo udarila zglavcima o staklo.

Jana je otišla da otključa nestrpljivoj mušteriji, ne mogavši da skrene misli s Hajdriha.

Dani su prolazili, a Jana je čekala da se kontakt pojavi. Nije mogla da spava, Lilijanine molećive oči zavladale su joj mislima. Možda su Lilijan i njenu porodicu već odveli i svaka pomoć je zakasnela.

I druga informacija je bila neodložna. Jana je ponekad očajavala misleći da je otpor protiv Hajdriha uzaludan, a drugi put bi je nosila odlučnost da ustane i deluje; tobogan emocija bio je iscrpljujuć.

Bio je peti dan od njenog razgovora s Lilijan kad je začangrljalo zvonce iznad vrata knjižare, a Jana se okrenula. Vrelina joj je udarila u obraze. Bio je to Andrej. Radost što ga vidi izmešala se sa zbunjenošću; rekao je da više ne može da dolazi u knjižaru, ipak, sad je bio tu, skoro u šest uveče, podignutog okovratnika kaputa i nisko natučenog šešira. Nosio je odeću koju ranije nije videla i naočare. Sigurno je nadgledao knjižaru jer je jedna mušterija upravo izašla.

— Jel' Lenka dobila moje pismo? — tiho je upitala, iako u knjižari nije bilo nikog.

— Prosledio sam ga, tako da sam siguran da ga je dobila. Nadajmo se da ćeš uskoro čuti vesti od nje.

Odahnula je od olakšanja, čekajući. Zašto je došao?

Prišao joj je korak bliže, a ona je osetila miris njegove kolonjske vode: topao, drvenast miris, privlačan i senzualan. Ranije nije primećivala da stavlja kolonjsku vodu.

— Imam nešto da ti kažem. — Pogled mu je bio tako dubok da joj je dah zastao.

— Da? — prošaputala je.

— Reči su kao rendgenski zraci; ako ih pravilno koristiš, svuda će prodreti.

Zurila je u njega, zbunjenost joj je pomela um. Da li ga je dobro čula? Da li joj je Andrej citirao Oldusa Hakslija? Da li je izgovorio reči koje joj je poslednji kontakt saopštio kao lozinku. Da li je on...?

Andrej se jedva primetno osmehnuo i klimnuo glavom.

— Iznenađen sam koliko i ti što su nas spojili — rekao je. — Znao sam, naravno, da si pomogla Mihalu. Ali kad sam saznao da prenosiš tajne poruke, ovde u knjižari, zaprepastio sam se; to te dovodi u strašnu opasnost. Samo to što ja dolazim ovamo izlaže te riziku.

— Jesi li ti u pokretu otpora? — upitala je, pokušavajući da sredi zbrkane misli.

– Jesi li ti? – Njegove tamne oči snažno su sijale. Pratio je protokol, izbegavajući direktne odgovore. Dao joj je ispravnu lozinku, citat iz knjige, tako da je sigurno mogla da mu veruje. Morala je.

– Možeš li mi pomoći? Pomoći nekoj deci koja su u strašnoj opasnost?

– Učiniću sve što je u mojoj moći.

– Kako ćeš pomoći? – upitala je, nada za Lilijan i njenu decu razgorela se u njoj.

– Prvo, treba mi više detalja. Koliko ih je i koliko su stara?

– Dve sestre, deset i četiri godine.

– Trebaće im sigurna kuća. – Značajno ju je pogledao. – Pretpostavljam da ju je dečačić našao.

Babi je bila više nego spremna da zadrži Mihala, no može li Jana da ode na bakin prag s još dvoje dece? „Čuvala bih buljuk dece od nacista", rekla je. Jana nije sumnjala da je ona to i mislila, ipak...

– Mogu da organizujem to. – Reči su joj izletele pre nego što je stigla da ih zaustavi. – Kako da izvedemo decu iz Praga?

– Već sam pokrenuo stvar. – Pogledao je ka vratima, pa rekao: – Moramo brzo da delamo. Narednih dana biće više racija. Hajdrih vrši pritisak na policiju.

Hajdrihove gnevne reči pale su joj na um. Jana se ugrizla za usnu da joj ne bi izletelo šta je načula. U poslednjem trenutku se setila pravila: informacije treba da budu šifrovane, stavljene u obeleživač i prosleđene. Ali ako je Andrej njen kontakt, onda može da mu preda poruku. Ili jednostavno da mu je saopšti. Ali onda bi znao da ona špijunira u zamku. S druge strane, verovatno zna za njen posao spremačice...

– Jano...?

– Da, moramo brzo da delamo. Šta treba da uradim?

– Sastanimo se na Karlovom mostu za sat vremena. Kod statue Svetog Hristifora. Dotad ću nešto smisliti.

Pogled mu je pao na žuti podliv iznad njene obrve. – Šta se dogodilo?

Lice joj je bilo skriveno ispod šešira kad mu je u Tinskoj crkvi predala pismo.

– Ništa. Saplela sam se u mraku. – Nije sad želela da priča o tome; bilo je važnijih stvari.

– Čuvaj se, Jano. Do skorog viđenja.

Zaustila je da nešto kaže, ali on je već izlazio iz knjižare.

Dvadeset minuta kasnije, pela se stepenicama u potkrovlje dok su joj misli letele. Šta bi tata rekao kad bi mu saopštila na šta je pristala? Nije bilo načina da stupe u kontakt s babi i pitaju je da li je spremna na još jedan veleizdajnički čin protiv Rajha. Kiselina joj je navrla u grlo kad je zamislila babi kako je grubo uvode u policijska kola.

U potkrovlju otac je stajao pognut nad svojim radnim stolom.

– Radiš na nečem novom, tata? – Pogledala je preko njegovog ramena u drvenu figuru koju je svojim rukama oživljavao.

– Ovo je za Mihala – rekao je, zastavši, pa joj se nasmešio. Bilo je sjaja u njegovim očima, koji dugo nije videla. – Rekao mi je da je oduvek želeo da ima psa i to mu i pravim. Brzo uči i uskoro će po bakinom podu terati svog novog prijatelja na četiri noge. – Činilo se da je od Mihalovog dolaska živnuo uprkos okolnostima. Zašto bi inače brinuo o tome da Mihal ima prijatelja s kojim će se igrati?

– Moram da razgovaram s tobom o babi – počela je.

Izvio je obrve, a ona je duboko uzdahnula. Uozbiljio se kad mu je rekla da je upoznala ženu po imenu Lilijan, koja sumnja da se ona krije iza Mihalovog bekstva i moli je za pomoć. Jana je pazila da ne pomene poruke koje prenosi preko knjižare, ili Andreja, za kojeg se ispostavilo da je pripadnik pokreta otpora. Jednostavno mu je rekla da Lilijan ima kontakte i da će ona, Jana, kasnije saznati nešto više o tome.

– Ne želim da babi izlažem još većoj opasnosti, ali... – Reči su joj odlebdele.

Otac je ćutao. Pognuo je glavu i trljao koren nosa pa uzdahnuo.

– Babi bi rekla da nije ništa više nezakonito skrivati troje dece nego jedno. Oboje znamo da bi želela da pomogne toj deci...

Poljubila ga je u obraz. – Hvala, tata.

– Još ništa nisam uradio. Kaži mi kako mogu da pomognem.

– Večeras ću se sastati s Lilijan da razradimo detalje plana. – Osetila je bol zbog izrečene poluistine.

– Plašim se za tebe, draga kćeri. Ako ti se nešto desi...

Okrenula se da ne bi videla tugu na njegovom licu; to ju je podsetilo na njegov izraz lica kad priča o mami.

– Biću dobro, tata. Znam šta radim.

Čak je i njoj samoj njena lakomislenost izgledalo neprikladno.

17.

Malo pre sedam Jana je zakoračila na Karlov most s kloš šeširom na glavi i kaputom s kaišem koji je pripadao njenoj majci. Sumnjala je da bi je iko prepoznao u toj odeći. Kao obično, na mostu je bila gužva, ljudi su se vraćali kući.

Nije bio sâm pored statue. Dva muškarca u železničarskoj uniformi ćaskala su i pušila. Oklevala je. Andrej je uhvatio njen pogled i pošao duž mosta. Prišla mu je, pa zastala. Mladi par, s rukom u ruci, zaustavio se pored Andreja da gleda u reku. Jani je srce tuklo. Most je bio dobro mesto da prođeš neopažen u gužvi, ali trebalo je paziti da te neko ne čuje.

Udahnuvši ne bi li se smirila, preturala je po tašni ne tražeći ništa posebno.

Kad je podigla pogled, videla je da se Andrej odvojio od para i sad je stajao malo dalje niz most. Pripalio je cigaretu i proučavao dim koji se kovitlao na vetru. Stala je korak od njega, pogleda uprtog ispred sebe.

Dok je govorio tihim glasom, stomak joj se vezao u čvor od nervoze. *Plan mora da uspe*, pomislila je; *životi dece zavise od toga.*

Ostavila je Andreja nekoliko minuta kasnije, pa sišla s mosta ispod kamenog luka i vratila se preko Starogradskog trga. Izbegavajući ulice u kojima su Nemci patrolirali, ušla je u Josefov i stigla pred kuću u kojoj je živela Lilijan.

Pokucala je na vrata. Nada je sinula na Lilijaninom licu kad je ugledala Janu i pozvala ju je da uđe. Glave dve devojčice provirile su iz dovratka u hodniku, jedna iznad druge, dugačke pletenice padale su im na ramena. Lilijan je odmahnula deci. Mala lica su nestala.

– Imate li novosti? O devojčicama? – upitala je prigušenim glasom.

Jana je klimnula glavom, pa tiho saopštila Lilijan plan za sutradan.

* * *

Narednog jutra, pošto je završila posao u zamku, umesto da otvori knjižaru, Jana je požurila u lokalnu mesnu zajednicu. Nije videla Dašu od poslednjeg sastanka kluba razmene knjiga, kad je Daša pričala o novom poslu svog brata u fabrici oružja *Škoda*.

Žene su unutra preturale po polovnoj odeći raširenoj preko izletničkih stolova. Daša je, stojeći iza jednog stola, pomagala nekoj ženi da nađe odgovarajuću dečju veličinu u mnoštvu poklonjene odeće. Lice joj je sinulo kad je videla Janu.

– Lepo iznenađenje – rekla je.

– Nisam bila sigurna da li danas radiš – kazala je Jana.

Rumena žena kojoj je Daša pomagala glasno je izrazila nezadovoljstvo.

– Trenutno poslužujem.

Jana je pomirljivo podigla ruku. – Molim te, nastavi, ja samo razgledam.

Iskrivila je lice u osmeh pa počela da razgleda odeću, dok je žena i dalje gunđala.

Jana je pogledala na malu gomilu dečjih kapa i šalova na kraju stola. Zastala je da prouči malu tamnoplavu beretku. Da li bi veličina odgovarala četvorogodišnjoj devojčici? Zadržavši je, nastavila je da traži dok nije našla zeleni filcani šešir sa crnom trakom. Bio je iznošen i imao je mrlju od blata na obodu; savršen. Zatim je izabrala dva ručno pletena šala pa sačekala da Daša udovolji rumenoj ženi i da ova ode.

– Mogu li da uzmem ovo za prijateljicu?

– Naravno – rekla je Daša. Onda je uz osmeh upitala: – Kako je Lenka? Ima li novosti o bebi?

Jana je osetila čvor u grlu. Nijedna od žena iz čitalačkog kluba nije znala za Lenkino hapšenje.

– Dobila je devojčicu – tiho je rekla.

– Divno! Kako se... Je li sve u redu? Jano, šta je bilo?

Progutala je suze. – Lenka je uhapšena; u zatvoru je.

– U zatvoru? – Na Dašin povik, glave su se okrenule. Pribrala se pre nego što je ponovo tiho progovorila. – Šta je, zaboga, zgrešila?

– Ništa. Mora da je posredi strašna greška. – Jana nije želela sad da govori o tome; morala je da se usredsredi na odvođenje Lilijanine dece na sigurno. – Verujem da ću saznati nešto više do narednog sastanka čitalačkog kluba: u utorak pre podne za dve nedelje.

Daša je klimnula glavom, lice joj je bilo bledo od zaprepašćenja. Kad se Jana okrenula da ode, Daša je rekla: – Nadam se da će se tvojoj prijateljici svideti odeća.

Grad je bio u svim nijansama sive dok je martovski vetar brisao kroz uske uličice i kamene lukove. Jedina boja koju je Jana mogla da vidi bila je krvavocrvena zastava s kukastim krstom koja je lelujala tamo-amo u grozničavom plesu. Crkvena zvona označila su pun sat: jedan po podne.

Tačno na vreme Jana je stigla na mesto sastanka, na ugao pored prodavnice bicikala. Čekala je naspram ulice koja je skretala u četvrt Josefov.

Lilijan se pojavila vodeći devojčice. Andrej je zahtevao da putuju bez prtljaga, te njih tri nisu nosile ni kofere ni torbe koji bi mogli dovesti do toga da ih zaustave i pretrese. Čak ni lutka u rukama male devojčice nije bila dozvoljena; igračka bi mogla nagovestiti da planiraju duži put. Jedina imovina bila im je odeća na njima.

Stojeći na suprotnoj strani ulice, Jana se osvrnula unaokolo. Iako su izabrale mirno mesto, bilo je nekoliko prolaznika. Prošao je jedan biciklista. Lilijan je nosila čvrsto vezanu maramu, pokrivši kosu, lice joj je bilo sivo poput okruženja. Razgovarala je sa starijom devojčicom za koju je Jana saznala da se zove Iveta. Devojčica je ozbiljno klimnula glavom na majčine reči. Iveta je očigledno znala istinu: da će biti odvojena od roditelja i poslata na nepoznato odredište. Ali njena mlađa sestra, Madi, sa izrazom iščekivanja na licu, skakutala je s noge na nogu, vukla Ivetu za ruku, kao da su joj rekli da ide na zimovanje.

Bes je planuo Jani u grudima; mrzela je Nemce, mrzela njihove zastave, vojnike i marševe koji su treštali iz radija. Ali najviše je mrzela onog tiranina Hajdriha.

Udahnuvši ne bi li umirila živce, pogledala je uz i niz ulicu. Vazduh je bio čist. Prikovala je pogled za Lilijan. Majka je duboko uzdahnula kad je shvatila da je došlo vreme i da mora da bude brza. Uhvatila je Ivetu za nadlakticu pa strgla žutu zvezdu s rukava, na kojoj je, kako je planirano, ranije olabavila šavove. Na brzinu je poljubila devojčice u obraze pa ih pogurala s leđa. Iveta je čvrsto stegla Madi za ruku i sestre su prešle ulicu ka Jani.

– Igramo se prerušavanja – rekla je Jana, izvadivši kape i šalove iz cegera. Kao što su se dogovorile, devojčice su došle samo u kaputima i za tren oka, Iveta je nosila filcani šešir, a Madi tamnoplavu beretku.

– Vi ste gospođa koja je juče došla da vidi mamu – rekla je Madi.

– Tako je i obe vas vodim u pustolovinu.

– Može li i mama da pođe?

– Ne, ne može – rekla je Iveta strogo, povukavši Madi za ruku.

Lilijan je stajala prekoputa, žuta zvezda jasno joj se videla dok je njena prijateljica vodila njenu neupadljivu nejevrejsku decu da se prošetaju. To je priča koju bi Jana ispričala svakom ko bi pitao. Sad je rekla da je vreme da pođu, te je Madi kratko mahnula majci. Ivetino lice bilo je kao kamen kad je teško progutala. Podigla je ruku, pustivši je da padne.

Jana je bila tužna kad je poslednji put pogledala Lilijan prisilivši sebe da ode, odvodeći njenu decu sa sobom. Dogovorila se s Lilijan da se sutradan uveče sastanu na istom mestu. Ako Jana bude nosila knjigu ispod ruke, to će značiti da je sve dobro prošlo i da su deca na sigurnom. Bez knjige, značiće da je nešto pošlo naopako.

Jana je s decom zaobišla Starogradski trg, pa prošla pored Barutane, ostavljajući iza sebe Stari grad. Otišle su na tramvajsku stanicu, pa sačekale nekoliko minuta dok tramvaj nije naišao, zvoneći. Kad su se smestile na sedišta, Jana je odahnula od olakšanja: danas čuva decu svoje prijateljice. Da, ima lične isprave. Ne, nije ponela isprave za decu. Uslediće stidljiv osmeh; tog jutra je stavila ruž, pućeći se ispred ogledala. Treptaće ako bude trebalo.

– Volim tramvaje – rekla je Madi, izvivši se na drvenoj klupi da bi pogledala kroz prozor. Starija žena koja je sedela prekoputa, s tradicionalnim vezenim šalom prebačenim preko ramena, popustljivo se osmehnula Madi. Jana se kratko osmehnula ne želeći da privuče pažnju neprijateljskim ponašanjem. Ljudi pamte neprijateljsko držanje.

Jana se zapitala da li su se devojčice ikad vozile tramvajem. Građanima Jevrejima je bilo dozvoljeno da se voze samo u određeno vreme. Ispravila je sebe u mislima; oni više nisu građani po nemačkim zakonima.

Pogledala je prekoputa u Ivetu, srce ju je bolelo zbog te devojčice kamenog lica. Želela je nešto da kaže, ali šta bi mogla da kaže u javnosti? Čak i nasamo ne bi znala koje reči utehe da joj ponudi. Na kraju krajeva, bila je neznanka za tu decu.

Tramvaj se napunio dok je prolazio gradom. Jana bi na svakoj stanici zadržala dah, strahujući da bi moglo da uđe neko službeno lice i zatraži joj isprave. Ukrcao se jedan vojnik Vermahta, ali nije obratio pažnju na njih. Dva muškarca, lepo obučena, s nemačkim akcentom, prevezla su se dve stanice; ni oni nisu pokazali zanimanje za Janu i njene saputnice.

Sišle su na poslednjoj stanici, prešle ulicu, pa se ukrcale u autobus koji će ih izvesti iz Praga. Ako sve bude kako treba – Andrej je rekao da je najopasniji prolazak kroz kontrolni punkt na izlazu iz grada.

Njih tri su se stisle na dvostrukom sedištu, s Madi priljubljenom uz prozor i Ivetom u sredini. Jana je sa sedišta uz prolaz imala dobar pogled na vozača i kroz vetrobransko staklo.

Pogledala je putnike uokolo, glave su im poskakivale s jedne na drugu stranu dok je autobus prelazio preko tramvajskih šina i kaldrme. Bili su to obični građani, nije bilo policije, vojnika ili službenih lica. Ali obični građani se po izgledu ne razlikuju od kolaboracionista koji bi zarad neke koristi ili očajničke želje da pomognu nekom bliskom, izdali sunarodnika Čeha.

Autobus je usporio, a zatim se zaustavio. Stigli su do kolone ispred kontrolnog punkta. Jani je znoj curio niz potiljak kad se nagla ka prolazu da pogleda kroz vetrobransko staklo. Ispred autobusa je bio beli dostavni kombi, a ispred njega vojni kamion podignute cirade, koja je otkrivala vojnike što su sedeli stežući puške.

Vozač autobusa je ugasio motor, pa se zavalio na sedištu predviđajući dugo čekanje. Podrhtavanje autobusa je prestalo, a zlokobna tišina ispunila je vazduh. Putnici su se vrpoljili; jedan muškarac je progunđao, pa odsečnim pokretom otvorio novine; jedna žena je uzdahnula, pa izvadila pletivo, lica pomirenog s neizbežnim.

– Šta se događa? – upitala je Madi, njen prodoran, detinji glas naveo je neke da okrenu glave.

– Ništa, dušo – rekla je Jana, pa je preko Ivete potapšala po kolenu. – Začas ćemo krenuti. – Iveta je grubo ćušnula Madi laktom, na šta je ova reagovala preteranim: – Ajoj!

Još neke glave su se okrenule. Janu je obuzela panika; putnici su gledali u njih, pitajući se ko su one, da li je Jana njihova majka i kuda su pošle – *ne, prestani, Jano. Smiri se. Diši.* Osmehnula se ženi s pletivom. Klimnula glavom muškarcu koji je pogledao preko novina.

Napred, policajac je propustio vojni kamion, pa podigao ruku zaustavivši dostavni kombi. Jana je gledala kako traži od vozača da izađe i otvori zadnja vrata. Pogledala je na sat; nešto nije bilo kako treba. Trebalo je da je Andrej dosad stigao, ali od njega nije bilo ni traga ni glasa.

Dostavljač je počeo da vadi kante s farbom iz zadnjeg dela kombija. Onda se pored autobusa pojavio još jedan policajac i popričao s vozačem kroz otvoren prozor.

Gde je Andrej? Desno koleno počelo je nekontrolisano da joj se trese. Možda neće doći. Ceo plan je bio zlonamerna i strašna smicalica da bi nju i decu uhvatili na delu.

Vozač je otvorio vrata dok se policajac približavao stepenicama. Ili su Andreja izdali, te je otkriven i uhapšen. Sad će policija tražiti propusnice, a deca... Srce joj se steglo; deca...

Policajac je zakoračio čizmom na prvi stepenik kad ga je povik naterao da naglo okrene glavu. Policijski kapetan je dovikivao uputstva i mahao rukama, pokazujući da saobraćaj treba da se pokrene.

Andrej.

Jana je klonula sa olakšanjem. Policajac požuri da posluša i povuče se. Vrata se uz šištanje zatvoriše, motor proradi i posle nekoliko trenutaka čekanja da dostavljač ispred njih utovari svoj pribor, nastavili su put. Jana je videla Andreja kako gleda u autobus dok su prolazili, te se na trenutak nagnula da bi je video, a on je osmehom pokazao da ju je primetio.

Kad se autobus zaustavio u malom selu Lidice, Jana se setila Lenkinih roditelja, koji su tu živeli i ponovo je odlučila da ih uskoro poseti. Misli su joj s Lenke skrenule na grupu bučne dece koja su se ukrcala. Dečak je gurnuo devojčicu, a ona mu je uzvratila. Dvaput jače. Ostali su se smejali i trčali kroz autobus. Iveta je strogo pogledala decu dok su prolazila. Bili su njeni vršnjaci i nema sumnje da će tog leta završiti školovanje čime će se okončati njihovo formalno obrazovanje; nacistički režim je ukinuo više razrede odlučivši da Rajhu trebaju radnici, a ne intelektualci.

Autobus je ostavio iza sebe Lidice i sad se truckao kroz polja, deca su izlazila jedno po jedno, kako su stizala do svojih kuća.

Jana je odlučila da izađu na sledećoj stanici. To je bilo daleko od babine kuće, ali ostatak će preći peške. Namerno je izabrala da ne ide direktnom autobuskom linijom kako ne bi ostavila trag.

Kad je povela decu iz autobusa, muškarac mršavog lica podigao je pogled sa svoje knjige. Bezizrazno se zagledao u nju pa se vratio čitanju. Naslov na knjizi je bio na nemačkom.

Madin početni polet pred njihovom pustolovinom splasnuo je kad su izašle iz autobusa, jer se umorila.

– Kad ćemo stići? – cvilela je. Jana je rekla Madi da će posetiti jednu dobru ženu koja ima mnogo igračaka, posebno lutaka i da će se sjajno zabavljati izvodeći predstavu. Ali sad su mlađoj devojčici usne podrhtavale. – Gladna sam – rekla je.

– Ćuti – obrecnula se Iveta.

– Ne, neću.

– Nosiću te nakrkače – rekla je Jana, umešavši se da bi izbegla svađu, pa podigla Madi na leđa, njišteći. Iveta je prevrnula očima.

– To je konj, a ne svinja[3] – smejala se Madi.

---

[3] Nositi nakrkače se na engleskom kaže *piggyback*, svinjska leđa. (Prim. prev.)

Kad ju je Jana nedugo zatim spustila, devojčica je bila tiha, pod-smešljivo je pogledavala stariju sestru.

Išle su putem koji se pružao duž polja. Sneg koji je mesecima padao topio se, otkrivajući blatnjave mrlje zemlje. Bilo je kasno po-podne, ali nebo je bilo vedro, granulo je i blago sunce.

– Pogledajte – rekla je Jana, pokazavši na busen visibaba, lepog cveća beljeg od umornog snega oko njih. – Uskoro će proleće.

Nekoliko trenutaka kasnije u vidokrugu se ukazala bakina kuća, a Jani je laknulo.

– Stigle smo – rekla je.

U suton je Jana požurila ka četvrti Josefov, s knjigom ispod ruke, nestrpljiva da stavi Lilijan do znanja da su njene ćerke stigle u sigurnu kuću. Mogla je da zamisli zabrinutu majku kako čeka na vetrovitom uglu, moleći se da ugleda Janu s tako važnom knjigom. Ono što Jana nije mogla da zamisli bili su hrabrost i bol koji je Lili-jan morala istrpeti da bi donela tu odluku: da stavi voljenu decu u ruke neznanaca i pošalje ih, ne znajući da li će ih ikad više videti. Nije imala muža s kojim bi podelila odgovornost za svoje postupke.

Očiju punih suza, Jana je pustila korak i stigla pet minuta pre utanačenog vremena, pola sedam uveče.

Lilijan još nije stigla. Jana je stajala na uglu naspram mesta gde se dan ranije Lilijan oprostila od svoje dece. Trenuci su prolazili. Čvrsto je stezala knjigu, iščekujući Lilijanin dolazak. Dogovorile su se da je bolje da ih ne vide da razgovaraju, otud plan da im knjiga bude ugovoreni znak. Ipak, Jana se poigravala idejom da razmene nekoliko reči ako unaokolo ne bude nikoga; izgledalo joj je previše okrutno da ne ponudi Lilijan neku reč utehe.

Obližnja crkva označila je polovinu sata. Majka s troje dece koju je vukla u kolicima, prošla je i ne pogledavši je. Počela je slaba kiša. Sneg se u gradu skoro sasvim istopio, bližilo se proleće.

Jana se premeštala s noge na nogu, pogled joj je bio prikovan za uličicu osvetljenu prigušenim svetiljkama, iz koje će se Lilijan poja-viti. Ukazala se jedna prilika, natrontana zimskom odećom, jedva prepoznatljivog lica. Ali po visini i držanju, znala je da je to Lilijan.

Jani je srce tuklo kad je čvrsto privila knjigu na grudi, gledajući oko sebe dok je razmišljala da li da pređe ulicu i malo umiri jadnu majku.

Samo što to nije bila Lilijan.

Bila je to mnogo starija žena koja je odjurila i ne pogledavši Janu. Jani je stomak potonuo od razočaranja, te je pogledala na sat, što je radila svakih nekoliko minuta. Nešto nije bilo kako treba. Lilijan bi dotrčala da čuje novosti o svojim ćerkama.

Kad je crkveni sat izbio sedam, Jana je uz navalu adrenalina izazvanog strahom prešla ulicu, pa pošla ka središtu Jevrejske četvrti. Upućeno joj je nekoliko upitnih pogleda dok je žurila, ali ona je produžila pognute glave, lica poluskrivenog ispod šešira širokog oboda koji je pripadao njenoj majci.

U ulici u kojoj je Lilijan živela vladala je uznemirujuća tišina. Jana je tiho prolazila pored uskih kuća u nizu s tamnim prozorima. Nije bilo mirisa hrane da dolebde na ulicu, nije se čuo dečji smeh. Prednji prozor na jednoj kući bio je razbijen, a Jana je, zureći u mračnu sobu, mogla da vidi samo stvari razbacane unaokolo.

Ispunjena užasom, prišla je Lilijaninoj kući. Crveno slovo V nagrdilo je prednji prozor, a na prednjim vratima je nespretno nacrtana jevrejska zvezda. Obuzeta očajanjem, pozvonila je, pa stala da lupa na vrata. Onda je pozvala Lilijan kroz otvor za pisma, ali čula je samo sopstveni grozničavi glas kao odjekuje iza vrata.

Bez daha se udaljila od kuće, pa prečešljala ulicu tražeći bilo kakav znak života. Ali sve što je našla bilo je nekoliko ličnih stvari koje su ležale među krhotinama stakla: dečju kapu, širom otvoren novčanik i praznu bočicu za hranjenje bebe.

Vazduh je bio težak od zla, a Jana je zamislila prizor u kojem Lilijan odvode iz njenog doma i guraju je u kola, baš kao što su to uradili s Mihalovom majkom.

Paralisana tugom, načas je zastala zureći u nebo, gledajući prve zvezde kako oživljavaju. Pitala se da li njena majka posmatra odozgo tu jezivu scenu.

Ne razumem, mama. Ništa od ovoga.

Nalet vetra razneo je novine niz ulicu, šuštavi zvuk prenuo je Janu iz zamišljanja. Ubrzala je, očajnički želeći da ostavi iza sebe taj setan prizor.

18.

Troje dece se saginjalo, marionete su im visile iz ruku. Njihova publika, Jana, njen otac i babi, tapšali su poletno. Mihal i Madi su se široko osmehivali, veoma zadovoljni sobom, dok je Iveta ostala ozbiljna, mada je Jana primetila da je devojčica stidljivo pogledala u babi, kao da traži njeno odobravanje. Dobila ga je.

– Bravo! Divno izvođenje! – Babi se ozarila i namignula je Iveti. Avet osmeha preleteo je devojčici preko usana. Jani je bilo drago što babi osvaja Ivetino poverenje i nadala da će i sama jednog dana uspeti u tome; zasad ju je devojčica gledala s podozrenjem.

Dok su deca nosila svoje marionete nazad u radionicu, troje odraslih je proteglo noge i prišlo prozoru koji gleda na baštu.

– Kakve su bile devojčice? – upitala je Jana.

– Iveta je starija – tiho je rekla babi. – U velikoj meri razume šta se događa. Naravno, uplašena je i ljuta, ali mislim da polako osvajam njeno poverenje. Madi se, s druge strane, naoko sasvim dobro prilagodila.

– Deca me ponekad zadive svojom prilagodljivošću – rekao je otac. – Video sam to dok sam izvodio lutkarske predstave u nekim od najsiromašnijih četvrti.

– A Mihal? – upitala je Jana, ovlaš pogledavši ka radionici, odakle se čulo dečje čavrljanje.

– O, on je očaran Madi. Iako je mlađa, šefuje mu, a on zadovoljno sluša, prateći je po kući širom otvorenih očiju. Živnuo je otkako su devojčice stigle. Deci treba društvo vršnjaka.

Jani je laknulo kad je čula to za Mihala. Uz bakinu brigu, neko vreme će se držati. Ali šta će biti dugoročno? Kad će ponovo videti svoje roditelje? Morala je da otkrije kako su.

Zagledala se kroz prozor u nebo. Bio je sunčan dan, mali pramenovi oblaka klizili su na hladnom povetarcu.

– Deca su nedeljama zatvorena u kući – rekla je babi. – Ne mogu ih celo leto držati unutra.

Otac je zaškiljio u vrata, pa zagladio brkove. – Ograda koju sam stavio da zaštitimo piliće i dalje je nedirnuta i dovoljno visoka da zakloni decu od pogleda. Osim toga, ima žbunja i drveća. Ali decu mogu čuti, to je previše opasno.

– Ko će ih čuti? – rekla je babi. – Susedi su kilometrima daleko, a nedaleko iza bašte počinje šuma.

– Istina, ali šuma nije mnogo duboka, a iza nje je imanje. Radnici mogu da dotumaraju ovamo.

– Samo za vreme žetve. U jesen ću držati decu unutra.

– Ostaće kod tebe do kraja rata, babi. Nemaju kuda da odu – rekla je Jana.

– Drago mi je što su tu; ulepšavaju mi dane, daju mi svrhu. U svakom slučaju, rat ne može još dugo da traje. Sad, evo šta predlažem: da se deca igraju napolju uz upozorenje da ne vrište. – Iskrivila je lice na taj neuverljivi predlog. – Paziću ih s prozora na tavanu, gledaću da ne nabasa neko iz šume. Moj zadivljujući zvižduk upozoriće decu da odmah uđu u kuću.

Jana je s divljenjem gledala u svoju babi; bila je izuzetna žena.

Jana ga je očekivala još otkako ju je prepoznao dok je ribala tepih ispred Hajdrihove kancelarije.

Redov Brant je razmetljivo ušao u knjižaru, širom otvorivši vrata, s prenaglašenim podsmehom na licu. *Napraviće predstavu od ovoga*, pomislila je Jana, trgavši se.

Vreme njegovog dolaska bilo je nezgodno; sastanak čitalačkog kluba samo što je počeo, te će i žene i deca prisustvovati eventualnim neprijatnostima. Moraće da bude ponizna.

Nacrtala je osmeh na lice dok ga je pozdravljala. – Došli ste po svoju knjigu, redove Brante.

– Zaista. Izgleda da sam došao kad je gužva, što me iznenađuje, jer sam mislio da je u knjižarama danas mirno. – Ton mu je bio optužujuć, kao da čeka objašnjenje. Namrštio se pogledavši u decu koja su sad, oslobođena čitanja knjige, vežbala i pluća i noge. Jana nije imala izbora do da mu ponudi objašnjenje.

– Povremeno priređujem čitanje deci. – To je zvučalo nedužnije od sastanka za razmenu knjiga odraslih, a Jana je bila sigurna da Brant sad traži bilo šta nepovoljno.

Kad je prišla kasi, uhvatila je Karolinin i Dašin zabrinut pogled. Brant je zračio netrpeljivošću i čak se i nekoliko dece umirilo dok su ih majke brzo izvodile iz knjižare. Jana je izvadila knjigu koju je poručio iza pulta i čekala. Ali Brant nije žurio, pretraživao je nemačke knjige. Pošto ga je srela u zamku, napunila je police s nekoliko primeraka Hitlerove omražene knjige, očekujući njegov dolazak.

Bio je bezmalo razočaran kad je našao knjige svog Firera uredno poslagane na polici. Onda je prešao na češki odeljak, nadajući se, bez sumnje, da će naći neka zabranjena dela. Karolina i Daša su se u međuvremenu vrzmale, ne znajući da li Jani treba njihova podrška ili bi bilo najbolje da odu. Neprimetno je klimnula glavom prijateljicama umirujući ih, ne želeći da one budu umešane ukoliko dođe do sukoba s Brantom.

Kad su svi otišli, neprijatna tišina ispunila je knjižaru. Ostao je samo topot Brantovih čizama po drvenom podu, dok se kretao od police do police, proveravajući naslove. Jani je srce ubrzalo. Iako je bila temeljna u uklanjanju nepoželjnih knjiga, uvek postoji mogućnost da je propustila nešto sa sve većeg spiska. Brant je tražio nevolju.

– Mogu li nekako da vam pomognem? – upitala je, prišavši mu.

Uz grub osmeh, skinuo je naočare s velikim ramom da je pogleda.

– Možete da mi pomognete – rekao je, oponašajući njen ton – tako što ćete mi reći šta vi radite u zamku.

– Imam posao spremačice.

– A zašto, ako mogu da pitam?

– Da bih zaradila novac – rekla je, pa je, iz straha da je zvučala lakomisleno, dodala: – kao što ste ispravno primetili, posao je zamro i treba mi dodatni posao da platim zakupninu.

Prišao je bliže, ruku sastavljenih na leđima. Njegova krupna prilika delovala je zastrašujuće, ali Jana je prisilila sebe da ostane mirna i isturi bradu. Ne previše kako ne bi izgledala drsko, ali dovoljno da pokaže kako se ne boji. Taj neobičan zadah, slatkast i mučan, dolebdeo je iz njegovih usta, od čega joj se stomak okrenuo.

– A zašto ste od svih mesta gde ste mogli da čistite, završili u glavnom štabu komande? – Obrazi su mu se zajapurili, ističući gadne ožiljke na njegovom rošavom licu.

– Čula sam za upražnjeno mesto.

– Od koga?

– Ne mogu tačno da se setim. Išlo je od usta do usta.

– Ne šegačite se sa mnom, frojlajn! – Urlao je na nju, ovog puta tako glasno da je uzmakla jedan korak. – Ne verujem vam, knjižarko. Ni na trenutak. Posmatraću vas.

Ostala je prikovana za pod kad je on izmarširao iz knjižare, otišavši bez svoje knjige, što je značilo da će ponovo doći. A sad, pošto je raspoređen na dužnost u zamku, svakog dana će se suočavati s njim.

19.

Atmosfera na pijaci na Vaclavovom trgu pogoršala se proteklih nekoliko godina. Jana se sećala uzbuđenih povika prodavaca koji hvale svoju robu, građana koji se vrzmaju oko tezgi željni da napune svoje korpe najboljim proizvodima. Danas su ljudi gledali u mršavu ponudu i odmahivali glavom.

– Idućeg meseca će izdati bonove za racionisanje – rekao je jedan čovek koji je držao tezgu, kojeg je Jana poznavala od detinjstva – a neće ih svi dobiti. Nema bonova za racionisanje, nema hrane.

Jana nije morala da pita kome će biti uskraćeni bonovi za racionisanje – svima koje je Rajh smatrao nepoželjnim. Dok se udaljavala od prodavca, pomislila je kako joj je umorno slegnuo ramenima; to kao da je postalo endemski u poslednje vreme: ljudi su videli šta se događa, ali su odvraćali pogled. Otrovna, saučesnička tišina ugušila je saosećanje s patnjama drugih, rađala strah i bespomoćnost. *Moramo nastaviti da se borimo*, rekla je sebi. *Ne smemo odustati.*

Od neočekivanog udarca po ramenu blago se zanela, osetivši čvrst stisak oko nadlaktice.

– Molim vas, izvinite, jeste li se povredili? – čula je glas. Bio je to Andrej.

– Ne, dobro sam – rekla je, u stomaku joj je zatreperilo.

– Pođi za mnom – prošaputao je. – Drži odstojanje. – Onda je glasnije dodao: – Izvinite zbog moje nespretnosti. – Dodirnuo je šešir i produžio.

Uzbuđenje je prostrujalo njome. Žudela je da podeli s njim uspeh svoje misije s devojčicama i da razgovaraju o mogućim budućim pokušajima. Shvatila je i da je čeznula da ga vidi, makar nakratko. Nije imala pojma šta on želi od nje, ali bila je ispunjena slatkim iščekivanjem dok je gledala njegov visok stas kako se brzo kreće kroz gužvu.

Hodao je ujednačenim ritmom preko trga, pa skrenuo u jednu od brojnih sporednih ulica. Držeći odstojanje i dozvolivši nekolicini ljudi da se ubace između njih, pratila ga je kroz lavirint ulica ka četvrti gde su nekad cvetali džez klubovi i barovi s muzikom. Uske zgrade propale su, a neki prozori bili su okovani daskama. Pogledala je u natpis na nemačkom kojim se reklamira noćni klub; kroz prozor je videla stolice naslagane na stolovima i...

Izgubila ga je. Pre nekoliko sekundi bio je tu, a sad je nestao. Ulica je bila pusta. Potrčala je gledajući levo i desno, disala je plitko i ubrzano. Dah joj je zastao kad ju je neko zgrabio za ruku i uvukao u dovratak. Osetila je ruku preko usta.

– To sam samo ja, Jano. Ne boj se. – Andrej ju je povukao kroz vrata u mračnu odaju, i dalje je stežući uza se. Osetila je miris vune njegovog kaputa, njegovu drvenastu kolonjsku vodu i još nešto: topao mošusni miris znoja i kože. Obuzela ju je bolna čežnja, tako duboka da je ostala bez daha.

Pustio ju je.

– Gde smo? – upitala je.

– U baru s muzikom koji pripada mom prijatelju. Zasad je zatvoren zbog novih odredbi o policijskom času.

Prozori su bili zakovani, dnevno svetlo dopiralo je samo kroz mlečno prozorsko staklo visoko na zidu, ali i to je bilo dovoljno da vidi okruženje: drveni šank, okrugle stolove i malu uzdignutu pozornicu u uglu prostorije.

– Uspeli smo, Andreje! Izveli smo devojčice – izletelo joj je.

– Odvela si ih na sigurno? Kad sam video da autobus odlazi, molio sam se da će sve biti dobro.

– Jesam, stigle smo...

– Nemoj mi reći gde su.

Jana se ugrizla za usnu, shvativši potrebu za uzdržanošću. Pomislila je na ono što je načula prisluškujući Hajdriha i mada je prenela informaciju skrivenu u obeleživaču, nije bilo odgovora. Kad bi bar mogla da podeli sa Andrejem ono što zna. Ono što je znala predstavljalo je teret koji joj je teško pao na stomak.

– Doveo sam te ovamo zato što imam odgovor od Lenke – rekao je, zavukavši ruku u džep na grudima kaputa.

Srce joj je ubrzalo kad je uzela pismo. – Volela bih sad da ga pročitam, ali ovde je tako mračno.

– Dođi, sedi ovde. Nema struje, ali ima sveća iza šanka.

Jana je sela za okrugli drveni sto, a Andrej je doneo dve prazne vinske boce sa svećama u grlu, pa ih zapalio svojim upaljačem. Skinula je rukavice, a ruke su joj drhtale dok je otvarala zgužvan koverat i izvlačila iz njega list papira.

Dok je držala pismo uz sveću, oči su joj se napunile suzama pri pogledu na Lenkin rukopis.

Najdraža Jano,

Ne mogu ti opisati koliko mi je značilo tvoje pismo. Tvoje reči i saznanje da misliš na mene, rasteretili su mi srce. U danima neraspoloženja, ponovo čitam tvoje pismo i osećam utehu.

Ne treba da brineš za mene. Ovde su uslovi sasvim odgovarajući te smo obe, moja divna ćerka Alena i ja dobro. Kad sam tek bila stigla ovamo, zatvorili su me u baraku, ali dozvolili su mi da se porodim u nekoj vrsti bolnice. Kad se Alena rodila, imala sam sreće da ostanem u gradskoj oblasti Terezina i sad imam kakvu-takvu slobodu.

Iznenadilo me je što nam dozvoljavaju izvesne slobodne aktivnosti kao što je pevanje u horu, a imamo i malu biblioteku, iako nam treba još knjiga. Ljudi ovde pronalaze veliku utehu u čitanju, udubljujući se u druge svetove, privremeno ostavljajući brige iza sebe. Čak mislim da osnujem čitalački klub!

Dobila sam pisma od mojih roditelja i od Ivana. Mogu li te zamoliti da pripaziš na Ivana i umiriš ga; zvučao je tako izgubljeno u svom pismu. Moji roditelji su naravno neutešni. Molim se da ih nekako vidim bar još jednom u životu.

Molim te, vodi računa o sebi, draga prijateljice. Budi mi dobro i nađi srećne trenutke čak i u mračne dane. Uvek si u mojim mislima.

Zauvek tvoja,
Lenka

Jana je ćutala dok je premišljala o Lenkinim rečima. Onda je ponovo pročitala pismo, u grudima ju je stezalo od uzbuđenja. Andrej, koji je sedeo naspram nje, ništa nije rekao, pušio je, ostavljajući joj vremena koliko god joj je potrebno; dobro joj je došlo njegovo umirujuće prisustvo.

Duboko je uzdahnula, pa mu pružila pismo.

– Molim te, pročitaj ga, Andreje.

– Jesi li sigurna da želiš to?

– Moram da znam šta ti misliš. Da bih mogla da razgovaram s tobom. – Bilo je insistiranja u njenom glasu.

Skinuvši naočare i spustivši ih na sto, uzeo je tanak list papira od nje.

Gledala je njegovo lice na svetlosti sveće dok je čitao, mrštio se naginjući se ka sveći. Jana je drhtala u hladnoj odaji i trljala nadlaktice.

Vratio je pismo na sto, pa protrljao čelo.

– Onda? – rekla je, nestrpljiva da čuje njegovu reakciju.

– Naravno, Lenka je pisala znajući za cenzuru i brižljivo je birala reči. Ali mislim da možemo verovati da su ona i beba dobro, koliko se to može očekivati.

– Hvala bogu što su je izmestili iz baraka i što živi u takozvanoj gradskoj oblasti.

Andrejevim licem preleteo je izraz zadovoljstva.

– Ti si se pobrinuo za to, zar ne? – rekla je. – Preko svog kontakta.

Klimnuo je glavom, pa bez obrazloženja nastavio: – Zanimljivo je Lenkino pominjanje knjižare, pozorišta i biblioteke.

– Čini se da je u Terezinu mnogo bolje nego što sam očekivala.

– Tačno.

– Ne veruješ u to?

– Proveriću to.

– Lenka zvuči drugačije – nastavila je Jana. – Nekako prigušeno. – Ponovo je uzdrhtala, pa jače stegla krajeve kaputa oko sebe.

– Hladno ti je. Hajde da izađemo iz ove pećine.

Odmahnula je glavom. Ne znajući da li će joj se ponovo pružiti prilika da bude nasamo s njim, zagledala mu se u oči i duboko uzdahnula.

– Postoji nešto važno što bih volela da podelim s tobom – rekla je.

Andrej je ustao, pa skinuo kaput i prebacio joj ga preko ramena pre nego što je privukao stolicu do nje. Onda je skinuo šešir i stavio ga na sto pored rukavica. Dodirnuo joj je hladnu ruku.

– Hladna si kao led. Daj mi ruke.

Ispružila ih je preda se spojivši zglobove kao da se predaje hapšenju. Pokrio joj je ruke svojima, pa počeo da ih trlja ne bi li ih ugrejao. Sabrala je misli, pa progovorila.

– Poznato mi je pravilo ćutanja u pokretu otpora i jasno mi je da je to zarad naše zaštite. Ali ako treba da ti prenesem životno važne informacije, ponekad svakako moramo prekršiti to pravilo.

– Imaćeš kanale preko kojih ćeš prenositi sve što si otkrila. – Ton mu je bio oprezan.

– Ali ja ne znam da li je moja informacija primljena. Nisam dobila nikakav odgovor. – Nemoć ju je sve više obuzimala. – Ne znam da li sistem funkcioniše. Prolaze dragoceni dani, a sve više ljudi nestaje, biva zatvoreno, ustreljeno. Znaš li da sam naletela na zid za streljanje i naišla na baku na kolenima...? – Zagrcnula se jecajem, ne mogavši da nastavi.

Andrej ju je stegao za ruke. – O, Jano, znam da je to...

– Radim u Praškom zamku – izletelo joj je. – Kao špijun. – Preplavio ju je prkos. – Prisluškujem Hajdriha – rekla je pre nego što je Andrej stigao da prekine njen izliv.

– Znam – rekao je.

– Znaš?

– Ja sam u policiji. – Na licu mu je zaigrao poluosmeh. – Ali ako imaš neku informaciju...

Izvukla je ruke iz njegovih, vrelina joj je udarila u obraze. Nije mogla više da se uzdržava, reči su pokuljale iz nje dok mu je pričala sve što je čula o transportu hiljada ljudi, rekla mu vreme Hajdrihovog dolaska, kako je rekao da će napraviti predstavu za javnost. Nastavila je, ne mareći što je nesmotrena; olakšanje koje je osetila što je mogla da podeli sve sa Andrejem bilo je tako prijatno, a kad je završila, klonula je napred, umorno oborivši glavu.

Andrej joj je podigao lice, ozbiljno ju je gledao širom otvorenih očiju. – Možeš da mi veruješ, Jano. Da, u teoriji treba da deliš informacije samo s dodeljenim kontaktom, ali ono što si čula zastrašujuć je razvoj događaja. Znam da Hajdrih šalje ljude iz Terezina na rad na mesta kao što je drezdenska železnica... – Glas mu je zamro kad je ustao, pa počeo da šparta, duboko zamišljen.

– Šta je s tvojim kontaktom u Terezinu koji ti je prosledio Lenkino pismo? Zna ili on nešto?

– On je policajac nižeg ranga koji mi čini usluge za malu nagradu. Sumnjam da on zna detalje o operacijama na tako visokom nivou, ako i zna, moram pažljivo da istražujem. – Andrej je provukao prste kroz kosu. – Ali to je početak. Voleo bih da mogu da uđem u Terezin i vidim šta se zaista događa.

Dok je Andrej ćutke hodao tamo-amo, Jani je nešto sinulo. I dok se ta zamisao uobličavala, očajanje od pre nekoliko trenutaka bledelo je dok ju je nova energija oživljavala. Skočila je na noge, pa zaustavila Andreja usred koraka.

– Lenka je u svom pismu rekla da im je dozvoljeno da čitaju knjige i da je dobila nešto odeće. Imam prijateljicu, Dašu, iz svog čitalačkog kluba, koja radi u crkvenom dobrotvornom udruženju. Mislim da su povezani sa Crvenim krstom. Možda bi uprava Terezina dozvolila dobrotvornu isporuku.

– Možda bi to dozvolili – da bi pojačali propagandnu kampanju o humanosti – rekao je Andrej, proučavajući je dok je pokušavao da dokuči šta je naumila.

– Možda bih ja mogla da uđem u Terezin, pod maskom volonterke koja je donela knjige.

– Ti? – rekao je, trgavši se.

– Što da ne? – odvratila je, razočarana njegovim pomanjkanjem oduševljenja njenom idejom.

– Zato što si već u velikoj opasnosti zbog jednog od najokrutnijih ljudi u Rajhu.

Zastala je pre nego što je tiho rekla: – Koliko puta mogu da me pogube?

– O, draga Jano. Mogu oni da urade mnogo više nego da te ubiju.

Nazvao ju je dragom.

Zagledala se u njega, razdvojivši usne dok ju je on grlio ljubeći je u obraze, u ugao usana, klizeći joj usnama niz vrat, izazivajući joj drhtavicu. Potražila je njegove usne; poljubac im je isprva bio nesiguran, zatim zahtevan, strastven. Skinuo joj je šešir provukavši joj prste kroz kosu, uvrćući joj pramenove. Grozničava od želje, neumorno ga je ljubila. Kad ga je čula kako stenje, to ju je ispunilo požudom te se snažno privila uz njega, vrelina je pulsirala u njoj. Ruke su joj lutale preko njegovih povijenih, mišićavih leđa.

– Ovo je najgori mogući scenario – teško je disao, odvojivši usne od njenih.

– Zašto? – upitala je, zadihana i pregrejana, osećala je slabost u nogama. Zagledala se u njegovo naočito lice, pa prstima prešla preko tih neopisivih jagodica.

Nežno joj je odvojio ruke s lica. – Zato što prema tebi gajim osećanja koja ne bih smeo. Mogla bi da mi zamagle rasuđivanje, da mi oslabe nepokolebljivost u trenucima donošenja najvažnijih odluka. A to važi i za tebe. Moramo ostati usredsređeni.

Kad se odvojio od nje, žaoka bola zarila joj se u grudi. Poželela je da se ponovo baci na njega, da ga ljubi i dodiruje sve dok više ne bude mogla da izdrži, da ga uvuče u svoje telo i dušu, ali samo je klimnula glavom. Naravno da je u pravu. A ona će mu pokazati kako može da bude snažna i disciplinovana poput njega; da je dorasla zadatku koji je pred njima. Svoje lične želje moraće da odgurnu u stranu; sad su važni drugi: Lenka, Mihal, Iveta, Madi – kao i mnogi drugi kojima je potrebna pomoć.

Duboko udahnuvši, podigla je svoj šešir s poda gde je nekoliko trenutaka ranije odleteo, pa ga je stavila, zadenuvši kosu ispod njega. Bila je svesna da on prati svaki njen pokret.

– Sad treba da ideš – rekao je. – Ja ću uskoro zaključati.

– Kako da stupim u kontakt s tobom kad budem razgovarala sa crkvenim dobrotvornim udruženjem?

Izgledao je sumnjičavo.

– Nekako ću ući u Terezin – rekla je, rešena da ne dozvoli da je nesigurnost odvrati.

– Ne kao zatvorenica, nadam se – ironično je rekao.

Prevrnula je očima.

– Dobro. Hajde da se sastanemo ovde za pet dana s novostima, u sedam uveče – rekao je. – Ne treba ni da ti kažem da proveriš da li te prate. I obuci nešto drugo.

– Naročito šešir. Izgleda da ti se ovaj ne sviđa. – Vragolasto se nasmešila.

20.

– Dobila sam pismo od Lenke – prošaputala je Jana, nagnuvši se preko izletničkog stola.

Daša je ispustila u kutiju odeću koju je raspakivala, pa se zagledala u nju. – Sve mi ispričaj! Jel' dobro? A beba?

Hodnik je tog dana bio pun i dok su tri žene preturale po odeći na Dašinom stolu, Jana i Daša su se povukle u stranu. Jana je tiho prepričala Lenkino pismo, a onda je prešla na svoju ideju o dobrotvornoj isporuci knjiga i odeće u Terezin.

Daša je prebledela. – Hoćeš da ideš u Terezin? Ne znamo ni šta je to. Zatvor, grad, radni logor? Svašta se priča o tome.

– Tačno – rekla je Jana. – Zato želim lično da se uverim. Možda ću moći da vidim i Lenku. Ti poznaješ nekog iz Crvenog krsta, zar ne? Pomislila sam da bi me možda mogla povezati s njim.

Daša je izgledala sumnjičavo. – Gospođica Novak iz Crvenog krsta biće ovde sutra ujutru da razgovara s pastorom. Tada mogu da te upoznam s njom, ali ne znam da li će moći da pomogne.

– Hvala, Dašo. I to je nešto za početak.

Narednog jutra Jana i Daša su razgovarale s pastorom i gospođicom Novak o predloženoj ideji; oboje su bili oduševljeni planom, ali i realni u pogledu prevazilaženja prepreka.

– Ulazak u Terezin je nešto što Crveni krst već neko vreme pokušava – rekla je gospođica Novak – ali nemačke vlasti nas sprečavaju. A sad s Hajdrihom... Glas joj je zamro, zavrtela je glavom.

Razgovarali su o strogim birokratskim kanalima o kojima treba pregovarati, a gospođica Novak je predložila da se ponovo sastanu za tri nedelje. Biće to već početak maja; sve je to trajalo predugo i Jana je strahovala pri pomisli šta bi moglo da se desi u međuvremenu. Hajdrihove reči o transportu hiljada ljudi i dalje su je proganjale i mada nije imala dokaza da se to odnosi na Terezin, zbog nelagode nije mogla da spava. Pitala se šta je pokret otpora uradio s njenom informacijom, ako je išta uradio.

Jana je odmotala trava-zeleni papir u izlogu, pa ga posula cvetovima koje je napravila od ostataka tkanina. Rešila je da napravi prolećni izlog najveseliji što može, uprkos ružnom kukastom krstu koji je bila obavezna da okači. Dok je ređala izabrane knjige, u mislima se vraćala na kontakte koji su došli po njenu šifrovanu poruku. Bilo je frustrirajuće; njihovi dolasci bili su neredovni i činilo se da je pokret otpora postao potpuno izdeljen otkako je Hajdrih stigao u Prag. Želela je da može obavestiti kontakt ukoliko ima važnu poruku; da im da neki znak.

Razmišljajući o tome, među knjigama je, kao uvek, izložila i svoje obeleživače; ponekad bi ih podelila u dve raznobojne lepeze, ponekad bi napravila samo jednu. Prolaznici su često gledali u njen izlog, iako nikad ne bi ušli u knjižaru.

Sedeći na listovima, nagnula se i zaškiljila. To bi moglo da bude znak; obeleživači bi mogli da budu njen znak. Dve lepeze od obeleživača značile bi da nema novosti. Jedna lepeza bi značila da ih čeka važna poruka. Osmehnula se za sebe. Pokretu otpora ne bi bilo teško da nađe nedužnog prolaznika koji bi pogledao kako je namestila izlog. Sledećem kontaktu će preneti svoju zamisao.

Nije morala dugo da čeka. Nekoliko dana kasnije, tramvajdžija, još u uniformi, stupio je u kontakt s njom, i ona mu je prenela svoj predlog.

Ranojutarnji povetarac koji je duvao kroz otvoren prozor kancelarije bio je svež, ali kad je Jana pogledala napolje u plavo nebo bez oblaka, živnula je. Proteklih nekoliko dana aprilsko sunce je istopilo sve ostatke snega po celom gradu, te su se pomaljale zelene mrlje najavljujući proleće. Radeći u kancelariji pored Hajdrihove, kotrljala je aspirator po šarenom tepihu kad ju je prekinula buka motora.

Zvuk automobilskog motora bio je prepoznatljiv: Hajdrihov mercedes benc kabriolet. Ostavila je aspirator da stoji, pa zgrabila perušku i počela da briše prašinu s prozorskog okna dok je zurila dole s prozora na prvom spratu. Hajdrih je izašao s vozačkog sedišta i namestio svoju šapku SS oficira. Kroz grad je sâm vozio, spuštenog krova svog kabrioleta, bez ijednog telohranitelja; rajhsprotektor Bohemije i Moravske, samouveren i nadmen.

Jana je posmatrala kako je odvojio trenutak da se divi svom vozilu pre nego što je ušao u zgradu, prav i ponosan kao kralj. Pogledala je na sat: osam i dvanaest minuta. Sve što je upravo videla pretočiće u tajnu šifru.

Nekoliko trenutaka kasnije, čula ga je kako ulazi u susednu kancelariju u nečijoj pratnji. Nije dugo prošlo, a Hajdrih se prepustio omiljenoj razonodi: treskanju o sto. Jana je pokupila pribor za čišćenje, pa izašla u hodnik.

Vrata Hajdrihove kancelarije otvorila su se, izašao je jedan pripadnik SS-a s graškama znoja na čelu. Hajdrih je stajao ispred svog stola, raskoračen, zureći čoveku u leđa, ali kad je video Janu, pozvao ju je. Upitno ga je pogledala, stomak joj se vezao u čvor. Da li je zaista mislio na nju? Šta uopšte hoće? Ona je bila samo spremačica, nije bila vredna njegovog vremena. Njegova iznenadna pažnja unervozila ju je.

– Frojlajn – doviknuo je nestrpljivo.

Potrčala je u njegovu kancelariju.

– *Guten Morgen, Herr Protektor* – rekla je, s najboljim nemačkim akcentom.

Pozdravio ju je klimnuvši glavom. Kao obično, izgledao je besprekorno, dok se oslanjao na sto u savršenoj crnoj uniformi sa sjajnim obeležjima i dugmadi. Njegove ledenoplave oči načas su je proučavale, a onda je mahnuo ka polici s knjigama koja se pružala od poda do tavanice.

– Nasledio sam ovu kancelariju. Liči na biblioteku, što bi bilo šarmantno da police nisu tako nesređene. Vi se zanimate za književnost – složite mi ih. To je korisnije nego da briskate prašinu naokolo.

– Da, gospodine – rekla je, pogledavši u kofu u svojoj ruci. Da li je mislio da to uradi sad, umesto da završi svoje obaveze? Smena joj se završava za pola sata. Ali naravno, niko ne preispituje Hajdrihove odluke, pogotovo spremačica.

Videvši njenu nesigurnost, namrštio se. – Zaboravite prokletu kofu i odmah počnite.

Spustila je kofu, pa prišla polici s knjigama s koje je ranije tog jutra obrisala prašinu.

– Kako biste voleli da ih rasporedim, gospodine? Po abecednom redu...

– Kako god vi mislite da je najbolje. Samo uradite to – rekao je, posegavši za dekanterom s viskijem od češkog kristala. Hajdrih nije bio raspoložen, a ona se pitala koliko često pije pre devet ujutru. Uzeo je cigaretu iz srebrne kutije na svom stolu pa prišao prozoru, sa cigaretom u jednoj ruci, viskijem u drugoj, strogog proračunatog lica. Kad se okrenula knjigama, zapitala se šta li to strašno smišlja.

Upravo je bio proveo nekoliko dana u Berlinu i pričalo se da je imao sastanak na visokom nivou, s Hitlerom i Himlerom. Jeza joj je prostrujala niz kičmu pri samoj pomisli na ono o čemu su mogli da raspravljaju: zemlje koje će napasti, ljudi koje će progoniti i ubijati, narodi koje će ugnjetavati i potčiniti volji Rajha.

Hajdrihova sekretarica je ušla u kancelariju, sa svežnjem dokumenata. Bezizrazna Nemica s pletenicom čvrsto obmotanom oko glave, spustila je dokumenta na Hajdrihov sto. Pogledala je, iznenađena, u Janu, koja je primetila njen pogled i posvetila se knjigama. Hajdrih je otpustio sekretaricu, pa seo za sto ćutke preturajući po dokumentima.

Jani su živci bili napeti kao žice na Hajdrihovoj violini, koja je stajala u otvorenom koferu. Bilo je čudno i zastrašujuće naći se u istoj sobi s tim čovekom, koji je u svakom trenutku mogao da se okrene ka njoj i naredi da je pogube. Što se više trudila da radi u tišini, to su glasniji bili njeni pokreti: jedna cipela joj je zaškripala, knjiga joj je uz tresak pala s police, a na njeno zaprepašćenje, stomak je počeo da joj krči.

Ali Hajdriha to kao da nije uznemiravalo, radio je ne obraćajući pažnju na nju.

Piskav zvuk zaparao je sobu i Jana je poskočila. Hajdrih je uzeo telefonsku slušalicu i pošto je nekoliko trenutaka slušao – ono što je Jana prepoznala kao uzbuđen ton – dreknuo je: – Krećem.

– Završite tu – rekao je Jani pre nego što je pokupio dokumenta i gurnuo ih u stranu na stolu. Izašao je iz sobe ostavivši je sleđenu. Uvek je bila u njegovoj kancelariji rano ujutru, kad na njegovom stolu nema ničeg. Jednom je pokušala da otvori fioke, ali naravno, bile su zaključane. Ali sad su dokumenta sa informacijama stajala na stolu, nekoliko koraka dalje.

Vrata kancelarije bila su širom otvorena. Bilo bi bezumno preturati po protektorovim dokumentima. Svako ko bi prošao video bi je. Ujela se za unutrašnju stranu obraza, grozničavo razmišljajući, pa uzela gomilu knjiga sa police i stavila je na Hajdrihov sto, zaklanjajući dokumenta od pogleda bilo koga ko bi se pojavio na vratima. Gledajući u otvorena vrata prelistala je dokumenta, čitajući natpise na koricama fascikli. Bež fascikla sa zvaničnim grbom, orlom raširenih krila koji drži kukasti krst u kljunu, privukla joj je pažnju. Otvorila ju je, zaklanjajući je iza gomile knjiga, dok joj je srce tuklo. Bilo je u njoj nekoliko kopija nedavno datiranih pisama koje je potpisao Hajdrih.

Strah joj je zamaglio vid; otkucane reči, plave mrlje od indiga, igrali su joj pred očima. Naterala je sebe da se usredsredi: pismo njegovom neposrednom pretpostavljenom, Himleru.

Pred njom su iskrsle zamrljane reči:

Zamisao da se nepoželjni izruče Madagaskaru ne samo da je besmislena nego je i logistički i finansijski neizvodljiva. Molim te, budi uveren da ozbiljno shvatam Firerovu zabrinutost i da sam u procesu primene rešenja...

– Ah, devojka iz knjižare.

Naglo je podigla glavu. Brant je stajao u dovratku, oči su mu bile sitne i stroge.

– A šta vi uopšte radite u protektorovoj kancelariji?

U deliću sekunde je zatvorila fasciklu i pomerila gomilu knjiga preko nje.

– Her Hajdrih je tražio da sredim njegovu policu s knjigama. Lakše je kad povadim knjige. – Govorila je najautoritativnije što joj je osušeno grlo dozvoljavalo.

– To je veoma važan posao za jednu spremačicu – grubo je rekao.

Znoj joj se slivao niz potiljak kad se približio. Spustila je ruke na gomilu knjiga koje su sad pokrivale fasciklu. Krupni Brant se približio, njegovi rošavi obrazi su se zajapurili.

– Bože moj. Ovde je kao na nekoj zabavi. – Hajdrihova sekretarica je ušla s kanticom za zalivanje. Zagledala se u njih.

– Ova spremačica ima neku smešnu priču o sređivanju knjiga – rekao je Brant podsmešljivo.

– Pa Hajdrih je tražio da to uradi.

Brant je izgledao razočarano.

– Ali upravo sam čula da su her Hajdriha zvali i da će biti odsutan do kraja dana – nastavila je sekretarica – pa sam došla da zaključam.

Zapiljila se u Branta, koji je izašao iz sobe, ali ne pre nego što je Janu prostrelio pogledom. – Posmatram te. Sve vreme te posmatram.

Sekretarica je uzdahnula kao da joj Brant nije naročito drag, pa je prišla prozorskom ispustu da zalije ogroman kaktus.

– Molim vas, vratite knjige i idite – rekla je, pazeći da izbegne ogromne bodlje dok je zalivala.

Jana je iskoristila trenutak ženine nepažnje da podigne knjige i gurne fasciklu nazad do ostalih, a onda je stavila knjige na policu.

Sekretarica se izmakla jedan korak, diveći se krupnoj biljci. – Čak i nečem tako neprijateljskom treba nekoliko kapi ljubavi i brige – rekla je.

Jana se pozdravila, pa izjurila iz sobe, pitajući se na koga je sekretarica mislila.

* * *

Jana je uletela kroz vrata knjižare i otišla pravo do izloga. Prvo je sklonila jednu lepezu obeleživača, a preostalu je stavila na sredinu izloga: hitne vesti. Nije razumela pominjanje Madagaskara, ali reči „izručiti" i naročito „rešenje" bile su zlokobne; reč „rešenje" Hitler je često koristio govoreći o Jevrejima.

Uzela je roman *Baštovanova godina*, pa počela da radi na šifrovanju poruke. Na nevolju, u knjižari je tog dana bila gužva i kad god bi sela za kasu s knjigom na krilu, ušla bi mušterija, a ona je morala brzo da zatvori knjigu i gurne je ispod pulta. Završila je tek u četiri po podne, njena poruka bila je bezbedno skrivena u narcis-žutom obeleživaču. Koliko će im trebati da vide njen znak u izlogu? Morala je da saopšti Andreju najnoviju vest; možda bi on mogao da ubrza stvar.

Dva dana kasnije, kad je čula prepoznatljiv zvuk mercedes benc kabrioleta, Jana je pogledala na sat – osam i dvadeset tri. Namerno je ostavila Hajdrihovu kancelariju poslednju za spremanje i mada je završila, nastavila je da briše prašinu s već čistih površina. Kao i obično, vrata kancelarije bila su otvorena, a gospođica Jezek je već svratila da pronađe mesta na kojima je Jana propustila da obriše prašinu.

Jana je ponavljala u mislima reči koje je uvežbavala veći deo noći. Ali sad, kad se bližio Hajdrihov dolazak, živci su joj paralisali um, a reči su se pretvorile u koještarije.

Nije nosio kaput preko crne uniforme, a kad je ušao u kancelariju, skinuo je šapku. Njegova jako nauljena plava kosa bila je začešljana pozadi, zbog čega mu je lice izgledalo izduženije i strože nego obično, što joj nimalo nije umirilo živce. Zaustavio se, visok i krut, kad ju je ugledao, pogled mu je odavao mrzovolju.

– Još niste završili? Ne očekujem da zateknem osoblje za čišćenje kad dođem.

– Izvinjavam se, her protektor. Završila sam, samo sam se pitala da li želite da nastavim sa sređivanjem knjiga.

– Ne danas. Možete da idete – rekao je, spustivši se visok u stolicu i stavivši akten-tašnu na sto.

Klimnula je glavom. Ovo neće ići. Šta je, dođavola, mislila, da će ona, obična spremačica, moći da zapodene razgovor s rajhsprotektorom Bohemije i Moravske? Bila je to smešna zamisao.

Otvorio je akten-tašnu, pa pogledao u nju, mršteći se.

– Zašto ste još ovde? – rekao je.

Noge su joj klecale. Sad je prilika. Pokušala je da proguta knedlu u grlu.

– Govorite, frojlajn, ili se gubite odavde.

– Gospodine, radim u crkvenom dobrotvornom udruženju koje je povezano sa Crvenim krstom. Pokušavamo da dobijemo odobrenje da isporučimo donacije ljudima u Terezinu.

Zurio je u nju bezosećajnim, ledenim očima. – Naselje sad ima nemačko ime Terezijenštat.

– Da, gospodine, da, naravno – zamuckivala je.

– Osim toga, obavešten sam o molbama Crvenog krsta. – Glas mu je bio tih, ali reči kao da su mu komadićima leda sekle vazduh.

Oprezno, Jano, oprezno.

– Da, naravno – ponovila je, mučeći se da nađe prave reči a da ga ne razbesni. – Izgleda da za to treba mnogo vremena, a ja mislim da Crveni krst samo želi da ublaži eventualne strahove i skine to s dnevnog reda – rekla je, trudeći se da zvuči nehajno, kao da ta poseta nije naročito važna.

– Da ublaži strahove? – Oprez je preleteo preko njegovog lica.

Stomak joj se skvrčio: loš izbor reči. Pomislila je da bi ta zamisao odgovarala nemačkoj propagandi da se humano odnose prema Jevrejima.

Pokušavajući da ublaži stvar, slegnula je ramenima. – Znate kakvi su oni iz Crvenog krsta. Izvinite što sam vam smetala, gospodine.

Proučavao ju je jedan dug trenutak, bledo lice bilo mu je bezizrazno, nepomično kao maska.

Ona je stisla vilicu da bi zubi prestali da joj cvokoću. Više ju je plašio ovako nego kad lupa o sto i viče. U njegovim ledenim očima videlo se da razmišlja, procenjuje, planira. A onda, kao da mu ona dosađuje, okrenuo se na drugu stranu i posegnuo za nečim u svojoj akten-tašni.

– Imam posla – rekao je, otpravivši je.

Sa ogromnim olakšanjem izašla je iz njegove kancelarije pa se zaustavila u hodniku, rukom se oslanjajući o zid, duboko dišući da bi umirila srce.

21.

Na povratku u Nerudovu ulicu, Jana je prekorevala sebe. Kako je mogla i da pomisli da se obrati čoveku kao što je Hajdrih? Ako već nije sumnjao u nju, sad će sigurno posumnjati. Ugrozila je sve svojim neiskustvom i naivnošću. Od straha stomak joj se vezao u čvor, ne samo zbog sebe već i zbog tate, babi, dece, svih koje poznaje. Hajdrih je čelnik Gestapoa i ako ih umeša...

Odvukla se do kuće na slabim, klecavim nogama, u umu joj se komešalo od scenarija s jezivim ishodom.

Te večeri dok su jeli, otac je primetio njeno sumorno raspoloženje. – Šta je bilo, dušo? Nešto te muči.

Odmahnula je glavom, rekavši da je samo umorna; strašno bi se zabrinuo kad bi mu rekla šta se dogodilo. Ali bio je uporan.

– Reci mi, Jano. Već smo oboje umešani u nezakonite radnje, a odavno podozrevam da se nešto dešava i u zamku.

Ali nije dozvolila da je uvuče u razgovor. Rano je otišla da legne, izgovarajući se glavoboljom.

Kad se ujutru probudila, bila je ispunjena užasom pri pomisli da će videti Hajdriha i htela je da ostane kod kuće, da kaže da se razbolela, ali time ne bi ništa postigla. Ustala je i otišla iz kuće pre nego što se njen otac probudio.

Kad je stigla na prvi sprat Salmove palate, gospođica Jezek ju je obavestila da ne treba da čisti Hajdrihovu kancelariju jer će on biti odsutan nekoliko dana i kancelarija će ostati zaključana. Jana je neprimetno uzdahnula, zahvalna na tom kratkom odlaganju.

Tokom njene rane smene, dok je aspiratorom čistila otmene tepihe i dugačkom peruškom brisala prašinu sa kristalnih lustera, odjednom je pomislila na Andreja: na njegove vrele usne koje su joj klizile niz vrat, njegove ruke u njenoj kosi kad joj je skinuo šešir s glave. Silina želje koja je pulsirala u njoj je nešto što nikad ranije nije doživela. Čak joj je rekao da gaji osećanja prema njoj; ali je takođe jasno stavio do znanja da njihov odnos mora da ostane profesionalan. Žudela je da ga ponovo vidi kao što su se dogovorili i da podeli s njim ono što je otkrila u Hajdrihovom pismu u pogledu „rešenja", iako ni sa kim nije trebalo da razgovara o informacijama do kojih je došla, ali ona i Andrej već su prešli tu liniju i više nije želela da radi u potpunoj izolaciji.

Kasnije tog jutra, trebalo je da se sastane čitalački klub. Dok je Jana spremala stolice, začangrljalo je zvonce iznad vrata, a ona je ugledala Karolinu sa ćerkom. Pogledala je na sat; Karolina je poranila dvadeset minuta.

Kad je Jana prišla da je pozdravi, zgranula se; Karolinine oči bile su crvene i otečene, lice izmučeno.

– Izvini što sam poranila, ali danas neću ostati u klubu – rekla je grubim glasom. Onda je, spustivši ćerki ruku na leđa, rekla: – Trči i nađi neku lepu knjigu. – Devojčica je otrčala, a Karolina se okrenula ka Jani. – Ne želim da ona čuje šta se desilo njenom ocu.

– Bože moj, šta je bilo?

– Uhapsili su Petra. Bojim se da nije dobro. – Karolina je progutala jecaj.

– Ali zašto? – Jana joj je spustila ruku na mišicu.

– Spremalo se to već neko vreme. Znala sam da će se desiti, ali on nije hteo da se zaustavi. Preklinjala sam ga, nije me slušao.

Jana se setila kako je Karolina bila povučena na prethodnom sastanku čitalačkog kluba. Sačekala je da njena prijateljica nastavi, plašeći se onog što bi ona mogla reći.

– Pisao je antinacističke tekstove i širio ih u pokušaju da pokrene još veći otpor. Ne znam šta će mu uraditi. Kad bih bar znala kako da mu pomognem, kamo sreće... – Briznula je u plač, a Jana ju je zagrlila, mrmljajući reči utehe.

– Sigurno nešto možemo da uradimo. Ne očajavaj. – Znala je da su okolnosti strašne, ali odmah je pomislila na Andreja, s kojim je trebalo da se sastane te večeri. On je bio Karolinina jedina nada. Predložila je Karolini da ostavi ćerku u knjižari da se igra s drugom decom koja će uskoro stići. Onda bi, kasnije, ona ili neka od majki mogla da odvede malenu kući.

– Hvala bogu što imam prijateljice kao što si ti – rekla je Karolina, otirući suze iz očiju.

– Uz tebe sam – rekla je Jana. – Sve smo uz tebe.

Jana je pregledala majčinu garderobu, proučavajući odeću koje ona i otac nisu mogli da se odreknu. Posle majčine smrti, otac je predložio Jani da ona nosi tu odeću, ali za Janu je to bilo previše tužno. Ipak, sad je zaključila da bi njena majka odobravala Janine aktivnosti u pokretu otpora i da bi joj bilo drago da njena odeća pomogne Jani u prerušavanju. Uzela je lep crni kaput od vune i tradicionalnu vezenu maramu kojom će sakriti od pogleda svoju kestenjastu kosu.

Pošto se probila sporednim ulicama Praga, stigla je do noćnog kluba, pa sačekala da se ulica isprazni pre nego što je pokucala na vrata.

Uprkos svojoj odluci da obuzda osećanja, obrazi su joj se zarumeneli kad se ukazalo Andrejevo lice. Mahnuo joj je da uđe.

Andrej je našao malu uljanu lampu koju je stavio na okrugao sto, pa su njih dvoje seli jedno naspram drugog. Odmah se osetila napetost među njima, a Jana je znala da oboje misle na strastvene poljupce od prošlog puta, kad su bili zajedno.

Progutala je pa se usredsredila na nedavne događaje, počevši od Hajdrihovog pisma.

Andrej je izgledao prestravljeno. – Pročitala si jedno od njegovih pisama?

Nije bila sigurna da li da bude ponosna ili ogorčena zbog njegovog iznenađenja, ali je nastavila da priča o sadržaju pisma.

– Šta misliš da je Hajdrih hteo da kaže pominjući Madagaskar?

Andrej je zamišljeno zastao, trljajući bradu pre nego što je progovorio.

– Pre nego što je izbio rat, Nemačka je nameravala da protera Jevreje iz zemlje, oduzimajući im pre toga imovinu i njihovo bogatstvo. Progoni, poniženja i nasilje bili su deo plana da se jevrejskim građanima život učini neizdržljivim, kako bi ih proterali, pohapsili ili poubijali. Ali rat je počeo, sve granice su zatvorene, a oni su ostali zarobljeni unutar Rajha.

– Zato su sad zatvoreni po getima širom Evrope – rekla je Jana.

– Tačno, ali geta su pretrpana i stvaraju probleme nacistima. Pričalo se da su planirali da pošalju Jevreje nekud, na neko drugo mesto, neko ostrvo, na...

– Na Madagaskar – završila je Jana.

Klimnuo je glavom. – Čuo sam SS oficira kako govori o tome pošto je za Božić sasuo u sebe bocu bejherovke. Ali troškovi i logistika takve operacije učinili su tu zamisao neostvarivom.

– Zato nacisti tragaju za drugim rešenjem, kao što je Terezin.

Andrej je ustao od stola, pa stao da hoda tamo-amo, nešto što je, Jana je to već prepoznavala, radio kad je uznemiren.

– Ali Terezin je mala tvrđava. Šta će biti kad se napuni? – rekao je, više za sebe.

Jana mu je rekla za svoj razgovor s gospođicom Novak iz Crvenog krsta, ali je naglo zastala kad je trebalo da ispriča za razgovor s Hajdrihom; Andrej bi je prekorio što je bila nesmotrena, a ona nije želela da on još više brine o njoj.

– Još nešto, Andreje. Mojoj prijateljici treba pomoć. – Uzdahnula je pri pomisli na jadnu Karolinu.

– Pričaj – rekao je, zaustavivši se i naslonivši se na šank da pripali cigaretu.

Pošto mu je rekla za hapšenje Karolininog muža, brzo je ugasio cigaretu. – Bolje da odmah odem u policijsku stanicu. Kad padne u ruke Gestapou, ništa više neću moći da uradim.

Dok su prilazili vratima, Jana je rekla: – Moram da stupim u kontakt s tobom, ako mi zatrebaš.

Pomislila je da je videla iskru zabavljenosti u njegovim očima i vrelina joj je preplavila vrat. – Hoću da kažem, ako budem imala važne informacije.

Trebala im je neka šifra kao što je ona sa obeleživačima. Sinulo joj je.

– Uvek stavljam obeleživače za knjige u izlog.

– Znam; one veoma lepe koje sama praviš. – Osmehnuo se.

– To će biti znak. Ako ih sve sklonim, to znači da moramo da se vidimo.

Zadivljeno ju je pogledao. – Postaješ dobra u ovome. Mogu da prođem tuda svakog dana na putu do policijske stanice. Ako nema obeleživača, sastaćemo se u klubu te večeri u sedam.

Osmehnula se, ponosna na sebe.

– Ali kad god se sastanemo, postoji rizik da nas vide. Zato, samo u hitnim slučajevima – dodao je.

Lagano ga je dodirnula po ruci. – Šteta, mislila sam da možemo da se sastajemo ovde u tami triput nedeljno radi zabranjenih radnji.

Od njenih reči je pocrveneo; prvi put ga je videla takvog i pomislila je da izgleda šarmantno, pomalo bespomoćno. Moraće češće to da mu radi.

Kao i prošlog puta, prva je izašla iz kluba, a Andrej je izašao nedugo posle nje.

Dok je žurila kući da spremi večeru, brinula je zbog Karoline i njenog muža, nadajući se da će Andrej moći nekako da im pomogne.

Nije bilo ničeg upečatljivog na sredovečnoj ženi koja je prišla kasi s knjigom koju je izabrala. Lice i odeća bili su joj bezlični, a Jana je, rasejana zbog razmišljanja o Andreju, ne bi zapamtila da žena nije gurnula obeleživač preko pulta; Janin obeleživač sa skrivenom porukom, koji je pre toga dala kontaktu. Iznenađena, pogledala je u ženu. Raspored u izlogu signalizirao je da ima hitne vesti, te je ovaj kontakt došao tri dana kasnije.

Dala je Jani knjigu sa šifrovanim tekstom, a Jana je uzela obeleživač koji je čekao ispod pulta: u njemu je bio njen sažetak Hajdrihovog pisma Himleru i njegove zlokobne reči o rešenju.

Stomak joj je zatreperio od nervoznog uzbuđenja. Da li će poruka koju je dobila sadržati novi zadatak? Dosad su od nje samo tražili da beleži vreme Hajdrihovog dolaska ujutru.

Čim su crkvena zvona označila podne, stavila je znak *zatvoreno*, uzela roman *Baštovanova godina*, pa se sakrila u zadnjem delu knjižare.

Sat i po kasnije, dešifrovala je poruku i zavaljena u naslonjači, razmišljala o novim uputstvima. Trebalo je da gleda kad Hajdrih lično vozi, kad ga vozi šofer i kad ima kola u pratnji. Sve se to, primetila je, može svakodnevno menjati. No ima li obrasca u tome ili sve zavisi od Hajdrihove ćudi?

Bilo je očigledno da i pokret otpora prati Hajdrihovo kretanje, a verovatno i kretanja drugih SS oficira. Odavno je podozrevala da u zamku ima nekoliko špijuna koji su, kao i ona, promakli bezbednosnoj proveri kad su ih zaposlili. Osećala je teret špijuniranja čoveka s vrha. Nova uputstva su joj pokrenula adrenalin. Ali i nešto drugo: nelagodu u pogledu namera pokreta otpora.

Narednog jutra Jana je stoti put brisala izlog s mršavim izgledima da primeti Andreja u prolazu. Smene su mu bile neredovne, pa nikad nije znala kad da ga očekuje, ali obećao joj je da će proveravati izlog ne bi li ugledao znak da ona mora hitno da razgovara s njim; sve što je trebalo da uradi, bilo je da skloni obeleživače i ode u noćni klub da se sastane s njim.

Loše je spavala, brige su je skolile sa svih strana: Lenka, deca s babi, Hajdrih i takozvano „rešenje", i kako će ona ili Crveni krst uspeti da uđu u Terezin ne bi li saznali šta se zaista tamo događa. Jedina misao koja joj je odvraćala pažnju od gomile strahova bio je poljubac sa Andrejem, ali ni zbog toga nije mogla da spava, dok je vrela čežnja strujala kroz nju, pokrivajući joj kožu sjajem znoja.

Jutro u zamku proteklo je bez incidenata jer je Hajdrih i dalje bio van kancelarije, zbog čega je Jani laknulo. Sad, kad se vratila u knjižaru, bila je napeta i žudela je da razgovara sa Andrejem. Da, to je bilo kršenje pravila, ali njen novi zadatak pokretao je mnoga uznemirujuća pitanja.

Hodala je po knjižari, premeštajući knjige, zatim ih vraćala na staro mesto. Došlo je i otišlo nekoliko mušterija, ali niko ništa nije kupio. U vreme ručka, zatvorila je knjižaru, otišla u kuhinju da uzme malo hleba i sira, pa požurila nazad za kasu gde je ručala zureći kroz izlog. Hrana joj je teško pala na stomak, a onda je u naletu odlučnosti odjurila do izloga da skloni sve obeleživače. Jednostavno je morala da vidi Andreja te večeri.

Sunce je sinulo po podne, obasjavši prljavo staklo izloga. Uzevši kofu vode iz kuhinje i nešto novina, navukla je kaput pa izašla da opere staklo. Odatle se pružao pogleda uz i niz ulicu i dok je radila, srce joj je treperilo od iščekivanja da će ga videti.

Nije prošao.

Razočarana, vratila je kofu u kuhinju, isprala je, pa bacila prljave novine u kantu za smeće iza knjižare. Možda upravo sad prolazi, dok je ona u zadnjem dvorištu; primetiće da nema obeleživača i sastaće se s njom te večeri u noćnom klubu.

Kasnije ju je u zadnjem delu knjižare zaokupila grupa dece, te nije mogla da gleda kroz izlog, ali kad je zaključala knjižaru, bila je sigurna da je on u međuvremenu prošao. Pre nego što je otišla, podigla je kosu pa je zadenula ispod jednostavne smeđe beretke. Uzela je ogledalce iz tašne pa proučila svoju bledu kožu i tamne kolutove ispod očiju. Šteta što nije ponela šminku sa sobom. Štipnula se za obraze i usne dok nisu porumeneli, pa izašla iz knjižare.

Dok je pognute glave prelazila preko Starogradskog trga, pokušala je da analizira svoja osećanja. Da li je želela da vidi Andreja da bi razgovarali o Hajdrihu, ili je imala druge razloge? Nezvana, slika nje i Andreja kako se ljube i dodiruju u mračnom noćnom klubu proletela joj je kroz glavu. Nečujno je uzdahnula; previše razmišlja o svemu, a to je iscrpljujuće.

Suton se prikradao u uličicu u kojoj je samo jedna svetiljka sijala bledim sjajem. Potpetice su joj lupkale po kaldrmi dok je prolazila pored visokih mračnih zgrada. U daljini je zalajao pas. Sama na ulici, požurila je ka vratima noćnog kluba, pa tiho pokucala gvozdenim zvekirom. Upravo je prošlo sedam, te je trebalo da on bude tu. Njegovo lice pojaviće se svakog trenutka; puls joj je ubrzao. Hoće li joj se osmehnuti? Sviđao joj se njegov osmeh: široke, pune usne. Trebalo bi češće da se osmehuje; na nekom drugom mestu i u drugo vreme osmehivao bi se dok bi je slušao kako priča, dok bi je gledao, dok bi je ljubio u obraze i milovao joj potiljak.

Nije bilo koraka niti škljocaja reze. Ponovo je pokucala, ovog puta jače, nervozno gledajući uz i niz ulicu. Njeno kucanje odjekivalo je s druge strane vrata. Sigurno je video njen znak; ne bi je izneverio. Da li je prošao pored knjižare pre nego što je ona sklonila obeleživače iz izloga? U neko vreme ujutru? Ali celo jutro je zurila na ulicu ne bi li ga videla. Da li je moguće da joj je promakao?

Prepao ju je poznat zvuk vojničkih čizama na kaldrmi. Suvih usta, okrenula se i ugledala dva vojnika Vermahta kako joj se približavaju.

Stariji vojnik se namrštio. – Šta radite ovde, frojlajn? Ako vam treba piće, nemate sreće. Bar je zatvoren.

Pošto nije odgovorila, mlađi vojnik ju je odmerio. – Traži posao, gospodine. – Zacerekao se.

– Ne radim to – rekla je Jana ogorčeno. – Samo sam se izgubila.

– Onda nam dozvolite da vas ispratimo – rekao je stariji vojnik, gledajući zgradu iza nje. – Pomislio sam da vas čujem da lupate na vrata – dodao je, zaškiljivši dok ju je odmeravao.

– H-Htela sam da pitam za pravac – mucala je.

– Pokažite mi svoje isprave.

Izvukla je propusnicu iz tašne i pružila mu je. Osvetlio ju je baterijskom lampom kako bi video detalje, nateravši je da zadrhti. Uhvatila je samozadovoljan izraz lica mlađeg vojnika i odvratila pogled. *Smireno, diši, Jano. Isprave su ti u redu. Ne pokazuj strah.*

– Vrlo dobro. Pođite s nama. – Vojnik joj je vratio propusnicu, a onda su je poveli niz uličicu.

22.

Bila je sva znojava ispod pazuha kad se uteturala u knjižaru. Pogrešila je što je pokušala da se sastane sa Andrejem; bio je u pravu u pogledu rizika. Da je on bio u noćnom klubu, Vermaht bi ih uhvatio: policijski kapetan na tajnom sastanku. Postavljali bi im pitanja. Ako mu je ona samo devojka, čemu tajnovitost? Bilo bi lakše da su ona i Andrej par; na kraju krajeva, policajac ima pravo na privatan život. Ali naravno, Andrej ju je štitio; u slučaju da se desi ono najstrašnije i da ga otkriju kao špijuna, Gestapo bi ispitivao ljude povezane s njim. A ona ga je ugrozila pozvavši ga da se sastane s njom.

Sakupljajući gomilu obeleživača koje je bila sklonila, klekla je u izlog i raširila ih da se lepo vide. Sama će se izboriti sa svojim zadatkom, neće uvlačiti Andreja u svoje aktivnosti. Sad joj je bilo jasno. Ona ima svoju ulogu, a on ima svoju.

Ali dok se vukla uza stepenice do stana, izjedao ju je osećaj nemoći. Pokret otpora je tako izdeljen, različite grupe svaka sa svojim planovima, jedna grupa ne zna šta rade druge. I trebalo im je tri dana da odgovore na njen znak sa obeleživačima u izlogu.

Kad je gurnula ključ u bravu, dočekao ju je miris hrane, te se osmehnula. Dragi tata. Bez nje je počeo da sprema večeru.

Četiri dana posle hapšenja njenog muža, Karolina je došla u knjižaru. Jana ju je zagrlila.

– Kakve su vesti? – upitala je.

– Izgleda da je Petr imao dovoljno sreće da izbegne Gestapo.

Andrej je uspeo da pomogne, pomislila je Jana. *Hvala bogu.*

– Tako da je to nešto na čemu treba da budem zahvalna. – Karolina je teško uzdahnula. Zagledala se u Janu. – Imaš li ti nešto s tim?

– Ja? Otkud ti to? – rekla je Jana, iznenađena.

Njena prijateljica je slegnula ramenima. – Samo imam osećaj. Način na koji si rekla da ćemo nešto smisliti.

Jana je odlučno odmahnula glavom, pa skrenula razgovor. – Gde je Petr sad?

– Još je u policijskoj stanici, ali će kasnije tokom dana biti prebačen u Terezin. – Poslednje reči zagušio joj je jecaj, zagnjurila je lice u ruke. – Godinama će biti u zatvoru. Ne znam da li će ikad izaći.

– Hoće. Nemci neće zauvek biti ovde. Saveznici će doći i izborićemo se.

– Koji saveznici? Istina je da su nas napustili – rekla je Karolina, glas joj je bio prožet gorčinom.

Jana nije imala odgovor, te je ćutke sedela s prijateljicom, dok su joj suze klizile niz obraze.

– Imamo odobrenje! – Daša je bila zadihana, obrazi su joj bili rumeni od uzbuđenja kad je uletela u knjižaru.

Jana ju je pogledala s merdevina na kojima je stajala sređujući očeve marionete. – Za šta? – upitala je, sišavši i osmehnuvši se na Dašin širok osmeh.

– Odobrenje za Crveni krst da poseti Terezin. Ovlastio ih je Hajdrih lično.

– Bože moj, to je sjajno. – Jana je bila zgranuta.

– Još nemamo datum, ali ja ću početi da razvrstavam odeću za doniranje. – Daša je skakutala unaokolo kao školarka; izgledala je previše mlado za udatu ženu s decom.

– Počeću da prikupljam knjige, one dozvoljene, naravno. Misliš da će dozvoliti pratnju prilikom posete? – upitala je Jana cepteći od uzbuđenja.

– Ne znam – sumnjičavo je odvratila Daša. – Znaš da se Nemci drže pravila. Verovatno će biti dozvoljeno samo pripadnicima Crvenog krsta da uđu.

– Onda ću im se ja pridružiti.

Daša se nasmejala. – Razgovaraj s gospođicom Novak. Izgleda da joj se sviđaš.

I Jani se svidela nadzornica Crvenog krsta. Bila je ljubazno ubedljiva i imala je dobroćudne oči. Molila se da gospođica Novak nekako ubedi vlasti da joj je Jana potrebna tokom te posete.

Narednih dana, Jana je sakupljala knjige. Prvi logičan potez bio je da zamoli žene iz čitalačkog kluba da ih doniraju. Onda je u vreme ručka i uveče išla od kuće do kuće s velikom korpom preko ruke. Jedna žena neprijatnog lica rekla je da svakako neće pokloniti ništa zločincima i Jevrejima i zalupila joj je vrata ispred nosa. Ali većini ljudi je bilo drago da daju koliko su mogli, čak i ako bi to bila neka pohabana, omiljena knjiga za decu.

U međuvremenu, obavljala je nov zadatak u zamku, svakog dana gledajući Hajdriha kad dolazi. Uglavnom je vozio njegov šofer, grdosija od čoveka; ponekad je vozio Hajdrih lično, a ponekad ih je pratilo vojno vozilo iz obezbeđenja. I sve dok ne bi pljuštala kiša, Hajdrih se vozio spuštenog krova. Jana je primećivala svaki detalj.

Imala je malo kontakta s Hajdrihom dok jednog jutra on nije marširao pravo ka njoj dok je nosila ubruse u toalet na kraju hodnika. Nije bilo načina da izbegne njegov pogled, te mu se učtivo javila, nadajući se da će on proći pored nje.

Zaustavio se blizu nje, njegova visoka figura nadvijala se nad njom. – Frojlajn Hajek. Jeste li čuli da sam odobrio posetu Crvenog krsta Terezijenštatu?

U pogledu mu je treperila hladna zabavljenost.

Jedino što joj je palo na pamet bilo je: – Da, hvala vam, her protektor.

Neobičan osmeh dotakao mu je tanke usne. – Zašto mi zahvaljujete? – Glumio je iznenađenje.

Poigravao se njome, ali ona nije znala pravila igre. Zastala je pribirajući misli.

On je zurio u nju, bez sumnje uživajući u njenoj nelagodi, a onda, pre nego što je stigla da progovori, odmahnuo rukom. – Ostavite to što radite i dođite da završite sređivanje mojih polica.

Pošto je odjurila da ostavi ubruse, otišla je pravo u njegovu kancelariju i prigušila uzdah. Pored otvorenih vrata stajao je Brant, uspravan, raskoračenih nogu. Sevao je pogledom na nju kad je prošla. Hajdrih nije bio u kancelariji, sto je bio raščišćen. Kad je prišla policama, zapitala se da li je Hajdrih rekao Brantu da stražari. Da li je Hajdrih posumnjao da je njuškala? Naravno da nije. Da jeste, ležala bi u podrumu Gestapoa, slomljenog i izubijanog tela ili bi klonula uza zid za streljanje, izrešetana mecima.

23.

Veći deo bašte pretvoren je u povrtnjak i prve zelene klice provirivale su iz zemlje. Jana je sedela s Lenkinim roditeljima na zadnjem tremu njihove skromne kuće u živopisnom selu Lidice.

– Posejala sam šargarepu, repu i zasadila krompir i nešto začinskog bilja. – Lenkina majka Mari je mahnula ka bašti. – To je, uz jaja od naših kokoši, više nego dovoljno da izguramo. Zar ne, dušo? – Otrla je nešto s nogavice muževljevih pantalona.

Lenkin otac je ljubazno klimnuo glavom, pa popio malo divke.

– Nedostaje li vam Prag? – upitala je Jana.

– Naravno, život je sasvim drugačiji od onog kojim smo tamo živeli, ali nemamo izbora. Kad smo bankrotirali tokom tridesetih, činilo nam se razumnim da se pridružimo mojoj sestri i njenoj porodici, ovde u ovom malom rudarskom selu. Zapravo, dobro smo se snašli. Ja imam veoma lep posao u školi; tako je lepo biti okružen decom. Stanislav je prestar da bi radio u rudniku, ali ima posao u metalurškoj fabrici, zar ne, dušo?

Stanislav se osmehnuo, znajući da se od njega ne očekuje odgovor.

– Bili smo tako srećni kad se Lenka upisala na studije u Pragu i udala se. I postali smo deda i baba...

Marino nervozno čavrljanje prekinulo se, a lice joj se zgrčilo. Njen muž je posegnuo i pokrio joj ruku kad je zajecala. Odmahnula je glavom, pokazujući da nije u stanju da nastavi.

– Dobili smo jedno pismo od Lenke – tiho je rekao Stanislav. – Malo toga je rekla, samo da su ona i beba dobra. Jesi li ti čula nešto drugo?

– Isto što i vi – odgovorila je Jana – ali znam da je ne drže u zatvoru i da su joj dozvolili da slobodno živi unutar tvrđave Terezin. Nadam se da ću saznati još nešto i izvestiću vas.

Jana je pogledala u Mari, koja je sad plakala ne skrivajući suze. Glasno je šmrknula, a Stanislav je izvadio maramicu iz džepa pa joj nežno otro suze.

Jana je osetila težak čvor u grlu. Sigurno je strašno kad ti je ćerka u rukama naciste, a ti ne možeš ništa da preduzmeš. Osetila je nalet naklonosti prema tim srdačnim ljudima koji bi je uvek tako lepo dočekali u svom domu i setila se kako su bili dobri kad je izgubila majku. Kad bi bar mogla da uradi nešto da im ublaži bol. Zamisao da preko Crvenog krsta doniraju odeću i knjige Terezinu nije je napuštala. Razgovarala je s gospođicom Novak o tome da se pridruži poseti i sad je zamišljala sebe unutar tvrđave. Onda bi nekako našla Lenku i njenu bebu.

Posle prijatnih – i često dirljivih – nekoliko sati, Lenkini roditelji otpratili su je na autobusku stanicu, usput joj pokazujući selo. Mari je pokazala školu u kojoj je radila, a onda su nekoliko minuta stajali ispred male crkve. Pored nje je bio voćnjak gde su cvetovi jabuke titrali na povetarcu. Dve devojčice su ležale na stomaku u travi i čitale knjige.

– Ovde je vrlo mirno – primetila je Jana kad su prešli mali trg.

– Zato mi se toliko sviđa – rekla je Mari. – A ljudi su ovde veoma prijateljski nastrojeni i brinu o zajednici, uvek su spremni da pomognu.

Sedokosa žena na biciklu veselo im je mahnula u prolazu.

– To je školska učiteljica. Divna žena – prošaputala je Mari.

U tom trenutku Jani je palo na pamet da Lenkina majka nikad ni o kome nije govorila loše.

Stigli su do autobuske stanice, gde su Mari i Stanislav čekali s Janom dok se autobus nije dokotrljao putem. Snažno su se zagrlili, obećavši da će ostati na vezi. Marine oproštajne reči bile su: – Moli se za Lenku.

– Naravno – rekla je Jana poljubivši je u obraz pre nego što se ukrcala. Sela je pored prozora, pa mahnula kad je autobus krenuo truckajući se, osvrnuvši se na sedištu da još jednom pogleda taj par pre nego što nestanu iz vidokruga. Uskoro će ih ponovo posetiti.

* * *

Kad je stigao maj, kontakti su češće dolazili u knjižaru. Ponekad bi došao neko ko je već bio tu: tramvajdžija, žena sa zdravom nogom koja šepa. Osetila je novu potrebu pokreta otpora za neodložnim delovanjem: pojačala su se naređenja za nadzorom, kontakti su redovno dolazili. I bilo je napete energije u vazduhu kad je u Pragu granulo proleće, a grad zasijao zlatnim sjajem na suncu.

Posle ručka drugog dana maja, Jana je imala celo popodne na raspolaganju. Prošetaće se do Vltave i naći će neko mirno mesto da čita. Pošto joj je bilo pretoplo u bluzi dugih rukava, prišla je svom ormaru i izvadila omiljenu letnju haljinu – žutu, vazdušastu, s kratkim rukavima i sitnim belim radama. Zlatni medaljon njene majke savršeno joj je padao na izrez haljine.

Osećajući se romantično u haljini, napravila je mali okret pred ogledalom, a onda je, samo da bi udovoljila sebi, stavila malo pudera i ruž svetle boje breskve. Očetkala je kosu pa je pustila da joj pada na ramena, a sve je upotpunila šeširom sa širokim obodom. Uzevši knjigu *Džejn Ejr*, izašla je.

Dok je hodala praškim Starim gradom, lagan povetarac zadizao joj je haljinu. Uprkos okupaciji, priroda je i dalje tkala svoju čaroliju, a proleće je izvelo zaljubljene u Prag. A ona je bila sama. Preplavio ju je talas samosažaljenja, ali ga je odagnala. Uživaće nekoliko sati udubljena u knjigu i pokušaće, makar nakratko, da pobegne od stvarnosti.

Šetala se ka reci, koja je bila ukrašena drvećem u punom cvatu. Labudovi su jedrili na plavoj vodi, mreškajući je preko odraza visokih zgrada što su oivičavale obalu reke. Dva bela leptira, prvi koje je videla te godine, odlepršala su ispred nje. Duboko je uzdahnula i udahnula slatkast miris proleća. A onda ga je ugledala.

Andrej.

Bezbrižan korak i novine zadenute ispod ruke dok se probijao kroz nedeljnu gužvu. Nosio je svetlosive pantalone i belu košulju raskopčanog okovratnika, bez kravate. Policijsku kapu zamenio je bledožutim slamnatim šeširom sa crnom trakom i bio je naočit i opušten kao filmska zvezda Klark Gejbl. Srce joj je preskočilo kad je zakoračila iza njega, držeći rastojanje.

Krivudala je za njim, krijući se među porodicama koje su nosile izletničke korpe i ćebad i grupama tinejdžera koji su vitlali unaokolo. I šta sad? Šta bi sad trebalo da uradi? U drugom životu, pritrčala bi mu, uzviknuvši da je prava slučajnost što su se sreli. A on bi joj rekao da mu se pridruži. Ćaskali bi i smejali se, gledajući prolaznike, a on bi je uhvatio za ruku i nagnuo bi se da je poljubi.

Piskutav vrisak naglo ju je prenuo iz maštarenja te je pogledala u dečačića koji je ljutito negodovao u svojim kolicima. Ljudi su načas pogledali ka izvoru buke. Uključujući i Andreja.

Sledila se kad mu se na licu pojavilo iznenađenje što je vidi. Upitno ju je pogledao, ali ona je zurila u njega. Trebalo je samo da prođe, ali dok se nervozno igrala svojim medaljonom, on je zastao, pokretom joj pokazavši da pođe za njim pa produžio duž obale reke.

Polako se šetao kao da prilagođava svoj dugačak korak njenom kraćem. Ona je držala rastojanje kad su iza sebe ostavili gužvu, a kamenu obalu zamenio nizak zid, zatim i šljunkovita staza uz žal. Patke su prskale u ševaru pored nje. Reka je tu bila mirna, struja sporija. Desno od nje bila je razrušena zgrada, katancem zaključane gvozdene kapije. Prošli su ispod lipa, njihovi žuti cvetovi tek su se raspupeli. Pitala se kuda je vodi.

Napokon se zaustavio na mestu gde su drveće, žbunje i visoka trava skrivali pogled na žal. Pogledao je unaokolo, pa joj pokazao da ga prati pre nego što je ušao u žbunje i nestao. Krišom je pogledala preko ramena, pa pošla za njim.

Prošavši pored žbunja i svetložutih grmova forsitije, izbila je na zabačenu, kamenu plažu. Mali napušteni parobrod, dopola u vodi, bio je privezan za zarđao stubić; podsećao ju je na male putničke feribote iz njenog detinjstva. Andrej je izašao iz drvene kabine, pa joj pružio ruku.

Srce joj je treperilo kad ga je pustila da je povuče pored sebe, a onda su ušli u kabinu.

Seo je na pod, leđima naslonjen na zid kabine, glava mu je dopirala do ivice prozora.

– Ako ostanemo dole, neće nas videti – rekao je, potapšavši mesto pored sebe.

Skliznula je pored njega, nogu sastavljenih ispred sebe, nameštajući nabore haljine kako bi pokrila kolena. Bilo joj je neprijatno dok je posmatrao svaki njen pokret.

– Neko vreme ćemo biti bezbedni ovde – rekao je. – Jel' nešto hitno?

– O, ne. Zašto pitaš? – Pitala se zašto ju je doveo tu.

– Kad sam te video na obali, pomislio sam da me tražiš zato što se nešto dogodilo. Doveo sam te ovamo kako bi mogla da mi kažeš.

To je bilo neprijatno; nije mogla da kaže da ga je pratila jednostavno zato što joj je srce poskočilo kad ga je videla, da su je zaljubljenost i proleće privukli njemu.

– Sve je u redu. Slučajno sam te primetila.

Još dok je izgovarala te reči, pomislila je koliko su glupe. Ništa nije bilo u redu. Očajnički je želela da mu kaže za Hajdrihovo pismo Himleru, ali je odlučila da se pridržava naređenja i o tome izvesti samo svoj kontakt. Sad je bila nesigurna, te je promenila temu.

– Hvala ti što si spasao Karolininog muža od Gestapoa.

– Nije to tako jednostavno. – Uzdahnuo je. – Uspeo sam da ga sklonim od njih ovde, ali Terezin vodi Gestapo. Ne mogu ništa da obećam u pogledu njegove budućnosti.

Zaćutali su. Jana ga je stidljivo pogledala. – Drago mi je što sam danas naletela na tebe.

– I meni – rekao je, redak osmeh dotakao mu je usne. Pogledala ih je, nagonski razmakavši svoje.

Nagnuo se i poljubio je. Duboko. Pomerao je jezik ne bi li dodirnuo koren njenog, a onda joj je udubljenje ispod vrata obasuo poljupcima nalik dodiru pera. Izvila je vrat zaječavši dok su je prožimali žmarci, a vrelina strujala kroz nju. To je bilo tako dekadentno, romansa na podu starog parobroda. To bi moglo da bude njihovo tajno mesto sastajanja, gde bi mogli da budu zajedno, razgovaraju, dodiruju jedno drugo, vole se.

Prešao je prstima duž izreza njene haljine, a ona je žudela da oseti njegov dodir na grudima. No on se zaustavio, pa nežno podigao zlatni medaljon.

– Knjiga, tako ti priliči.

– Bio je majčin – rekla je, zadihana – poklon za godišnjicu od mog oca.

– Sigurno je bilo veoma teško izgubiti majku tako mlad. – Ispravio se, primetno pokušavajući da se pribere, da se prene iz svoje strasti.

– Imala sam dvadeset godina, praktično sam bila odrasla. Ali osećala sam se kao dete. Ni na koji način nisam bila spremna da se suočim sa životom bez nje... – Glas joj je zamro, ganutost je pretila da je savlada.

Načas su zaćutali kad joj je nežno spustio medaljon na kožu. Nije želela da priča o sebi; nije znala ništa o njemu, a toliko toga je želela da ga pita.

– Pričaj mi o svojoj porodici. Znam da imaš majku kojoj si kupio knjigu za rođendan. – Ispružila je ruku i pomilovala ga po potiljku.

– Majka mi je jedini preostali član porodice. Otac mi je poginuo u Velikom ratu, kad mi je bilo samo godinu dana. Ne pamtim ga, imam samo nekoliko mutnih fotografija. Ali osećam da ga poznajem zahvaljujući majčinim pričama.

– A tvoja majka se nije preudala?

– Previše je volela mog oca, kako kaže, da bi poželela drugog muškarca u svom životu. Kako god bilo, posle rata jedva da je ostao poneki muškarac. A onda je došla španska groznica. Zemlja je bila puna udovica. No, uprkos tome, novi talas nade zapljusnuo je zemlju. Bili smo demokratska zemlja, nova država, Čehoslovačka. Dvadeset godina slobode, nešto za šta je moj otac izgubio život.

Zastao je.

Jana je nastavila: – A onda su došli Nemci, otkinuli komad naše zemlje pre nego što su zauzeli ono što je ostalo od nas.

Gledala je kako mu se oblak navlači na pogled, pa mu spustila glavu na rame. Zagrlio ju je oko struka. Promeškoljila se, namestivši haljinu preko nogu, šćućurivši se uz njega, udišući njegov miris.

– Zato radiš to? – upitala je, pogledavši mu profil, već znajući odgovor na svoje pitanje.

Ništa nije rekao, ali grudi su mu se podigle. Onda ga je pitala nešto što ju je odavno zanimalo.

– Je li ikad postojao neko važan u tvom životu?

Procenila je da ima oko dvadeset pet godina. Naravno, dosad se zaljubljivao. Zapravo, većina muškaraca njegovih godina bila je u braku.

– Jeste – tiho je rekao. – Ali to je bilo odavno. U mom poslu je najbolje što više nisam u vezi.

Njegove reči pogodile su je u srce. Šta mu je onda *ona*? Ništa. Šta su bili poljupci koje su upravo podelili? Ništa. Šta, dođavola, misli da njih dvoje rade upravo sad? Kratka čarolija je razbijena. Odmakla se od njega, pa ustala.

– Mislim da moram da idem. – Glas joj je bio odsečan.

Uhvatio ju je za ruku. – Izvini. To je zvučalo grubo. Nije da mi se ne sviđaš, samo...

– Ne, stvarno, razumem. – Otrgla je ruku, pa pošla ka vratima kabine. – Onda, zbogom. – Dobacila je te reči preko ramena i potrčala preko kamene plaže, pomalo očekujući da je on pozove.

Nije je pozvao.

Boreći se sa suzama, izašla je na malu čistinu između žbunja i zaplakala.

Pavel je stajao smrknut, prekrštenih ruku, pogled mu je bio izazivački.

– Šta ćeš ti ovde? – promucala je.

– O, Jano. Zar baš ti? Kako si mogla?

Zinula je, ali zbrkane misli nisu joj dozvolile da progovori.

Pavel je odmahivao glavom. – Ne možeš da pružiš ljubav meni, brižnom prijatelju. Ali si je bacila pred fašističkog policajca.

– Jesi li me pratio?

– Nadzirao, rekao bih.

– Zašto? – Glas joj je bio piskav.

Slegnuo je ramenima. – Valjda sam pazio na tebe.

– Uhodio si me?

– Ti bi trebalo da znaš sve o uhođenju. – Lupnuo se po glavi.

U grudima ju je stezalo. Da li on zna za njen rad u Praškom zamku? Pokušala je da sabere misli. Šta se to ovde događa? Pavel je, ako se izuzme Lenka, bio njen najbolji prijatelj. Mnogo se uzdala u njega; Pavel je uvek bio tu da je sasluša, uputi joj utešnu reč. Dobro ju je poznavao. Previše dobro.

– Da li fašistička svinja od tvog dečka zna za malog jevrejskog dečaka koga smo zajedno prokrijumčarili?

Zgranuo ju je otrov u njegovom glasu; to nije Pavel.

– Ne obraćaj mi se tim tonom. I Andrej mi nije dečko.

– O, Andrej, je li? Prešli smo na ti, jel'? – Podrugljiv osmeh zaigrao mu je na malim usnama.

Prekorila je sebe zbog te glupe greške. Ali više ju je brinulo Pavelovo pominjanje Mihala. Borila se protiv nagona da mu uzvrati da Andrej ne samo da zna već joj je pomogao da prokrijumčari još dvoje dece.

– Mislim da treba da završimo ovaj razgovor – rekla je, nervozna pri pomisli da bi Andrej svakog trenutak mogao da se pojavi. Zakoračila je da zaobiđe Pavela, ali on je iskoračio u stranu i preprečio joj put.

– Tako se ponašaš prema prijateljima? – Pogled mu je postao tužan.

– Žao mi je – rekla je kroz čvor u grlu.

– Zašto ti je žao? Što si me iskoristila?

– Nikad te nisam iskoristila.

– Prestani da lažeš sebe. – Sklonio se u stranu, odmahnuvši umornim pokretom. – Idi.

Ne znajući šta još da kaže, ubrzala je, u glavi joj se vrtelo od Andreja i Pavela, poljubaca i odbacivanja, opasnih tajni, ugrožene dece. Ono što je počelo kao divan dan pun obećanja, završilo se na sasvim drugačiji način. Pogubno.

24.

Dok se Jana približavala zadnjem ulazu u zamak, videla je baštovana kako grabulja cvetne leje, pažljivo da ne bi uznemirio crvene lale i svetle narcise. Bio je mlad, snažne nadlaktice već su mu preplanule na prolećnom suncu. S promenom godišnjeg doba, često ga je viđala kako radi oko zamka. Imao je prirodan osmeh koji mu je otkrivao razmak između prednjih zuba.

Pozdravio ju je, kao uvek, ali ovoga puta ju je pitao kako se zove. Predstavila se i pomislila da bi bilo učtivo da i ona njega pita za ime. Rekao joj je da se zove Janek.

– Želim ti lep dan, Jano – veselo je dobacio dok je ulazila. Smrknuti stražar joj je pretresao tašnu, a policajka grubih prstiju pretresla je nju. Otišla je u garderobu gde joj je uniforma visila na vešalici, pa se presvukla.

Hajdrih se dovezao u prednje dvorište, šofer je poslušno vozio njegov kabriolet. Stigla su i kola iz pratnje. Jana je zapamtila detalje, pa nastavila sa svojim dužnostima.

Pola sata kasnije, dok je glancala srebrnu stonu lampu u jednoj od zadnjih kancelarija koje gledaju na uredan travnjak, čula je komešanje. Povike muškaraca. Prišla je prozoru, ukočivši se pred onim što je videla. Dva esesovca držala su Janeka, mladog baštovana, a Hajdrih je urlao na njega. Jana nije mogla da razabere reči, ali čula je okrutnost u njegovom glasu. Šta je uopšte mladi baštovan mogao da uradi da bi toliko razbesneo Hajdriha? Janek je samo održavao cvetne leje; osmehivao se osoblju kad su ujutru dolazili na posao.

Ali sad mu je lice bilo puno mržnje i prkosa dok je sevao pogledom na Hajdriha, koji je zaćutao, nepomičan kao stena. Protektor i baštovan su zurili jedan u drugog. Sekunde su se otegle; Jana je zadržala dah. Onda je Hajdrih klimnuo glavom SS oficirima koji su stegli Janeka ispod miški kao da će ga izbaciti. Janek je podigao glavu i ispljunuo nekoliko reči ka Hajdrihu.

Hajdrihu je ruka poletela u stranu, izvadivši pištolj; čvrsto je stajao na zemlji, ispružene ruke, lice mu je bilo maska gneva.

– Ne – zaječala je Jana.

Pucanj je zaparao vazduh. Janekovo telo se trznulo unazad u grču.

Stigla je samo da vidi iznenađena lica SS oficira prekrivena Janekovom krvlju, pre nego što je vrisnula i srušila se na pod. Nije prošlo ni sat vremena otkako ju je Janek pozdravio sa osmehom na mladom, veselom licu, a sad... Žuč joj je ispunila usta. Ono čemu je upravo svedočila bilo je nešto najstrašnije što je ikad videla. Stomak joj se zgrčio te je dopuzala do kofe i povraćala dok više ničeg nije ostalo u njoj.

Kad je prestala, otkotrljala se i skupila u uglu sobe, drhteći. Jadni Janek. Šta je uradio da razbesni to čudovište? Odbojnosti i strah komešali su joj se u stomaku. Nema sumnje da je radio za pokret otpora. Kao i ona.

– Zaprepastili smo se, zar ne? – Brantov podrugljiv glas dopro je s vrata. Bila je previše slaba da bi podigla glavu s poda.

– Niko ne sme da se šali s našom Plavokosom Zveri. – Izgovorio je taj izraz s naklonošću i ponosom.

Jani je bilo mrsko da leži pred njegovim nogama, te je sela. Tiho je rekla: – Hladnokrvno ga je ubio.

Brant se okrutno nasmejao. – Nije to ništa. Kad smo bili na istoku, video sam ga kako je ustrelio malu devojčicu. Izbliza. – Zastao je da bi ostavio utisak, pa rekao: – Ali ona je bila Jevrejka. – Slegnuo je ramenima.

Dakle, glasine koje je čula bile su istinite.

Slike Lilijaninih ćerki iskrsle su joj u mislima, koža joj se naježila.

– Bolje vam je da se priberete, frojlajn. – Čizmom joj je ćušnuo koleno. – I nastavite s poslom.

S tim rečima, izmarširao je iz sobe.

Jana je dugo ostala tu, nepomičnog tela i uma, dok je pokušavala da obradi ono što je upravo videla. Na kraju je naterala sebe da ustane. Kako je mrzela Hajdriha. To bedno, zlo čudovište. Ljutnja i bes prostrujali su njome. Taj čovek nije ljudsko biće. Ne zaslužuje da hoda Zemljom. Svim srcem mu je želela smrt.

Te večeri u krevetu Jana je ponovo proživljavala nemačko zauzimanje Praga.

To se dogodilo 15. marta 1939. ujutru. Usred noći su je probudili tihi glasovi koji su dopirali iz dnevne sobe, te je upalila lampu pored kreveta, škiljeći u budilnik. Bilo je 4.35. Užasnutost ju je sčepala za stomak, ustala je, pa u vunenim soknama izašla iz svoje sobe. Mama i tata su se sćućurili pored radija, slušajući svečano obraćanje njihovog predsednika naciji.

– Šta se događa? – upitala je Jana.

– Dolaze Nemci – rekao je otac, glas mu je zvučao šuplje. – Hitler je izjavio da će, ako se ne predamo, uništiti zemlju.

Majka je, bledog lica, ispružila ruku ka Jani i prebacila joj je preko ramena. – Vermaht će u šest ujutru preći našu granicu.

– Napolju je snežna oluja. Nadajmo se da će ih to zaustaviti – rekao je otac, podešavajući stanicu kad je radio zakrčao. Jana je zgranuto zurila u radio. Iako su Česi već neko vreme bili izloženi pretnji, svi su se nadali da će vlada postići neki dogovor s Hitlerom. Ali propast od koje su svi strepeli postala je stvarnost.

Nebo je bilo mutno, oblaci sivi i niski, dok je lagani sneg padao po gradu. Jana i njeni roditelji pridružili su se češkim građanima na Vaclavovom trgu.

Stajali su pored žene zabrinutog lica, koja je šalom pokrila glavu. Pored nje, radnik u ritama prkosno je dovikivao onima oko sebe, njegove reči dočekane su klicanjem.

Tek je prošlo pola jedanaest kad je zemlja zadrhtala pod njihovim nogama, a tišina se spustila na okupljene.

Brujanje motocikala, grmljavina tenkova. I tupi udarci teških čizama.

Vermaht je stigao, vojnici u sivomaslinastim uniformama maršírali su po petorica u redu, puške su im visile visoko na ramenima.

Tenkovi su se kotrljali, ostavljajući tragove u snegu. Neki ljudi su siktali na Nemce i rugali im se; drugi su gledali u užasnutoj tišini. Usamljeni muški glas zapevao je češku himnu, ubrzo su mu se pridružili uzbuđeni glasovi. Onda su stigli kamioni sa zvučnicima iz kojih se razleglo upozorenje da će svaki otpor naići na surovu odmazdu. Mnoštvo je utihnulo kad su Nemci postavili mitraljeze i uperili ih u okupljene građane, a avioni leteli nisko iznad grada. Beznađe i očaj koje je Jana osetila odražavali su se na licima njenih roditelja.

Stajali su na hladnom vazduhu gledajući razvoj događaja. Majka je kašljala u svoj šal, a Jana se zabrinula da će ponovo dobiti bronhitis. Otkako je dobila tuberkulozu dok je radila kao sestra tokom Velikog rata, bila je bolešljiva.

– Dođi, mama, idemo kući da pojedeš malo tople supe – rekla je, nežno je ubeđujući.

Ali majka je odmahnula glavom, rekavši da mora da vidi šta se događa kako bi mogla da poveruje.

Nekoliko sati kasnije, grad je bio zapljusnut krvavocrvenim zastavama s kukastim krstovima koje su visile sa zgrada, statua i istorijskih spomenika.

Rano uveče, Hitler je lično stao uz otvoren prozor Praškog zamka, trijumfalno gledajući dole.

Nekoliko dana kasnije Himler je paradirao gradom s visokim i upečatljivim čovekom, za kojeg se šuškalo da je njegov novi štićenik; tada su građani Praga prvi put videli Rajnharda Hajdriha.

Mama je dobila visoku temperaturu. Primljena je u bolnicu i dijagnostikovali su joj upalu pluća. Nedelju dana posle ulaska nacista u Prag, Janina majka je preminula.

25.

Vojnik Vermahta mahnuo je kamionu Crvenog krsta da prođe kroz kontrolni punkt i Jana je prvi put videla Terezin. Lenka joj je u najnovijem pismu ponešto objasnila:

Naselje se sastoji od malih tvrđava zatvora okruženih šancima i od velike tvrđave, gde ja živim, uređene kao mali grad. Premeštena sam s porodiljskog odeljenja i sad živim u trospratnoj baraci zvanoj Drezden, koju delim s drugim majkama i njihovom decom. Mnogo nas je ovde, tako da ne mogu da budem usamljena. Na smenu pazimo jedna drugoj decu kad ona druga radi i imamo određen raspored. Ja sam raspoređena u perionicu gde je naporno, ali uveče dobijem obrok.

Muškarci borave u Sudetskim barakama i rade teške fizičke poslove kao što je izgradnja železničke pruge. Kolale su šašave glasine da je jedna grupa dobila zadatak da napravi bazen za porodice SS oficira, ali tako da kopaju samo kašikama. Ha! Kako da ne...

Ja sam jedna od njih nekoliko ovde koja ne nosi žutu zvezdu i isprva sam brinula kako će se druge žene ponašati prema meni jer nisam njihova, ali ispostavilo se suprotno. Naišla sam samo na dobrotu i drugarstvo.

Žao mi je starijih i bolesnih među nama koje ne mogu da rade. Njihova sledovanja hrane su manja, ali ne žale se, jer su Nemci objasnili da im treba više hrane za našu decu. Rat je na kraju krajeva i svi moramo da se žrtvujemo.

U Drezdenskim barakama postoji podrum i dozvoljeno nam je da jednu od odaja koristimo za okupljanja. To je najbolji deo dana. Ima mnogo muzičara među nama te smo osnovale mali hor. Takođe držimo književne večeri, na kojima razgovaramo o objavljenim delima, ali i naglas čitamo svoje pesme i priče. Neke priče su prilično tužne, ali život je ponekad takav, zar ne?

Poslednjih nekoliko nedelja prilično je pretrpano ovde, ali neke žene su otišle da bi ih smestili u lepe nove kuće (ne znamo gde). Vozovi su počeli redovno da saobraćaju odvozeći muškarce, žene i decu u njihove nove domove. Pitam se da li će i mene poslati. S mojim malim zlatom, naravno.

Jana je napokon ušla u naselje Terezin. Sedela je napred u kamionu Crvenog krsta, između gospođice Novak, koja je vozila, i Daše, kojoj je takođe bilo dozvoljeno da isporuči donacije. Gospođica Novak je obema dala kapice Crvenog krsta da ih nose uz bele haljine kratkih rukava.

Vojnik je uputio gospođicu Novak da prati policijski motocikl do Magdeburških baraka, građevine u kojoj je bio smešten jevrejski Savet staraca. Tu je trebalo da ostave donacije i da se za pola sata vrate do kontrolnog punkta.

Vozile su ulicom oivičenom trospratnim zgradama nalik barakama, izbledelih i oljuštenih pročelja, bez zavesa na prozorima, širom otvorenim da bi propustili prolećni vazduh. Smeštaj se nije mnogo razlikovao od Lenkinog opisa, ali Janu je iznenadilo odsustvo gužve; bilo je svega nekoliko prolaznika na pločnicima i mada im je odeća bila iznošena, a lica upala, nisu se mnogo razlikovali od građana koji su promicali ulicama Praga.

Kamion je prošao pored bakalnice i pekare, u kojima je bila izložena roba, mada Jana nije primetila nijednog žitelja da nosi hleb ili ceger. Grupa osmehnute dece mahala im je u prolazu; devojčice sa uredno upletenom kosom nosile su izbledele, ali lepe haljine. Iznenadila se kad je videla zgradu s natpisom *Pošta*. Reč je na drvenoj tabli sijala kao da je sveže ispisana farbom.

Policijski motocikl se zaustavio ispred male kamene zgrade, a gospođica Novak je parkirala kamion ispred nje. Sve tri su izašle i sačekale ispred dok je policajac lupao na vrata vičući: – Isporuka!

Čovek crne brade, s naočarima u žičanom okviru, otvorio je i pozdravio žene klimnuvši glavom. – Dobro došle. Ja sam Samuel.

Samuel je pozvao nekog iza sebe i pojavila su se dva dečaka.

– Moji sinovi će pomoći da unesemo stvari unutra.

Pod budnim okom policajca, dečaci su pomogli Jani, gospođici Novak i Daši da istovare kutije iz kamiona. Samuel ih je uveo unutra, upućujući kutije sa odećom na sprat, a one s knjigama u prizemlje. Gospođica Novak i Daša su se popele s dečacima, a Jana je ostala sa Samuelom.

– Nadam se da će vam koristiti – rekla je kad je otvorila kartonsku kutiju i izvadila nekoliko knjiga da mu pokaže.

Samuel se osmehnuo, ali oči su mu bile vlažne od suza. – Ne znate koliko će nam te knjige značiti. Veoma sam zahvalan...

– Koliko će to trajati? – Policajac je provirio kroz vrata. – Već sam propustio pauzu za cigaretu.

– Moram na brzinu da proverim da slučajno nije stigla neka od zabranjenih knjiga – rekao je Samuel. – Dajte mi dvadeset minuta. Zašto ne uzmete pauzu, a mi ćemo završiti dok se ne vratite?

Policajac je pogledao Samuela, frknuo, pa odmarširao.

Jana je spustila glas. – Samuele, možete li mi pomoći? Pokušavam da nađem prijateljicu, Lenku. Ona je u Drezdenskim barakama. Je li to daleko odavde? Očajnički želim da je vidim – prevalila je preko usana.

Razrogačio je oči. – Neće vas tamo pustiti.

Jana je progutala. – Mogu sad da se iskradem. Imam dvadeset minuta. Molim vas, pomozite mi.

Samuel je odmahnuo glavom.

– Molim vas. – Uhvatila ga je za ruku. – Ne želim da vas dovodim u nepriliku. Ako iko bude pitao za mene, recite da mi nije bilo dobro i da sam otišla u klozet.

– Imamo jedan u zadnjem delu zgrade – polako je rekao. – Prozor se otvara ka ulici...

– Pokažite mi. – Jana je bila uzbuđena; nije mogla da propusti priliku. Ko zna kad će ponovo biti tako blizu Lenke?

Samuel je stisnuo vilicu, odlučan. – Dođite – rekao je. – Bilo bi dobro da neko spolja vidi ovo mesto. Mnogi od nas su platili da dođu ovamo.

– Platili? – ponovila je Jana u neverici.

– Mnogi umetnici iz cele zemlje, navedeni su da poveruju da je ovo nekakav kulturni raj. Ja sam pijanista... Ali dosta priče, nije vreme.

Samuel je odveo Janu u klozet u zadnjem delu kuće. Kad se popela na klozetsku šolju i otvorila prozor, Samuel joj je brzo pokazao gde su Drezdenske barake. – Vratite se za dvadeset minuta – podsetio ju je.

– Hoću – rekla je, pogledavši na sat.

– Padaćete u oči u tome. – Pokazao je na njenu belu kapu sa oznakom Crvenog krsta.

Skinula ju je, gurnula u džep haljine, pa iskočila na ulicu.

Odmah ju je dočekao prizor sasvim drugačiji od onog koji je videla po dolasku u Terezin. Ulica je vrvela od sveta – sedeli su na pločniku, vukli kolica, vodali sa sobom decu obučenu u obične rite. Umorna, mršava lica gledala su u njenu besprekornu belu haljinu i čistu, uredno uvijenu kosu, dok se probijala kroz gužvu.

Žureći preko raskrsnice, pogledala je niz bočnu ulicu. Na kraju je bila ograda, naoružan vojnik je terao ljude. Trgla se shvativši. Bočna ulica je vodila na put kojim su ušle u Terezin. Zatvorena je, građanima nije bio dozvoljen pristup u miran model ulice s prodavnicama i poštom, gde je sve postavljeno da posetioci steknu dobar utisak. Ali ona je sad bila iza pozornice, videla je stvarnost. To mesto nije bilo lep grad kakav su reklamirali nacisti. Bio je to koncentracioni logor.

Izgubila se, pa je zastala da pita za put pre nego što je stigla do dugačke i niske kamene zgrade. U prednjem dvorištu žene su sedele na tlu; nije bilo klupa. Gledale su grupu mališana kako se igraju, vrište ili plaču.

Jana je prišla starijoj ženi s kovrdžavom sedom kosom, koja ju je znatiželjno pogledala.

– Ti si sigurno nova ovde – rekla je žena.

– Možete li, molim vas, da mi pomognete? Tražim svoju prijateljicu, Lenku. Nemam mnogo vremena. Upravo se porodila.

Žena joj se zlobno nasmejala. – Znaš li ti koliko je nas ovde? I ko si ti, uopšte?

– Ja poznajem Lenku – čuo se tihi glas. – Pripovedačicu.

Jana je pogledala u mladu ženu, koja je cupkala malo dete na kolenima.

– Unutra je, pazi na bolesno dete.

Svesna da vreme ističe, Jana je požurila kroz otvorena vrata barake, pa naglo zastala. Tama u koju je ušla s jarkog sunca zaslepela ju je, crne cikcak linije zaplesale su joj pred očima. Preplavio ju je neprijatan vonj, pokušala je da prepozna izmešane mirise: ustajao vazduh, znoj, mokraća, bljuvotina i, začudo, sredstvo za dezinfekciju, pekli su je za oči. Izoštrila je pogled i ugledala mladu ženu na kolenima kako besomučno riba drveni pod. Pramenovi kose ispali su joj iz punđe i visili, vlažni preko upalih obraza.

Žena je pogledala u Janu i kao da se izvinjava, promrmljala: – Ponovo mu je pripala muka. Izvinite. Brzo ću očistiti. Izvinite.

Nastavila je da riba. Pored nje, na donjem ležaju na sprat, vrištala je beba skerletnih obraza.

Jana je pogledala prizor oko sebe, grlo ju je steglo. Nizovi uskih kreveta na sprat dosezali su do tavanice. Odeća, i dečja i za odrasle i umazani, prosenjeni peškiri ležali su razbacani preko svakog kreveta. Kad je videla nekoliko improvizovanih jastuka od smotane odeće, Jana je shvatila da u jednom krevetu spava više od jedne osobe.

Jana je klekla ispred žene i spustila ruku na njenu košćatu nadlakticu. Žena se trgla od njenog dodira, kapci su joj mahnito zatreperili.

– Ne boj se – rekla je Jana glasom promuklim od uzbuđenja. – Samo tražim svoju prijateljicu, Lenku.

Ali žena je bezizrazno gledala u nju, pa nastavila da riba i da se izvinjava. Jani se srce steglo kad je shvatila da ne može ništa da učini za tu ženu. A vreme je prolazilo. Požurila je niz uzan prolaz između nizova kreveta, uglavnom praznih. Žene su verovatno bile na poslu, a neka deca, manja, bila su napolju. Ali gde su starija deca? I ona rade?

– Lenka – pozvala je glasnim šapatom.

Jedna žena se izvila na krevetu. Beba je zacvilela.

Jana je glasnije pozvala: – Lenka! Ja sam, Jana. Jesi li tu?

– Jano? Jesi li to ti?

Srce joj je zastalo. Zurila je u senke na levoj strani, videla je priliku kako sedi na donjem ležaju, ljuljajući nešto.

– Lenka – uzviknula je pa se provukla između kreveta da bi stigla do prijateljice. Lenka je ustala sa umotanom bebom u naručju, pa se zagledala u nju zinuvši u neverici. Jana se zagrcnula i zadržala dah. Poslednji put kad je videla Lenku, njena prijateljica je bila u drugom stanju i rumena; sad je jedva prepoznala ženu upalih obraza, blede kože, mlitave kose zadenute iza ušiju.

Jana se nagnula preko bebe, pa zagrlila Lenku.

– Kako? Zašto? – Lenka je zamuckivala.

Jana joj je brzo objasnila da Crveni krst vrši isporuku i da se iskrala kako bi je pronašla. Pogledala je dole u uznemirenu bebu u Lenkinim rukama.

– Je li to Alena?

Lenka je odmahnula glavom. – To je prijateljičina beba. Bolestan je i brinem o njemu dok mi ne počne smena u perionici. Ono je Alena. – Pokretom glave je pokazala ka usnulom detetu na krevetu. Alena je ležala na leđima, glavica joj je bila nakrivljena prema njima, ruke raširene, male pesnice uz obe strane glave. Bila je u peleni i benkici kratkih rukava. Jana je primetila da beba nema prevoje na rukama i nogama. Nežno je prešla prstima preko Aleninog obraza. Dodir bebine kože izazvao joj je drhtaj ljubavi i čežnje.

– Divna je – prošaputala je.

– Treba joj više mleka – Lenka je uzdahnula. – Meni je presušilo posle samo nedelju dana. Imamo mleko u prahu, ali je racionisano. Neke žene idu s policajcima da bi dobile dodatno sledovanje. Ja to još nisam radila, ali...

Jani su se oči zamaglile. – Šta mogu da učinim za tebe? Nešto sigurno postoji.

– Samo to što sam te videla mnogo mi znači. I jedva čekam da čitam knjige koje si donela. Pokrenula sam nekakav čitalački klub.

Beba u njenim rukama se smirila i Lenka ju je spustila pored Alene ka krevet. Uzela je Janu za ruku pa se prodorno zagledala u nju.

– Molim te, obećaj mi nešto.

– Šta god želiš.

– Ako mi se nešto desi, molim te pokušaj da je daš Ivanu. I pazi na nju. Molim te.

– Ništa ti se neće desiti. – Jana se mučila da potisne paniku u glasu. – Budi jaka. Moraš biti jaka.

– Hoću. Ali za svaki slučaj. Slušaj, imam sreće što sam ovde. Trebalo je da budem zatvorena u Malom zamku. – Uzdrhtala je. – Gestapo radi strašne stvari zatvorenicima. Čujemo vrisku. I puščane hice.

Jana je pomislila na Andreja, koji je pomogao da Lenku premeste iz Male tvrđave i teško je progutala.

– Alena je ovde zbog mog zločina – nastavila je Lenka. – Ali ona nije Jevrejka kao mnogi ljudi ovde; njihova budućnost je neizvesna. Ali ako ja umrem...

– Ne! – zavapila je Jana.

– Slušaj. Ako umrem, zašto bi je držali ovde? Ti i Ivan možete ubediti vlasti da je puste. Neće imati majku, ali imaće tebe, svoju kumu.

Jana se ujela za usnu i svečano klimnula glavom.

Vreme je prolazilo dok su se držale za ruke, lica okupanog suzama; Jana je pogledala na sat i trgla se. Dvadeset minuta je isticalo, a ona još treba da stigne do Samuela u Magdeburškim barakama. Čak i ako bude trčala, trebaće joj pet minuta.

Grudi su je bolele što napušta Lenku. Izletela je iz ženskih baraka udahnuvši svež vazduh i brišući suze s lica.

Protrčavši pored žena i dece u dvorištu, požurila je istim putem kojim je došla. Ljudi su je gledali, a ona je, videvši dva policajca ispred sebe, bila primorana da uspori. Izmešala se s grupom žena pa se spustila na koleno da veže cipelu, izbegavajući pogled policajaca u prolazu. Onda je potrčala.

Srce joj je tuklo, a znoj joj se slivao niz leđa kad je stigla do otvorenog prozora klozeta i pokušala da se popne. Ali tu nije bilo šolje da stane na nju.

Dok se mučila, prišao joj je naočit mladić talasaste tamne kose.

– Nemam pojma ko si ni šta radiš, ali izgleda da ti treba pomoć. – Ispružio je ruke pa sastavio šake, čvrsto isprepletavši prste. – Evo, daj da ti postavim lopovske.

Teško dišući, spustila je stopalo na njegove ruke, a on ju je podigao do prozorskog ispusta. Preturila se preko njega i pala na drugu stranu, ali kad se okrenula da zahvali mladiću, videla je da je otišao.

Čula je glasove u hodniku ispred zatvorenih vrata klozeta. Samuelov pomirljiv ton i policajčev osoran. Odvrnula je slavinu pustivši vodu da teče u potamneli ispucali umivaonik.

Dum. Dum. Dum. Vrata su se zatresla.

– Jesi li unutra? Odmah izađi! – urlao je policajac.

Poturila je ruke pod smeđu vodu, pa zatvorila slavinu. Nije bilo ubrusa, te je otresla ruke i otvorila vrata. Prelazeći vlažnom rukom preko čela i pognuvši ramena, progovorila je umornim glasom.

– Ne znam šta me je spopalo. Vrlo loše se osećam.

Policajac ju je odmerio, dok je Samuel stajao iza njega i namignuo Jani preko njegovog ramena.

– Onda ti je bolje da se vratiš u kamion. Ionako ste prekoračile vreme – siktao je.

Gospođica Novak i Daša su stajale napolju zabrinutog lica.

– Jesi li dobro, draga? – upitala je gospođica Novak. – Samuel nam je rekao da ti je bilo prilično loše.

Jana ju je uverila da joj je bolje te su se njih tri ukrcale u kamion.

Dok su odlazile, Samuel je stajao na pragu gledajući za njima. Jana mu je mahnula nadajući se da je njen poluosmeh pokazao koliko mu je zahvalna na pomoći. Klimnuo je glavom, pokazavši da je shvatio.

Te večeri, nad činijom čorbe od repe, Jana je rekla ocu da je posetila Terezin.

– Videla si Lenku? – Otac je prestao da jede, zadržavši kašiku na polovini puta između činije i usta. Onda ju je spustio u činiju. – Bože moj. Kako si uspela?

Otac je izgledao užasnuto dok mu je pričala. Premišljala se da li da mu kaže za svoj nesmotren potez, ali preplavila ju je potreba da podeli s nekim ono što je doživela u logoru. Ona i otac ionako su već bili uključeni u antinacističke aktivnosti.

Kad se otac povratio od šoka, upitao je: – Kako je ona?

– Mnogo se promenila. Tako je... – Jana je spustila kašiku, izgubila je apetit; prepričala mu je nekoliko dragocenih trenutaka koje je provela s prijateljicom i rekla da joj je obećala da će paziti na Alenu ako se njoj nešto desi.

– Tata, jesi li čuo nešto o transportu Jevreja i ostalih takozvanih neprijatelja Rajha?

– Misliš na transport do novog smeštaja? Jesam, čuo sam.

– Ne. Mislim na transport iz Terezina. Hiljade odjednom. To mesto je pretrpano i sve vreme se puni. Nacisti šalju ljude negde drugde.

– Otkud ti znaš sve to? – Namrštio se, pomno je posmatrajući.

– Načula sam nešto u zamku. – Slegnula je ramenima ne bi li ublažila način na koji je došla do te vesti.

Otac je uzdahnuo. – O, Jano, nisam ja toliko naivan. Već neko vreme podozrevam da radiš nešto više od čišćenja u zamku.

Jana je čekala njegove opomene i upozorenja, ali iznenadila se kad je očev pogled omekšao, a oči mu se napunile suzama.

– Tako sam ponosan na tebe, dušo. I tvoja majka bi bila ponosna da je još s nama. Imaš veliko, odvažno srce, baš kao ona. Ponosan sam i ujedno prestravljen.

Jana je posegnula za majčinim medaljonom, pa nežno skliznula prstima uz lanac; navika koja joj je pružala utehu i povezivala je s majkom. Srce joj je bilo puno od očevih reči. Njegovo odobravanje i ljubav prema njoj ulivali su joj snagu; kako ga je volela.

Oboje su se zagrcnuli od suza.

– Ako jedno od nas padne, svi ćemo pasti. Cela porodica, i deca – promrmljao je otac, glas mu je bio promukao.

– Znam – rekla je. Onda je zabacila ramena i duboko udahnula. – Ali nećemo. Ne smemo dozvoliti da nas strah spreči da uzvratimo, tata. Ako ostanemo pasivni, odustaćemo od nade.

26.

Jana je ustala iz kreveta, pa se odvukla u kupatilo, iscrpljena posle još jedne neprospavane noći. Misli joj nisu davale mira, kao da bi je bocnule štapom kad god bi joj san došao na oči. Isprva je to bila slika Lenke u smrdljivim, zagušljivim barakama, punim žena i dece, slabih, gladnih i očajnih. Onda, pred samo svitanje, Andrej joj je došao u misli, s prstima na njenim obrazima i kao pero laganim poljupcima na vratu. Sećanje na njih dvoje skrivene na napuštenom parobrodu, ispunilo ju je romantičnom čežnjom te je žudela da ponovo oseti njegov dodir. Ali onda se setila njegovih reči: „... U mom poslu je najbolje što više nisam u vezi".

Andrej očigledno nije priznavao ljubav među njima. Šta je, onda, ona njemu? Zašto ju je onako gledao, ljubio je sa strašću koja ju je ostavila malaksalom i zadihanom? Da, govorio je o opasnostima i rizicima i svemu tome, ali možda je sve to bio samo izgovor. Poljubio ju je nekoliko puta i izgubio interesovanje. Na tu pomisao, ona je izgubila svu nadu da će zaspati te je ustala iz kreveta.

Sad je u ogledalu gledala u svoje sitne, umorne oči i belu kožu. Ispljuskavši se nekoliko puta hladnom vodom, odlučila je da pođe u Praški zamak ranije nego što je planirala, da svrati u Crkvu Svetog Vida i pokuša da nađe malo mira, da sredi misli.

Ali dok je sedela ispod ogromne zasvođene crkvene tavanice, nije našla mir, samo nalet slika i pitanja koja je pokrenula njena poseta Terezinu. Bilo je jasno da je slika Terezina koju su pružali nacisti obična obmana, još jedan propagandni potez kojim zavaravaju češke građane, jevrejsku zajednicu. Čak i spoljašnji svet. Terezijenštat, kako su ga Nemci zvali, proglašen je gradom sa sopstvenom upravom, s dobrim uslovima života, savršen za povlačenje u opuštajućem okruženju. Samuel je rekao da su pripadnici kulturnog miljea kao što su umetnici, pisci i muzičari čak platili da dođu tu, verujući da će živeti u naprednom, kreativnom okruženju.

Oglasila su se crkvena zvona, zvuk je odzvanjao oko nje i kroz nju. Bilo je vreme za posao.

Dok je hodala ka Salmovoj palati, pitala se kako da otkrije ljudima stvarnost koju je videla a da je ne optuže za širenje antinacističke propagande. Da li će joj iko verovati? Osećala je težinu u stomaku. Ona je samo devojka iz knjižare. Kako uopšte da savlada planinu prepreka koja joj stoji na putu?

Korak po korak, rekla je sebi.

Tog jutra, zadatak joj je bio da drži na oku onog tiranina i ubicu Hajdriha.

Kad je iz senke crkve izašla na majsko sunce, drhtaj joj je prostrujao niz potiljak.

Blaga izmaglica lebdela je na ulicama Praga kad je jedne majske srede ujutru, malo pre sedam, Jana hodala ka zamku. Vazduh je i dalje bio prohladan, kao proteklih nekoliko dana, a grad se presijavao pod nebom bez oblaka.

Kad je prošla pored stražara, bilo joj je nelagodno dok mu je pokazivala propusnicu. Taj osećaj ju je podsetio na trenutke pre ispitivanja u školi. Dok je prolazila pored maglom obavijene Bazilike Svetog Vida, a crni oblak vrana uzleteo s kula, taj osećaj se pojačao; vrane i lepet krila uskomešali su joj živce, a stomak joj se vezao u čvor.

Nije ni čudo, razmišljala je, što joj je neprijatno da uđe u kancelarije visoke komande nacista. Ali bilo je tu još nečeg što nije mogla da prepozna.

Sve je bilo uobičajeno: pokazala je tašnu stražaru, presvukla se u crnu uniformu u garderobi u prizemlju, javila se gospođici Jezek i uzela pribor za čišćenje. Počela je da radi na kraju hodnika, napredujući ka Hajdrihovoj kancelariji.

Bilo je skoro pola devet kad je stigla do njegove kancelarije. Otvorila je prozor i pogledala napolje. Magla se razišla, plavo nebo bilo je vedro, ptice su glasno cvrkutale. Nagonski se nagla prema dvorištu, ali mercedes benc još nije stigao. Po tom vremenu, Hajdrih će doći spuštenog krova. Da li će danas on voziti ili će šofer biti za volanom?

– Čekaš našu Plavokosu Zver?

Trgla se na taj glas pa se, neprimetno uzdahnuvši, okrenula ka Brantovom ulizičkom licu.

– Ovde sam da čistim – rekla je, okrenuvši se od njega, pa prebrisala prozorski ispust.

Nastavio je da priča iza nje, nepokoleban. – Sumnjam da će protektor stići na vreme posle sinoćnjeg izlaska. Sinoć je bio veliki koncert u *Palati Valdštajn*, otvaranje Praškog muzičkog festivala.

Taj događaj novine su uveliko najavljivale i Jana se setila da joj je Hajdrih rekao za to kad je došao u knjižaru; bio je tako ponosan što će se izvoditi kompozicija njegovog pokojnog oca. Zamislila je Hajdrihovo doterano lice dok uranja u atmosferu tog zadivljujućeg događaja, laskanje publike, njegovu hladnu, besprekornu ženu pored njega, kako uživa u slavi uspeha i moći svog muža. Onda joj se u misli vratila slika baštovana, Janeka, suočenog s Hajdrihovim pištoljem i stomak joj se zgrčio.

Srećom, Brant se povukao, te je bila pošteđena daljeg razgovora. Bližilo se devet sati, kraj njene smene, a još nije bilo ni traga od Hajdriha, što je zapravo bilo olakšanje. Otkako je videla jezivo ubistvo baštovana, njen strah od Hajdriha bio je deset puta jači.

Gurajući aspirator ka kraju hodnika, primetila je trag od obuće na drvenoj lajsni, te je izvadila krpu iz kecelje i klekla da je obriše.

Topot koraka i par izglancanih čizama pojavili su joj se ispred nosa, kože tako blistave da je u njoj videla odraz svog lica. Izvila je vrat.

Brant. Ponovo. Zašto je jednostavno ne ostavi na miru?

Zacerekao se gledajući u nju.

– Kakav lep prizor. Ti na kolenima preda mnom. Siguran sam da ću misliti na to kad večeras budem legao.

Preplavila ju je odbojnost, osetila je gorku žuč na jeziku. Izvila se, odmahujući glavom u znak odgovora. Kako se usuđuje tako da joj se obraća, da izgovara te odvratne aluzije. Prezrivo ga je pogledala.

– A ja sam sigurna da neću ni pomisliti na vas. Nikad.

Podigla je aspirator jednom rukom, a pribor za čišćenje drugom i prenaglašeno frknuvši, odmarširala isturene brade. Njegov smeh pratio ju je niz hodnik. Ruke su joj drhtale dok se presvlačila u letnju haljinu i kačila uniformu u ormarić. Brant ju je još više iznervirao i njena hrabrost je potonula. Posmatrao ju je, nema sumnje žudeći da nađe izgovor da je prijavi Hajdrihu. Ali nije bilo dokaza da radi išta što ne sme. Samo je pratio sve što je radila. Njene beleške bile su skrivene u obeleživaču i kakvi su bili izgledi da ih otkriju?

Na povratku u knjižaru, skinula je žaket pa ga prebacila preko ruke, sunce joj je grejalo lice. U mislima se vratila na Andreja. Žudela je da mu sve ispriča; bilo je tako nepravedno što je čovek prema kojem je gajila osećanja radio kao fašistički policajac i što su, zarad sopstvene bezbednosti, morali da budu razdvojeni. U koje je još aktivnosti pokreta otpora on uključen? Njegovi zadaci bili su daleko opasniji od njenih. Ako bi otkrili da je špijun, Gestapo bi ga mučio ne bi li otkrio šta zna. Potpuno bi ga slomili. Onda bi ga pogubili.

Jana je zastala, prislonivši ruku na izlog radnje ne bi li se pridržala. Vrtelo joj se u glavi. *Andrej. Ne Andrej. Diši, diši.* Videla ga je u mislima kako hoda pored reke, njegove dugačke noge lako su koračale, rukavi košulje bili su mu podvrnuti, a slamnati šešir na glavi bio je nakrivljen. Otresavši tu misao, uteturala se u knjižaru gde je požurila u kuhinju, žudeći za čašom vode.

Kad se smirila, prišla je pultu s kasom, uzela obeleživač, pa izvadila papirić. Danas je jednostavno ispisala kosu crtu da označi da se Hajdrih nije pojavio tokom njene smene, pa vratila obeleživač između stranica knjige *Baštovanova godina*. Onda je otvorila knjižaru, spremna za posao.

Otprilike sat kasnije, Karolina je uletela tako silovito da su tri mušterije i Jana poskočile i zagledale se u nju.

– Nešto se događa! – zadihano je rekla, stežući šešir u ruci, ravna kosa ispala joj je iz punđe.

– Šta je bilo? – upitala je Jana.

– Na Vaclavovom trgu je pravi pakao. Gomila policajaca i vojnika tutnji ulicama. Puca se, a ljudi vrište! – Nagnula se, oslonivši se na butine, duboko dišući.

– O bože. Tata je u gradu. Ostani u knjižari, Karolina, i zaključaj vrata. – Klimnula je glavom mušterijama. – I vi ostanite ako hoćete. Ja idem da nađem oca.

Jana je bila na pola puta od vrata kad je Karolina doviknula: – Budi oprezna. Napolju je ludnica.

Puščani hici odjekivali su u obližnjim ulicama dok se Jana probijala kroz nadolazeću bujicu ljudi, odbacivana s jedne na drugu stranu. Pokušala je da pita jednu ženu šta se događa, ali ova je projurila pored nje, vukući dete za sobom. Krupan čovek ju je udario u rame i uzviknuo: – Ideš na pogrešnu stranu, devojko. Nemci su na ratnoj stazi i hapse sve redom.

Jana se ugrizla za usnu, pa produžila. Otac je planirao da poseti prijatelja, obućara koji je imao malu obućarsku radnju odmah iz Vaclavovog trga. Nadala se da nije već izašao iz radionice ili da se bar sklonio. Ali kad je skrenula iza ugla, shvatila je da je pogrešila. Vaclavov trg vrveo je od vojnika Vermahta u sivomaslinastim uniformama koji su jurili na sve strane vitlajući pištoljima. Češki policajci su skakali i vikali, lica su im bila nervozna dok su uspaničeni građani bežali, gazeći i gurajući jedni druge u bočnim ulicama, dozivajući svoje najmilije.

Vojnici Vermahta izgledali su neusklađeno; nasumice su opkoljavali građane i puštali ih. Policija je grozničavo hapsila, grabeći svakog ko bi prošao. Nije bilo načina da pređe preko trga; može da pođe unaokolo ka obućarskoj radnji, ali dok se borila protiv navale ljudi, jedva dišući u gužvi, znala je da bi to bilo pogrešno. Otac se možda već vratio u knjižaru i, pošto je nije zatekao tamo, možda je čak pošao da je traži. U Starom gradu je vladao pandemonijum i najrazumnije bi joj bilo da se vrati u knjižaru.

Okrenula se, masa ju je ponela. Reči su letele u vazduhu, užurbana pitanja šta se događa, ali kao da niko nije znao. Osetila je udarce laktovima; gaženje. Odjednom su nagrnuli otpozadi, a oni ispred morali su da se zaustave. Ali pritisak mase otpozadi odbacio ju je.

Jana je snažno licem naletela na leđa čoveka ispred sebe. Vrištanje je ispunilo vazduh. Jani je srce tutnjalo dok je pokušavala da dođe do daha; vlakna sa čovekovog sakoa ispunila su joj grlo i nozdrve.

Nije mogla da diše. Nije mogla da diše.

Preplavila ju je mučnina. Pritisak na njenim leđima je rastao, osetila je bol u rebrima i vrtoglavicu. Buka oko nje je iščezavala. Ne, ne sme se onesvestiti.

Odjednom se čovek uz kojeg je bila pritisnuta pomerio napred, a Jana se zateturala, boreći se da se održi na nogama. Padala je.

– Držim te – čula je odlučan gas, kad ju je neko zgrabio za lakat.

– Nastavi da se krećeš. – Snažna ruka vukla ju je. Kad se Jani razbistrilo pred očima, pogledala je u sredovečnu, stamenu ženu pored sebe, odlučne vilice, zajapurenih obraza.

Masa se malo proredila.

– Jesi li sad dobro? – upitala je žena.

– Jesam, ne znam kako da vam zahvalim. Možda ste mi spasli život.

– Imam ćerku tvojih godina. Sad idi kući. – Žena je popustila stisak.

Jana je stigla u knjižaru okupana znojem, njena žuta haljina smrdela je na zemlju. Karolina je dotrčala da otključa vrata i pusti je unutra, olakšanje joj je preletelo preko lica.

– Bila si u pravu, napolju je ludnica – rekla je Jana, grlo joj je bilo odrano.

Tri mušterije su izgledale preplašeno kad su videle Janu, jedna žena je skočila iz naslonjače, pa je povela da sedne, dok je Karolina otišla po čašu vode.

Svi su se šćućurili u zadnji deo knjižare, plašeći se da izađu dok se ulice ne umire. Jana je zurila kroz izlog, nadajući se očevom dolasku.

Posle dva mučna sata, pojavio se, a ona mu je potrčala u zagrljaj, jecajući od olakšanja.

Kasno po podne, gore u stanu, otac je podesio radio na prašku radio-stanicu u želji da rastumači pogubne događaje od tog dana. Odgovor je konačno stigao sa emisijom vesti: pokušali su da ubiju Rajnharda Hajdriha, rajhsprotektora Bohemije i Moravske. Napali su ga u njegovom mercedes kabrioletu kad se vraćao s posla i sad je bio u bolnici *Bulovka*, na hitnoj operaciji. U toku je bila temeljna potraga za dvojicom odgovornih za taj gnusan zločin.

U Jani su se komešala suprotstavljena osećanja: divljenje prema ljudima koji su pokušali da zaustave Praškog Kasapina, zadovoljstvo što su se osvetili tom čudovištu i strah od onog što bi moglo uslediti.

Jana i njen otac su zurili jedno u drugo, zaprepašćeni.

– Pitam se koliko je ozbiljno povređen. – Janin glas bio je šapat. – Hoće li umreti?

– I šta će biti ako umre? – dodao je otac.

Emisija se nastavila u ozbiljnom tonu: grad je bio pod policijskim časom dok su pretraživali od kuće do kuće u potrazi za krivcima ili saradnicima. Svako za koga se sazna da je pomogao u izvršenju surovih zločina, biće najteže kažnjen. A građani koji istupe s dokazima o kretanju počinitelja, biće bogato nagrađeni. Proglašeno je vanredno stanje u celoj zemlji.

Otac je potražio njen pogled. Video je u njemu čist strah.

– Znaš li išta o ovome?

Srce joj je glasno tuklo u tišini sobe. Polako je odmahnula glavom. – Ne. Ne, ne znam.

Ili zna?

Sedeli su zalepljeni za radio dok svetlost napolju nije izbledela, a polumesec se pojavio nad Pragom.

Jana i njen otac su razgovarali posle svake objave.

– To će podstaći pokret otpora, uliće Česima nadu da možemo da uzvratimo. – Jana je bila uzbuđena sad kad je prevazišla prvobitno zaprepašćenje. – Pokazaće nacistima da ne mogu s nama da rade šta god hoće.

– Svakako će ih uzdrmati – rekao je otac. – I pokazaće svetu da smo još ovde, da uzvraćamo. Ali napad na jednog od najviših SS oficira dovešće do odmazde. Nacisti će se žestoko obrušiti na svakog ko je iole umešan.

– Nadam se da će se ona dvojica, ko god da su, izvući. Kako su bili hrabri. – Čula je ushićenje u sopstvenom glasu.

Otac je ćutao, namršten. Pipci straha razmileli su joj se po umu, ali ona ih je odgurnula i nastavila da sluša emisiju.

Detalji napada otkriveni su tokom večeri, te je Jana, pre nego što je otišla na spavanje, stekla jasnu sliku sleda događaja. Ležala je u mraku, žmureći, ali u umu joj je zujalo. Sastavila je priču o događajima od tog dana i pustila slike da joj se razigraju u umu.

Hajdrih je doručkovao kasno tog jutra, nesumnjivo ćaskajući sa svojom ženom Linom o koncertu protekle večeri. Samozadovoljno je sipao svoju pravu kafu prisećajući se kako su svi pogledi bili uprti u njega dok su najslavniji muzičari svirali kompoziciju njegovog oca. Veličanstvena *Palata Valdštajn* vrvela je od nacističke elite, svi oni su svedočili Hajdrihovoj moći i uspehu. Bio je zvezda u usponu nemačkog Rajha. Posle doručka se pogledao u ogledalu u hodniku, stavio svoju esesovsku šapku s blistavom srebrnom lobanjom, pa izašao dok ga je šofer čekao. Bilo je deset sati.

Jana nije znala kako je Hajdrihova kuća izgledala, ali je čula da je to velelepno zdanje nekad bilo dom jednog jevrejskog trgovca. Zamislila je mercedes kako bruji niz prilaz, Hajdriha na suvozačkom sedištu, samouverenog, dok je njegov okrutni um smišljao jezive stvari.

Hajdrih je svako jutro išao istim putem, prolazeći kroz predgrađe Kobilisi. Lakat krivina na putu uvek bi primorala auto da uspori, a tog jutra, dva muškarca su izletela, zaskočivši auto. U tom trenutku, tramvaj se zaustavio na suprotnoj strani, tramvajdžija je prisustvovao događaju i kasnije izvestio o njemu. Jana je zamislila čoveka kako upire svoj sten automat u Hajdriha, ali neverovatno, oružje se zaglavilo. Hajdrih je ustao zaprepašćen i potegao pištolj, pucajući u svog napadača, ali drugi čovek je bacio protivtenkovsku granatu i mercedes kabriolet je odleteo u vazduh. Od praska su se razbili prozori na tramvaju, a putnici su vrišteći izleteli iz vozila, dok su u tom rasulu dvojica napadača pobegla.

Jana se uspravila u sedeći položaj i zagledala u tamu, zamišljajući Hajdrihovo slomljeno okrvavljeno telo. Onda je pomislila na baštovana kojeg je ovaj ustrelio i bilo joj je drago. Drago što je Hajdrih dobio šta je zaslužio. Pomislila je na Mihala i dve sestre, na Lenku i ženu koja je jecala pred zidom za streljanje. Pomislila je na obmanu s Terezinom i Hajdrihove reči o transportima i rešenjima. A šta ako je Hajdrih podlegao? Nešto hladno i tvrdo pomaljalo joj se u grudima. Ako je umro? Bilo bi joj drago.

Naposletku je, nekoliko sati kasnije, uzbuđenje počelo da popušta, a strah koji joj se prikrao nije mogla da ućutka. Da li će na bilo koji način biti umešana? Da li su njeno špijuniranje i šifrovane poruke doprineli napadu? Na kraju krajeva, mesecima je beležila vreme Hajdrihovog dolaska u kancelariju. Isprva je mislila da pokret otpora želi samo da nadzire kretanje SS oficira. No da li joj je nešto drugo palo na pamet dok je iz dana u dan gledala kabriolet sa spuštenim krovom? Ne, nikad joj nije palo na pamet da bi se neko usudio da pokuša da ga ubije. Bilo je nerealno sanjarenje da bi Prag mogao da se reši tog zlikovca.

Ležala je čekajući da svane, čekajući prve jutarnje vesti. Da li je Hajdrih još živ? Setila se njegovog oholog lica dok je gledao po knjižari i primetio očeve marionete. Mrzela je tog čoveka; nije zaslužio da živi.

Još se nije razdanilo kad je čula motore automobila kako bruje niz ulicu. Farovi su joj preleteli preko prozora. Kola su se zaustavila. Dole su se čuli teški koraci po kaldrmi. Zadržala je dah. Nekoliko trenutaka kasnije, čuli su se vika i lupanje na vratima.

Znala je.

Došli su po nju.

27.

Odgurnuta u leđa, Jana se našla u maloj ćeliji punoj žena, neke su vikale kroz rešetke dok je policajac zaključavao.

– Zašto smo ovde?

– Ništa nisam uradila!

– Žedna sam.

– Moram u klozet.

Trebalo joj je nekoliko trenutaka da sagleda prizor: raščupane, na brzinu obučene žene koje nisu stigle da se očešljaju; bleda, ispijena lica; crvene, otečene oči i svaka sa strahom u pogledu. Bila je okružena s tridesetak žena, neke su bile naslonjene na zid, druge su sedele na hladnom kamenom podu.

Jana je čvrsto navukla krajeve kaputa; ostavili su joj dva minuta da se obuče te je zgrabila bluzu i suknju prebačene preko stolice u njenoj sobi. Nije bilo vremena za čarape, te je osećala jezu na golim nogama.

Gledajući oko sebe, primetila je mladu devojku koju je prepoznala kao deo osoblja u zamku. Prepoznale su se, ali devojka je odmah potom odvratila pogled. Jana je razmišljala da li da joj priđe, kad joj je neko drugi upao u oči. Dah joj je zastao u grlu. Sklupčana uz crni zid, puštene duge kose koja joj je razuzdano padala na uska ramena, bila je gospođica Jezek. Janina šefica, obično besprekorna i samouverena, kose začešljane pozadi u strogu punđu, sa slojem crvenog ruža na usnama, bila je jedva prepoznatljiva.

Jana je zaobišla druge žene da bi stigla do nje.

– Gospođice Jezek. Otkud vi ovde? – Bilo je to glupo pitanje – otkud bilo koja od njih tu? – ali nekako je neobičnije bilo što njena pretpostavljena izgleda tako bespomoćno i što je zatvorena.

– Ovo je nečuveno – rekla je gospođica Jezek, stisnuvši usne. – Zar baš mene, odanu službenicu u zamku?

Jana ju je oduvek smatrala simpatizerkom nacista, zbog čega se još više iznenadila što ju je zatekla tu. Ali očigledno je bilo da su svi iz zamka podložni sumnji.

– Kao da bih ja mogla imati bilo šta s napadom na našeg protektora.

– Jeste li čuli išta o njegovom stanju? – upitala je Jana.

Gospođica Jezek je odmahnula glavom.

– Nadam se da je mrtav – neko je prosiktao. Jana se okrenula i ugledala stariju ženu kojoj je nedostajalo nekoliko zuba. – On je odgovoran za smrt mog nećaka...

Čuo se još jedan glas. – Ionako smo u velikoj nevolji. Bog zna šta će se desiti ako umre...

Zveckanje čelika sve ih je ućutkalo na trenutak. Dvojica stražara uvela su još tri žene u ćeliju.

– Uskoro nećemo imati više mesta ovde – stražar je rekao kolegi.

– Moraće da ih šalju u Pečekovu palatu – glasio je odgovor.

Na te reči, žene su ponovo počele da viču. Jana je uzdrhtala. Uprkos imenu,[4] Pečekova palata nije bila poželjno odredište. Siva četvorospratna kamena građevina bila je sedište Gestapoa. Ako je pošalju tamo i ispitaju o njenom radu u zamku, knjižari...

Noge su je izdale, skliznula je niz zadnji zid na pod. Primetila je da je gospođica Jezek gleda.

Žene u ćeliji su bile sve umornije, a njihov razgovor zamenili su zvuci tela: vučenje, uzdasi, kašalj. Jana je pomislila na oca i njegovo lice, sleđeno u strahu kad je uhapšena; verovatno je pomahnitao od brige. Pitala se gde je Andrej. Tražila ga je pogledom kad su je ugurali u policijsku stanicu, ali od njega nije bilo ni traga. Možda nije bio u zgradi, već napolju, hapsio osumnjičene. Kakav je osećaj izigravati fašistu i hapsiti drugove Čehe iako si zapravo na njihovoj strani? Koliko mora da je teško pokušati da pomogneš a da ne izazoveš sumnju? I kakvu nemoć izaziva pogled na sudbinu onih kojima ne možeš da pomogneš?

---

[4] Palata sazidana za trgovca i bankara Julijusa Pečeka. Za vreme rata postala je sedište Gestapoa u Češkoj, u kojem su ispitivani i mučeni pripadnici češkog pokreta otpora. (Prim. prev.)

Misli su joj se i dalje komešale. Šta ako je i Andrej osumnjičen? Ispitivan? Zacvilela je. Ali niko je nije pogledao; svaka žena borila se sa sopstvenim košmarom. Preplavljena umorom, klonula je napred, spustivši na privučena kolena glavu u kojoj je pulsiralo.

Sati su se vukli dok se ispred ćelije nisu čuli teški koraci koji su sve naterali da podignu pogled, nervozan od iščekivanja. Ovoga puta došla su tri naoružana policajca.

Visoki policajac se nagnuo s tablom sa štipaljkom u ruci, pa glasno rekao:

– Istupite kad čujete svoje ime.

Kako su koje ime prozivali, žene bi se doteturale do rešetki. Jani je steglo u grudima. Da li su to one koje će poslati u Pečekovu palatu? Koje će predati jezivom Gestapou?

Zvuk njenog imena bezmalo ju je iznenadio. Njen život je krenuo opasnim putem nad kojim nema kontrolu i sve što može jeste da gleda sebe kako se tetura na ivici propasti. Ponovili su njeno ime, ovog puta glasnije. Doteturala se napred.

Osam njih su izveli iz ćelije pa iz podruma odveli u prizemlje. Žena ispred Jane se zanela u stranu, a kad je Jana ispružila ruku da je pridrži, grubi glas je rekao: – Bez dodirivanja.

Jana je podigla pogled i videla pištolj uperen u nju.

Okupile su se u malu grupu i čekale dalja uputstva. Gledajući kroz prednja vrata, Jana je videla crna kola u koloni, koja su čekala da ih odvezu na ispitivanje. Usta su joj bila previše suva da bi progutala. Mahnito je gledala unaokolo u potrazi za Andrejem.

Nije bio tu.

Ponovo su ih prozvali. Pet žena je izgurano napolje, do kola koja su čekala.

Svaki mišić u telu bio joj je napet, u grudima ju je toliko stezalo da je jedva mogla da diše. Stezala je medaljon. Ona i preostale dve žene uplašeno su se zgledale. Čula je svoje ime. Naglo je podigla glavu, a jedna policajac ju je sproveo do kancelarije zatvorenih vrata. Pokucao je i otvorio, najavio je, pa joj pokazao da uđe. Noge su joj klecale kad je ušla u odaju.

Za stolom pretrpanim fasciklama i dokumentima sedeo je policajac. Bio je to Andrej.

28.

Jana je poželela da mu se baci na grudi i obavije mu ruke oko vrata. Sanjala je kako bi je čvrsto stegao, mrmljajući utešne reči i milujući joj kosu. Ali tu, u stvarnom svetu, mladi sitni sekretar stajao je pored Andreja, s beležnicom i olovkom u ruci. Jana je stajala prikovana za pod, čekajući da joj se Andrej obrati.

Klimnuo je glavom sekretaru koji je izašao zatvorivši vrata za sobom.

– Ah, gospođica Jana Hajek – glasno je rekao, službenim tonom. – Molim vas, sedite.

Uprkos tonu, glas mu je bio zabrinut.

– Hvala vam, gospodine – rekla je zbog sekretara koji se možda vrzmao ispred vrata, ili zbog nekog u susednoj prostoriji koji je možda prislonio uho uza zid; bila je okružena neprijateljima. Jedini pojas za spasavanje u tom otrovnom moru bio je čovek koji ju je sada gledao u oči.

Njegov zabrinut izraz lica govorio joj je da zacelo izgleda grozno: odeća joj je bila izguvžana, kosa nesređena, oči su je pekle od nedostatka sna. I on je, očigledno, bio uznemiren. Prvi put ga je videla neobrijanog, malje su mu pokrivale bradu i gornju usnu. Nagon ju je terao da pređe prstom preko čekinjave nausnice, ali samo je prešla jezikom preko suvih usana.

Reagujući na njen gest, sipao je vodu iz bokala na svom stolu pa stavio čašu ispred nje. Posegnula je za njom, prstima dotakavši njegove. Zastao je s rukom na trenutak, pa uzeo olovku proučavajući obrazac ispred sebe. Kad je progutala vodu, pogledala je na sat; osam sati je bila u ćeliji bez vode.

– Imam neka pitanja... – počeo je, ponovo previše glasno.

Ona je prihvatila igru kad ju je upitao o njenim dužnostima u zamku, koliko dugo je radila tamo i kad je poslednji put videla Hajdriha. Ukočila se kad je čula to ime. Da li je još živ? Ali Andrej ništa nije odavao, već je nastavio s rutinskim pitanjima, beležeći njene odgovore.

Naposletku je spustio olovku, pa je prodorno pogledao tamnim očima koje su sevale od uzbuđenja. Osetila je toplinu od njegovog pogleda, čežnju u srcu od njihove bliskosti. Adamova jabučica mu je iskočila kad je teško progutao i ustao.

– Osoblje neće biti potrebno u Praškom zamku do sledećeg obaveštenja. Hvala vam na vašoj saradnji, gospođice Hajek.

Ispitivanje se završilo, Jana je ustala. Andrej je izašao iza stola pa stao pored nje i pošto je pogledao u vrata, nagnuo se ka njoj. – Uništi sve poruke u knjižari. – Udahnula je njegov zemljani miris.

Onda je, jedva primetno klimnuvši, okrenula glavu obrazom mu očešavši usne. Iznurenost je nestala, svaki nerv u njoj bio je napet. U stomaku joj je treperilo.

Uzmakao je. – Sad možete da idete.

I to je bilo sve. Prišao je vratima, otvorio ih i pokazao joj da ide.

Načas je bila izgubljena. Trebalo joj je nešto više: odgovori na pitanja, savet, ali pre svega bliskost. Ponovo je osetila umor, obavio ju je koprenom tako teškom da je jedva stajala. Odvojila se od njega, pa se isteturala na podnevno sunce.

Otac je plakao od olakšanja kad je ušla u stan i mada je samo želela da spava, ispričala mu je šta se dogodilo u policijskoj stanici i kako su je posle nekoliko rutinskih pitanja pustili. Naravno, ničim nije nagovestila da poznaje policajca koji ju je ispitivao.

Na kraju je morala da uradi nešto pre nego što ode da se odmori. Dole u knjižari, izvukla je obeleživač iz romana *Baštovanova godina*, pa izvadila šifrovanu poruku iz njega. Pozadi u kuhinji uzela je kutiju šibica i zapalila papirić iznad sudopere. Miris izgorelog papira ispunio joj je nozdrve i nekoliko sekundi kasnije, pustila je vodu pa sprala ugljenisane ostatke.

Sad je bezbedna, pokušala je da kaže sebi dok se vukla uza stepenice. A ako je ona bezbedna, bezbedni su i mnogi povezani s njom. No da li je zaista tako? Šta je s kontaktima koji su dolazili u knjižaru: s tramvajdžijom, ženom koja je tobože ćopala i sa ostalima? Ako su njih ispitivali, da li su ih pretnjama, nasiljem ili potkupljivanjem ubedili da odaju imena? Znala je da se ta mogućnost ne može isključiti.

Kad se probudila, ležala je na leđima, desni dlan joj je bio na medaljonu, san od protekle noći i dalje joj je bio jasan u umu. Majka je bila u knjižari, sređivala je police kad su se vrata širom otvorila, a nemački vojnici uleteli vitlajući pištoljima. Majka je pogledala unaokolo, s gomilom knjiga u rukama, pa vrisnula. Jedan vojnik je uperio pušku u nju, a ona je podigla ruke predajući se. Knjige su tresnule o pod, korice su se raširile, povez se pokidao. Vojnici su se smejali i šutirali ispale listove, jedan je otišao u kuhinju, pa se vratio s kutijom šibica. Jana je u snu znala šta sledi i pokušala je da preusmeri san, ali on je odbio da se promeni. Knjige su spaljene. Majčin zlatni medaljon sinuo joj je oko vrata kad se tornado plamena uzdigao, a Jana je znala da su i ona i knjige zauvek iščezli. „Greh je spaljivati knjige", majčin glas šaputao joj je u mislima.

Jana je duboko udahnula da bi smirila srce koje je tuklo i izvukla se iz sveta snova da bi se vratila u stvarnost. Jedva da je bilo iole bolje. Zujanje glasa spikera vesti izvuklo ju je iz kreveta. Navukla je papuče, pa otapkala u dnevnu sobu, još u spavaćici. Otac se već obukao i pijuckao je divku iz omiljene šolje. Poljubila ga je u obraz.

– Ima li novosti? – Bilo je treće jutro posle napada.

– Mnogo. I nijedna nije dobra.

Sela je pored njega na sofu. – Da čujem.

– Nagrada je porasla. Ako poznaješ ljude koje traže, izgleda da možeš da postaneš bogat ili da te ustrele.

Nacističke pretnje odmah su počele; svako za koga se otkrije da je pomagao Hajdrihovim napadačima biće pogubljen zajedno s porodicom. Crveni dvojezični plakati bili su izlepljeni po celom gradu;

nudili su nagradu za informacije ili smrtna upozorenja. Građani Praga bili su veoma oprezni dok su se odvijali dramatični događaji. Jana je čula šaputanja u redu za hranu – napadači su bili heroji – komentare mušterija u knjižari – napadači su bili ludo hrabri. Čula je priče od prijatelja. Daša je rekla da je Vermaht protutnjao kroz blok u kojem je živela; desetine njih je uhapšeno, a jedan sused, miran mladić, ustreljen je. Nemci su otvoreno objavljivali broj pogubljenja svakog dana, iako nije uvek bilo jasno da li je posredi čin osvete ili kazna. A svima je na usnama lebdelo pitanje: da li se Hajdrih oporavlja?

Sat kasnije, dok je otključavala knjižaru, Jana je pomislila na ostale žene s kojima je delila pretrpanu zatvorsku ćeliju. Da li su pustili njenu šeficu, gospođicu Jezek? Sad, kad je služba u zamku prekinuta, nije imala načina da sazna.

Otvorila je fioku kase i počela da broji gotovinu, ali misli su joj odlutale ka Andreju i farsi koju su njih dvoje izveli u njegovoj kancelariji. Koliko puta je bila prisiljena da potisne osećanja prema njemu? Da li je njemu bilo teško kao njoj? Da bude iskrena, nije znala da li on išta oseća prema njoj. Zapravo, shvatila je, nimalo ga nije poznavala. Ta misao ju je rastužila.

Neposredno pred ručak, Daša je ušla u knjižaru. – Imaš li vremena za predah?

Jana je pogledala po praznoj knjižari. – Izgleda da imam – rekla je.

Kad su dve prijateljice izašle na sunce, Daša joj je objasnila da njena svekrva čuva dete.

– Gde ćemo da jedemo? – upitala je. Obe su ponele svoj oskudan ručak sa sobom.

– Dole pored reke. Trenutno ne mogu da podnesem centar grada koji vrvi od trupa i policije.

Nije bilo mnogo bolje ni na obalama Vltave. Vojnici su se postrojili duž Karlovog mosta i marširali duž obale. Devojke su sele raširivši na travi haljine, pokrivši noge njima. Jele su crn, tvrd hleb. Janin je bio pet dana star; sekla je veknu najtanje što je mogla da bi joj trajao nedelju dana.

– Misliš da će te ispitivati zato što si radila u zamku? – upitala je Daša.

– Već jesu.

Daša je prestala da žvaće i zagledala se u nju. Jana joj je objasnila.

– Gospode. Zastrašujuće – rekla je Daša.

– Jeste – Jana je uzdahnula.

Jana je želela da joj ispriča još nešto; potcenjivala je teret tajnosti. Jedina osoba koja je znala da je ona uključena u aktivnosti pokreta otpora bio je Andrej, i bilo je previše opasno, naročito sad, da ga vidi i razgovara s njim.

Daša se privukla bliže, pa tiše dodala:

– Da li ikad poželiš da možeš da pomogneš? Ja se ponekad osećam krivom što samo sedim i gledam kako se događaji odvijaju oko mene.

– Pomažeš u crkvi – rekla je Jana.

– Da, no da li je to dovoljno? Ima hrabrih građana koji uzvraćaju Nemcima, dok su ljudi poput nas samo pasivni posmatrači.

Jana se promeškoljila obuzeta nelagodom. Da li Daša pokušava da dođe do informacija? Da li zna nešto?

– Šta ti misliš o Hajdrihovim napadačima? – nastavila je Daša.

– Misliš na pitanje koje svi postavljaju: jesu li heroji ili ludo hrabri?

Daša je klimnula glavom, pa ubacila poslednji zalogaj hleba u usta.

Jana je nekoliko trenutaka razmišljala pre nego što je odgovorila.

– Oni su heroji. Njihova hrabrost da ustanu protiv nacista simbol je nade. To pokazuje da je ranjiv čak i jedan od SS oficira na najvišem položaju.

– Ali napad je bio neuspešan.

– Da. Ali pokušaj je podigao moral Česima, omogućio nam da se izrazimo. Ta vest je obišla svet; ponovo će nas videti. Videće nas, te nas saveznici neće zaboraviti.

Nedaleko odatle, pristao je trajekt, putnike s druge obale sačekali su vojnici, ispitujući ih i pretresajući. Prošao je parobrod, pućkajući.

– Imaš li vesti od Lenke? – upitala je Daša.

Jana je odmahnula glavom. – Nadam se da je dobro. – Sopstvene reči zvučale su joj glupo. Naravno da Lenka nije dobro. Jana je videla u kakvim uslovima njena prijateljica živi. – Nisam sigurna kad ću ponovo dobiti vesti od nje sad kad je nastala ova gungula.

Kako da preda pismo Andreju kad mora da se drži podalje od njega?

– Rat se mora uskoro završiti – rekla je Jana, pokušavši da ubedi u to sebe koliko i Dašu. – Nemačka je uvukla Rusiju i Ameriku. Samo je pitanje vremena.

– Nadajmo se da će se saveznici setiti naše male zemlje.

– Sad hoće.

Narednih nekoliko dana, napetost se pojačala. U grad je stiglo još trupa. Policija je bila nervozna, neizazvani su potezali pištolje, a Gestapo je ulazio u stambene zgrade i izlazio iz njih. Jana je odlučila da više ne ide na pauzu za ručak već da to vreme provede čitajući na hoklici u zadnjem dvorištu. Nemci su svakog dana postajali sve gnevniji jer su krivci i dalje bili na slobodi, a odmazde su se pojačavale. Onda je, nedelju dana posle napada, kad su Jana i njen otac seli pored radija da bi čuli najnovije vesti, objavljeno:

Rajnhard Hajdrih je umro.

Jana je zadržala dah, ruka joj je poletela ka ustima. Zurila je razrogačenih očiju u oca, zgranuta i uzbuđena. Napadači su bili uspešni. Praški Kasapin je mrtav. Nije preživeo ranjavanje. Više neće zastrašivati češki narod koji je nazivao crvima, čiji je duh i kulturu sistematski uništavao.

– Uspeli su. Gotov je. – Jana je duboko uzdahnula.

– Da. – Otac je polako klimnuo glavom.

Obrazi su joj se zažarili od ozlojeđenosti pred njegovom mlakom reakcijom.

– Drago mi je – prkosno je rekla. – Zaslužio je to.

– Svakako je zaslužio – rekao je otac – ali šta će sad biti?

– Ponovo će oživeti otpor protiv nacista. Ustanak! – Uzbuđena, ustala je sa stolice, pa počela da šparta po sobi. – Zar ne vidiš, tata, da je to ono što smo čekali?

U danima koji su usledili, Jana je bila ophrvana osećanjima koja su se kolebala između ushićenja i očajanja; Česi su uzvraćali, Čehe su zatvarali i streljali. Grad nije disao dok su iz dana u dan njime odjekivali udarci pesnicama o vrata i topot čizama.

Jednog četvrtka pre podne, dve nedelje posle Hajdrihove smrti, Jana je pošla u bakalnicu pitajući se koliki će biti red za namirnice, kad je jedan dečak iskočio ispred nje. Odskočivši s puta u poslednjem trenutku i uperivši dva prsta i palac u drugog dečaka, uzviknuo je: – Beng-beng.

Jana je na trenutak zastala da gleda dečake dok su „pucali" jedan u drugog, a jedan proglasio drugog „mrtvim". Tako je tužno videti kako je okupacija uticala na njihovu igru. Ili nije tužno? Možda im je izbor igre pomogao da se izbore sa svetom oko sebe, da se zaštite.

Žena u ljubičastoj haljini, s keceljom vezanom oko struka, pojavila se na obližnjim vratima. Podbočila se. – Vas dvojica, odmah se vraćajte ovamo.

– Ali rekla si da možemo da se igramo, mama.

– E pa, predomislila sam se. Ulazite unutra. Odmah. – Žena je primetila da je Jana gleda. – Ja ne bih išla u grad – rekla je. – Tamo je pravi pakao.

– Zašto? Šta se dogodilo?

Pre nego što je odgovorila, žena je sačekala da dečaci utrče u kuću pored nje.

– Upravo sam čula vesti na radiju. Pronašli su napadače, jadnike, skrivene u onoj crkvi u Reslovoj ulici; SS je opkolio zgradu.

Jani je srce potonulo. Promumlala je hvala ženi, pa požurila nazad putem kojim je došla, nestrpljiva da stigne kući i čuje najnovije vesti. Utrčala je u stan, obavestivši oca, onda su zadržali dah kada je radio zakrčao, oživevši. Otac ga je nestrpljivo podešavao ne bi li smanjio statički elektricitet, a onda je spikerov glas nahrupio u sobu. Bilo je tragova radosti u njegovom glasu.

– ... Dvojica počinitelja gnusnog zločina gonjena su i sad su pod opsadom u Crkvi Svetih Ćirila i Metodija. Veruje se da su se tamo sklonila još petorica zločinaca. Crkvu su opkolile stotine vojnika, pripadnika SS-a, policije...

– O, ne – prošaputala je Jana. – Sad ne mogu da pobegnu.

Toliko se molila da ti ljudi nekako izbegnu hapšenje, da se sakriju u planinama, pobegnu iz zemlje. Ali činilo se da nisu uspeli ni iz Praga da izađu.

Ćutke je sedela sa ocem, preneražena, ne želeći da čuje vesti, a ipak očajnički želeći da sazna ishod. Opsada je trajala četiri sata, sedmorica muškaraca odolevala su moćnoj nemačkoj vojsci. Bilo je jasno da neće biti predaje, hapšenja i suđenja.

Naposletku se čula objava: pucali su u njih dok ih nisu ubili.

– Heroji – rekla je Jana zajecavši.

– Bili su hrabri ljudi. – Otac je prebacio ruku Jani preko ramena.

– E pa, nadam se da su nacisti sad zadovoljni – rekla je, prolivajući suze gneva. – Dobili su šta su hteli i mogu prestati da zastrašuju sve žive. – Obrisala je zažareno lice nadlanicom. – Mogu sad sve da nas ostave na miru.

29.

Slaba letnja kiša dobovala je o prozor njene sobe; *muzika,* pomislila je Jana, *romantična.* Zaškiljila je u budilnik pored kreveta. Još je bilo rano, te je ponovo zažmurila i dozvolila mislima da odlutaju do Andreja. Omiljeno mesto na kojem ga je zamišljala bio je mali napušteni parobrod, skriven između drveća i žbunja. Sad, sredinom juna, zeleno lišće je gusto; svetlo prodire kroz prozor kabine praveći mrlje na drvenom podu, senke drveća se njišu dok lišće treperi na povetarcu.

Duboko je uzdahnula dok se prisećala njihovog poljupca, pogleda koje su razmenili. Bilo je tako malo prilika da budu sami da se sećala svakog dragocenog susreta: otkako je došao u knjižaru da traži poklon za majčin rođendan, do njegovog lica na kontrolnom punktu dok je autobus prolazio vozeći nju i dve sestre. Čudilo ju je kako je nekoliko prilika moglo da raspali tako snažna osećanja u njoj. A zbog sveg straha i drame proteklih nedelja, želela ga je više nego ikad: da razgovara s njim, da mu otkrije svoje misli, da vodi ljubav s njim.

Ustala je i otišla da poželi ocu dobro jutro. Kao uvek, on je ustao i obukao se pre nje i slušao je radio. Sedeo je u naslonjaču, okrenut leđima Jani, štrčao mu je pramen kose na potiljku. Jedna slika joj je proletela kroz misli: kako bi mu mama zagladila taj buntovni pramen, s nežnim osmehom na licu. Jana je posegnula da uradi isto to, ali kad je čula poznato ime na radiju, sledila se.

„... Nećemo kriti šta se dogodilo prošle noći u Lidicama...“

Otac je ugasio radio.

Jana se ukočila. Lidice? To je selo u kojem su živeli Lenkini roditelji, gde ih je posetila i sedela u njihovoj bašti.

Pritrčala mu je i dodirnula ga po ramenu. – Šta se dogodilo? Okrenuo se da je pogleda, oči su mu bile pune suza. – Nestalo je – promrmljao je.

– Šta je nestalo?

– Selo. Lidice. Spaljeno do temelja.

– Ne! – Pala je na kolena pred njim i zgrabila ga za ruke. – Ispričaj mi.

– Nemci su napali selo prošle noći. Pogubili su sve muškarce i zarobili sve žene i decu. Onda su spalili selo. Nemci otvoreno objavljuju da je uništenje Lidica odmazda za ubistvo.

– Ali ti ljudi su nevini.

Kako čak i nacisti mogu da budu tako svirepi?

Ispunila ju je ledena strava. – Gde su žene i deca? Tamo žive Lenkini roditelji.

– Ne kažu šta je bilo s njima. Kao da niko ne zna gde su.

– O, tata. To je strašno, jezivo... – Reči su joj zamrle kad je spustila glavu na njegove sastavljene ruke na kolenima, kao kad je bila dete. Otac ju je sve vreme milovao po kosi.

Ne mogavši da podnese da sluša vesti, Jana je sišla u knjižaru. Držala je zatvorenu knjižaru, pa se sklupčala u naslonjaču, zureći, neprimetna, u police. Tiho je slavila Hajdrihovu smrt, smrt najopasnijeg i najomraženijeg čoveka koji je ugnjetavao njihovu zemlju; ubice su bili heroji koji su ustali protiv nacističke strahovlade. Zar nije to ono što bi čovek trebalo da uradi? Da ustane i kaže šta je pravo, bez obzira na posledice? Ali niko nije mogao da predvidi odmazdu tih razmera. Hapšenja da. Ali masovna ubistva? Nije mogla da zamisli užas s kojim su se suočili žitelji Lidica; nije želela da ga zamisli. Lenkini roditelji bili su dobri, ljubazni ljudi koji ništa nisu imali sa svim tim.

Ali ti jesi, čuo se mračan glas u njenoj glavi.

Zaječala je kad ju preplavila krivica, stežući joj grudi, istiskujući joj vazduh iz pluća.

Ona je bila odgovorna; ona je špijunirala Hajdriha, beležeći vreme njegovog dolaska i snabdevala pokret otpora informacijama.

Nije vredelo što je govorila sebi da su njene poruke jedva bile dovoljne da se stvori slika o protektorovom kretanju. Šta je mislila, čemu su služile te informacije? Toliko puta mu je poželela smrt. I njena želja se ostvarila. *Ali po koju cenu, bože, po koju cenu...*

Prinela je ruku ustima i ujela se za meki koren palca. Da li je mislila da je plemenito i hrabro ostavljati šifrovane poruke u obeleživačima, koristeći knjižaru kao svojevrsnu tajnu poštansku službu? Vilica joj se tresla te je dlanom pritisla zube. *Glupa, glupa, naivna ženo, izigravala si špijuna u toj nesmotrenoj igri* – zagrizla je meku, nežnu kožu. *Neodgovorna, sebična, glupa, glupa.* Dok je zarivala zube u kožu, bol se širio njome, ali nije se zaustavila dok nije osetila krv, metalni ukus na jeziku, a onda se čupala za kosu, ophrvana vrtlogom patnje. Na kraju je, ostavši bez snage, pogledala u šaku kose pa je pustila da odlebdi na pod. Počupaće pramen kose za svaki izgubljen život – ali preplavio ju je umor i sve što je mogla bilo je da duboko drhtavo uzdiše i isplače vrele suze očajanja.

Naredni dani proticali su u magnovenju, Jana nije otvarala knjižaru i vreme je provodila sklupčana u naslonjači, tražeći utehu u knjigama, ali nije je nalazila, unedogled prebacujući sebi. Ujutru bi iščupala pramen kose i raširila ga na svoju komodu s fiokama. Jedne večeri je sedela na svom krevetu u donjem rublju zureći u nežnu belu kožu bedara. Mislila je na Lenku u zagušljivoj baraci i zamislila je kako dobija vesti o svojim roditeljima. Jana je uzela olovku s noćnog stočića, pa je zarila u nogu. Mina je pukla, ali ona je nastavila da se ubada, grčeći vilicu da ne bi vrisnula.

Noću je smišljala pitanja koja bi postavila Andreju. Toliko toga je želela da ga pita. Šta zna o Lidicama? Da li je Lenkin otac mrtav, šta se desilo njenoj majci? A tu je bilo i pitanje koje ju je peklo. Da li je znao za plan za napad na Hajdriha?

Razmišljala je kako da dođe do njega. Da jednostavno uđe u policijsku stanicu i traži da ga vidi? Ili možda može da stoji ispred i čeka da se on pojavi. Ali nije znala koju smenu radi. Pre nekog vremena, dogovorili su se da ako ona ukloni sve obeleživače iz izloga, to znači da treba da razgovara s njim.

Narednog jutra, Jana je ušla u izlog i sklonila sve obeleživače. Duboko udahnuvši, otključala je knjižaru. Znala je da mora da se suoči s ljudima, ali donekle se nadala da tog dana neće biti mušterija. Sedeći za kasom, zurila je kroz izlog, želeći da Andrej prođe. Dan se vukao. Nije bilo mušterija i nije bilo znaka od Andreja. Svoju osmatračnicu napuštala je samo na nekoliko trenutaka kako bi uzela nešto da popije, pojede i ode u toalet. Sredinom popodneva, starija žena je ušla u knjižaru tražeći knjigu za unuka. Jana je naterala sebe da napusti osmatračnicu i ode u odeljak s knjigama za decu, odakle nije mogla da vidi izlog.

– Strašno, zar ne? – rekla je žena. Imala je blede, vodnjikave oči i duboke bore između obrva. – Ti jadni ljudi u Lidicama. Ne smem ni da pomislim.

– Da – rekla je Jana, osetivši probadanje u grudima. Upravo zato nije želela da viđa ljude; svi su pričali o masovnom ubistvu seljana.

Žena je nastavila, pričajući o vestima koje je čula. Jana je napokon uspela da joj skrene pažnju na knjige za decu i pola sata kasnije, žena je izašla s jednom. Detalji o pokolju koje joj je žena ispričala bili su više nego što je želela da čuje, te je, iznurena, ponovo zaključala vrata. Sela je na hoklicu i zagledala se u izlog.

Pročelje noćnog kluba bilo je okovano daskama; katanac je visio na vratima. Jana je odlučila da dođe iako nije videla Andreja, nadajući se da joj je možda promakao. Bilo je sedam, tačno vreme njihovih ranijih sastanaka. Ali tad pročelje nije bilo okovano. Iako je imao ključ, Andrej ne bi uspeo da uđe.

Muškarac i žena su prošli radoznalo je pogledavši. Požurila je.

U neodređenoj nadi da bi Andrej mogao da se pojavi, zaobišla je blok pa se vratila u ulicu. Nije bio tu. Obuzeta još većim očajanjem, ponovo je obilazila blok, ali se naposletku odvukla kući, neposredno pred policijski čas.

Posle nekoliko dana skrivanja u zadnjem delu knjižare, odlučila je da se više ne krije od svojih zločina, otključala je vrata i stavila znak *otvoreno*. Žmirnula je na sunčev sjaj koji je pohrlio unutra, osvetljavajući prašinu koja je plesala na povetarcu što je nahrupio kroz otvorena vrata. Odvukla se do kuhinje da uzme perušku.

Glava joj je bila ispod sudopere kad je čula čangrljanje zvonca iznad vrata. Bože, tek je otvorila, a prva mušterija je već stigla. Duboko dišući da bi se pribrala, vratila se u knjižaru.

Srce joj je ubrzalo. Andrej. Došao je.

Nosio je svetloplavu košulju upasanu u sive pantalone, koje su mu visile na struku. Kao svi, smršao je. Oči su mu bile tamne naspram pepeljaste kože. Bio je sveže izbrijan, sa crvenom posekotinom od brijača na bradi.

– Zdravo, Jano. Kako si? – Glas mu je bio ljubazan.

– Zapravo, ne znam. Treba da razgovaramo.

– Da i ja sam to pomislio. – Pokazao je iza sebe ka izlogu. – Naša šifra. I ja želim da razgovaramo. Sećaš li se o čemu smo pričali na parobrodu?

Klimnula je glavom.

– Možemo li da se vidimo tamo večeras u sedam?

– Biću tamo.

Tišina se razvukla između njih kad su im se pogledi sreli. Onda se on skoro neprimetno osmehnuo i otišao.

30.

Krivudajući obalom, dok su joj damari divljali, Jana je razmišljala o svemu što će mu reći. Bio je to dugačak spisak i mučila se da odluči odakle da počne.

Kad se približila mestu gde je parobrod bio skriven, usporila je. Rečna obala je sad bila oivičena gustim rastinjem i sve je izgledalo drugačije; bila je nesigurna. Upravo je prošla zakatančenu razrušenu zgradu s leve strane. Ali tu nije bilo prolaza; žbunje i drveće isprepleli su se jedno s drugim. Nisko sunce probilo se kroz oblake te je zaklonila oči rukom. Gde je prolaz?

Pogledom je preletala preko tla, požutelog od maslačka. Na jednom mestu malo cveća je bilo izgaženo. To je prolaz.

Krenula je, oslobađajući odeću koja je zapinjala za grane. Na sebi je imala isto što i tog jutra: belu bluzu kratkih rukava i zelenu suknju koja joj je jedva pokrivala kolena. Pre nego što je izašla iz kuće, očetkala je kosu, ostavivši je puštenu. Zapljusnulo ju je sećanje na Andreja, koji joj skida šešir dok se grle u noćnom klubu, lice joj se zajapurilo. Onda je prekorila sebe što se u ta strašna vremena prepušta takvim mislima.

Laknulo joj je kad je izbila na usku kamenu plažu i primetila brod. Prišla je, šljunak joj je škripao pod nogama. Brod je bio poluskriven iza debelog stabla žalosne vrbe, čiji su tanani žutozeleni prsti uranjali u reku; dva labuda su jedrila u njenoj senci. Večernja ptičja pesma ispunila je vazduh, a riđa veverica je uletela u žbunje kad je čula njen poj.

Andrej se pojavio na palubi, pa ispružio ruku da joj pomogne da se popne. Brzo ju je uveo u kabinu, koja je bila mračna u senci vrbe. Zastala je da dođe do daha, pa se trgla kad mu je ruka krenula ka njenoj glavi kao da će je pomilovati. Ali samo joj je izvadio list iz kose i bacio ga na pod. Nosio je istu plavu košulju kao tog jutra, sa otkopčanim gornjim dugmetom, ispod koje su mu se nazirale tamne kovrdžave malje.

– Žao mi je što si toliko dugo bila u ćeliji. Čim sam video tvoje ime, učinio sam šta sam mogao da te što pre izvučem odande – rekao je.

– Zahvalna sam ti. Ali kaži mi, molim te, za Lidice. Jezivo je to što se desilo tim jadnim ljudima.

Prošao je prstima kroz zift-crnu kosu. – Dođi, hajde da sednemo.

Sela je na pod, celo telo joj se ukočilo od nervoze. Pridružio joj se duboko uzdahnuvši pre nego što je počeo da govori.

– Zgranut sam svirepom odmazdom Nemaca. Moglo se očekivati da će nešto preduzeti, ali ovo je nečuveno. Nemci obično nastoje da prikriju svoje zločine. Ali ovog puta žele da Česi znaju šta su u stanju da urade. Pokolj u selu nije samo odmazda već je čin širenja straha, upozorenja.

– Bilo mi je drago kad su napali Hajdriha. Smučilo mi se od gađenja prema njemu i mislila sam da taj napad pokazuje da nacisti ne mogu da nas slome. Ali cena je previsoka. – Grlo ju je bolelo koliko je bila uzrujana. – Znaš li ko su bile ubice?

– Sad je isplivalo na površinu. To su bila dva mlada vojnika obučavana u Britaniji kao pripadnici paravojske. Podozrevamo da ih je poslala naša vlada u izbeglištvu u Londonu, s jasnim uputstvom da uklone Hajdriha. Doleteli su ovamo i spustili se padobranima.

– A ostali ljudi koji su poginuli u crkvi?

– Takođe pripadnici paravojske koji su radili na drugim akcijama pokreta otpora. Sve hrabri ljudi. – Andrej je odmahnuo glavom, pa se nalaktio na kolena.

– Jesi li znao da je pokret otpora planirao napad? – upitala je, glas joj je bio napet.

– Ne, to je bila strogo čuvana tajna, verovatno isplanirana u Londonu. Ali bilo je naznaka da bi Hajdrih mogao biti meta...

– Zašto mi nisi rekao? Znao si da sam uključena u pokret otpora i da radim u zamku. Trebalo je da mi kažeš da pomažem u ubistvu! – Podigla je glas.

– Nisam zaista verovao da bi pokret otpora mogao da uradi nešto tako dramatično. Niko nije verovao, a najmanje Hajdrih, koji se osećao dovoljno sigurnim da se vozi u kolima spuštenog krova. Pretpostavljam da si bila deo većeg tima za nadzor.

– Ne, Andreje, čini se da sam bila više od toga. A moja umešanost me čini krivom za gubitak života seljana. Života Lenkinih roditelja. – Preplavio ju je jad.

– Nisi ti kriva. Ako je iko kriv, ja sam. Trebalo je da posumnjam. Ali čak i da jesam, da li bih pokušao da se umešam? Na kraju krajeva, mi smo borci pokreta otpora. – Ali njegove poslednje reči nisu bile uverljive, a Jana je na njegovom licu videla da ga to muči.

– Sigurno je da nijedan zadatak ne može opravdati gubitak toliko nedužnih života?

– Više ni sâm ne znam. Lako je reći s naknadnom pameću. Šta treba da radimo, Jano? Da ne uzvraćamo?

Njegove reči bile su odjek njenih misli kad je počela da radi u Praškom zamku. Bila je rešena da se odupre nemačkoj okupaciji, ponosna što obavlja svoj zadatak. To joj se činilo ispravnim. Ali to je zapravo bilo neodgovorno i nesmotreno.

– Pripadnici paravojske su zahvaljujući meni znali Hajdrihovo vreme dolaska na posao – rekla je.

– Mnogo više ljudi je bilo uključeno: ljudi koji su znali put kojim je ujutru išao, ljudi koji su nadzirali kad ti nisi bila tamo.

Jana je pomislila na Janeka, mladog baštovana. Uzdrhtala je.

– Ne krivi sebe, Jano. – Posegnuo je za njenom rukom.

U naletu besa i nemoći, odgurnula ga je.

– Treba me kriviti. Sve nas treba kriviti. I tebe. Ja i ne znam šta ti radiš. Ko si. Sve te tajne, svi ti planovi. Muka mi je od toga. Muka mi je od svega toga.

Zajecala je, zagnjurivši lice u ruke, suze su joj kapale između prstiju. Misli su joj se komešale. Otpor ili potčinjavanje, to je bio izbor. Ali ko je ona da odluči da preuzme rizik, da ugrozi tuđe živote?

– Ja sam samo devojka iz knjižare – zacvilela je, više za sebe, nego za Andreja. – Ja sam niko.

– To nije istina. Ti si veoma posebna. – Glas ga je izdao kad ju je nesigurno uhvatio za ruku.

Srce joj je bolno tuklo. Bila je previše umorna da bi ga odgurnula, da bi se borila protiv svojih osećanja prema njemu. Okrenula se ka njemu i spustila mu glavu na grudi. Osetila je slab miris drvenaste kolonjske vode i setila se njihovih strastvenih poljubaca. Žudnja, toplota i sokovi projurili su njome kad je podigla lice ka njemu, duboko se zagledavši u njegove oči ispunjene suzama.

– Poljubi me – rekla je.

Oklevao je samo trenutak, onda su njegove usne bile na njenim. Vrelina uzbuđenja prostrujala je njome dok im je poljubac postajao sve strastveniji. Prešla je rukama preko njegovih grudi i stomaka, pre nego što mu je izvukla košulju iz pantalona. Prsti su joj skliznuli ispod njegove košulje, istražujući svaki mišić, svaku malju. Drhtavim rukama otkopčala mu je gornju dugmad košulje, pa prešla jezikom preko njegove kože, uživajući u njenom slankastom ukusu. Zastenjao je, bio je to divan zvuk. Milovao joj je usne, bedra, polako joj zadižući suknju. Nervni završeci su joj goreli od iščekivanja njegovog dodira na goloj koži.

Zaprepastilo ju je zadovoljstvo koje je osetila i preplavila ju je krivica. Nije zaslužila tu radost; ljudi su umrli zbog nje, a ona očajnički ispunjava sopstvene potrebe. Dahćući, povukla se, obrazi su joj goreli, još mokri od suza.

– Ovo je pogrešno – promrmljala je.

Spustio je čelo na njeno i uzdahnuo.

– Volim te, Jano. – Zagrcnuo se, a ona je shvatila da on plače. – Više ne znam šta je ispravno, a šta je pogrešno. Samo znam da sam se zaljubio u tebe onog dana u knjižari; tražio sam knjigu za majčin rođendan, a ti si bila tako ljuta i ponosna. Tako divna.

Prislonila mu je ruku na obraz, a on je podigao glavu. Njegovo naočito, bledo lice s tim divnim jagodicama otkrivalo je takvu tugu i ljubav da joj je srce potonulo, te mu je obrisala suzu iz ugla oka. I ona je njega volela, ali je progutala tu reč.

– Hajde da uživamo u ovom trenutku – rekla je.

Znala je da će imati samo jedan trenutak.

Skinuli su jedno drugo na prigušenom svetlu kabine, usnama se milujući, a dok su vodili ljubav, bilo je gorko i slatko, bolno i tužno, uzvišeno žudnjom koja ih je oboje ostavila iznurene, tihe, zajedno.

＊ ＊ ＊

Ljudi su u potpunoj tišini Tinske crkve stajali u redu da upale sveću. Činilo se da je ceo grad odavao poštu žrtvama pokolja u Lidicama. Jana je zauzela mesto među skrhanim licima, svaki čas praveći nekoliko koraka dok se vukla napred. Kad je došao red na nju, uzela je sveću iz skoro prazne kutije – u vosku za sveće se oskudevalo, te je podozrevala da kutija neće biti dopunjena: vernici na začelju reda biće razočarani. Upalila je sveću, pognula glavu, pa se pomerila ka klupama da nađe mesto pred oltarom.

Pošto se pomolila, nepozvane misli su joj odlutale do Andreja. Prekorila je sebe, ali nije mogla da obuzda slike koje su joj se rojile u umu: njihovo očajničko vođenje ljubavi na parobrodu, način na koji su se privijali jedno uz drugo, stenjanje, pre Andrejevog odlaska u noćnu smenu. Pre nego što je otišao, rekla mu je da je među njima gotovo.

– Ali ovo je tek početak – rekao je, gledajući je s nevericom. – Znam da sam rekao da nas ne smeju videti zajedno i to i dalje važi. Ali tu i tamo možemo da ugrabimo trenutak za sebe, kao danas. A kad se rat završi...

– Ne. – Borila se da ponovo ne zaplače. – Zar ne vidiš, Andreje? Ja nemam pravo na sreću i ljubav. *Mi* nemamo pravo.

– Ali šta se upravo dogodilo među nama?

– Tražili smo utehu.

– Ovo je za tebe bilo to? Malo utehe?

Sad se, glave pognute ispred oltara, trgla setivši se bola na njegovom licu, razočaranja u njegovom glasu. Više puta se ugrizla za jezik da ne bi izgovorila reči koje su pretile da joj izlete: da ga voli. Nije zaslužila da doživi to dragoceno osećanje: nešto što ubijeni seljani više nikad neće iskusiti. Žrtvovaće tu ljubav kao kaznu za ono što je uradila. Lišiće sebe zadovoljstva Andrejevog zagrljaja. I izdržaće emocionalni bol, što nije ništa naspram onog što trpe preživele žene i deca iz Lidica – ako ima preživelih.

Ustala je iz klupe, udovi su joj bili teški, pa izašla iz crkve na varljivo sunce. Bio je topao junski dan; ponosne zgrade blistale su na podnevnom suncu, kule su svetlucale.

Zaslepljena jarkim svetlom, na trenutak se zanela, osetivši vrto-glavicu. Shvatila je da nije doručkovala i da sinoć nije večerala; nije joj se jelo. Ali morala je da pije vode.

Na obližnjoj česmi ispljuskala je lice sastavljenim dlanovima i popila malo vode. Zurila je u svoj odraz, ne hajući za ljude oko sebe. Dve reči su joj se kovitlale u umu: otpor ili potčinjavanje? Pokušala je sa otporom i šta je postigla? Pokolj nedužnih. A lica ljudi u crkvi pričala su istu priču. Bili su slomljeni svirepom odmazdom koju su doživeli.

Dok se približavala knjižari, iskrsle su joj Andrejeve reči.

Volim te, Jano, rekao je: najlepše reči koje je ikad čula. Ali neće dozvoliti sebi da ih ponovo čuje. Ne bi bila u stanju da zaustavi ra-zmišljanja o njemu, zato će te reči biti njena kazna: iskusila je ljubav jednom i nikad više.

31.

Tramvaj je bio dupke pun tog vrelog subotnjeg jutra. Jana je staja-
la, držeći se za šipku dok su je gurali ljudi koji su se s korpama namir-
nica peli na povratku s pijace. Ona je uspela da kupi samo tri mala
krompira, nešto šargarepe i glavicu luka. Činilo se da ljudi više dola-
ze na pijacu kako bi videli prijatelje i poznanike nego da bi kupovali;
na pijačnim tezgama bilo je malo robe, a ljudi su imali malo novca za
trošenje. Vrata su zašuštala zatvorivši se kad je tramvaj zakloparao, a
oni koji su stajali poleteli su napred, pa se ponovo umirili.

Mlada žena blistavih obraza stajala je pored nje i kikotala se ne-
čemu što joj je dečko rekao, a on joj je obavio ruku oko struka. Sa
zadovoljnim osmehom naslonila mu je glavu na rame. Pred tim pri-
zorom osetila se ojađeno; prošle su tri nedelje i dva dana otkako su
ona i Andrej vodili ljubav na starom parobrodu. Divna sećanja na
njegove ruke na njenoj koži borila su se sa sećanjem na bol na njego-
vom licu kad mu je rekla da je gotovo. A to je zaista i mislila. Ipak,
mali deo nje bio je razočaran što je otad nije potražio i pokušao da
je ubedi da se predomisli. Možda je na kraju krajeva nije ni voleo ili
se kao i ona osećao krivim zbog strašnih događaja.

Tramvaj je zaškripao zaustavljajući se, a Jana se zagledala kroz
prozor da vidi gde su. Blizu policijske stanice. To nije bilo njeno sta-
jalište, ali u naletu emocija probila se do vrata i iskočila.

To nije bio prvi put da se vrzma ispred policijske stanice, da gle-
da izloge radnji ili stoji nedaleko od autobuskog stajališta u nadi da
će ga načas videti. Ali nijednom ga nije videla i uvek bi otišla kući
razočarana. Bilo je glupo od nje, znala je, ali bilo je i jače od nje.
Iako je čvrsto odlučila da je njihova ljubavna priča završena, morala
je da zna da li je on tu; kratak pogled na njega dovoljno bi je utešio.

Tog dana se vrzmala ispred gvožđare, leđima okrenuta policijskoj stanici, gledajući ulaz u odrazu izloga.

Zaškiljila je u crni auto parkiran ispred, u kojem je šofer sedeo i čekao. Pogled joj je skrenuo ka ženi koja je vukla uplakano dete uza stepenice. Jedan starac u iznošenom kaputu izašao je kroz kapiju šepajući. Pravila se da proučava izložen alat, svaki čas skrećući pogled ka odrazu policijske stanice.

Posle nekog vremena je shvatila da je vlasnik radnje poglédava s druge strane stakla sa upitnim izrazom lica. Jedva primetno se osmehnula i uzdahnula; morala je da se pomeri.

U tom trenutku se trgla. U odrazu je videla dvojicu u poznatim dugačkim kožnim mantilima i crnima kapama kako silaze niza stepenice čvrsto držeći između sebe Andreja u njegovoj policijskoj uniformi. Zapanjena, okrenula se. Andrej je pognuo glavu, muškarci pored njega stisli su ga, izraz lica im je bio nedokučiv. Sva trojica su ušla pozadi u onaj auto koji je odjurio s pločnika.

Jani su kolena klecnula te se pridržala za izlog. Lice vlasnika prodavnice bilo joj je blizu, mrštilo se na nju. Odmakla se, pa se oteturala nazad do tramvajskog stajališta, ošamućena. Šta je upravo videla? Nije videla lisice, ali način na koji su ljudi u crnom vodili Andreja delovao je preteće. Pokušala je da urazumi sebe tvrdeći da u tome nema ničeg zlokobnog, ali kako je ona to videla, jedno je bilo sigurno.

Gestapo je odveo Andreja.

32.

Usledile su dve neprospavane noći tokom kojih su Jani misle bile ispunjene užasom. Najgore je bilo što ništa ne zna. Pokušala je da ubedi sebe da ne očekuje ono najgore; na kraju krajeva, Andrej je policajac i mnogo je razloga zbog kojih ga je Gestapo mogao odvesti. Samo je neprijateljsko držanje dvojice muškaraca koji su vodili Andreja ukazivalo na nešto drugo.

Tokom dana joj se vrtelo u glavi i bilo joj je muka od brige. Morala je saznati da li je Andrej dobro. Nemoguće joj je bilo da nastavi uobičajen život. Očajanje ju je nateralo da dela.

Trećeg dana je u šest izašla iz knjižare, pa se zaputila pravo u policijsku stanicu. Znala je da je rizično raspitivati se o Andreju, ali bila je toliko uznemirena da je prestala da brine o tome.

Ispred pulta je bio dugačak red, te je čekala, ponavljajući šta će reći, iz trenutka u trenutak sve nervoznija. Svaki čas bi pogledala ka kancelariji u kojoj se Andrej pravio da je ispituje, želeći da on izađe odande. Ali vrata su ostala zatvorena.

Kad je napokon došao red na nju, zakoračila je ka pultu gde je usplahireni policajac s naočarima sa žičanim okvirom žvrljao nešto na obrascu. Činilo joj se da je prošla čitava večnost dok je nije pogledao.

– Izvolite? – rekao je jednoličnim glasom.

– Želim da vidim kapetana Kovara – odvratila je. Glas joj je bio previše tih da bi se čuo u metežu koji je vladao oko nje, te je policajac prineo ruku uhu.

– Nisam čuo.

Užasnuta što mora da ponovi, podigla je glas i ponovo pokušala.

Ovoga puta, na pomen Andrejevog imena, nešto je preletelo preko policajčevog lica.

– Mogu li da pitam zašto?

– Ispitivao me je ranije pa sam htela još nešto da razmotrim s njim.

Policajac nije delovao ubeđeno i dok se ona mučila da smisli dodatno objašnjenje, rekao je: – Kapetan Kovar ne radi više ovde.

– Ne razumem – promucala je.

Lupnuo je prstima po pultu. – Napustio nas je.

– Nisam znala.

Sumnjičavo ju je pogledao. – Zašto vas zanima?

Jana je slegnula ramenima na to pitanje, lice joj je gorelo.

– Hoće li to trajati ceo dan? – Visoka elegantna žena iza nje mrzovoljno je upitala. – Imam zakazano, policajče.

Policajac ju je ignorisao, rekavši Jani: – Ako želite da vidite nekog drugog policajca, sedite u čekaonicu. – Pokazao je ka mestu gde je grupa ljudi stajala oko pet-šest zauzetih stolica. Klimnula je glavom i pomerila se, ona žena je zauzela njeno mesto, pogunđavši: – Napokon.

Jana je u čekaonici načas zastala gledajući policajca za pultom i čim je on skrenuo pogled, izašla je, pa sišla niza stepenice. Prestravljena, teturala se pločnikom, ramenima nalećući na prolaznike.

– Pazite kud idete – dobacio joj je ljutit glas.

Nije se sećala povratka, ali nekako je stigla do knjižare i drhtavim rukama otključala. Kad je ušla, naslonila se leđima na vrata duboko dišući.

Andrej je nestao.

Jana se premeštala s noge na nogu, grickajući usnu dok je gledala starijeg muškarca u govornici kako ubacuje još jednu kovanicu u telefon. Koliko će njegov razgovor trajati? Pokušala je da se seti neke druge javne govornice u tom kraju. Ali ništa joj ne garantuje da i ona nije zauzeta. Srce joj je tuklo dok se molila da čovek prekine vezu. Ali on je i dalje vikao u slušalicu. Upravo je htela da odustane i ode kad je on završio. Odahnula je od olakšanja, pa se ponovo uzrujala kad je on pripalio cigaretu.

Napokon je izašao, a Jana je zauzela njegovo mesto. Telefonski imenici bili su naslagani na polici ispod telefona, te se nagnula da pročita šta piše na hrbatima. Ko zna zašto, bila su dva primerka s početnim slovima abecede, a onda jedan s krajem. Kakve je sreće, verovatno nedostaje baš onaj koji njoj treba. Prošla su četiri dana otkako je Andrej nestao u pratnji pripadnika Gestapoa i morala je brzo da dela. Srce joj je poskočilo kad je ugledala pohabani imenik koji joj je trebao. Izvukla ga je i počela da lista, klonuvši duhom kad je videla koliko je listova pocepano. Zašto ljudi to rade? To je tako sebično.

Ali bila je tu: stranica s prezimenom Kovar. Andrej joj je pričao o svojoj majci, ali nije joj pomenuo kako se zove niti gde živi. Ako ima telefon, naći će je. Jana je prelazila prstom preko stranice, užasnuta kad je videla da ima mnogo Kovarovih. Međutim, kad je pažljivije pogledala, primetila je da je većina krštenih imena muška; bila su dva ispred kojih je pisalo gospođa. Te žene su verovatno udovice. Izabravši jednu nasumice, gurnula je prst u brojčanik. Bio je lepljiv. Zvonjava je bila slaba, ali Jana nije dugo čekala na odgovor.

– Halo, ovde gospođa Kovar. – Telefon je zapištao te je ubacila kovanicu.

– Dobar dan, gospođo Kovar. Izvinjavam se što vas uznemiravam. Ja sam Jana i tražim svog prijatelja, Andreja Kovara. Da nemate možda sina po imenu Andrej?

Zavladao je tajac, Jana je čula ženu kako diše.

– Jeste li vi iz policije? – Žena je bila sumnjičava.

– Ne, ne. Kao što sam rekla, ja sam mu prijateljica i imam važnu poruku za njega. – Nije želela da je uplaši pričom o hapšenju i nestanku.

– E pa ja ne poznajem nikog po imenu Andrej. Žao mi je i doviđenja.

Klik je glasno odjeknulo Jani u uhu. Sad nije bila sigurna da li žena laže kako bi zaštitila Andreja ili je rekla istinu. Ispostavilo se da je ovo teže nego što je predvidela. Ali činilo joj se razumnim da najpre potraži Andrejevu majku da bi videla zna li ona nešto o njemu.

Jani je znoj orosio čelo kad je okrenula broj druge gospođe Kovar, pokušavši da smisli kako da je pažljivije ispita. Telefon je zvonio i zvonio. Čekala je, zamišljajući stariju ženu kako se muči da ustane iz naslonjače, tetura se niz hodnik do telefona okačenog na zidu. *Daj joj vremena*, rekla je sebi. Ali nije bilo odgovora te je razočarano spustila slušalicu. Zabeležila je adresu ispisanu pored imena gospođe Kovar, odlučivši da je poseti te večeri.

Penjući se uskim stepeništem na treći sprat stambene zgrade, Jana se zapitala kako se starija osoba penje tim stepenicama. Možda Andrejeva majka ima kondiciju ili joj Andrej redovno donosi namirnice. A možda ta žena koja živi na poslednjem spratu i nije Andrejeva majka. Srce joj je potonulo na tu pomisao, ali onda je naterala sebe da bude optimista: Andrejeva majka će otvoriti vrata i reći će joj da Andrej ima nov posao i da živi na drugom mestu; bezbedan je i dobro mu je. Ili još bolje, on će otvoriti vrata stana i osmehnuće joj se iznenađeno i zadovoljno. Zagrliće se. Neće se poljubiti, naravno. To je sad gotovo. Ali biće pored njega i provešće veče ćaskajući s njegovom majkom i smejući se Janinoj brizi da je uhapšen.

Na odmorištu na poslednjem spratu Jana je zastala da predahne i pribere se. Pred njom su bila dvoja vrata. Leva s brojem šesnaest odgovarala su onom što je pisalo u telefonskom imeniku. Pritisnula je zvono i osluškivala. Zvono se nije čulo. Pošto je pokušala još nekoliko puta, bilo joj je jasno da zvono ne radi, te je zglavcima pokucala i sačekala. Ništa. Ponovo je pokucala, glasnije. Već je bila na ivici živaca, obuzela ju je panika. Glavni plan joj je bio da nađe Andrejevu majku kako bi došla do informacija o njemu. Jedini plan zasad. Šta ako se njena potraga tu završava? Ponovo je pokucala na vrata celom pesnicom.

Otvorila su se susedna vrata, provirila je plavokosa žena s malim snenim detetom na kuku. Dete je, dečak, izgledalo spremno za krevet, bilo je u pidžami i stezalo je medu.

– Izvinjavam se ako sam vas uznemirila – rekla je Jana. – Nadala sam se da ću zateći gospođu Kovar kod kuće.

Žena ju je upitno pogledala. – Ona više ne živi ovde.

– Oh! – Jana je iznenađeno zadržala dah.

– Da, sin joj je pomogao da rasproda imovinu.

– Jel' se njen sin zove Andrej?

– Da. Naočit momak, uvek veoma učtiv kad se sretnemo na stepeništu.

Jani je srce ubrzalo pred mogućnošću da je to dobra vest.

– Jeste li ga videli u proteklih nekoliko dana? – upitala je.

– Ne. To je bilo pre tri nedelje. – Dete je počelo da se meškolji i da trlja oči.

Kratak trenutak nade je iščezao. Andrej je nestao pošto je iselio majku iz njenog doma.

– Da li su gospođa Kovar ili Andrej rekli kuda idu? Izvinite što vas gnjavim, ali moram hitno da ih nađem.

Žena je odmahnula glavom, podigavši na kuku dečaka koji se rasplakao.

– Bojim se da moram da odvedem ovog malenog u krevet. Žao mi je što vam nisam pomogla.

Teškim korakom i sa zebnjom u srcu sišla je niza stepenice, pa se vratila u knjižaru. Njena potraga je zapala u ćorsokak, borila se da razjasni sebi ono što je saznala: ako je Andrej preselio majku, to je sigurno uradio zbog njene bezbednosti. A to znači da je podozrevao nadolazeću opasnost. A nedugo zatim, Gestapo ga je odveo i više se za njega nije čulo. Uprkos nastojanjima da zamišlja dobar ishod, misli su joj uvek završavale u tami.

U nedeljama koje su usledile, prolazila je pored Pečekove palate, sedišta Gestapoa, glumeći nehaj dok je pogledom preletala preko prozora i ulaznih vrata. Smešno je bilo očekivati da se Andrejevo lice pojavi na prozoru ili da on izađe na vrata, ali Jana nije mogla da ugasi slabašnu nadu u srcu koja je odbijala da iščezne.

Jedne večeri, dva meseca posle njegovog nestanka, Jana je plakala u jastuk kao što je to često činila; nedostajao joj je i u istoj meri je bila prestravljena za njega. Pitala se da li bi nešto bilo drugačije da ga nije odbila i da joj se on, kao njen dečko, poverio; mogla bi nekako da mu pomogne. Bila mu je dužna jer ju je pustio iz zatvora posle napada na Hajdriha. Ne bi odustala od njega.

Narednog jutra je ponovo otišla u policijsku stanicu, zadovoljna što vidi nekog drugog policajca za prijemnim pultom; nadala se da će on znati nešto više te je ponovila pitanje o kapetanu Kovaru. Policajac je bio prijateljski raspoložen, ali nažalost, ništa nije znao.

– Postoji li način da saznam gde je?

– O, da, možete da se raspitate u Odeljenju policijskog komesara ili u Gestapou. Ako ste mu rođaka, mogu vam pomoći da popunite obrazac. – Osmehnuo joj se i počeo da pretura po papirima na pultu.

Zatečena, Jana se povukla, promrmljavši nešto o tome kako nema vremena i kako će kasnije doći. Kad je izašla iz zgrade, duboko je udahnula svež vazduh, srce joj je tuklo. Bila je bespomoćna, nimalo bliže pronalaženju Andreja nego što je to bila pre skoro tri meseca.

Poslednjih nekoliko dana postalo je hladnije, lišće je počelo da žuti. Zakopčala je žaketu pa se zaputila ka knjižari, očajnički tragajući u mislima za još nekim načinom na koji bi mogla potražiti Andreja. Ali dok se leto povlačilo pred zimom, nije otkrivala ništa novo. Čovek kojeg je volela i za kojim je iz dana u dan sve više čeznula, jednostavno je nestao.

33.

Jedne večeri krajem septembra, Jana je izašla da se prošeta na svežem jesenjem vazduhu. Boja lišća uklapala se u boju grada koji je postao zlatan na zalazećem suncu.

Zadubljena u misli, tumarala je Vaclavovim trgom, tamo gde su uhapsili Lenku. Bez Andrejeve pomoći nije više mogla da šalje pisma prijateljici; Ivan je pokušavao preko zvaničnih kanala da održi kontakt sa ženom, ali nije uspeo. Manjak informacija o Lenki i bebi Aleni bio je pravo mučenje.

Prešla je Karlov most, vijugajući kroz gužvu, pa pošla uskom ulicom oivičenom radnjama, koja je vodila ka Praškom zamku. Vukla ju je neobjašnjiva potreba da vidi zamak. Mesecima se nije približavala tim zidinama i srce joj je ubrzalo kad mu je prišla.

Prekasno je shvatila grešku. Vojnik Vermahta hodao je ka njoj.

Zastala je, ostavši bez daha pri pogledu na široko rošavo lice.

Brant. Oči su mu sinule kad ju je ugledao, podrugljiv osmeh prešao mu je preko usana.

Pločnik je bio uzan, mogla je da prođe samo jedna osoba. Zakoračila je u stranu, tražeći unaokolo najbliže mesto gde bi mogla da se skloni, ali on je bio brži i preprečio joj je put.

– Ah, kako lepo iznenađenje, devojka iz knjižare – podrugljivo je rekao.

Pretposlednji put je videla tog zlikovca kad je posmatrala pucanj u baštovana Janeka i kasnije, kroz prozor. Iskrsla joj je slika tog jezivog trenutka te je sevnula pogledom na njega dok je on i dalje pričao.

– Imali ste mnogo sreće što ste pušteni iz zatvora posle ubistva naše drage Plavokose Zveri.

– Samo sam pomogla u istrazi. Bila je to standardna procedura. – Ton joj je bio jednoličan.

– Nikad nisam verovao u vašu nevinost, u onu predstavu s brisanjem prašine. – Zakoračio je bliže, sitne oči su opasno sevale na nju. – Jedan pogrešan korak, moja mala spremačice i obrušiću se na vas kao tona cigala. – Osetila je vonj u njegovom ustajalom, slatkastom zadahu koji izaziva mučninu; podsetio ju je na nešto što joj se ne sviđa. Onda je primetila crnu mrlju na njegovoj gornjoj usni i konačno se setila: sladić. Uvek je mrzela sladić.

– Zaista ne znam o čemu pričate, zato me, molim vas, pustite da prođem.

Ostao je nepomičan, piljio je u nju. Svesno je pokušavao da je zastraši, a ona mu to neće dozvoliti.

Isturila je bradu, okrenula se na peti, pa se brzo vratila putem kojim je došla. Nije je iznenadilo što je čula bat njegovih vojničkih čizama iza sebe, dok ju je pratio. Ubrzala je, ubrzao je i on. Misli su joj letele. Kako da ga se reši? Kuda bi mogla da ode? Nije bila daleko od malog restorana u koji je nekada odlazila. Poslednji put je tu bila s Pavelom. Iskrslo joj je sećanje na onaj njen probni poljubac. Oterala je tu misao; mora da se usredsredi.

Jana se sećala vlasnika restorana – ljubaznog, vrednog para. Sešće za sto i nadaće se da on neće napraviti scenu pred njima i gostima. Laknulo joj je kad je skrenula u usku ulicu. Bila je izuzetno tiha, sa svega nekoliko prolaznika. Poznate radnje oivičavale su ulicu, a kad je stigla do restorana, srce joj je potonulo; bio je zatvoren. Dnevno svetlo je bledelo dok se navlačio sumrak.

Pogledala je videvši Branta kako hoda prema njoj s nekom namerom na licu.

Potrčala je.

Dok je skretala ne bi li izbegla sredovečni par koji je stajao na putu razgovarajući – stamena žena tražila je nešto u svojoj tašni – Jana je posrnula na kaldrmi. Leva cipela joj je odletela i pokušavala je da je obuje kad je Brant stigao do nje, njegova krupna šaka stegla ju je za ručni zglob. Zaječala je i pokušala da otrgne ruku, ali nije mogla da savlada njegov čelični stisak. Vukao ju je tako jako da je pomislila da će joj rame iskočiti iz zgloba.

Zapanjeni par je zurio otvorenih usta. Jana je susrela ženin pogled.

– Izvinite, gospodine – rekla je žena Brantu. – Je li ova žena nešto zgrešila?

– Gledajte svoja posla – zarežao je.

– Samo hoću da kažem da ste prilično grubi prema toj mladoj devojci.

Preplavila ju je zahvalnost prema toj ženi. Ali onda je nada zgasla.

– Gubite se odavde da vas ne bih sve pohapsio – urlao je, slobodnom rukom se mašivši za pištolj.

Strah je preleteo ženi preko lica. Muž ju je uhvatio za lakat.

– Idemo, draga. Da se ne mešamo.

Jani je srce potonulo kad je onaj par pobegao. Pogledavši uz ulicu, videla je jednog mladića kako odlazi; bila je sama s Brantom. Snažno je povukavši za ruku, pribio ju je leđima uza zid, čizma mu je dodirivala njeno boso stopalo. Trgla se od bola.

Stezala je spalu cipelu u ruci dok ju je držao za ramena, unevši joj se u lice, stomak joj se okrenuo od mirisa sladića.

– Sklanjaj se od mene – rekla je. – Nisam ništa uradila.

– O, naći ću ja nešto. Osim ako ne budeš predusretljivija.

Ruka mu je skliznula s njenog ramena ka grudima, zatim zastala, lebdeći iznad medaljona.

– Lepo – rekao je, pa joj strgao lanac, pokidavši kopču, i stavio ga u džep pantalona. Jana je zadržala dah i u trenutku kad je njegov stisak popustio, zamahnula je rukom u kojoj je držala cipelu i udarila ga sa strane po glavi. Zaječao je, taj zvuk je odjeknuo niz pustu ulicu. Ponovo ga je udarila iz sve snage. Ruke su mu poletele ka povređenoj glavi, a ona se izvila iz njegovog stiska, potrčavši niz ulicu u jednoj cipeli. Osvrnula se pre nego što je skrenula za ugao. Stajao je sevajući pogledom, krv mu je curila niz lice.

– Idući put, devojko iz knjižare – doviknuo je za njom – idući put.

34.

Nekoliko nedelja je prošlo od incidenta s Brantom, zlatna jesen naglo se završila, a početak novembra doleteo je s ledenim vetrom. Jana je zatvorila knjižaru te večeri i odlučila da neko vreme ostane u njoj dok se ne popne u stan. Otišla je u kuhinju i skuvala sebi divku, a onda se sklupčala u naslonjaču i pijuckala.

Prinela je ruku vratu, praznini na kojoj je nekad bio mamin medaljon, osećala je zjapeću ranu na duši. Nedeljama je razmišljala kako da povrati medaljon od Branta; kad bi prijavila krađu fašističkoj policiji samo bi skrenula pažnju na sebe i svoju porodicu i to je nikud ne bi odvelo. Bila je mala verovatnoća da će policija optužiti pripadnika Vermahta, a Brant bi ionako poricao. Da li je uopšte zadržao medaljon ili ga je prodao? Razmišljajući da je verovatno uradio ovo drugo, počela je da obilazi zalagaonice, ali nije imala sreće. Stisla je vilicu; neće odustati dok je nekako ne nađe i osveti se Brantu.

Bilo je strašno reći ocu da je izgubila medaljon. Nije mu rekla da joj ga je nemački vojnik strgao s vrata, plašeći se da bi se on razbesneo i napravio scenu u policijskoj stanici. Sad je bilo važno da se ne ističu: najbolji način da zaštite skrivenu decu.

Jana je uzdrhtala, pa je popila gutljaj divke. U knjižari je bilo hladno, nije bilo uglja za glomaznu peć. Kako će se ona i tata zgrejati preko zime? Nije bilo uglja, nije bilo hrane, a struja je sve češće nestajala. Nacisti su isključivali struju u kućama kako bi fabrike mogle nastaviti da proizvode oružje. I izdržljive čizme za Vermaht. Prag i ostatak zemlje bili su pod okupacijom preko tri godine i mada se govorkalo da Nemci gube zamah u Rusiji, u Pragu se to nije moglo osetiti. Ako išta, nacisti su ih pritiskali jače nego ikad.

Čula je lupkanje i namrštila se osluškujući. Ali sve što je raza-znala bilo je dobovanje kiše. Onda je ponovo čula lupkanje, glasnije: kucanje na vrata. Spustila je divku, pa otišla da vidi ko je.

Jedna prilika stajala je ispred izloga. Ulica je bila u mraku, sve-tiljke nisu više sijale. Ruke su joj se naježile. Da li je to Brant posle svih tih nedelja? Da li je došao po nju? I dalje je osećala miris sladi-ća. Stomak joj se okrenuo.

Ali kad se zagledala kroz staklo, videla je da je taj mršaviji i niži od Branta. Prišla je bliže.

– Oh – iznenađeno je promrmljala. Bio je to Pavel.

– Zdravo – rekao je zbunjeno kad je otvorila vrata.

Pozvala ga je da uđe.

– Uđi i sedi. – Pokazala je ka zadnjem delu knjižare.

Odmahnuo je glavom. – Samo sam prolazio i pitao sam se kako si.

Poslednji put kad je razgovarala s Pavelom, optužio ju je da izda-je zemlju s fašističkim policajcem.

– Dobro sam, hvala – oprezno je rekla.

Pavel je uzdahnuo. – Vidi, Jano, žao mi je zbog onog što sam rekao dole na reci. Nije na meni da osuđujem izbor tvog dečka.

– Nije mi bio dečko tada, niti je to sada. – Zaustavila se umalo rekavši da je Andrej nestao bez traga.

Pomirljivo je podigao ruke. – Mrsko bi mi bilo da okrenemo glavu na drugu stranu kad se sretnemo u gradu, kao da smo stranci. Molim te, voleo bih da ponovo budemo prijatelji.

Na to je omekšala, setivši se kako je on uvek bio tu za nju, pre nego što ga je odbila.

– I ja bih to volela.

Razmenili su nekoliko reči o svakodnevnom životu. Pavel je i dalje radio u skladištu na pakovanju opreme za nemačku vojsku.

Na trenutak su zaćutali pre nego što je Pavel ponovo progovorio.

– Kako je Mihal? Još je kod tvoje bake?

U glavi joj je zasijao znak upozorenja; pogrešila je što je svoje-vremeno podelila tu tajnu s njim. Mogla je da mu kaže da Mihal nije više kod babi, ali to bi samo pokrenulo nova pitanja; bolje da skrene razgovor.

– Dobro je. Šta je s tvojim aktivnostima? Još gnjaviš Nemce? – Ton joj je bio nehajan.

– Možda. – Izraz lica mu je postao oprezan. Nije joj verovao iako je rekao da želi da budu prijatelji. Zašto je zapravo došao?

Razgovarali su još nekoliko minuta, razgovor je zapeo kad je Pavel rekao da mora da ide. Nije rekao zašto.

Janino olakšanje što je brzo otišao pretvorilo se u brigu. Bilo je neobično što joj se iznenada pojavio na vratima posle toliko vremena. Želela je da veruje da je posredi njegova želja da obnove prijateljstvo, ali njihov razgovor je bio daleko od nekadašnjeg laganog šegačenja. Vratila se u naslonjaču i završila divku koja se ohladila.

35.

Samo su Daša i Karolina došle u čitalački klub tog novembarskog jutra. Jani je zapravo laknulo jer su joj one bile najbliže prijateljice, a imala je da im saopšti važne novosti.

– Bojim se da ću iduće godine morati da zatvorim knjižaru – rekla je i uzdahnula, steglo ju je u grudima.

– O, ne – zavapila je Daša.

– Zašto? – upitala je Karolina zgranuta.

– Ne donosi nikakvu zaradu, a povrh svega, ostala sam bez prihoda kad je osoblje iz Praškog zamka otpušteno. Nemcima su potrebni radnici koji će raditi puno radno vreme. – Iskrivila je lice. – Prijavila sam se u zavod za zapošljavanje.

– Ali knjižara tvoje majke! – Daša je pogledala po policama.

– To je dobra vest. Vlasnik lokala mi je rekao da će mi dozvoliti da zadržim knjižaru iako je zatvorena. Izgleda da je sad nemoguće naći nove zakupce, a kako je i sâm ljubitelj književnosti, dozvolio mi je da zadržim lokal. Izgleda da nije pristalica nacističkog režima i nada se da će se rat uskoro završiti.

Iako su tri devojke bile same u knjižari, Jana je i dalje govorila tiho. – Nacistima ne ide dobro u Rusiji, rekao mi je.

– To nije ono što čujemo na radiju – rekla je Karolina.

– Na nemačkom radiju – istakla je Jana. – Mislim da moj vlasnik lokala ima informacije iznutra.

– Kamo sreće da su istinite i da se rat završi. Moj Petr bi bio slobodan.

Jana i Daša su je saosećajno pogledale.

– Jutros sam pročitala da će biti izvršena još jedna racija nad pripadnicima pokreta otpora. – Daša je odmahnula glavom.

– Čudi me da je iko ostao posle čistke nakon ubistva – rekla je Jana. Od njenog otpuštanja iz Praškog zamka u junu, nijedan pripadnik pokreta otpora nije ušao u knjižaru; to joj je odgovaralo, jer se od tragedije u Lidicama zaklela da neće više ništa imati s pokretom otpora. Ali nadala se da su kontakti koje je sretala bezbedni.

– Pretpostavljam da je to kraj i za naš čitalački klub – tužno je rekla Karolina.

– Ne mora da znači. – Jana se vedro osmehnula. – Naša okupljanja su previše važna da bismo ih se odrekle. Hajde da se dogovorimo da se sastajemo ovde u knjižari uveče ili vikendom, iako će biti zatvorena. Vlasnik lokala je rekao da mogu sve da ostavim kako jeste, samo da okačim znak *zatvoreno*.

Karolina je živnula. – To bi bilo divno. Treba da nađemo vreme koje svima odgovora jer većina nas radi ili ima decu.

– Moglo bi da bude teško, ali prepusti to meni. Izabraću vreme koje nam svima odgovara. Moramo se držati zajedno, više nego ikad. – Jana je govorila iz dubine srca. Njoj je kao svakoj od njih trebala njihova grupa za podršku. Život joj je postao tako neizvestan; zatvaranje knjižare i Andrejev nestanak zadali su joj udarce te se oslanjala na čvrstu podršku prijateljica iz čitalačkog kluba.

Nekoliko nedelja kasnije, planirala je kako da učini posebnim njihov božićni sastanak čitalačkog kluba. Kad je okačila nekoliko papirnih zvezda u izlog, poželela je da može da obezbedi prijateljicama božićni keks ili ušećerene bademe, pravu kafu ili toplu čokoladu sa šlagom na vrhu. Prazan stomak joj je zakrčao na tu pomisao te se okrenula drugim mogućnostima da priredi malo porodične radosti. Napraviće igre i kvizove na temu knjiga, usredsređujući se na priče sa srećnim krajem ili ispunjene nadom. Svi su tako klonuli duhom proteklih meseci, okupacija je uzimala danak, a Andrejevo odsustvo stvorilo je ponor u njenom životu. Ali za Božić će se sabrati zbog oca, babi i dece. A poslednji sastanak čitalačkog kluba biće veseo koliko god to bude moguće.

Dok se vrzmala po izlogu postavljajući rukom izrezbarene drvene anđele, iskrslo je sećanje: Andrej kako gleda kroz izlog dok ona puzi na rukama i kolenima nameštajući knjige. Kako je tada bila kivna na njega, misleći da je uhodi, da je opasan. Podigla je pogled, zamislivši da je sad tu, osetila je čežnju u srcu. Ali lice drugog čoveka je gledalo unutra, a zatim je prišlo vratima. Poznato lice.

Izašla je iz izloga, pa se okrenula da pozdravi tog čoveka. Nosio je vunenu beretku i smeđi kaput, i mada nije bio u uniformi, prepoznala ga je: tramvajdžija koji joj je u nekoliko prilika preneo poruku pokreta otpora. Bilo je to prvi put da je neko od kontakata ušao u njenu knjižaru od Hajdrihovog ubistva. Usta su joj se osušila. Šta želi? S tim delom njenog života je svršeno.

– Možemo li da porazgovaramo? – upitao je, gledajući po praznoj knjižari.

Klimnula je glavom, pa ga odvela do kase gde se zaustavila gledajući u vrata.

– Kako ste, gospođice Hajek? – Njegov tihi glas bio je u neskladu s njegovom krupnom pojavom. Rukavi kaputa zategli su mu se na mišićima nadlaktica, šake su mu bile krupne i jake. Izgledao je kao da je u četrdesetima i bio je veoma vitak ako se uzme u obzir da je po ceo dan sedeo u tramvaju.

– Ko ste vi, tačno? Podozrevam da niste tramvajdžija.

Nasmejao se, oči su mu bile vedre. Podigao je ruke šaljivo se predajući.

– Ja sam Egon, a vi ste u pravu, nisam tramvajdžija. Sad imam drugo zvanje.

– Zašto ste došli? Kao što znate, više ne radim u Praškom zamku i nemam informacija koje bi vas mogle zanimati. – Ton joj je bio odsečniji nego što je želela, ali njegov iznenadni dolazak unervozio ju je.

– Pitao sam se da li biste bili spremni da još jednom pomognete našim aktivnostima. Hajdriha više nema, ali još ima mnogo posla.

Teško progutavši, rekla je: – Muči me odmazda koja je usledila zbog mojih postupaka. Ništa ne može opravdati gubitak života. – Odmahnula je glavom, stisnuvši usne. – Završila sam sa svim tim.

Uzdahnuo je, uozbiljivši se. – Tako tragičan gubitak života mislim da niko nije predvideo. Ne do te mere... Ali to nas dovodi pred tešku nedoumicu. Da li da legnemo i umremo ili ustanemo i umremo?

– Bar nećemo umreti ako ništa ne uradimo. – Nije želela da vodi taj razgovor; činio ju je usplahirenom, nesigurnom. – Žao mi je, ali ne mogu vam nikako pomoći.

Zaćutali su. Gledao ju je u oči, pogled njegovih očiju boje ćilibara bio je prodoran, kao da je procenjuje.

Promeškoljila se i odvratila pogled.

– Dobro – rekao je s razočaranjem u glasu. – Ali treba nam pametna, hrabra žena kao što ste vi. Ako se predomislite, ja sam u kafeu *Masna* svakog prvog ponedeljka u mesecu, u sedam ujutru. Kako god bilo, želim vam spokojan Božić i sve najbolje za Novu godinu.

Otišao je ostavivši Janine misli uskomešane; uzbuđenje koje je donosilo skrivanje poruka u obeleživač borilo se protiv straha od Hajdriha, koji ju je uhvatio kako gleda u njegove police s knjigama, s prijatnim drhtajem dok joj je Andrej šaputao na Karlovom mostu, tako drugačijim od očajanja koje je doživela kad su je zatvorili u zatvorsku ćeliju. Održavala je ravnotežu na vrhu čigre koja se okretala tako brzo da ju je odbacila, ali sad je stajala čvrsto na zemlji, stabilna i sigurna.

Sedeći za pultom, izvadila je obeleživače koje je napravila za Božić. Dok je sekla sitne srebrnaste papirne zvezde koje će zalepiti na tkaninu, shvatila je da je propustila važnu priliku; trebalo je da pita Egona da li je čuo nešto o Andreju Kovaru. Na kraju krajeva, i Egon i Andrej su bili uključeni u aktivnosti pokreta otpora i možda su se poznavali.

U vreme ručka izašla je na sneg koji tek što je napadao, pa otišla do govornice, našla adresu kafea *Masna* u imeniku i zapamtila ga. Vratila se u knjižaru, osećajući treperenje u stomaku.

36.

Bledog januarskog jutra Jana je šipčila uz brdo ka zavodu za zapošljavanje. Ona i otac su u novogodišnjoj večeri razgovarali o zatvaranju knjižare, dok je gramofon tiho svirao u pozadini.

– Ne vidim drugu mogućnost – rekla je.

– I ja ću potražiti posao s punim radnim vremenom. Više se ne može zaraditi na lutkama. – Oči su mu se zamaglile. Malo kasnije je otišao na spavanje, a Jana se ispružila na sofu s knjigom koju je na prošlom sastanku pozajmila od Daše. Čitala je do ponoći, pa pošto je spustila knjigu na stomak, dočekala je novu godinu osluškujući u tišini; policijski čas je značio da niko ne slavi. A šta ima i da se slavi? Još jedna godina pod okupacijom Rajha? Tako je 1943. skliznula nenajavljeno sa svežim naletom snega.

Ispred zavoda za zapošljavanje je bio red, ali Jana je navikla na redove otkad je počeo rat. Zapravo, bila je zahvalna što čeka, svaki sekund odlagao je trenutak odustajanja od knjižare i posvećivanja novom poslu; doduše, knjižara za nju nije bila posao, već način života ispunjen strašću, svrha i veza s majkom. Jad ju je preplavio kad se pomerila napred i ušla u zgradu.

Mršav, proćelav muškarac namrštio se na obrazac koji je Jana popunila u čekaonici. Onda je ugasio cigaretu u prepunoj pepeljari, pa odmah pripalio novu.

– Hmm, studentkinja književnosti i knjižarka. – Nimalo zadivljen, pogledao ju je. – Imate li još nekih zanatskih veština?

– Znam da šijem.

Ozario se. – Onda biste mogli da šijete kožu.

– Pretpostavljam. – Radije bi šila tkaninu.

– Dobre vesti. Ima slobodnih mesta u fabrici za proizvodnju čizama za Vermaht.

– O, više sam mislila da radim kao švalja. Imam iskustva u šivenju odeće za lutke i...

Naglas se nasmejao pokazujući sitne zube umrljane nikotinom.

– Lutke? Knjige? Ma, hajte. Potrebne su nam korisne veštine. U svakom slučaju, isto vam je. Naređeno mi je da svi koji se danas prijave budu raspoređeni ili u proizvodnju čizama ili u proizvodnju oružja. – Upitno je izvio obrvu.

– Čizme – rekla je Jana, ljuta zbog tog poniženja.

Gurnuo je nekoliko papira preko svog stola, ona ih je potpisala i nekoliko trenutaka kasnije izašla je iz zgrade sa odlukom o početku radnog odnosa iduće nedelje.

Veče pre prvog radnog dana u fabrici Jana je provela čisteći i raspremajući knjižaru. Izvadila je sve knjige i prebrisala police, pa pažljivo sa svake knjige skinula prašinu koristeći kratku perušku, a onda ih vratila na mesto. Pritisak neprolivenih suza rastao joj je u očima kad je raščistila izlog i sa unutrašnje strane stakla zalepila rukom ispisan znak:

ZATVORENO

Toliko je knjižara zatvoreno otkako su Nemci objavili spiskove zabranjenih knjiga. One koje su ostale da rade uglavnom su prodavale knjige nemačkih autora ili prevode na nemački sa izmenjenim tekstom koji je odgovarao nacističkim idealima. Njena knjižara, sa izborom čeških i svetskih autora, bila je jedna od poslednjih pravih: za nju je ona bila poslednja knjižara u Pragu. Suze su joj grunule kad se poslednji put osvrnula oko sebe, prošaputavši: – Vratićemo se, mama. Taj dan će doći, obećavam ti.

Svakog mračnog jutra naterala bi sebe da ustane, užasavajući se dana pred sobom: buke u fabrici, jakog vonja kože, nepreglednih nizova đonova koje je trebalo ušiti na nemačke borbene čizme. Boleli su je prsti i ruke i svakog dana je imala glavobolje. Ali bar je zarađivala i mogla da plati vlasniku lokala deo zakupa za zatvorenu knjižaru. Od ostalog je odustala.

Kad bi se približio prvi ponedeljak u mesecu, poigravala se mišlju da se vidi sa Egonom u kafeu. Nije nameravala da se ponovo priključi pokretu otpora, ali je gorela od želje da sazna da li on zna bilo šta o Andreju. Onda bi se zabrinula kako bi Egon mogao da je ubedi da se uključi u neke aktivnosti pokreta otpora, pa bi se uplašila, pustivši da ponedeljak prođe. *Možda idućeg meseca*, rekla bi sebi.

Kad je stigao april i sneg se istopio, obuzeo ju je nemir i ništa nije mogla da uradi da ga ublaži. Andrej je vladao njenim mislima danju i noću; prekorevala je sebe što ništa ne preduzima da otkrije šta mu se dogodilo i, kad su jednog ponedeljka rano ujutru prvi pupoljci otkrili svoje ružičaste latice, Jana je ušla u kafe *Masna*.

Egon je sedeo pozadi, njegova krupna prilika nadvila se nad šoljom divke. Jana se iznenadila kad ga je videla da razgovara s lepom tamnokosom devojkom koja je sedela prekoputa njega. Oklevala je, ali Egon ju je primetio i mahnuo joj.

– Dođite, pridružite nam se, naručiću vam šolju ove užasne divke.

– Ne, hvala vam. Pošla sam na posao i mogu da ostanem svega nekoliko minuta – rekla je Jana, spustivši se na slobodnu stolicu.

– Drago mi je što vas vidim. Više ne radite u knjižari?

– Ne, nažalost. Sad radim u fabrici obuće.

Egon je sagnuo glavu ka njoj. – Hoćete li nam se pridružiti?

Jana je pogledala u devojku čije je lice ostalo bezizrazno.

– Ovo je Nela; ona je deo grupe, tako da možete slobodno da govorite – rekao je Egon. Onda je klimnuo glavom starijem čoveku za šankom. – I vlasnik je kako treba. – Egon je ponovo pogledao u nju. Čekajući da progovori.

– Zapravo, htela sam da vas zamolim za uslugu; ako znate ili možete da saznate nešto o policijskom kapetanu Andreju Kovaru. Radio je za pokret otpora i nestao je.

– Ljudi nestaju svakog dana. Ništa novo. – Nelin ton je bio odsečan.

– Čuo sam za njega – rekao je Egon – ali nemam drugih informacija osim da više ne radi u policijskoj stanici u Pragu. Zašto želite da ga nađete?

Vrelina je uspuzala Jani uz grlo. *Zato što ga volim. Zato što sam prestravljena za njega.* – Videla sam kad ga je Gestapo odvezao i otad ga niko nije video.

– Pa? – Nela je prezrivo stisla usne.

Egon je podigao ruku da je ućutka.

– Radio je protiv nacista. On je jedan od nas. Molim vas, pomozite mi da saznam šta mu se dogodilo. – Jani je glas uzdrhtao na poslednjim rečima, a Nela ju je znalački pogledala.

– Učiniću šta mogu. Vi biste u međuvremenu mogli da razmislite da radite kao kurir.

To je bilo upravo ono čega se plašila: da će je ponovo uključiti u operacije. Kao da ju je pročitao, Egon je dodao: – Ništa tako ozbiljno ili opasno kao vaš prošli zadatak. Znam šta se tada od vas tražilo. Samo bi trebalo da prenesete male pakete. Delove radija, da budem precizan.

Jani se uskomešalo u stomaku. To je upravo ono što je Lenka radila kad su je uhapsili. Sećanja na njenu trudnu prijateljicu kako pada na kolena i kako je vuku s pijace peklo ju je u grudima te je zadržala dah. Posegnula je za svojim medaljonom setivši se da više nije tu.

– Bar razmislite o tome. Ako se predomislite, biću ovde prvog ponedeljka idućeg meseca.

Jana je klimnula glavom pitajući se gde Egon boravi i šta radi ostatak vremena.

Ustala je i pozdravila se, znajući da Nela gleda za njom kako odlazi.

37.

Mesec dana kasnije Jana je ponovo otišla u kafe, uzbuđena i uplašena od vesti koje bi Egon mogao imati o Andreju. Takođe je pažljivo razmislila o kurirskom zadatku koji joj je Egon predložio. Pukotine u njenoj odluci da se udalji od pokreta otpora pojavile su se kad je Egon pomenuo prenošenje delova radija; sećanje na Lenkinu hrabrost na istom zadatku pohrlilo je u Janin um. Lenka je bila u poodmakloj trudnoći, ali to nije smanjilo njenu odlučnost. I platila je visoku cenu zbog cilja.

Jana se zapitala nad sopstvenim motivima nedelovanja. Da, pokolj u Lidicama ju je uzdrmao do srži i naterao da preispita vrednost pružanja otpora režimu. Pokušala je da umiri svoju krivicu uskraćujući sebi zadovoljstvo ljubavi. Ali sad se samo valjala u samosažaljenju, još više otkako je Andrej nestao. Učaurila se, nije imala svrhu u životu. Zaista se više nije sviđala sebi.

Srce joj je blago potonulo kad je ušla i videla da je Nela ponovo sa Egonom. Iako je verovatno bila mlađa od Jane, Nela joj je delovala preteće. Divka ju je već čekala, te je skliznula na stolicu pored Egona. Posle kratke razmene pozdrava, prešao je pravo na stvar.

– Bojim se da nemam vesti o tvom prijatelju Kovaru. Pokret otpora je razdeljen i postao je izuzetno oprezan posle svirepog nacističkog kažnjavanja. Čak i ako neko nešto zna, ne bi bio spreman da kaže.

– Mrtav je – ravnodušno je rekla Nela.

– Zašto to kažeš? – brecnula se Jana.

– Zato što si rekla da ga je Gestapo odveo.

– To je tačno. Ali ne znam da li je mrtav. Nestao je. – Jani je glas podrhtavao od straha pomešanog s ljutnjom na Nelu.

Egon se umešao, pogledavši Nelu. – To trenutno nimalo ne pomaže. – Zatim se okrenuo ka Jani, rekavši: – Jesi li uopšte razmišljala o kurirskom zadatku koji sam ti predložio kad smo se prošli put videli?

Jana je nekoliko puta udahnula da bi se smirila i usredsredila na naglu promenu teme. Vreme je da prestane da drhti, pribere se i dozvoli da joj Lenka bude nadahnuće.

– Uradiću to – rekla je.

38.

Preko leta Janin glavni kontakt bila je Nela. Egon se povukao u brda izvan Praga, gde je okupljao i obučavao nove pripadnike pokreta otpora. Trebalo je da joj Nela daje detalje o mestima sa kojih će uzeti delove i onima na koja će ih predati. Isprva je Nela bila kruta i ozbiljna, ali Jana je nastavila da se pojavljuje za svako novo zaduženje, te se između njih rodilo uzdržano drugarstvo.

Janina nova uloga ponovo joj je ulila osećaj svrsishodnosti i pomogla joj da uspostavi ravnotežu u odnosu na težak rad pravljenja onih jezivih borbenih čizama za neprijatelja. A bez Andreja u njenom životu, zadatak koji je obavljala pomagao joj je da se usredsredi na nešto drugo, makar preko dana. Noću je i dalje vladao njenim snovima, a ona je odbijala da poveruje u Nelino mišljenje da je on mrtav.

Zbog dugih smena u fabrici obuće Jani je za zadatak ostajalo rano jutro ili veče. Vrelog avgustovskog jutra hodala je ka pijaci na Vaclavovom trgu. Svake nedelje je tu bilo sve manje onih koji su držali tezge – nisu imali šta da prodaju – no građani su ipak dolazili sa svojim bonovima za sledovanje, u uzaludnoj nadi da će naći ostatke namirnica da prehrane svoje porodice. Većina ljudi volela je da se sastaje s drugima i priča.

Jana je nosila neupadljiv smeđi ceger natrpan novinskim papirom, koji će razmeniti za sličan s delovima radija. Levi ručni zglob bio joj je previjen: znak da je ona kurir. Naslonjena na postolje Vaclavove statue stajala je sitna žena sa žutom sveskom u jednoj ruci i smeđim najlon cegerom u drugoj. Jana joj je nesigurno prišla, te su obe spustile svoje cegere na tlo. Ignorišući jedna drugu, posmatrale su trg i prolaznike. Nekoliko trenutaka kasnije, Jana je pogledala na sat kao da shvata da kasni, zgrabila ceger sitne žene i krenula s trga. Srce joj je ubrzalo kad je osetila težinu delova radija.

Prošla je pored violiniste koji je svirao ispod ulične svetiljke, kofer mu je bio otvoren na tlu ispred njega. Dva policajca su se pojavila u gužvi, hodajući ka njoj, stariji, punačkiji, zurio je pravo u nju. Nelagoda joj se širila stomakom. Isti violinista bio je ispod iste ulične svetiljke kad su Lenku uhapsili na istom mestu gde je ona sad stajala; dva policajca su se zaustavljala s namerom da je pretresu. Bila je to sudbina što će i ona biti uhvaćena radeći isto što je Lenka radila na tom mestu. Zaista je bilo neizbežno.

Graške znoja izbile su joj na čelo kad se zaustavila i načas sačekala, dok joj je ruka u kojoj je nosila ceger drhtala. Policajci su sad bili ispred nje, obojica su je čudno gledala. Poći će mirno, neće praviti scenu. Možda će završiti u Terezinu s Lenkom; to jest ako je se Gestapo ne dočepa prvi. Ako ne urade ono što su uradili...

– Jeste li dobro, gospođice?

Stariji, punačkiji policajac obratio joj se, mršteći se. – Veoma ste bledi.

– Samo sam malo malaksala – promrmljala je Jana.

– To je zbog ove proklete vrućine. Danas će opet biti užasno vreo dan. Popijte malo vode na česmi i sklonite se u hlad.

– Da, hvala vam, hoću.

Klimnuo je glavom i njih dvojica su otišli.

Jana se pribrala, pa obavila isporuku u kafeu *Masna*, predajući ceger vlasniku iza šanka, osećajući olakšanje što je uspešno obavila zadatak.

39.

Jedno novembarsko veče, kad je kiša pljuštala, nakon što su se žene iz čitalačkog kluba razišle, Daša se zadržala. Zamišljena. Jana je primetila da se nije mnogo uključivala na njihovim sastancima; očigledno je bilo da joj je nešto na pameti.

– Kako ste ti i tvoja porodica? – upitala je Jana kad je ponovo sela na hoklicu, pokazujući da ima vremena za prijateljicu iako je bila iscrpljena posle celog dana šivenja čizama.

Daša je slegnula ramenima, pa i sama sela. – Znaš kako je, dosta nam je svega, kao svima. Mrsko mi je da ostavljam ćerku kod svekrve da bih radila u fabričkoj kantini.

– Kako se sad slažeš sa svekrvom? Jel' išta bolje?

– Zapravo je gore. I bilo bi lepo da imam muža koji će me izdržavati, umesto njegove majke. – Glas joj je bio ispunjen gorčinom. – Zapravo, Valtr i ja imamo probleme; brak nam nije kao što je nekad bio...

Jana je spustila ruku Daši na koleno. – Vremena su tako teška da smo svi strašno umorni.

Daša je odmahnula glavom. – Nije to. Udaljili smo se... – izletelo joj je, pa je uz usiljen osmeh dodala: – Sve te romantične knjige koje čitamo ne pomažu. U svakom slučaju, bolje da krenem kući.

Dok je zaključavala knjižaru i pela se u stan, Jana je razmišljala o Dašinim rečima. Nedavna razmena laganijih ljubavnih romana trebalo je da posluži kao beg od užasa okupacije, ali možda je u nekome pobudila čežnju ili, u Dašinom slučaju, nezadovoljstvo. Jani je čitanje ljubavnih priča samo isticalo sve što je izgubila. Njenih nekoliko kratkih susreta sa Andrejem zauvek će joj ostati usađeni u duši. Ipak, posle samo jednog vođenja ljubavi, ona ga je odbacila.

Iako je rekla sebi da je gotovo, negde u dubini verovala je da će uvek imati mogućnost da popusti ako bude odlučila.

Ušla je u stan, suze su joj navrle na oči. Bio je tako hrabar i nesebičan u dvostrukoj ulozi u policiji, a ona mu nikad nije rekla koliko je odvažan. Rekao joj je da je voli, a ona mu nije uzvratila. Kad bi samo mogla da mu kaže koliko je bolno duboka njena ljubav prema njemu. Ali prvi put se suočila sa stvarnošću. Bol ju je presekao, prikovavši je za pod.

Nela je u pravu.

Andrej se neće vratiti. Nikad.

40.

Bakina kuća odjekivala je od dečjih glasova. *Veseli zvuci*, pomislila je Jana dok je gledala Mihala, Ivetu i Madi kako preturaju po očevoj staroj kutiji sa igračkama, birajući čega će se igrati.

Mihal je izvukao drvenu kutiju. – *Ne ljuti se, čoveče!* – uzviknuo je.

– O, moja omiljena kad sam bio dete – rekao je otac, dok je sedao dole na pod pored njih. Mihal je otvorio poklopac koji je služio kao polje za igru, pa uzeo četiri drvena piona vedrih boja.

– Ja ću crvene – rekla je Madi, zgrabivši figuricu i stavivši je iza leđa.

– Dobro, to je rešeno – nasmejao se tata.

Jana je sedela s babi na sofi, stare opruge ulegle su na sredini od njihove težine.

– Srce mi je puno kad čujem tvog oca da se ponovo smeje – rekla je babi. – Deca su melem za njegovu dušu.

– I za tvoju – osmehnula se Jana.

– Zaista, pravi su blagoslov. Iako su ih snašle tragične okolnosti, zahvalna sam što su mi pružili svrhu.

Iveta je zazveckala kockicama u čaši, pa ih bacila preko table.

– Tvoj otac i njegov brat igrali su se istom tom igrom satima, sve do tinejdžerskih dana – nežno je rekla babi, zagledana nekud u daljinu.

– Mora da ti nedostaje – rekla je Jana, poželevši da je upoznala svog strica.

– Veliki rat je odneo mnogo njih – babi je uzdahnula. – Bili su samo deca. A sad se to ludilo ponovo događa. – Odmahnula je glavom kao da se oslobađa tih misli pa se okrenula ka Jani. – A kako si ti, dušo moja?

– Dobro – nagonski je odgovorila. Ali kako je zaista? Bio je april 1944, skoro dve godine od Hajdrihovog ubistva i jezive odmazde.

Otad je gledala ljude u Pragu kako nastavljaju život najbolje što mogu, smrknuti od pomirenosti sa sudbinom. Potisnuta mržnja prema Nemcima bila je otrov u venama koji ih je pretvarao u ogorčene, grube i besne ljude. Gladovali su, bili su umorni i previše su radili. Nemci su zahtevali od njih da rade duge smene u fabrikama i transportnim službama, kako bi se njihova ratna mašinerija i dalje okretala.

Njen kurirski zadatak privremeno je obustavljen usled mogućeg curenja informacija, ali Egon će je potražiti kad vazduh bude ponovo čist.

Prošle su i skoro dve godine otkako su ona i Andrej vodili ljubav u malom, starom parobrodu, one tople letnje večeri, ali i dalje je osećala njegov dodir i ukus njegovih usana kao da je to bilo juče. A kako je koji dan prolazio, bol zbog gubitka zarivao joj se dublje u srce.

– Nisi dobro, anđele moj – babi je spustila ruku preko njenih. – Hoćemo li da odemo u kuhinju da razgovaramo?

Iako bi Jana volela da se rastereti, nije znala odakle da počne. Niko živi nije znao za njenu ljubavnu priču sa Andrejem.

– Dobro sam, babi, stvarno – ponovila je.

Mihal je glasno vrisnuo; kockice su pokazivale dve šestice te je pobedonosno pomerio svog piona po tabli i dalje galameći. Jana je uhvatila Ivetu kako ju je krišom pogledala ispod dugačkih, ravnih šiški. Devojčica je, sad tinejdžerka, i dalje bila podozriva prema njoj, ali je bila duboko privržena babi. Izrasla je, izdužile su joj se ruke i noge, male grudi bile su vidljive ispod haljine. Zelena, cvetna haljina koju je nosila nekad je pripadala Janinoj majci; babi ju je prepravila na svojom mašini za šivenje, smanjivši je. Babi je iskoristila svaki komadić tkanine da šije odeću za devojčice koje su rasle.

Jana se jedva primetno osmehnula Iveti, ali ova je odvratila pogled.

Posle igre, ručali su: zapečen krompir i praziluk. *Pravo je čudo*, Jana je pomislila, *kako je babi prehranila decu protekle dve godine, ali je uz piliće i povrtnjak nekako uspela.* Jana i njen otac su donosili šta su mogli od svog sledovanja kad su dolazili.

Babi je preuzela na sebe obrazovanje dece, a Jana joj je nedeljom pomagala da im čita i uči ih da pišu, snabdevajući ih knjigama. Posle ručka Jana je raspakovala knjige koje je donela, pa ih raširila po podu. Deca su se okupila da ih prelistaju, tražeći šta će sledeće čitati. Posle malo čitanja u tišini, dozvolili su deci da preskaču konopac u bašti, dok ih je babi nadgledala s prozora na tavanu. Deca su naučila da budu tiha, a Jana je bila zadivljena kako su se prilagodila ograničenjima.

Popodne je brzo prošlo i uskoro je bilo vreme da Jana i njen otac uhvate autobus za Prag. Pozdravili su se obećavši da će se ponovo videti iduće nedelje. Madi je još jednom snažno zagrlila Janu prošaputavši: – Jesi li čula nešto o mami?

Jani se steglo srce. – Nisam, dušo. Ali ne mora da znači da je to loše. – Zapravo nije znala ni da li je Lilijan i dalje u Terezinu. Možda je dosad prebačena negde drugde. Bilo je strašno ne znati ništa, ali Jana je i dalje verovala da je odsustvo vesti dobra vest.

Bilo je rano veče kad je autobus ostavio Janu i njenog oca u centru Praga. Tu u gradu bilo je toplije, te je Jana skinula džemper na raskopčavanje i prebacila ga preko ruke. Dok su hodali prometnim bulevarom s tri trake, dečak za tezgom s novinama izvikivao je naslove, njegov tinejdžerski glas posustajao je dok je govorio.

– Međunarodni Crveni krst odobrio Terezijenštat – vikao je prolaznicima, mašući novinama.

Jana i njen otac sumnjičavo su se zgledali. Otac je kupio novine.

– Tata, ne bi ti smetalo da sednem malo na klupu da pročitam novine pre nego što odem kući?

Nije mu smetalo te joj je dao novine. Jedva je čekala da pročita članak.

– Vidimo se kasnije – rekao je pa pošao ka kući.

Ona je sela na jednu klupu duž bulevara pa energično otvorila novine, pogledom tražeći izveštaj: delegacija Međunarodnog Crvenog krsta posetila je Terezijenštat po pozivu Nemačke; tri inspektora su pohvalila grad napravljen za veću jevrejsku zajednicu; ulice su bile čiste, radnje su obezbeđivale namirnice, uključujući i svež hleb svakog dana. Imali su školu, poštu, čak i pozorište. Kulturni događaji svih oblika ohrabrivani su, naročito oni muzički i književni. Delegati su razgovarali sa srećnom, dobro obučenom decom, čak su prisustvovali dobro posećenoj fudbalskoj utakmici. Kao dokaz svojih nalaza, priložili su dve fotografije: na jednoj su bila osmehnuta deca u lepoj odeći, a na drugoj publika kako bodri fudbalske timove.

Jani se uskomešalo u stomaku. Smučile su joj se laži, propaganda, nameštene fotografije. Kako su delegati Crvenog krsta dopustili da ih tako lako zavaraju? Zar nisu pogledali iza scene kao što je ona pogledala? Nije morala da ode daleko da bi videla stvarne uslove.

Zgađena, tresnula je novine pored sebe na klupu. Bila je zagonetka zašto su Nemci bili tako otvoreni u pogledu Lidica, a toliko su se trudili da uvere sve u humane uslove u Terezinu; to joj je izazivalo nelagodu, kao da su krili nešto. Nešto krupno.

Pomislila je na Lenku, strahujući da je prebačena. Jana nije dobila nikakvu vest od nje otkako je Andrej nestao. Sva komunikacija s Terezinom je prekinuta. Nije znala ni da li je Lenka i dalje tu i da li je živa. I šta je s Mihalovim roditeljima i sa Ivetinom i Madinom majkom Lilijan? Ni od njih nije bilo vesti.

Duboko je udahnula pa načas zažmurila.

Autobus je zabrujao pa se zaustavio na obližnjoj autobuskoj stanici. Pas je zalajao pored nje.

– Zdravo, Jano.

Naglo je otvorila oči na poznat glas. Bila je to Nela.

– Videla sam te s druge strane ulice. Otkud ti ovde?

– Samo čitam novine. Ne mogu da verujem šta kažu...

Reči su pokuljale iz nje dok je prepričavala Neli šta je pročitala o poseti Crvenog krsta i paravanu koji su nacisti postavili, glas joj je bio ispunjen strašću i ogorčenjem.

– To je propaganda, naravno – tiho je rekla Nela. – Međunarodna štampa će preuzeti taj izveštaj i pokazaće svetu ono što nacisti žele da svet vidi. Njihovo humano rešenje takozvanog jevrejskog problema.

– O, znam ja to. Lično sam videla Terezin i rekla to gospođici Novak. Ona je iz Crvenog krsta, bila je s nama tada. Zapravo, dugo je nisam videla... – Zastala je i oprezno pogledala unaokolo, pitajući se da li je pametno što ona i Nela razgovaraju na javnom mestu. Tiše je dodala: – Ima li vesti od Egona?

Nela je klimnula glavom. – Izvan grada je, prikuplja podršku. Moramo biti strpljivi i čekati pravi trenutak. Ne odustaj od otpora, Jano; svašta se događa. – Nela je samo nagovestila osmeh, zatim ustala i polako otišla.

41.

Jana je ušla u knjižaru i odmah osetila olakšanje u grudima. Postao joj je običaj da dođe tu svako veče pošto završi smenu u fabrici obuće. Police s knjigama bile su dobrodošao zagrljaj. Knjižara je bila mesto utehe, gde je osećala tihu moć knjiga i povezanost s majkom. To joj je bio cilj: da održi knjižaru u životu iza zatvorenih vrata, da je sačuva do dana kad će grad ponovo biti slobodan, a ona moći da poželi dobrodošlicu knjigoljupcima. Do dana kad će moći da drži sve knjige bez straha od kazne, do dana kad će ljudi moći da izaberu šta god žele da čitaju. Taj san joj je pomagao da nastavi.

Prošla je kroz knjižaru, pa izašla u zadnje dvorište gde je držala kanticu za zalivanje. Pretvorila ga je u malu oazu; niz različitih saksija poređala je oko pošljunčanog dvorišta. Jana je napravila deo za sedenje koji se sastojao od okruglog stola sa suncobranom, dve stolice na rasklapanje i prevrnutih sanduka s jastučićima vedrih boja.

Dok je zalivala crvene geranijume, Neline reči od pre nekoliko dana ponavljale su joj se u mislima. *Ne odustaj od otpora. Svašta se događa.*

Uzela je čaše iz kuhinje, spustila ih na sto napolju, pa napunila bokal vodom sa česme. Kako bi bilo lepo ponuditi prijateljicama domaću limunadu. Pošla joj je voda na usta pri pomisli na svetložute limunove, nešto što godinama nije videla. Stojeći pored sudopere, popila je veliku čašu vode da napuni stomak; te večeri neće jesti, ne bi li sačuvala oskudno sledovanje za babi i decu. Bilo je teško doći do hrane, a glad ju je stalno pratila.

Malo pre sedam Jana se vratila u knjižaru čekajući da žene dođu. Bilo joj je drago što je održavala čitalački klub; grupa se sastajala jednom mesečno, da razgovaraju ne samo o knjigama već i o svemu što bi im pomoglo u svakodnevnom životu, da razmenjuju savete za popravku obuće i odeće, razvlačenje sledovanja i da pružaju jedna dugoj emocionalnu podršku.

Daša je stigla prva, a za njom je došla Karolina. Kad su se sve okupile u knjižari, Jana ih je izvela u dvorište gde su se udobno smestile na večernjem suncu. Jana je zamišljeno gledala u grupu. Daša je, uprkos pothranjenosti, imala vedre oči i rumene obraze. Zapitala se kako to da je nedavno nekoliko puta videla Dašu da razgovara sa istim nemačkim vojnikom, ali je brzo potisnula tu nemilostivu misao; uprkos Dašinim komentarima o nevoljama u braku, ona nikad ne bi bila neverna svom mužu, a svakako ga ne bi prevarila s jednim Nemcem. Naspram Jane sedela je Karolina, njena pojava bila je sušta suprotnost Dašinoj. Karolinin muž, Petr, i dalje je bio u zatvorskom bloku u Terezinu. Janu je bolelo što je vidi kako pati. Bilo je malo vesti od njega i Karolinino lice odavalo je bolnu zabrinutost, koža joj je bila skoro providna.

Grupa je ćaskala dok se zlatno sunce spuštalo iza zgrada, ostavljajući dvorište u senci. Žene su polako odlazile dok nije ostala samo Daša da sedi napolju.

– Videla si članak o Crvenom krstu? – rekla je Jana.

– Odvratno, zar ne? Ali ti si videla istinu iza paravana.

– Ipak, to nikome ne pomaže. Volela bih kad bih mogla da ispričam svoju verziju novinama; da nekako pošaljem poruku.

Daša ju je pogledala postrance. – Ponekad se pitam da li ste ti i Lenka bile nekako uključene u aktivnosti pokreta otpora. Da li si ti i dalje uključena?

Jana je bila zatečena tim direktnim pitanjem. Načas je zamislila kakvo bi joj olakšanje donelo da sve kaže Daši: od skrivanja Mihala do špijuniranja u Praškom zamku i zaljubljivanja u fašističkog policajca, koji uopšte nije bio fašista. Više nije mogla da razgovara s najboljom prijateljicom, Lenkom, a sad joj je Daša bila najbliža prijateljica. Ipak...

– Hoćeš da kažeš, dok smo Lenka i ja studirale – nasmejala se Jana. – Naravno, malo smo pisale slogane po zidovima i svukle nekoliko nemačkih zastava. Ali to je bilo odavno. – Jana je ustala, pa uzela prazan bokal sa stola. – Odmah se vraćam.

Otišla je u kuhinju da dopuni bokal, ostavivši sebi vremena da sabere misli. Kad se vratila Daši, upitala ju je: – Kako stoje stvari kod kuće? – Ako je Daša primetila namernu promenu teme, ničim to nije pokazala. Jana je ponovo pomislila na Dašin razgovor s nemačkim vojnikom. Ili je koketirala s njim? U poslednjem trenutku se zaustavila u nameri da se poveri Daši.

42.

Jana je nastavila da odlazi u kafe *Masna* svakog prvog ponedelj-
ka u mesecu. Uvek bi je čekala Nela, sama. Egon je bio umešan u
nešto krupno, rekla je Jani, ali nije joj objasnila šta je to. Nekoliko
meseci od Jane nisu tražili da obavlja kurirske zadatke, ali jednog
ledenog decembarskog ponedeljka, Nelino bledo, lepo lice bilo je
ozbiljnije nego inače.

– Treba nam tvoja pomoć. Izvršena je racija na mestu koje ko-
ristimo kao skladište. Dobili smo dojavu, pa smo uspeli da preme-
stimo robu negde drugde, privremeno, ali tražimo druge lokacije.

Jani su se usta osušila dok je iščekivala ono što će uslediti. Popila
je gutljaj divke, pa pogledala unaokolo. Nije bilo gostiju, samo je
vlasnik za šankom prao čaše. Napolju je bio potpuni mrak; svitanje
je bilo najmanje dva sata daleko.

– Šta želiš da uradim?

– Imaš zatvorenu knjižaru. Savršeno mesto za skrivanje.

Janu je steglo u grudima. – Želiš da sakrijem delove radija?

Nela je zastala, grizući se za unutrašnjost obraza, pa se nagla
preko malog stola. – Municiju.

Jana se trgla, pa se bez reči zagledala u Nelu.

– Ne oružje – nastavila je Nela. – Samo metke koji su mali i lako
ih je sakriti. Potrebni su nam ovde u centru Praga, spremni kad
dođe vreme... – Zastala je, čekajući da Jana nešto kaže.

– Ne znam, Nela. To dovodi u opasnost previše ljudi s kojima
sam povezana: mog oca, žene koje dolaze u moj čitalački klub... –
Jana se nalaktila na sto, pa zagnjurila lice u šake.

– Onda otkaži čitalački klub. Nemoj ništa da kažeš ocu. Sad je
vreme da ispoljiš hrabrost za svoju zemlju.

Kad je Jana pogledala u Neline zažarene oči i svirepi izraz lica, nešto se u njoj promenilo. Zapljusnuo ju je nalet patriotizma i prkosa. – Dobro. Kaži mi kako će to ići.

Janin prvi korak bio je da otkaže čitalački klub do sledećeg obaveštenja, navodeći duge smene i umor kao razlog. Zatim je tumarala po knjižari tražeći savršeno skrovište za municiju. Imala je nekoliko kartonskih kutija punih knjiga: možda je to previše očigledno. Možda ispod podnih dasaka. Lupkala je stopalom po čvrsto zakovanim daskama, ali nije našla odgovarajuće mesto. Iza polica? Tu su bili samo kameni zidovi. Možda ispod sudopere, gde se sakrio Mihal? I to je previše očigledno. Utonuvši u naslonjaču, umornog uma, podvila je noge ispod sebe. Sedište je počelo da tone, bile su mu potrebne nove opruge. Skočila je, pa sklonila presvučeno jastuče i okrenula naslonjaču na stranu proučavajući donji deo. Bio je presvučen grubom prišivenom tkaninom.

Vrativši se iz kuhinje sa alatom, skalpelom je izrezala tkaninu, pa je povukla otkrivši namotaje opruga pričvršćene za drveni ram. Povukla je ram; biće teško izvući ga, ali bila je ubeđena da je njena zamisao dobra. Dno teške naslonjače bilo je duboko i u njemu je sigurno mogla da se sakrije kutija metaka. Pomoću klešta je izvadila klinove iz rama koji je držao opruge pa sve izvukla napolje. Onda se osmehnula zureći u šupljinu, zadovoljna sobom.

Nela joj je rekla da očekuje isporuku idućeg petka u osam uveče. Dogovorile su se da kurir dođe na zadnji ulaz. Jana je otvorila zadnja vrata knjižare i prešla preko dvorišta. Drvena kapija na ogradi bila je zatvorena malim zasunom, koji je gurnula u stranu otvorivši je. Zagledala se u usku uličicu koja se pružala iza dvorišta, ali jedva da je išta mogli da vidi u ledenoj noći.

Trljala je ruke, nervozna i smrznuta. Čuli su se laki koraci na zamrznutoj kaldrmi i vižljasta prilika pojavila se pred njom. Nela, s velikom torbom ispod ruke. Lično je izvršila isporuku.

Devojke su požurile unutra, a Jana je prišla naslonjači, pa pokazala na prostor s donje strane. – Kad sve spakujemo unutra, labavo ću ušiti tkaninu na dnu.

Nela je klimnula glavom odobravajući, pa gurnula torbu u dno naslonjače.

– Savršeno – rekla je, odmakavši se i ispruživši ruku. – Samo mi treba rezervni ključ od zadnjih vrata.

Zbog tog dela plana Jani je bilo nelagodno. Nela će imati pristup knjižari kako bi brzo mogla da pokupi municiju, na primer ako Jana bude u fabrici obuće pa ona ne može da dođe do nje.

– Brinuću se o knjižari – rekla je Nela, čitajući joj misli. – Znam koliko ti je dragocena. Municija neće dugo biti ovde; treba da je damo našim borcima.

Jana je izvadila ključ iz džepa haljine i spustila ga Neli na dlan.

Nela je izašla kroz zadnja vrata, pa prešla preko dvorišta. Dok je izlazila kroz kapiju, okrenula se. – Ostavi kapiju otključanu.

– Dobro. I srećan Božić – prošaputala je Jana.

Ali Nela je već otišla.

43.

Kad su se turobni zimski meseci dovukli u 1945. najvažniji događaji u Janinom životu bile se posete babi i deci nedeljom. Tog dana otac je bio kod kuće sa ozbiljnim nazebom, te je u hladno martovsko jutro Jana sama pošla na autobusku stanicu. Spakovala je torbu punu knjiga za Madi i Mihala. Iveti, koja je sad imala trinaest godina, kupila je *Džejn Ejr.*

Kad se približila autobuskoj stanici, krajičkom oka uhvatila je Dašu s druge strane ulice i pošla da joj mahne. Nešto ju je udarilo u lakat s takvom silinom da joj je torba pala na zemlju, knjige su poispadale iz nje. Biciklista koji ju je udario nije se zaustavio, već ju je ljutito izvređao produliving.

Daša je dotrčala do Jane i klekla da joj pomogne. – Jesi li se povredila? Kakav je buzdovan onaj biciklista. Šta će ti te stare knjige za decu?

– O, doniram ih – rekla je Jana, trljajući lakat.

– Što ih ne odneseš u crkvu u kojoj pomažem? Trebaju nam knjige za decu i igračke. – Uzela je i poslednju knjigu i uz osmeh je pružila Jani.

– Idući put. Ove sam obećala nekom drugom.

– Sigurno ideš autobusom kod bake, budući da je nedelja? Gde ona tačno živi?

– U nekoj nedođiji – usiljeno se nasmejala Jana, pa promenila temu. – Kako ti je porodica?

Dve prijateljice su ćaskale dok Jani nije stigao autobus i Daša se pozdravila s njom.

* * *

Nedelju dana kasnije, otac je i dalje gadno kašljao, te se Jana sama ukrcala u autobus. Pogledala je kroz prozor i pomislila na svoje prijateljstvo s Dašom; udaljile su se poslednjih nekoliko meseci, budući da je Jana ukinula čitalački klub.

Setila se Dašinog ispitivačkog pogleda kad je podigla ispale knjige. Da li je posumnjala? Teško. U svakom slučaju, Daša joj je bliska prijateljica i nikad je ne bi izdala. Sigurno?

Ne, Jana je više brinula zbog Pavela; bio je aktivno uključen u Mihalovo bekstvo i znao je da je on kod babi. Ali bio je uključen i u druge antinacističke aktivnosti i mrzeo je režim. Da li bi se okrenuo protiv nje i sarađivao sa zakletim neprijateljem? Da li je i dalje kivan na nju što ga je odbila? O, zaboga, postala je paranoična. Izdaja je avet koja se nadvija nad svakim od njih, svako je sumnjiv i plaši se prijatelja i suseda. I dok ljudi postaju sve siromašniji i očajniji, Nemci čekaju da ih namame na izdaju.

Jana je odmahnula glavom da bi odagnala misli na izdajnike i špijune pa se prepustila polusatnom putovanju, zažmurivši. Nekoliko trenutaka kasnije, mislila je na Andreja; prošle su skoro tri godine otkako je nestao i nije bilo nikakvih vesti o njemu. Jednostavno je ispario. Ali, naravno, tako Gestapo radi: postara se da ljudi nestanu. Moraće nekako da se pomiri s tim da on više nije živ. Srce ju je steglo. Na um su joj pale strašne slike načina na koji je Andrej mogao skončati te je naglo otvorila oči da ih rastera.

Autobus se zaustavio i ukrcalo se još putnika. Devojčica otprilike Ivetinih godina prišla je da sedne pored nje, pitajući je da li je slobodno. Jana je klimnula glavom, a devojčica je sela, izvadila knjigu iz torbe i počela da čita.

Kamo sreće da je Iveta slobodna pa da može da se prepusti nečem tako običnom kao što je vožnja autobusom i čitanje knjige u javnosti. Prolazila je kroz pubertet i kao da to nije bilo dovoljno teško, bila je odvojena od majke i skrivala se od nacista. Jana će se danas posebno potruditi oko nje, pokušaće da dopre iza zida koji je devojčica podigla i nadaće se da će ona na kraju prihvatiti njeno prijateljstvo.

Kad se autobus približio stanici, ponovo je zakopčala gornju dugmad na kaputu pa stavila rukavice. Pogledala je na sat; autobus stiže na vreme, babi će ih očekivati. Raspoloženje joj se popravilo pri pomisli da će ostatak dana provesti u igri i čitanju s decom, u srdačnom društvu čile bake.

Jana je prepešačila kratku razdaljinu od stanice do kuće i pre nego što je stigla da podigne zvekir, vrata su se otvorila. Babi ju je, nervozna i nestrpljiva, uvela unutra. Troje dece stajalo je obučeno u uskom hodniku, lica su im se jedva videla ispod debelih šalova i vunenih kapa. Obe devojčice su nosile muške pantalone, što im nije bila uobičajena nedeljna odeća. Tri para ozbiljnih očiju susrelo je njen pogled.

– Šta se desilo? – upitala je Jana, primetivši ranac pored Ivetinih nogu.

– Policija je u selu, raspituje se. O jevrejskoj deci – rekla je babi.

– Ne! Jesi li sigurna? – upitala je Jana, grlo joj se steglo od straha.

– Službenica u pošti rekla mi je pre manje od sat vremena. Išla sam u selo da pokupim poštu.

Jani su se misli sudarale, panika ju je paralisala.

– Slušaj me sad. Spakovala sam hranu i vodu – rekla je babi, pokazavši na ranac. – Moraš odmah da odeš s decom.

– Ali kuda da odemo? – upitala je Jana, preplavljena strahom.

– Imam staru školsku drugaricu u selu Zbraslav. Čula si me da sam pričala o njoj: Milada Jasenska. Živi u prvoj kući pored puta posle natpisa sa imenom sela.

– Ali ona me ne poznaje. Ne mogu samo da banem s troje dece.

– Dobra je žena; prošle smo zajedno kroz mnogo toga tokom prošlog rata. – Babi je uhvatila Janu za nadlakticu i odlučno je pogledala. – Ona će vam pomoći.

– Ali kako da stignemo tamo, koliko je to daleko? – Jana je podigla glas u panici. Sve se odvijalo tako brzo. Pogledala je u decu, prestravljena pred odgovornošću. Kad ih je prokrijumčarila iz Praga, imala je vremena da isplanira. Unezvereno pogledavši u babi, odmahnula je glavom. – Previše je opasno...

Babi je govorila smirenim, sigurnim glasom. – Možeš ti to, Jano. Diši, Hajde, Jano, diši.

Jana ju je poslušala i nekoliko trenutaka kasnije, misli su joj se razbistrile.

– Kaži mi – rekla je, glas joj je bio odlučan.

– Izaći ćete na zadnji ulaz, preko ograde, pa preko polja dok ne naiđete na prugu. Pratite je tako da vam bude s leve strane, krijte se između drveća dok ne stignete na zbraslavsku stanicu. To je oko trideset kilometara, za šta vam treba nekoliko sati, ali stići ćete pre mraka.

– A od stanice?

– Zatim pređite još jedan kilometar putem koji vodi u selo. Idite sad.

Babi ih je požurila kroz kuću i preko bašte.

– Ali šta će biti kad stignemo tamo? – upitala je Jana dok je nameštala ranac na leđa.

– Smislićemo kad vazduh bude čist. Razgovaraćemo. Ali prvo moramo da odvedemo decu odavde. – Govorila je neodređeno, ali Jana je znala da babi brzo razmišlja.

Babi je podigla staru baštensku stolicu pa je ponela do ograde.

– Ali šta će biti s tobom, babi? Policija će doći ovamo. Ili još gore, Gestapo.

– Nemaju nikakve dokaze. Deca i ja smo spakovali sve igračke i knjige. Ako me budu ispitivali, reći ću im da su to stvari iz detinjstva moje dece. Ti idi prva, Jano, a ja ću ti prebaciti decu.

Jana je pogledala u stolicu pa u babi, prestravljena za nju. Šta je policija znala? Kako su saznali za decu? Da li ih je neko izdao? Ali nije bilo vremena za razmišljanje. Zagrlila je voljenu baku, oči su joj bile pune suza.

– Molim te, čuvaj se, babi.

– I ti, zlato moje.

Jana je čeznula da ostane u njenom zagrljaju, ali babi ju je nežno odgurnula pa pridržala stolicu. – Popni se.

U tom trenutku, Iveta je pritrčala baki pa joj zagnjurila lice u rame.

– Neću da te ostavim – rekla je.

– De-de – babi ju je potapšala po leđima. – Moraš da budeš jaka. Moraš da paziš na svoju sestru i na Mihala. Računam na tebe.

Iveta je prigušeno zajecala, odmahujući glavom.

– Molim te, dođi – tiho je rekla Madi, povukavši Ivetu za kaput.

Jana je posmatrala taj prizor, srce joj se steglo od tuge.

– Vratićemo se – rekla je, ne znajući da li da veruje sopstvenim rečima.

Iveta se nevoljno odvojila od babi, pa uhvatila Madi za ruku. – Spremna sam – rekla je šmrknuvši.

Jana se popela na stolicu. Još jednom je pogledala babi, prebacivši ruke i uhvativši se za vrh ograde. Onda je zakoračila preko ograde zahvalna što nosi široku haljinu koja joj omogućava slobodu pokreta. Uz tresak je doskočila na drugu stranu. Zemlja je još bila tvrda, ali sneg se skoro istopio.

Čulo se šuštanje, babi je zastenjala i Madino lice se ukazalo iznad ograde. Jana je ispružila ruke, a Madi joj je skočila u zagrljaj. Sledeći je bio Mihal, oči su mu bile širom otvorene od straha i uzbuđenja. Jana ga je uhvatila i spustila na tlo. Zatim je podigla pogled čekajući Ivetu. Sekunde su prolazile. Babi je nešto govorila zapovednim tonom. Još nije bilo Ivete.

Brujanje automobilskog motora prekinulo je tišinu.

– Iveta – prosiktala je Jana. Ako Iveta ne dođe, moraće da odu bez nje. Ali nije je mogla ostaviti na milost i nemilost Nemcima.

Ponovo ju je pozvala.

Zvuk automobila se približavao.

Kola su se zaustavila. Vrata su se zalupila.

Jana je zgrabila Mihala i Madi za ruku, pa pogledala preko ramena; moraće da budu brzi kako bi se sklonili u zimzelenu šumu.

– Babi – pozvala ju je. – Šta...

Ograda se zatresla i Iveta se preturila preko nje. Jana je ispružila ruku da je pridrži, ali ona je ignorisala pomoć te je lako doskočila na duge noge. Otrčali su, Jana se trudila da ne misli na babi koja otvara vrata policiji. Njen neposredni zadatak bio je da odvede decu na sigurno.

44.

Bilo je hladno dok su se probijali kroz mračnu šumu. Trago-vi snega ležali su između drveća, poslednji znaci zime izmešani s visibabama koje su najavljivale proleće. Jana je pretpostavila da su pešačili oko dva sata prateći prugu kao što ju je babi uputila. Isprva su Madi i Mihal bili živahni, zadirkivali su jedno drugo, ali sad su ćutke hodali. Jani je bilo toplo oko srca kad je videla kako su se zbli-žili dok su se zajedno skrivali, kao brat i sestra.

Iveta je i dalje hodala nekoliko koraka iza njih, lice joj je bilo napeto, talasi netrpeljivosti isijavali su iz nje. Jana je razumela de-vojčicu; u Ivetinim očima Jana je bila ta koja ih je odvela od majke, a sad i od babi, zamene za majku. Tinejdžerka je bes zbog događaja preusmerila na Janu. Ipak, Jana se trudila da je to ne povredi.

Obuća koju je imala na nogama nije bila savršena za pešačenje. Tog jutra se obukla nameravajući da provede dan unutra, a ne da gazi kroz šume, te su joj iskočili plikovi na obe pete. Ali deca su nosila čvrste čizme. Babi se postarala da budu prikladno obučena za putovanje.

Zastali su da pojedu malo hleba i parčence sira iz ranca, sedeći jedno pored drugog na slomljenoj grani. Prijalo im je da odmore stopala, ali uskoro su počeli da drhte na vlažnom vazduhu.

Produžili su, krivudajući između jela, gazeći korenje i polomlje-ne grane. Usporili su, Jana je čula decu kako dahću; shvatila je da dugo nisu pešačili napolju. Iako su se igrali i skakali unaokolo, nisu imali kondiciju kakvu je trebalo da imaju.

Sunce se spustilo u to zimsko popodne, senke drveća su se izdu-žile. Upravo je htela da predloži kratak predah kad se zemlja zatre-sla, najavljujući dolazak voza. Sklonila je svoju malu grupu dalje od pruge, te su se šćućurili ispod visoke jele, čekajući da voz prođe pre nego što su nastavili.

Sati su prolazili, a Jana je, videvši umorna lica dece, rekla: – Još malo. – Kad je nedugo zatim pogledala kroz granje i ugledala stanični peron, sa olakšanjem je rekla: – Stigli smo. – Ali kad je videla znak na stanici, srce joj je potonulo. To nije bio Zbraslav.

Povukli su se u gustu šumu i nastavili da šipče, dok je dnevno svetlo bledelo. Jana je počela da se pita da li idu dobrim putem; nimalo nije poznavala taj kraj. Svi su bili veoma umorni. Noge su joj bile teške, osećala je kako joj se izranjavljene pete taru o obuću. Koliko još treba da pešače?

Pogled joj je bio prikovan za prugu s desne strane, pratila je njeno kretanje kroz polja. Nagib je sad bio strmiji, krajolik brdovitiji. Kratak dah joj se sad primetno vijugao pred očima dok je temperatura padala. Napokon je travu zamenio betonski peron, u vidokrugu se pojavio znak na kojem je pisalo *Zbraslav*. Stigli su.

Jana je videla da je izlaz sa stanice na suprotnoj strani pruge, da se do njega stiže preko drvenog mosta. Ali most je bio vidljiv iz kućice šefa stanice i mada nije mogla da vidi da li u njoj ima nekog, nije smela rizikovati da ih primete. Povela je iznurenu decu nazad putem kojim si došli, dok nisu stigli do krivine gde su neprimećeni mogli da pređu prugu. Onda su se vratili na stanicu, prikradajući se u koloni po jedan iza nje.

S jedne strane se pružala pruga, a s druge put, vidljiv kroz niz golog žbunja. Jana se zaustavila i okupila decu.

– Sačekajte malo ovde. Izašli smo na seoski put, što znači da je kuća blizu. Proveriću da li je vazduh čist.

Probila se kroz žbunje na drugu stranu puta, pa pogledala ka ulazu na stanicu. Srce joj je zastalo. Dva vojna kamiona bila su parkirana ispred. Nekoliko vojnika je stajalo pored vozila, pušili su. To je bilo loše. Šta će Vermaht u tom malom selu? Nije znala da li traže nju i decu, ali šta god da je razlog, nije mogla da uđe u selo puno nemačkih vojnika. Vrativši se, počela je da paniči. Ona i babi nisu razmotrile rezervni plan i nije imala pojma kuda sad da odu.

Deca su stajala sa iščekivanjem na licu.

Odmahnula je glavom. – Žao mi je, Vermaht je u selu. Moramo se sakriti na neko vreme i nadati se da će otići.

Madi je zaječala obuzeta beznađem, a Mihalu su se oči napunile suzama. Iveta je izgledala klonulo, lice joj bilo bledo. Blago se zanjihala.

– Jesi li dobro? – pitala ju je Jana. Devojčica je izgledala kao da će se svakog trenutka srušiti.

– Dobro sam – rekla je.

– Čim se vratimo u šumu, odmorićemo se i popiti vode.

Jana joj je pružila ruku, ali ona je uzmakla.

Iskrali su se pored stanice, pa se zaputili među drveće, Jana je grozničavo razmišljala o sledećem koraku. Deca su se vukla za njom kad je začula mek udarac. Madi je zacičala. Jana se okrenula ugledavši Ivetu sklupčanu na tlu. Požurila je da klekne pored nje.

– Šta se odgodilo? – upitala je Madi.

– Ništa, samo je pala.

– Iveta, čuješ li me?

Devojčica je nepomično ležala na boku, lice joj je bilo providno. Jana ju je protresla za rame ponovo je dozivajući. Madi i Mihal su joj se pridružili. Trenuci su prolazili. Jana je sela na ledeno tlo ukrstivši noge, pa je potapšala po obrazima hladnim kao kamen.

Ivetine dugačke tamne trepavice su zatreperile.

– Svesna je. – Jana je odahnula od olakšanja. – Madi, daj čuturicu s vodom.

Madi je otvorila ranac na Janinim leđima i izvadila čuturicu.

– Pomozi joj da pije, ja ću joj držati glavu – rekla je Jana.

Madi je prinela čuturicu sestrinim usnama, tiho je ohrabrujući da pije.

Pošto je uzela nekoliko gutljaja, Iveta je promumlala: – Šta se dogodilo? Sve se zacrnelo.

– Mislim da si se onesvestila; nisi dovoljno jela i pila, iscrpljena si. Nije nikakvo čudo. Hajde nagni se napred da ti krv dopre u glavu. – Jana ju je podigla u sedeći položaj, a Iveta je spustila glavu na kolena.

– Biće joj dobro – rekla je Mihalu, koji je gledao razrogačenih očiju, iako je zvučala samouverenije nego što je bila. Hladnoća tla prodirala joj je kroz kaput i bila je zabrinuta za Ivetu; moraće da ustane i kreće se. Uz Madinu i Mihalovu pomoć, podigla je Ivetu na noge.

Iveta je zakoračila, trgavši se, pa tiho zaječala.

– Mislim da sam izvrnula gležanj.

Jani je srce potonulo. – Možeš li da hodaš?

– Pokušaću – hrabro je rekla.

Iskrivivši lice, Iveta je pokušala da napravi nekoliko koraka. Bilo je očigledno da trpi bolove i da neće moći dugo da hoda.

Razmišljaj, Jano, razmišljaj, govorila je sebi. Dnevno svetlo je brzo bledelo, a temperatura je iz trenutka u trenutak padala. Moraće da im nađe neko mesto gde će da prenoće; ona može da čuva stražu, nadajući se da će Vermaht otići i da će moći da priđu kući babine prijateljice ili bi mogla da potraži neki ambar u blizini. Samo što unaokolo nije videla nijednu farmu. A Iveta nije mogla da pešači u potrazi za skloništem. To je značilo da će morati da ostavi decu ovde dok ona traži. Ali kako da ostavi decu samu u šumi? Možda je kućica šefa stanice...

Krckanje polomljenih grančica.

Škripanje kožne obuće, ne, nečeg težeg: čizama.

Iza njih se čuo uzdah. Uplašena, Jana se okrenula i zapiljila u kundak puške.

45.

– Šta to imamo ovde? – Odsečan glas pripadao je krupnom bradatom čoveku u pohabanoj odeći, koji je velikim šakama stezao pušku. – Ko ste vi? – upitao je, mršteći se na Janu.

– Ko ste vi? – uzvratila je, iskoračivši ispred dece, zaštitnički raširivši ruke.

Nasmejao se. – Možda prijatelj, kad bi bila manje drska. Mislite ovde da provedete celu noć? – Slegnuo je ramenima. – Ako noćas želite krov nad glavom, pođite sa mnom, ili nemojte. Kako hoćete.

Okrenuo se.

– Sačekajte. Molim vas – rekla je Jana. Sumrak se pretvorio u noć dok su sekunde prolazile. Uskoro će utonuti u potpuni mrak. – Treba nam pomoć. Jedno dete je povredilo gležanj, a nemamo kud da odemo.

Nije znala da li može da mu veruje, ali u tom trenutku nije videla drugo rešenje.

Vratio se ka njima. – Ko je povređen?

Jana je pokazala na Ivetu, zaštitnički ispruživši ruku ispred nje.

Progunđao je: – Ona je obična mršavica. Prebaciću je preko ramena.

– Ne – Iveta se pobunila. – Hodaću.

Ponovo se nasmejao, duboko, grleno.

– Onda pođite za mnom.

Pratili su ga između drveća, Iveta je šepala dok ju je Jana pridržavala s jedne strane, a Madi s druge. Mihal se držao Jani za rukav kaputa. Blago svetlo sijalo je ispred njih: uljana lampa na prozoru ruševne kuće. Jana je osetila olakšanje pomešano sa strepnjom. Mnogo je rizikovala s tim neznancem, ali tu je bilo svetla i krova nad glavom, a deca samo što se nisu srušila od iznurenosti. Duboko je udahnula dok su ulazili s njim kroz prednja vrata ostavivši noć iza sebe.

Sitna žena sede kose podignute u neurednu punđu pogledala ih je iznenađeno. Stajala je za šporetom u oskudno nameštenoj sobi, mešajući nešto u loncu, para joj se njihala oko izboranog lica.

– Ko su oni? – oštro je upitala, podbočivši se slobodnom rukom.

– Begunci, rekao bih. – Pogledao je u Janu. – Nema sumnje da beže od Nemaca?

Jedva primetno je klimnula glavom.

– E pa, ovde ne mogu da ostanu – rekla je žena.

– Samo noćas. Sutra idu dalje.

Mahnuo je ka propalom kauču. – Možete tu da se odmorite, sve četvoro.

Jana je skinula ranac, pa su se sručili na pohaban, plesnjivi kauč. Odahnuvši sa olakšanjem što će odmoriti bolne mišiće, okupila je decu bliže sebi, te su ostali tu ušuškani u svoje kapute, dok su im zubi cvokotali.

Žena je tresnula dve činije i dve kašike na drveni sto, pa donela lonac sa šporeta.

– Nema dovoljno za njih – rekla je, sipajući kutlačom retku čorbu u činije. – Jedva da ima dovoljno za nas.

Čovek je prebacio kaput preko naslona jedne od dve stolice pa seo. Žena je sela naspram njega i počela da jede. Pri pogledu na njih kako jedu, Jani je zakrčao stomak. Pojeli su sve što im je babi spremila.

– Gladan sam – prošaputao je Mihal.

Čovek je pogledao u njega s nedokučivim izrazom lica, spustivši kašiku. Podigao je činiju i pružio je Mihalu.

– Pij – rekao je.

Mihal je srkutao čorbu, pa posle nekoliko halapljivih gutljaja, pružio činiju Jani. Ona mu se osmehnula, pa pogledala u čorbu; kockice šargarepe i krompira plivale su u bljutavoj tečnosti. Izgledalo je i mirisalo rajski. Udahnula je miris, pa pružila činiju Madi. Jana nije uzela ni gutljaj, plašeći se da će isprazniti činiju kad oseti ukus u ustima. Madi je popila, pa pružila činiju sestri Iveti, koja jedva da je imala snage da pije, pomislila je Jana dok je zabrinuto gledala devojčicu. – Dovrši to – rekla je Jana kad joj je Iveta pružila ostatak i posle trenutka oklevanja, devojčica je popila poslednje kapi.

Malo kasnije, kad se Jana zgrejala, skinula je šešir i kaput, pa pomogla deci da se raskomote. Onda je klekla i nežno izula Iveti čizmu i čarapu da joj pregleda povredu. Gležanj je bio natečen i već je pomodreo.

– Moramo da ga previjemo – rekla je. Pogledala je preko ramena. Čovek ih je ravnodušno gledao. Zatim je razdraženo progunđavši ustao od stola, pa stao da pretura u uglu sobe, gde je pocepao neku krpu i tutnuo je Jani u ruku. Vratio se za sto pa sipao sebi piće iz boce bez etikete. Žena ništa nije rekla dok je krpila odeću, svaki čas streljajući Janu sumnjičavim pogledom.

Iveta se trgla, pa ujela za usnu kad joj je Jana previla gležanj.

– Izgleda da si ga iščašila kad si pala, ali ne bih rekla da je slomljen.

Uprkos tome, Jana nije znala da li će sutra moći da nastave putovanje ako Iveta ne bude mogla da hoda. Osim toga, kuda da idu? Previše umorna da bi razmišljala o tome, vratila se na kauč, pa se promeškoljila zajedno s decom pokušavajući da se udobno smesti, koristeći kapute da ih pokrije.

– Odspavajte – rekla je kad su se Mihal i Madi šćućurili uz nju. Iveta je sedela pravo na kraju kauča.

Jana je naterala sebe da ostane budna, svesna žene i muškarca koji su ćutke sedeli, on pijući, ona krpeći. Naposletku su se povukli u spavaću sobu, ostavivši Janu i decu same u mraku. Jana je pomislila da izuje cipele, ali pete su joj bile izranjavljene i plašila se da više neće moći da ih obuje. Dok je slušala ravnomerno disanje dece, i njoj su se kapci sklopili te je utonula u isprekidan san.

Škripanje podnih dasaka probudilo ju je. Srce joj je poskočilo kad je naglo otvorila oči i videla onog čoveka u zgužvanoj odeći, nagnutog nad njom. Sa olakšanjem je pogledala u decu koja su još spavala pored nje.

– Vreme je za buđenje, Uspavana Lepotice – rekao je, pa prišao sudoperi i napunio čajnik.

Jana je s jedne na drugu stranu iskrenula ukočen vrat pa protresla decu budeći ih, dok je muškarac stavljao čajnik s vodom na šporet da provri. Svima je skuvao šolju divke koju je Jana zahvalno prihvatila; imala je grozan ukus u njenim suvim ustima.

– Hvala što ste nam dozvolili da prenoćimo ovde – rekla je, pijuckajući gorak smeđi napitak. – Da budem iskrena, nisam sigurna šta ćemo sad. Možda ću proveriti da li je Vermaht još u selu.

Stao je pred nju raskoračen, srčući iz okrnjene šolje.

– Imam bolju ideju – rekao je.

– Stvarno? – upitala je, očajnički želeći da čuje bilo kakav predlog.

– Mogu da ti kažem gde se kriju neki pripadnici pokreta otpora. Oni će vam pružiti utočište.

Srce joj je poskočilo. – Jeste li vi s pokretom otpora?

– Ja nisam ni sa kim osim sa samim sobom. Ali nisam simpatizer nacista, to sigurno.

Ustala je, otresajući haljinu.

– Bila bih vam veoma zahvalna kad biste mi rekli gde da nađem te ljude.

– A ja bih bila zahvalna kad bi ti pokazala zahvalnost. Kad bi platila – čuo se visok, oštar glas. Žena je to rekla ušavši u sobu, krajevi kućne haljine leteli su oko nje, seda neočešljana kosa padala joj je na ramena. Izgledala je staro na jutarnjem svetlu.

– Bojim se da imam samo nekoliko kovanica u novčaniku – rekla je Jana.

– Nema para, nema informacija – rekla je žena, razmenivši pogled s muškarcem i prišavši bliže. Preletela je pogledom preko Jane pa ga zaustavila na njenom ručnom zglobu. – Tvoj sat.

Bio je to jeftin sat iz prodavnice polovne robe i Jana je bila spremna da joj ga da u zamenu za njihovu bezbednost. Otkopčala je kaiš uhvativši muškarčev pogled. Može li da mu veruje?

– Sigurno znate gde je pokret otpora? – upitala je.

– Ja znam sve što hoda tom šumom. – Bio je nabusit.

– Ajde. – Žena je prekrstila ruke, lupkajući prstima.

Jana joj je pružila sat.

– I sitninu iz novčanika.

Jana je izvadila novčanik iz ranca, pa sve što je imala istresla ženi na ispružen dlan. Pomislila je kako joj je Brant strgao medaljon i bila je sigurna kako bi ga ta žena tražila da ga i dalje ima.

– Šta još imaš? – upitala je žena.

– Ništa – odvratila je Jana, pokušavajući da prikrije preneraženost u glasu.

– Pusti je sad – uzdahnuo je muškarac. – Hoću da krenem.

Posle toga se sve ubrzalo. Muškarac je odlomio po parče tvrdog hleba svakom od njih; deca su ga gladno pojela, ali Jana je svoje stavila u ranac, pa napunila čuturicu vodom iznad sudopere. Pošto je bilo očigledno da Iveta ne može da hoda, muškarac je dograbio zarđala kolica s jednim točkom, pa podigao iznenađenu devojčicu spustivši je u njih pre nego što ih je poterao putem. Jana i ostalo dvoje dece pratili su ga kroz vlažno, sivo jutro, žena je zalupila vrata za njima.

Grupa je ćutke pešačila kroz šumu, muškarac napred, gurajući Ivetu u kolicima, čiji je točak glasno škripao. Tokom noći je padala kiša i hladne kapi padale su s borova bez iglica. Nagoveštaj proleća od pre nekoliko dana nestao je. Jani se hladnoća uvukla u kosti, noge i mišići boleli su je od pešačenja prethodnog dana. Osećajući se praznom od gladi i vrtoglavice, pomislila je da će se srušiti kad je dunuo oštar vetar. Možda je trebalo da pojede onaj hleb, ali sačuvala ga je, ne znajući odakle će dobiti sledeći obrok.

Čovek se na kraju zaustavio, spustio kolica i pokazao na zemlju.

– Pratite stazu. Vodi do drvosečine kuće. Zovu ga Medved. On će vam pomoći.

Jana je pogledom pratila stazu koja je vijugala između drveća.

– Zar ne idete s nama?

– Ja imam posla. Nije daleko: sat-dva. Držite se staze. Ti možeš da voziš kolica. – Progunđao je nešto kao po običaju, pa otišao putem kojim su došli pre nego što je stigla da se pobuni. Gledala ga je kako odlazi, bezmalo ne verujući da ih je doveo u tu nedođiju i ostavio ih. Bes i nemoć bujali su u njoj; dala im je sat i sav preostali novac, a on ih je prepustio na milost i nemilost sudbini. Sumnjala je da postoji drvosečina kuća, a kamoli čovek zvani Medved. Možda su to dvoje kod kojih su prenoćili kolaboracionisti pa će za nagradu izručiti nju i decu nacistima; u drvosečinoj kolibi će ih dočekati čovek okrutnog lica u dugačkom kožnom kaputu.

Potiskujući očajanje koje je pretilo da je obuzme, uhvatila je ručke kolica i rekla: – Idemo.

Iako je Iveta bila lagana za jednu trinaestogodišnjakinju, stara kolica s labavim točkom bilo je teško gurati niz razrovan put, te su Jani ramena i ruke uskoro goreli. Iveta se držala za metalne stranice, bolno kriveći lice na svakoj rupi. Madi i Mihal šipčili su pored Jane, izgledali su nesrećno. Kako je vreme prolazilo, Jana se pitala da li idu dobrim putem: da li uopšte postoji dobar put.

– Jesmo li blizu? – zakukao je Mihal.

– Jesmo – rekla je Jana, mršteći se, jer joj se učinilo da se staza prekida.

– Nema drvosečine kuće – rekla je Iveta, glas joj je bio ispunjen gorčinom.

– Nemoj to da govoriš! – uzviknula je Madi.

– Istina je – uzvratila je Iveta. – Ostavio nas je u šumi da umremo. Kao Ivicu i Maricu.

Madi je briznula u plač, a Mihal je doviknuo Iveti: – Zašto si uvek tako zla?

– Dosta. – Janin glas podigao se iznad njih. Spustila je kolica i duboko uzdahnula. – Svađa nam neće pomoći. Važno je da vas troje budete hrabri i odrasli. Moramo se podržavati i ohrabrivati. – Okrenula se ka Iveti. – Znam da te boli, ali bez obzira na to, najstarija si i očekujem da se tako i ponašaš.

Janin ton bio je stroži nego što je nameravala, ali devojčica je shvatila prekor i ućutala je. Mihal je uhvatio Madi za ruku dok je ona odlučno brisala suze.

Ćutke su produžili.

Staza se naglo prekinula, ali napred se drveće razredilo, a na tlu su se ukazali tragovi zaprežnih kola. I tragovi konjskih kopita.

Jana se okrenula ka deci. – Eno našeg drvoseče i njegovog konja!

Uz nov nalet snage, mala grupa je nastavila da šipči. Počela je da pada ledena susnežica, šibajući ih po licu dok su pratili tragove točkova zaprežnih kola. Činilo im se da putu nema kraja, a Jana je bila sigurna da su pešačili mnogo duže od jednog ili dva sata koliko im je onaj čovek rekao. Vuneni kaput joj je bio mokar i težak, a posle nekog vremena videla je da Iveta sedi u vodi. Jana se zaustavila, izvukavši iznurenu devojčicu iz kolica, izbacila vodu pa joj pomogla da ponovo sedne. Kolena su pretila da je izdaju, ali ona je stisla zube i nastavila da gura. Nije bilo drugog rešenja.

Prvo je primetila dim kako se izvija u sivo nebo. Velika koliba s dimnjakom ukazala se kroz susnežicu. Tragovi zaprežnih kola prekidali su se ispred ambara podignutog uz bočni zid kuće.

– Stigli smo – rekla je, duboko uzdahnuvši. Ali olakšanje je bilo pomućeno brigom kad se setila hladnog prijema na koji su naišli prošle noći.

Doteturali su se do vrata. Sumnja je proletela Janinim mislima kad je pokucala, nije imala pojma šta da kaže. Nije znala ni ime muškarca koji ih je tu poslao.

Sredovečna žena bujnih grudi otvorila je vrata i zagledala se u njih. Gde je drvoseča? Da li je to ta kuća?

– Da li tu živi neko po imenu Medved? – upitala je Jana.

– Bože moj, vidi na šta ličite, siroti jaganjci. Uđite – rekla je žena, pa pozvala preko ramena. – Medvede, imaš goste.

Teški koraci približavali su se ženi. Ona se sklonila u stranu, a Jana je zadržala dah pred krupnim čovekom.

Bio je to Egon.

46.

Žena koja ih je dočekala, Ramona, bila je Egonova žena. Bila je krupna, glasno se smejala i imala je vedre oči; Jani se odmah svidela. Egon ih je uveo u toplotu koja se širila iz peći na drva, dok je Ramona otišla da donese hranu za malu trupu.

Egon je objasnio da je to njegov dom, iz kojeg organizuje grupe pokreta otpora.

– Ali kako si me, dođavola, našla i šta ti se desilo, Jano?

Ispričala je svoju priču, a kad mu je rekla za ono što su doživeli protekle noći u kući onog para, Egon se nasmejao. – To dvoje su siromašni. Ali mrze Nemce i drže ih na oku za nas.

Jana je nastavila. – Ali nisam znala da će se ispostaviti da ste vi drvoseča po imenu Medved. – Suze zahvalnosti zamaglile su joj oči.

Ramona im je svima donela po činiju paprikaša. – Zečetina – ponosno je rekla, klimnuvši glavom ka mužu. Paprikaš je bio bogat i pun mesa, te je Jana sa zadovoljstvom uzdahnula kad ga je probala.

Pošto su jeli, Ramona se posvetila Iveti, pregledajući joj gležanj i ponovo ga previjajući trakama čistih čaršava. Jana se, sedeći na nakrivljenoj, rasklimanoj stolici, napokon odvažila da izuje cipele i zaječi. Čarape su joj, umrljane skorelom krvlju, bile zalepljene za velike otvorene rane na obema petama.

– Bože moj, devojko, to se mora odmah pogledati – rekla je Ramona, skrenuvši pažnju sa Ivete na Janu. Nekoliko trenutaka kasnije, donela je toplu vodu i nekakvu tinkturu, pa pomogla Jani da skine čarape.

– ... I ti si celim putem gurala ovu devojčicu u rasklimanim starim kolicima, sa ovakvim stopalima... – rekla je Ramona dok joj je lečila otvorene rane. Jana je uhvatila Ivetin pogled, devojčica je bila zamišljena. Bilo je zabrinutosti u njenim očima i još nečeg: priznanja i možda zahvalnosti. Jana joj se ohrabrujuće osmehnula, a Iveta joj je uzvratila osmeh: prvi osmeh koji joj je podarila.

Madi i Mihal su živnuli nedugo pošto su pojeli paprikaš, pa su skočili na Egonov poziv da vide teglećeg konja u ambaru. Mihal je sad imao sedam godina i izgledao je mnogo starije od stidljivog deteta koje je u njenoj knjižari tražilo utočište. Jana je pomislila na dan kad je prisustvovala hapšenju njegove majke, molećivog pogleda koji joj je govorio da zaštiti njenog sina. Mihal je rekao da je njegova majka u drugom stanju. I šta je bilo s Mihalovim ocem, koji se jednog dana jednostavno nije vratio s posla? Molila se da se ta porodica u budućnosti okupi.

Misli su joj se vratile na Medi dok ju je gledala kako izlazi kroz vrata i odlazi ka ambaru. Tri godine su prošle otkako su ona i njena sestra poslednji put videle majku, Lilijan. Srce ju je bolelo pri pomisli na tolike porodice razdvojene tokom rata.

Ramona je navalila da se Jana odmori u njenoj stolici za ljuljanje i stavila joj je jastuke i ćebad da bi joj bilo udobno. Ivetu je stavila na kauč, s podignutim gležnjem, te je umorno dete zažmurilo i zadremalo. I Jana je poželela da zaspi, ali u umu joj se i dalje komešalo; otac će se izbezumiti od brige jer ne zna šta joj se desilo. I šta je s babi? Da li je policija posumnjala da je ona skrivala decu? Da li su je uhapsili? Na kraju je pustila kapke da padnu i utonula u lak san uz Ramonino utešno užurbano kretanje po kući.

Malo kasnije, Egon se vratio s decom, ruke su im bile pune slame koju je Ramona upotrebila da napravi improvizovane slamarice pored peći. Jana je ustala iz stolice za ljuljanje pa se zaputila u Ramoninim kratkim čarapama, uz olakšanje što ne mora da nosi cipele; trebaće joj nekoliko dana da joj pete zacele. Ramona je već rekla da ona i deca mogu da ostanu koliko god žele. Koliko juče Jana je putovala da poseti baku na jedno popodne, a sad je u bekstvu s troje dece. Imali su sreće što su našli utočište kod Egona i njegove dobre žene.

* * *

Narednih dana posetioci su dolazili i odlazili. Muškarci su stizali peške, na biciklima ili konjima. Egon je tiho razgovarao s njima dok su pušili ispred kuće ili su se dokasno skrivali u ambaru. Kroz zid je čula prigušene zvuke s radija.

Jedne večeri, kad su deca zaspala, a Ramona se povukla u spavaću sobu, Jana je otišla u kupatilo da se spremi za spavanje. Navukla je Ramoninu iznošenu flanelsku spavaćicu, pa lanenom krpicom istrljala zube. Kad se vratila u dnevnu sobu, Egon više nije bio tu. Pretpostavila je da je ambaru, da sluša radio. Pošto se nekoliko trenutaka dvoumila, pošla je za njim.

Egon je iznenađeno podigao pogled kad je čuo njene korake, utišavši jasne zvuke BBC-jeve emisije.

– Molim te, kaži mi šta se događa – jednostavno je rekla. – Želim da učestvujem.

Ustao je s hoklice, pomerivši se da sedne na balu sena. – Hvala ti što si držala municiju u svojoj knjižari. Preuzeta je bez ikakvih teškoća.

Jana je uzdahnula sa olakšanjem.

Egon je nastavio. – Saveznici napreduju ka nemačkoj granici... – Oči su mu sinule s nadom. – Blizu je trenutak kad ćemo se podići i osloboditi od Nemaca.

– Kako ja mogu da pomognem? – Sela je, pa navukla spavaćicu preko kolena.

– Biće opasno – upozorio ju je – ali potrebni su nam ljudi koji se ne bore da pomognu pokretu s namirnicama, da naprave barikade i neguju naše ranjene. – Zabrinuto ju je pogledao.

– Navikla sam na opasnost. Već sam radila s tobom. – Isturila je bradu. – Spremna sam ponovo da radim.

April je doneo busene zvončića na šumskom tlu i sunce koje se probijalo između grana. Egonovi posetioci dolazili su sve češće, a Jana je pozivana na njihove sastanke, koji su se često održavali u ambaru, gde su slušali najnovije vesti. Bila je ispunjena nervoznim uzbuđenjem dok su pravili planove, a dan njenog povratka u Prag se bližio. Užasavala se pomisli da ostavi decu, ali znala je da su s Ramonom u dobrim rukama.

Veče pre planiranog odlaska, Jana se vraćala iz kupatila i prošla je pored vrata spavaće sobe; bila su odškrinuta te je načas uhvatila Egona i Ramonu kako stoje u čvrstom zagrljaju. Milovao ju je po kosi i tiho joj šaputao. Ramoni su se ramena tresla od prigušenih jecaja. Jana je bila dirnuta njihovom ljubavlju, a kad je legla na svoju slamaricu, misli su joj odlutale do Andreja. Kad bi bar mogao da bude s njom kad se bude vratila u Prag, kad bi mogli da budu rame uz rame, ujedinjeni u svojoj borbi.

Te noći je usnula savršen san: ona i Andrej trče preko Karlovog mosta, šireći jednu za drugom češke zastave iznad ograda. Onda s rukom u ruci žure obalom Vltave ka svom parobrodu, gde se skidaju i strastveno vode ljubav.

Probudila se, srce joj je tuklo, osećala je žmarce od čežnje. Ali stvarnost se obrušila na nju; Andrej je nestao, ubio ga je Gestapo. Sad je bila sigurna u to; bio je to jeziv, ali očigledan zaključak. Da mu je makar jednom rekla da ga voli. On je izgovorio te najslađe reči, ljubeći joj lice umrljano suzama, te večeri na parobrodu posle pokolja, ali ona ih je potisnula, izjedana krivicom i jadom. Sad je želela da je uzvratila na njegove reči i da je, pre nego što je umro, znao koliko ga ona duboko voli. Bilo je prekasno.

Deca su ustala dok se spremala da ode. Svako od njih privila je na grudi.

– Slušajte Ramonu – rekla je Madi. – Vratiću se po vas – uverila je Mihala. Donja usna mu je podrhtavala, a dve rumene mrlje pojavile su mu se na obrazima.

Okrenula se ka Iveti, koja je ukočena, bleda posmatrala opraštanje, ali je Iveta prva progovorila.

– Volela bih da ne ideš.

Jana joj je obavila ruke oko mršavih leđa, a devojčicino ukočeno telo se opustilo i mlitavo naslonilo na nju. Iveta je drhtavo uzdahnula.

– Hvala ti – tiho je rekla.

Jana je teško progutala knedlu u grlu, znajući da je Iveti bilo teško da izgovori te reči.

– Vreme je da pođemo. – Egon ju je potapšao po ramenu, a ona se na kraju okrenula ka Ramoni i uhvatila je za obe ruke.

– Pazi na decu.

– Budi sigurna da hoću. A vas dvoje pazite jedno o drugom – rekla je Ramona, pogled joj je odleteo ka mužu, pa ponovo ka Jani.

U kući je bilo tako nabijeno emocijama da je Jani laknulo kad je izašla i udahnula hladan ranojutarnji vazduh. Konj i kola su čekali, te joj je Egon pomogao da se popne na prednju klupu pre nego što je seo pored nje. Dok su odlazili, Jana je pogledala preko ramena i mahnula maloj grupi, a njihova zabrinuta lica ostala su joj urezana u umu.

Poj ptica ispunio je prolećni vazduh, a na topot konjskih kopita, veverice su šmugnule kroz nisko žbunje pa skočile na drveće. Egon je, duboko zamišljen, ćutao dok je vozio kola, a Jana je sve više strahovala od onog što ih čeka.

Sat kasnije, zaustavili su se pred malom seoskom kućom gde su ih čekala tri muškarca, jedan tinejdžer i jedna žena. Jana se oraspoložila kad je prepoznala Nelu. Osmehnule su se jedna drugoj. Kad su se svi ukrcali, Egon se nagnuo ka Jani.

– Nela je učila prvu pomoć. Jedan od zadataka biće ti da joj pomažeš ako zatreba.

Klimnula je glavom. – Ali šta je s dečakom? Mlad je.

– Ne brini. On samo treba da vrati kola i konja kući. Kad stignemo do oboda Praga, produžićemo peške.

U podne su se Jana, Egon, Nela i tri muškarca izmešali s gužvom u centru Praga, spuštajući poglede kad prođu pored vojnika u patroli. Egon je usporio, pa pokazao na zgradu prekoputa ulice.

– To je naša meta – rekao je. Jana je pogledala jednostavnu četvorospratnicu. Bilo je to sedište praške radio-stanice.

47.

Jana se popela stepenicama u svoju kuću, strepnja joj je uspo-
ravala korak. Koliko se nadala da će zateći oca za stolom kako do-
ručkuje i čita novine, mršteći se na najnoviju nemačku propagandu.
Rekla je Egonu da mora proveriti kako joj je otac, ali kasnije će se
sastati s njim. Egon ju je upozorio na opasnost da je vide, mada je
razumeo njenu brigu.

Sad, kad je okrenula ključ u bravi, shvatila je da on možda radi,
ali ako bude našla današnje novine na stolu, dopola pročitane, zna-
će da ga nisu uhapsili.

Otvorila je vrata i zinula. Očev kaput ležao je na podu, izvrnutih
džepova. Fioke u stolu u hodniku visile su, pisma i računi bili su
razbacani po podu. Ošamućena, oteturala se u kuhinju. Sva vrata
ormarića bila su otvorena, njihov oskudan sadržaj izbačen na radnu
površinu. Jana je zakoračila preko razbijenog zemljanog posuđa pa
klekla da uzme deo porcelana rukom oslikanog modrom kupinom;
bila je to krhotina mamine omiljene vaze.

Kao u snu, otišla je u svoju sobu. Njena odeća je ležala razbacana
na krevetu i podu. Namrštila se kad je videla svoj grudnjak kako
visi iz komode s fiokama u kojima je držala donje rublje. Osetila
je mučninu zbog tog upada. Sagnuvši se da podigne nekoliko ispi-
sanih listova i staru rođendansku čestitku, pokušala je da dokuči
šta se dogodilo, ali bila je previše zaprepašćena da bi mogla da se
usredsredi.

Knjiga njene majke, *Male žene,* koju je držala na noćnom stočiću,
ležala je otvorena na podu. Podigla ju je i ispravila zgužvanu strani-
cu, pa je vratila u fioku. Ali šta je s drugim knjigama njene majke?
Onim zabranjenim? Skrivenim. Srce joj je tuklo kad se okrenula

ka svom šifonjeru debelog dna. Vrata su bila širom otvorena, njena odeća svučena s vešalica. Kleknuvši na pod, na mestu gde se šifonjer naslanja na zid, zavukla je tanke prste u uzan prorez; dodirnula je metalnu kopču koju je otvorila uvežbanim pokretom. Čulo se škripanje kad se kutija skrivena u drvenom dnu otvorila. Otpuzala je do prednjeg dela šifonjera, pa pogledala u šupljinu i uzdahnula.

Knjige su bile tu; naslovi Kafke, Hemingveja, Tomasa Mana i drugih. Jana je zatvorila kutiju, spoj je nestao u ukrasnim rezbarijama. Tata je dobro napravio to tajno mesto gde će sakriti omiljene knjige svoje žene.

Sličan nered Janu je dočekao i u sobi njenih roditelja. Bolno je bilo videti s kakvim su se nepoštovanjem poneli prema odeći njene majke. Pripala joj je muka pri pogledu na prljave tragove stopala na staroj svetložutoj podsuknji. Prošla je kroz sobu pazeći da ne zgazi na nešto, pa stala ispred otvorenog ormara; svaka polica je bila ispražnjena. Stare porodične fotografije bačene su, a ona se sagla da pokupi te dragocene slike. Bubnjalo joj je u glavi. Šta znači taj nered? Provalu? Ali istina je verovatno bila zlokobnija: babi je uhapšena zbog držanja takozvanih nepoželjnih, a njen sin je bio predmet šire istrage. Ledena jeza ščepala ju je za srce. Gestapo je bio tu i odveo je njenog oca.

Ne, ne njenog dobrog, nežnog oca. Majka je umrla, molim te, bože, nemoj da i otac ode. Mora nešto da preduzme, ali šta?

Pogledavši rasulo oko sebe, Jana je pokupila nekoliko stvari s poda, ali bilo je beznadežno. Nije imala vremena da pospremi; morala je da se vrati Egonu i ostalima.

Grlo ju je bolelo od neprolivenih suza kad je potrčala kroz stan, pa niza stepenice. Da li su bili i u knjižari? Gestapo, policija ili ko god da je bio tu? Bolje da ne gleda. Sad nije imala vremena.

Ali otvorila je vrata knjižare, bilo je to jače od nje. Čim je ušla, poželela je da nije; knjige izbačene s polica ležale su rasute po podu, oštećenih hrbata. Stranice su ležale odbačene, istrgnute iz svojih priča. Udovi očevih marioneta bili su pokidani i ležali su na groteksnoj gomili usred tog rasula. Disala je plitko i ubrzano dok je posmatrala taj prizor.

Svetogrđe, eto šta je to.

Ti ljudi su varvari. U njoj je buktao bes doveden do belog usijanja, razvejavši strah koji ju paralisao nekoliko sekundi ranije.

– Dosta! – uzviknula je u praznoj knjižari. – Dosta je. – Stisla je pesnice.

Kad je izletela iz knjižare, bes i odlučnost ulili su joj novu snagu. *Sad je dosta*, vrištao je njen um. Ljudi su predugo ugnjetavani. I sama je bila neodlučna posle pokolja, dozvolila je krivici da je parališe. Gde je ona hrabra devojka koja je radila u srcu nacističkog režima, sakupljajući informacije? Gde je devojka koja je skrivala šifrovane poruke u obeleživačima koje je sama pravila? Očajnički je žudela da uzvrati okupatorima svoje zemlje.

Gde je ta devojka?

Dok je prolazila pored svojih sunarodnika na ulici, gledala je njihova mršava, umorna lica. Ljudi su gladovali na nogama dok je ono malo hrane davano Vermahtu. Žitelji Lidica su pobijeni. No jesu li uzalud izgubili živote? Pomislila je na Lenkine roditelje i gnev joj je prostrujao venama. Dosta je, a devojka koja je odbijala da bude pasivan posmatrač, gde je ona sad?

Tu je i spremna je da se bori.

48.

Narednih nekoliko dana Jana je provela u podrumu razrušenog restorana. Unutra je bilo hladno i vonjalo je na vlagu. Ljudi su došli sa oružjem koje su dobili od policajaca, simpatizera njihovog cilja, ili su ga ukrali od Vermahta. Govorili su nabijeni emocijama zbog nadolazećeg ustanka.

Egon je proučavao sakupljeno oružje. – Nije mnogo – rekao je – ali moraće da bude dovoljno.

Jana se trudila da ne razmišlja o dobro opremljenom Vermahtu, ali imala je osećaj da će narednih dana ona i Nela negovati mnoge ranjene. Put je bio trasiran; nije bilo povratka.

Postavljeni su dušeci za muškarce, nju i Nelu i noću je Jana ležala budna osluškujući zvuke oko sebe: groktanje, hrkanje, uzdahe. Njen raspričani um nije joj davao mira. Gde su tata i babi? Da li su povređeni, ispitivani? *Molim te, bože, da su živi.*

Tokom narednih dana, Egon je slao Janu i Nelu da uzmu oskudna sledovanja hrane od kontakata po gradu. Posle noći u podzemlju, Jani bi dobrodošao svež vazduh. Kosa joj je vonjala na plesnjivi podrum, te se uzalud pitala kad ju je poslednji put oprala.

– Ne znam kako će ljudi da se bore praznih stomaka – rekla je Jana dok su pešačile bulevarom oivičenim ružičastim stablima magnolije, čije su latice zastrle tlo.

– O, odlučnost je njihovo gorivo – rekla je Nela.

Jana je zavolela Nelu, odlučnu, lepu devojku koja je otvoreno izjavila da bi umrla ako treba kako bi se Prag oslobodio Nemaca. Divila se otpornosti i strasti devojke mlađe od nje.

– Imaš li porodicu? – upitala ju je Jana, prvi put postavivši Neli lično pitanje.

– Imala sam četvoricu braće, koji su radili za drugu grupu pokreta otpora. Samo je jedan još živ. – Isturila je bradu. – Nisu umrli uzalud.

Jani su se usta osušila na njene reči.

Ostavile su iza sebe toplo sunce i na zadnja vrata ušle u restoran. Egon je stražario s jednom od poluautomatskih pušaka koje je uspeo da nabavi.

Osmehnuo se. – A, anđeli donose darove.

– Ne raduj se previše – nasmejala se Jana. – Ovo teško da je gozba. Hoćeš li tu da jedeš? – Preturala je po cegeru, ali Egon je odmahnuo rukom.

– Sačekaću da mi se završi smena. Pošalji nekog od momaka da me odmeni kad budu jeli.

Ljudi se baciše na parčiće hleba i komade sušene kobasice. Neki su progutali u sekundi, drugi su uživali u svakom zalogaju, ne žureći, kao da im je to poslednji obrok.

Napetost u grupi bila je opipljiva. Ljudi su hodali po podrumu, raspravljali se i pušili poslednje preostale cigarete, dok je Jana bila uznemirena od nervozne energije, iscrpljena od nepodnošljivog čekanja. Držala se Nele, pomažući joj da namota zavoje i proveri ono malo medicinskog pribora koji su imali. Egon je nemoćno psovao jer nije mogao da uhvati signal na radiju koji je napravio od delova što su ih doneli pripadnici pokreta otpora.

– Moramo da saznamo položaj saveznika – zarežao je, udarajući opremu.

A onda napokon, četvrtog maja uveče, Egon ih je sve okupio. Pobednički se osmehnuo. – Berlin je pao u ruke saveznika. Sovjetske snage su zauzele Rajhstag.

Jana je oduševljeno vrisnula na tu neverovatnu vest. Svi su se radovali.

Kad su se smirili, Egon je ozbiljno nastavio: – Sutra je dan koji smo svi iščekivali. Spiker na češkom radiju daće nam znak u šest ujutru.

Jana je zadržala dah kad je Egon nastavio.

– Proširiće se glas koji će biti znak Česima da se dignu i uzmu oružje, kuku ili motiku, šta god da imaju. Istovremeno ćemo se spojiti s drugim borcima i zauzećemo radio-stanicu. Kad preuzmemo kontrolu nad emitovanjem, moći ćemo da damo uputstva građanima. Nemci jesu šest godina držali pod okupacijom našu zemlju, ali naš duh je ostao i uvek će ostati češki.

Egon je podigao uvis pesnicu, razleglo se klicanje. Onda je, u trenutku spontanog drugarstva, svako zapevao himnu. Jana se u veličanstvenom ushićenju oslobodila napetosti u grudima, pevala je silnije nego ikad ranije.

Dok su se ostali spremali za spavanje, Jana je prišla Egonu, koji je uspeo da podesi radio na lokalnu radio-stanicu.

– Egone, nisi rekao šta će sutra biti moj zadatak. Možda neću moći da pucam, ali svakako mogu da pripomognem.

Nežno joj se osmehnuo. – Ne želim da padneš u prvih deset sekundi. Ti i Nela ćete ostati ovde i slušaćete prenos. Kad obezbedimo zgradu Radija, naredićemo civilima da postave barikade.

Egonu je pogled skliznuo s Jane na Nelu, koja je prišla da čuje razgovor. – Vas dve se nećete boriti, izaći ćete na ulice da pomognete u postavljanju barikada. One će sprečiti nove nemačke trupe i tenkove da uđu u grad. Onda ćete se vratiti ovamo da negujete ranjene.

Zaćutao je dok su njih dve razmišljale o njegovim rečima.

– Sad pokušajte malo da odspavate – rekao je, pa ugasio radio.

Jana je otišla u restoranski toalet, na brzinu se oprala, pa legla na svoj dušek. Znala je da te noći neće spavati, da će se besani sati razvući ispred nje, čekajući da joj muče uznemiren um. Misli su joj letele sa oca na babi, s dece na Lenku, ali na kraju su se zadržale na Andreju. Kako je želela da je on s njom, da podeli te trenutke ustanka protiv Nemaca. Kako bi bili ponosni i jedinstveni. Zajedno. Kao par. Više ne bi morali da kriju svoju ljubav. Toliko dugo se molila da se ovaj strašni rat okonča, a sad je, posle vesti da su saveznici blizu, ta mogućnost bila nadohvat ruke. Da li je zažalila zbog svoje odluke da se udalji od njega? S naknadnom pameću – da. Možda će, kad se rat završi, njegovo slomljeno telo naći u podrumu sedišta Gestapoa.

Užasnuta sopstvenim zlokobnim mislima, stegla je prstima slepoočnice. Mora da se usredsredi, da ostane odlučna i jaka za sutra. Ima zadatak koji mora da izvrši.

49.

U zoru idućeg jutra bilo je malo razgovora dok su ljudi prove-
ravali svoje oružje i municiju. Jana i Nela su ćutke radile zajedno
u restoranskoj kuhinji. Prokuvale su vodu da od ostataka skuvaju
divku za sve i isekle poslednji hleb na kriškice. Iako je trebalo da
bude gladna, Jana je osetila da joj se stomak tako zgrčio od nervoze
da je jedva mogla da proguta zalogaj.

Kad je došlo vreme da ljudi pođu, Jana je ostala bez reči. Da li je
prikladno da im poželi sreću? Možda su ti ljudi vernici, pa bi trebalo
da im kaže *Bog vas blagoslovio*. Ali to je zvučalo kao da se možda
neće vratiti. Na kraju niko ništa nije rekao; ljudi su odlučno kli-
mnuli glavom jedan drugom, a Egon je susreo Janin pogled. Posle
napetog osmeha, okrenuo se, mahnuvši ljudima da pođu.

Jana je stajala sama s Nelom u podrumu, odsustvo muškaraca
ostavilo je zlokobnu prazninu.

Bilo je dvadeset do šest: dvadeset minuta pre no što će spiker
objaviti poziv češkom narodu. Dve devojke su sedele ispred radija.
Jana ga je upalila i zapljusnuo ju je talas statičkog pražnjenja. Okre-
tala je dugme levo-desno, pokušavajući da ga podesi na stanicu, ali
statičko pražnjenje se samo pojačavalo ili smanjivalo. Nela ju je ner-
vozno pogledala. Jani su prsti drhtali dok je nastavila da traži sta-
nicu. Trenuci su prolazili. Skočila je kad je spikerov glas nahrupio u
odaju, poželevši im dobrodošlicu na *Praški radio*.

Jana i Nela su zurile u Nelin ručni sat, gledajući kako se sekun-
dara pomera. Češki spiker je, po uputstvu nacista, govorio na ne-
mačkom, ali se onda prebacio na češki i objavio poziv na oružje.

Apelovao je na češku policiju i pripadnike nekadašnje češke vojske. Devojke su skočile sa stolica, pa poletele uz podrumske stepenice. Jani je srce tutnjalo kad ih je dočekalo sivo kišno jutro. Plan je bio da se zapute ka ulicama najbližim radio-stanici i pomognu s blokadama. Nestrpljivo je gledala unaokolo tražeći neki znak akcije, ali bilo je malo ljudi. Stigle su do raskrsnice nekoliko blokova od radio-stanice. Napred je jedan čovek vukao kolica puna cigala, nameštaja i metalnog otpada. Drugi je gurao kolica s jednim točkom natovarena nečim što je ličilo na vreće peska. Pojavilo se još ljudi, muškaraca i žena, ruke su im bile pune svakojakih kućnih potrepština koje su bacali na gomilu na ulici.

Onda su ljudi pokuljali iz svih ulaza, gurajući sve što je moglo da predstavlja prepreku. Jana i Nela su pomagale da se stvari naslažu na ogromnu gomilu na ulici. Stigao je zidarski kamionet, a ljudi su potrčali da istovare materijal iz njega.

A onda se čula škripa policijskih kola. To je bilo neizbežno. Jana se ukočila, pripremajući se za ono što će uslediti. Vrata kola su se otvorila, policajci su iskočili. Čovek pored nje se mašio za jednu od stvari s blokade, za gvozdenu šipku, a ona je dograbila ciglu. Policajci su potrčali ka njima, s rukama na futrolama. Jana je podigla ciglu iznad glave, znajući koliko je beskorisna protiv metka, ali rekla je sebi da oni neće ustreliti sve njih. Ili hoće?

Jana i ostali otporaši stali su u vrstu ispred svoje nedovršene barikade i spremili se. Policajac dugačkih ruku i nogu, uskog lica, istrčao je pred njih. Čovek s gvozdenom šipkom se nakostrešio.

– Izgleda da vam treba pomoć, ako tom gomilom đubreta nameravate da zaustavite Nemce. – Policajac se široko osmehnuo, dunuo u pištaljku, pa uzviknuo: – Ujedinjeni protiv nacista!

Jana je odahnula sa olakšanjem dok je gledala policajce kako se mešaju sa otporašima. Uz njihovu pomoć, barikada je brzo dovršena, te su ona i Nela otrčale sa ostalima u obližnju ulicu da počnu od početka. Pucnji su odjekivali iz pravca radio-stanice, praćeni rafalima mitraljeza. Jesu li Egon i njegovi saučenici uspeli da osvoje zgradu? Jesu li pod opsadom?

Zlokoban zvuk kloparanja točkova po kaldrmi naterao ju je da se okrene.

Vermahtov kamion.

– Beži – uzviknuo je neki čovek.

Svi su se razbežali, sklanjajući se u zgrade i uličice. Jana se sakrila u ulaz perionice. Gde je Nela? Bila je pored nje. Prepalo ju je čangrljanje zvonca iznad vrata. Osvrnula se ugledavši stamenu zajapurenu ženu vlažne kose kojoj je lice provirivalo ispod bele kape.

– Brzo – pozvala ju je žena.

Jana je utrčala u perionicu, a žena je zatvorila vrata za njom, zvono iznad vrata ponovo je začangrljalo.

– Ovuda – rekla je žena, pa povela Janu pored dasaka za peglanje, šipki s poređanim muškim košuljama, vojničkim uniformama i crnim SS jaknama. Jedak vonj hemikalija prožimao je vazduh zasićen parom.

Stigle su do zadnjih vrata.

– Jesu mi dali posao, ali ipak ih mrzim – prosiktala je žena. – Izaći ćeš kroz kapiju u zadnjem dvorištu.

– Hvala vam – rekla je Jana pre nego što je potrčala preko dvorišta, pa uletela u uličicu. Zastala je da dođe do daha i razmisli šta dalje. Uzbuđenje i strah strujali su kroz nju, u glavi joj se vrtelo od ushićenja; napokon su se digli. Drugarstvo koje je iskusila dok su postavljali barikade, bilo je moćno osećanje. Živnula je jer se pokrenula, nešto promenila, bila primećena. Naći će sledeću barikadu i još jednu posle nje. Ovo je tek početak.

Žureći, gledala je po ulicama tražeći Nelu, ali od nje nije bilo ni traga. Obični građani u svakodnevnoj odeći prolazili su s puškama i pištoljima, odlučnih lica. Bio je to izuzetan prizor. Jana je naišla na još jednu barikadu te se pridružila masi koja je dovlačila razne stvari da bi podigla zid; sve što bi sprečilo kamione i, nadali su se, tenkove da se kreću gradom. Vazduh je bio nabijen uzbuđenjem, svrsishodnošću i odlučnošću. Glasine su se širile.

– Američka vojska je južno od Praga!

– Rusi napreduju!

– Hitler je mrtav! – Poslednja je bila omiljena, najčešća. *Kamo sreće da je istina*, pomislila je Jana.

Bila je gužva tamo gde je stajala, pa se pomerila niže i zastala, iznenađena. Dve mlade žene, obraza zajapurenih od napora, lopatama su istovarivale pesak iz kola. Daša i Karolina. Jana je potrčala ka njima dozivajući ih, preplavljena radošću pri pogledu na dve prijateljice. Dašin zapanjen pogled bio je praćen ogromnim osmehom, a onda je, odloživši lopatu, zagrlila Janu.

Jani je nešto sinulo; pitala se da li je Daša podozrevala da ona krije decu i izdala je policiji. Na kraju krajeva, komentarisala je odeću i knjige za decu. A tu je bio i nemački vojnik prema kojem se ponašala prijateljski. Ali sad, kad je videla prijateljičin srdačan osmeh, pomislila je da to nije istina. Sigurno?

– Jesi li dobro? – upitala ju je Daša odmerivši je. – Izgledaš malo...

– Zgužvano? – dovršila je Jana, odjednom shvativši da ko zna koliko dugo nosi istu odeću.

– Pa, da. Viđala sam te svežiju. Dolazila sam nekoliko puta do vas, ali nikog nije bilo kod kuće.

Jana nije prokomentarisala, samo se okrenula da pozdravi Karolinu. Zagrlila ju je, osećajući njene kosti i upali grudni koš.

Izmakavši se, zagledala se u njeno sablasno lice. – Kako si? – upitala ju je Jana s brigom u glasu.

– Dobila sam strašne vesti – rekla je Karolina. – Petr je ozbiljno bolestan. Bojim se da će umreti u onom jezivom zatvoru. – Glas joj je bio promukao od umora. – Ne znam šta da radim.

– Evo šta da radiš – rekla je Jana. – Ono što svi mi sad radimo: ustajemo da se oslobodimo. Ako je mogao Pariz, možemo i mi. Ne gubi nadu, Karolina. Oteraćemo Nemce i Petr će biti oslobođen.

Karolina nije izgledala ubeđeno kad je okrenula lice da sakrije suze.

Jana je polako uzela lopatu iz Karolinine mlitave ruke. – Pusti da malo preuzmem. Odmori se.

Karolina je klonula na slomljenu stolicu namenjenu barikadi, dok su Jana i Daša istovarivale pesak.

– Možemo li da pobedimo? – upitala je Daša.

– Moramo – rekla je Jana, zahvatajući lopatom sa žestinom koju nije ni znala da poseduje.

Barikada je bila skoro završena kad je iza njih odjeknuo zlokoban bat čizama. Jani se grlo steglo od panike; bili su zarobljeni između Nemaca i barikade.

Grupa antinacističkih policajaca među njima istupila je napred, štiteći civile, pa povadila pištolje. Tri devojke su se šćućurile zajedno. Vreme je načas usporilo kad su Nemci uperili puške u policijske pištolje. Jana je grozničavo gledala unaokolo. Nije bilo izlaza. Svi će umreti u kiši metaka.

Udah. Otkucaj srca, a onda je počelo. Eksplozija puščane vatre koja je praštala oko visokih zgrada. Ljudi su vrištali i padali. Krv je potekla kaldrmom.

Levo od nje bio je luk. Povukla je Dašu za ruku. – Ovuda – doviknula je.

Tri devojke su se provukle ispod kamenog luka i izbile na obližnji trg sa suvom fontanom.

– Moja kuća je najbliže. Idemo kod mene – dahtala je Daša.

– Ja moram da idem negde drugde – rekla je Jana.

Nije imala vremena da im objašnjava da je na zadatku i da se pridružila grupi pokreta otpora.

– Idite – rekla im je. – Naći ću vas kasnije.

Devojke su se razdvojile, Karolina je otrčala s Dašom. Jana je nastavila da tumara ulicama, gledajući gde može da pomogne. Kidala je nemačke znake, lomeći nokte i udarajući prste, noseći metalne šipke na barikade i zakucavajući klinove u drvene daske koje su ležale na putu nadolazećih nemačkih vozila.

Nebo se smrklo i počela je kiša. Hiljade građana ispunilo je ulice. Vermaht nije bio pripremljen za takve događaje te se mučio da uspostavi kontrolnu nad masovnim otporom bez pomoći policije, koja je uglavnom odbijala da puca u sunarodnike.

Satima kasnije, Jana se, jedva stojeći na nogama, vukla po pljusku nazad ka restoranu, pa skliznula kroz zadnja vrata i dole u podrum. Kad je čula šuštanje vode, na prstima je otišla u toalet, pa se oprezno zagledala kroz vrata. Nela je stajala naga ispred umivaonika i pljuskala hladnom vodom kožu prekrivenu prljavštinom i krvlju. Prljava odeća ležala joj je na gomili na podu.

– Krvariš – rekla je Jana. Od umora se osećala kao da i nije ona, kao da to govori neko drugi.

– Samo ogrebotine. I ti.

Jana je pogledala svoje okrvavljene ruke i polomljene nokte i tek tad je primetila koliko joj je koža izranjavljena. Ošamućena, ostavila je Nelu da dovrši pranje pa popila malo vode u kuhinji pre nego što se sručila na dušek.

Kasnije se i sama skinula u toaletu da se opere i navuče rezervnu haljinu koju je pozajmila od Ramone. Kad se vratila iz toaleta, Nela je bila upalila radio. Spiker je pozivao ljude da nastave da postavljaju barikade kako bi zaustavili nov priliv nemačkih trupa.

– Kao da Rajh šalje i poslednjeg vojnika u Prag – rekla je Jana, sedajući pored Nele.

Devojka je klimnula glavom, zagledana u daljinu.

Jana ju je uhvatila za ruku. – Jutros, kad smo se razdvojile, zabrinula sam se za tebe. Laknulo mi je što si se vratila.

Nela je povukla ruku izbegavajući Janin pogled. – Bolje je ne vezivati se za ljude u ovim okolnostima. To može da utiče na rasuđivanje u kriznim trenucima.

Zvučala je tako staro za svoje mlade godine.

– Hajde da se odmorimo nekoliko sati pre nego što ponovo izađemo – rekla je Jana.

Nije bilo ničeg za jelo te su odmah legle. Jana se, bez trunke snage, sklupčala na dušek, na trenutak shvativši da joj stomak gori od gladi, a onda je utonula u san.

50.

Sutradan su se dve devojke vratile na ulice s hiljadama ljudi koji su nadirali kroz grad, cepajući nemačke zastave i natpise, osvajajući zgrade koje su držali Nemci. Jana je svedočila nekim nemilosrdnim borbama i nekoliko puta se zaustavila da pomogne ranjenim građanima. Bez policijske podrške i s barikadama podignutim prethodnog dana, Vermaht se mučio da uspostavi kontrolu. Česi su preuzeli neke delove grada. Ushićenje pomešano s potiskivanim emocijama tokom šestogodišnje okupacije, bilo je moćna sila. Jana se nije plašila. Osećala se podstaknutom.

Dok nisu stigli avioni.

Motori su brujali. Zlokoban prizor nad tim divnim gradom.

Jana je užasnuto izvila vrat. Neće valjda bombardovati Prag? Grad je bio pošteđen bombardovanja pod okupacijom. Dosad.

– Nađite zaklon! – neko je doviknuo.

– Stiže Luftvafe! – doviknuo je neko drugi.

Masa ljudi se pokrenula, bilo je teško kontrolisati je. Poneli su Janu, uspaničena lica zamaglila su se oko nje. Gore su grmeli motori. Pogledala je uvis u trup aviona tačno iznad nje. U tom trenutku je znala. Nagonski je zaklonila glavu, damari su joj tukli u ušima.

Bomba je pala na tlo uz potmuli prasak. Eksplozija ju je podigla u vazduh, kosti su joj zvečale od podrhtavanja. Dok je letela kroz vazduh, slike su joj se smenjivale ispred očiju: lakat, šešir, mala ruka. Nešto ju je tresnulo u leđa takvom silinom da je izgubila dah. Zažmurila je, a sve oko nje se okretalo. Kao da je bila pod vodom; jedini zvuk koji je čula bili su otkucaji njenog srca, glasni i ubrzani, koji su odjekivali kroz nju. Kad je otvorila oči, videla je da pada sneg. Neobično za maj. Ali sneg joj je bockao lice te se trgla;

sneg je bila bujica krhotina stakla koje su padale s neba. Pokušala je da pokrije lice obema rukama, ali bile su joj prikovane za bokove. Okrenula je glavu i videla da je zarobljena između dvoje ljudi. Onda je nahrupio zvuk, čula je ječanje tela koja su se meškoljila ne bi li se oslobodila. Trenutak kasnije, još jedna eksplozija protresla je grad. Dopirala je iz pravca radio-stanice.

Jana je ponovo stajala u restoranskom toaletu, spirajući krv i prljavštinu, ovog puta s lica. Većina posekotina bile su površinske, izuzev jedne duboke rane koja joj se protezala preko obraza. Proučavala je sebe u ogledalu, zadovoljna što nema komadića stakla u rani. Trebala joj je čitava večnost da se iskobelja iz gužve, u kojoj je mnogo njih ležalo na gomili na pločniku. Srećom, većina je pretrpela površinske povrede i pošto je pomogla gde je mogla, našla je Nelu, pa su se vratile u restoranski podrum. Najviše je brinula zbog druge bombe. Činilo se da je Luftvafe ciljao zgradu radio-stanice koju su zauzeli Egon i njegovi ljudi.

Nastalo je rasulo na ulicama te su devojke zaključile da je najbolje da sačekaju u restoranu u nadi da će se Egon vratiti. Jana je popila nekoliko čaša vode i palo joj je na pamet da imaju sreće što vodovodne cevi nisu oštećene. Izvukla je sve posude koje je mogla da nađe, pa ih napunila vodom; bolje je biti spreman.

Nelin uspaničeni uzvik naterao ju je da istrči iz kuhinje.

Jedva silazeći niza stepenice s čovekom koji mu se oslanjao na rame, išao je Egon, praćen ostalima koji su ćopali ili pridržavali jedni druge u odeći umrljanoj krvlju.

– Radio-stanica je onesposobljena – rekao je Egon zadihan dok je spuštao onog čoveka na pod. – Bomba je nije direktno pogodila, ali oštećen je toranj.

Nela se uživela u ulogu bolničarke, te je pitala ko je ranjen i gde. Jana je donela vodu i dala je nepoznatom čoveku koji je povredio nogu. Objasnio je da je iz druge grupe otporaša i da je Egona upoznao u radio-stanici.

– Ima još nas – rekao je, trgavši se kad mu je pocepala nogavicu pantalona.

Nekoliko minuta kasnije, došlo je još ljudi, koji su pomagali ranjenima. Jedan čovek kojeg su pridržavali bio je podvezan kaišem i pritiskao je stomak. Ispravio se i podigao glavu. Kosa mu je bila pokrivena krhotinama, uglasto lice umazano krvlju i pepelom. Ječao je, pritiskajući ranu šakama. Krv mu je curila između prstiju, bojeći mu košulju u skerletnu. Krupan muškarac koji ga je pridržavao spustio ga je na pod pre nego što je otišao da pomogne drugom ranjenom borcu.

Jani se zavrtelo u glavi. Zateturala se, noge su joj klecale. Nemoguće; njen iscrpljeni um se poigrava njome. Načinila je nekoliko koraka ka njemu pre nego što su je kolena izdala, a ona se sručila pored ranjenika. On je razrogačio tamne oči.

Usta su joj bila suva, grlo ju je stezalo, glas joj je bio promukao.

– Andreje – rekla je.

Slabašno se osmehnuo. – Draga moja Jano.

– Živ si. – Srce joj je preskočilo, a suze su joj grunule na oči. – Gde si bio?

– Duga je to priča... – Zaječavši, presamitio se.

Jani se razbistrilo u glavi i kad je obrisala suze, obuzelo ju je uzbuđenje. – Jesi li pogođen? – upitala ga je. Prsti su joj se tresli dok mu je otkopčavala košulju natopljenu krvlju.

– Ne. Pogodile su me krhotine kad je bomba eksplodirala. Naša grupa je branila radio-stanicu. Tamo sam upoznao Egona. – Govorio je dahćući, trzajući se dok mu je Jana skidala košulju. Zadržala je dah kad mu je videla zjapeću ranu na slabinama; morala je da zaustavi krvarenje. Nela je već cepala čaršave na trake i pružila joj jednu pre nego što se vratila svom pacijentu. Jana je zgužvala tkaninu, pa mu je čvrsto pritisla na ranu.

– Pokušavaš da me ubiješ? – zarežao je.

– Već sam mislila da si mrtav. Kad sam te videla u rukama Gestapoa, nakon čega si nestao. Šta sam drugo mogla da pomislim? – Nije mogla da potisne optužujući ton.

– Gestapo je samo obavio početna ispitivanja; nisu imali ništa određeno, pa su me pustili. Ali znao sam da su nanjušili da nešto radim i da će nastaviti da kopaju. Sklonio sam majku iz stana, otišla je kod sestre na selo. Bilo je pravo vreme za mene da napustim Prag i pridružim se pokretu otpora, čiji su se pripadnici okupljali u planinama. – Dodirnuo ju je po ruci koju mu je pritiskala uz slabine. – Žao mi je što si brinula.

– Bilo je to malo više od zabrinutosti – brecnula se. Onda je nežnije dodala: – Mogao si da mi kažeš.

– O, Jano, kako? Stalno sam mislio na tebe, ali nisam hteo da te dovedem u opasnost tako što bih te potražio. Gestapo me je pratio, nisam mogao samo da uđem u tvoju knjižaru i umešam te.

– Ionako su došli. – Uzdahnula je. – Odveli su tatu. A verovatno i moju baku.

– Ispričaj mi šta se dogodilo. – Stegao ju je za ruku, pogled mu je bio tako tužan da je morala da potisne novu bujicu suza.

– Prvo ću da ti se postaram za ranu. Nastavi da pritiskaš. Ja ću da porazgovaram s Nelom, bolničarkom.

Nela je negovala dvojicu ranjenika, krećući se između njih. Jana je klekla pored nje.

– Mom pacijentu treba ušivanje – rekla je.

Nela je klimnula glavom ka kutiji za prvu pomoć pored sebe. – Igle i konac su tu.

– Ali ti to moraš da uradiš – rekla je Jana, uspaničena. – Ja nemam bolničarskog iskustva.

– Ovde imam pune ruke posla. Znaš li da šiješ?

Pomislila je na odeću za lutke koju je pažljivo šila. – Da, ali ne kožu.

– Onda je pravo vreme – rekla je Nela, vešto previvši ruku svom pacijentu. Jana je progutala, pa posegla za kutijom s prvom pomoći.

Ponela je činiju vode, sredstvo za dezinfekciju i materijal za šivenje do mesta gde je Andrej sedeo naslonjen na zid.

Osmehnuo joj se podrugljivo. – Umeš li da ušivaš ranu?

– Videćemo – rekla je, zadirkujući ga.

Nežnost ju je preplavila dok je brisala krv, vrhovima prstiju prelazeći preko njegovog mršavog, mišićavog torza. Stisnuo je vilicu dok mu je stavljala sredstvo za dezinfekciju i čistila ranu, zatim ju je gledao kako uvlači konac u iglu. Svesnoj njegovog pogleda, prsti su joj zadrhtali te joj je trebalo nekoliko pokušaja pre nego što je uspela.

Pogledi su im se sreli dok je pokušala da se smiri, spremna sa iglom.

– Biće to dobro – tiho je rekao. Lice mu je bilo ispunjeno ljubavlju, a njoj je srce treperilo.

Čvrsto zatvorivši ranu, počela je da ušiva. Prvi šav je bio najgori, ali onda se usredsredila na zadatak, ne obazirući se na Andrejevo ječanje. Vezala je konac u čvor, pa ga odsekla, previla ranu. Onda je sela na listove diveći se svom delu, pa otišla u kuhinju da opere ruke.

Potrajalo je pre nego što je stigla da se vrati Andreju – drugim ranjenicima trebala je nega – ali napokon su pacijenti smešteni udobno koliko je to bilo moguće, a onda je sela pored njega. Lice mu je bilo bledo naspram crne kose, vilicu mu je pokrivala trodnevna brada.

– Kako se osećaš? – upitala je.

– To je samo površinska rana; dobro sam. Sad mi kaži šta se dogodilo tvom ocu i tvojoj baki.

Ispričala mu je kako je stigla kod babi i zatekla decu spremnu za odlazak.

– Pitala sam se kako su vlasti saznale. – Nije dodala svoje sumnje u Pavela: nije rekla da ju je možda izdao ne bi li joj se osvetio ili stekao materijalnu korist, ili da je to možda bila Daša. Nastavila je da priča svoju priču. Kad je završila, Andrej ju je pomilovao po licu skliznuvši prstima niz vrat do otvora haljine.

– Gde ti je medaljon? – Prsti su mu se zaustavili u korenu njenog vrata.

– Ukrao mi ga je jedan Nemac. Vojnik po imenu Brant.

Bes je preleteo Andrejevim licem. – Žao mi je što se to dogodilo.

Nekoliko trenutaka su ćutali, a Jana ga je, sedeći na podu pored njega, uhvatila za ruku.

– Odveli su tatu i babi; prestravljena sam da... – Glas ju je izdao.

– Ne gubi nadu. Ovo će se uskoro završiti, a oni će biti oslobođeni.

– Kako možeš da budeš tako siguran? – Tako je želela da veruje njegovim rečima, čak i posle bombardovanja tog dana. – Ali ne možemo više da emitujemo sad kad je radio-stanica onesposobljena.

– Planirali smo drugo mesto. Pokret otpora će se tamo povući. Moram im se pridružiti. – Trudio se da ustane, ali se, ječeći, sručio na pod.

– Ne, nije ti dobro – rekla je, strahujući da bi ga uskoro mogla ponovo izgubiti.

– Slušaj, Jano. Neće proći dugo a nemačke trupe će se sastati u Pragu i probiće barikade. Mi smo jedan od poslednjih gradova koji treba osloboditi i čini se da nacisti žele da upotrebe naš grad kao utvrđenje: mesto poslednjeg otpora saveznicima.

– Ne smemo to dozvoliti – rekla je.

Jana nije mogla podneti pomisao na ono što bi nacisti uradili civilima kad bi se to obistinilo; kakvu bi osvetu izvršili pre konačne bitke.

– Odmori se samo malo – rekla je, očajnički želeći da ga zadrži pored sebe još nekoliko trenutaka.

Uzdahnuo je i spustio joj glavu na rame. Provukla je prste kroz njegovu gustu kosu, vadeći iz nje krhotine, pa ga umirujuće pomilovala po glavi. Taj trenutak je bio tako dragocen, jedan od nekoliko koje su proveli zajedno. Obuzela ju je neodložna potreba da bude s njim, kao da im vreme ističe; želela je da sazna nešto o čoveku kojeg je odbila prisilivši sebe na to, ali ga njeno srce nikad nije odbacilo. Gorela je od znatiželje.

– Jednom si rekao da je nekada davno postojao neko poseban u tvom životu. Šta se dogodilo?

Nekoliko trenutaka je ćutao dok ga je ona milovala po glavi.

– Bilo je to pre sedam godina, mlad sam se oženio. Bili smo zaljubljeni – rekao je.

Srce joj je poskočilo. – Bio si u braku?

– Kratko. Čekali smo dete.

Dah joj je zastao; mislila je da je Andrej usamljenik.

Dugo je vladala tišina pre nego što je ponovo progovorio. – Pala je s konja. Nekoliko dana kasnije je umrla od povreda.

Jana je na nekoliko trenutaka ostala bez reči.

– Tako mi je žao, Andreje. A beba?

Osećala je kako odmahuje glavom na njenom ramenu.

Srce joj se steglo te je drhtavo uzdahnula. Onda joj se celo telo opustilo kad je odustala od bilo kakvog otpora i prošaputala: – Volim te. Trudila sam se da te ne zavolim, ne zaslužujem da te volim, ali ne mogu to više da poričem. Volim te, ljubavi.

Podigao je glavu s njenog ramena, oči su mu bile vlažne i blistave. – Srce mi je bilo iskidano na komadiće dok smo bili razdvojeni. – Suza mu je skliznula niz obraz kad je primakao lice njenom.

Usne su im se srele, meke i nežne. Poljubac je bio kratak, ali joj je dopro do dubine duše. Kad bi bar mogla da zadrži ovaj trenutak, zaustavi sat, spreči ga da ode u borbu, da je ostavi možda poslednji put. Kamo sreće...

– Izvinjavam se što prekidam, ali imam dve važne objave. – Egon je stajao iznad njih, osmehujući se i držeći nekakvu limenku u ruci. – Došao sam do blaga: nekoliko konzervi pasulja. A druga objava je da je Hitler mrtav. Nažalost, nepotvrđena.

Jani je dah zastao u grlu. Napokon. Da li je to istina?

– Onda se rat sigurno mora okončati – rekla je Jana, nada joj je bujala u grudima. – Ne moramo više da se borimo.

Andrej bi mogao da ostane s njom, bezbedan, a oni bi...

– Vojnici će nastaviti da se bore dok Nemačka ne izda zvanično naređenje da polože oružje – rekao je Egon. – Za to vreme, nastavljaju se borbe na ulicama. Ja ću se pridružiti borcima na Masarikovoj železničkoj stanici.

– Idem s tobom – rekao je Andrej, boreći se da zakopča dugmad okrvavljene košulje.

Potonulog srca, Jana je pomogla Andreju da stane na noge, terajući ga da pojede nekoliko zalogaja pasulja pre nego što krene.

Kad je došlo vreme da se oproste, obujmio joj je lice. – Želim da znaš da je i mene izjedala krivica zbog gubitka života u nemačkim odmazdama. Ali uprkos tome, u srcu i dalje verujem da nikad ne smemo prestati da se borimo za slobodu. Ni po koju cenu.

– Vrati mi se, Andreje. Molim te.

– Volim te – rekao je s tužnim osmehom, pa odšepao uz podrumske stepenice iza Egona.

51.

U restoranskoj kuhinji, Jana je preturala po fiokama proučavajući raspoloživ pribor, pa izabrala mali nož s tankim oštrim sečivom. Spustila ga je u džep.

– Šta radiš? – upitala ju je Nela s vrata.

– Idem na Masarikovu stanicu. Tamo se vode borbe i trebaće im pomoć oko ranjenika.

– Računaj na mene – rekla je Nela, nadlanicom brišući znoj sa čela. Bluza joj je bila prekrivena krvlju ljudi koje je negovala.

– Šta ćemo s ranjenima? Možemo li ih ostaviti same ovde?

– Zbrinuti su i niko od njih nije ozbiljno povređen. Ostavila sam im vodu za piće.

– Onda idemo.

Njih dve su požurile uz podrumske stepenice pa napolje u pakao praških ulica. Vazduh je bio zasićen dimom; bombe su ostavile zgrade u plamenu, pepeo se kovitlao na povetarcu, mešajući se s ružičastim cvetovima. Oko njih su odjekivali pucnji dok su se približavale barikadi koja je štitila stanicu. Grupa boraca pokreta otpora čučala je, jedan je ležao ranjen na zemlji. Muškarac s platnenom kapom i prevelikim sakoom od tvida okrenuo se, razrogačivši oči kad je video dve devojke.

– Pavele – Jani je zastao dah.

Lice mu je, isprva zapanjeno, postalo razdraženo. – Ne bi trebalo da budeš ovde; previše je opasno.

– Došle smo da negujemo ranjene – rekla je Jana. Pogledala je u Nelu, koja je klekla pored ranjenika.

Pavel je uz škljocaj otvorio svoju pušku, pa ubacio metke u nju. – Čudi me što te vidim.

Preplavio ju je bes.

– Ti si me prijavio, zar ne? Zato si iznenađen što me vidiš. Kako si mogao to da uradiš, ne samo meni nego i mojoj baki?

Pavel je odvratio pogled s puške, zaškiljivši. – Nemam pojma o čemu govoriš.

– Stvarno? – uzvratila je. Ni na trenutak mu nije poverovala. – Ti si jedini kojem sam rekla gde je Mihal.

– Nemam vremena za ovo – rekao je, pa odsečno zatvorio pušku.

– Ni ja – rekla je, pa se okrenula ka Neli, koja je negovala ranjenika. – Idem do stanice.

Čučeći, kretala se duž barikade približavajući se ulazu u stanicu. Pucnji su praštali iznad nje. Zemlja se zatresla od granata. Eksplozija iza nje izmakla joj je tlo ispod nogu te je pala na kaldrmu. Puzeći, dok joj je u ušima zujalo, osvrnula se na put kojim je došla. Pramen crnog dima izvijao se s tačke na kojoj je stajala samo trenutak ranije s Pavelom i Nelom. Barikada se urušila u zapaljeni krater.

A njeni prijatelji? Progutala je vrisak i oteturala se dva koraka ka pokolju, moleći se da su preživeli. Ali onda je eksplodirala još jedna granata te je bila prisiljena da pobegne kroz stanični ulaz.

Borci pokreta otpora sprečavali su Nemce da zauzmu stanicu. Videla je Andreja i Egona kako nišane puškama, ispaljuju metke kroz otvoren prozor. Jedan mladić je ležao na kamenom podu, obliven krvlju. Prišla je i pritisnula mu rukama ranu u pokušaju da zaustavi krvarenje. Prasak granate izazvao joj je bolno probadanje u ušima, te je buka borbe bila prigušena kao da je ispod vode. Pogledala je u Andreja uhvativši njegov pogled dok je ponovo punio pušku, primetivši iznenađenje što je vidi. Meci su se odbili o kamene zidove, a Andrej je uzvratio paljbu.

Preko buke razlegao se povik.

– U zgradi su! Nemci su ovde.

– Beži! – Andrej joj je doviknuo. Pogledala je dole u beživotnog mladića pod njenim rukama; nije mogla više ništa da učini za njega.

Borci su se povukli ka peronu, a ona je potrčala za njima. Stvorivši se niotkud, jedna ruka ju je zgrabila, obujmivši je oko vrata i pritiskajući, pritiskajući. Borila se za vazduh, nozdrve joj je ispunio poznati otužni miris.

Sladić.

Brant joj je promuklo rekao u uho: – Pođi sa mnom, devojko iz knjižare. – Povukao ju je unazad, pojačavši stisak oko vrata.

Dok su joj se pluća borila za vazduh, videla je Andreja kako juri ka njima, puške uperene u Branta. Kroz umrtvljene uši čula je prigušeno komešanje ispred stanice, podrhtavanje ispod nogu. Buku tenkova.

Krajičkom oka na trenutak je videla uniforme Vermahta. Brant ju je držao ispred sebe, bila mu je ljudski štit. Hladan metal pritisnuo joj je na slepoočnicu. Smejao se. – Ah, to je naš odavno izgubljeni policijski kapetan. Jedan korak i ustreliću je. – Pritisnuo je jače cev pištolja o njeno čelo.

Andrej nije spustio pušku, ali se namrštio, pogled mu je bio nesiguran. Nemački vojnik je protrčao između njih, jurišajući u napad na borce pokreta otpora, koji su se našli u klopci na peronu. Andrej je podigao pušku da puca, ali Brant je uzviknuo: – Ne! Ubiću je.

Andrej je malo spustio pušku sa očajanjem u pogledu. Nemci su nesmetano nadirali na peron. Svakog trenutka u kojem je Brant držao svog taoca, život nekog borca bio je u opasnosti. Morala je nešto da preduzme, da se oslobodi njegovog stiska. Brant ju je stegao za dušnik, vid joj se zamaglio i smrklo joj se. Imala je osećaj da pada. Mašivši se za džep i prikupivši poslednje deliće snage, izvadila je kuhinjski nož i zarila ga Brantu u ruku u kojoj je držao pištolj. Trgao se, a pištolj je opalio pored njenog lica. Ponovo ga je ubola, on je zarežao od bola, popustivši stisak, a ona se otrgla. U istom trenutku, Andrej je naciljao u Branta i opalio. Poletela je ka Andreju, uhvativši se za njega.

Meci su se odbijali oko nje. Kad se uhvatila za Andreja, on se okrenuo i zateturao. Vrisnula je gledajući ga kako pada. Ne! Trenutak kasnije, telo joj se zgrčilo od siline udara. Usledio je još jedan. Udovi su joj se trznuli.

Zastrašujuć bol. Pad. Tama koja nadire.

A onda ništa.

* * *

Prvo se čuo glas: udaljen, prigušen. Senke su igrale na Janinim kapcima. Prisilila je sebe da ih podigne. Odškrinut prozor. Zavese uokviruju plavo-belo nebo.

– Gospođice Hajek. Čujete li me? – Bio je to ženski glas.

Starije, okruglo lice s belom kapicom, pojavilo se u vidokrugu.

Jana je pokušala da govori, ali suv jezik joj je bio zalepljen za nepca.

Osetila je šolju na usnama i hladna voda joj je potekla niz jezik. Progutala je, pa se zakašljala, a onda promrmljala: – Šta se dogodilo?

– Ranjeni ste i bili ste na operaciji uklanjanja tri metka. Sve je dobro prošlo – rekla je sestra, dajući Jani još malo da pije.

Vratilo joj se: kiša metaka, bol, Andrej pada...

– Sa mnom je bio jedan muškarac, Andrej Kovar. Molim vas, kako je on?

– Bilo je mnogo ranjenih u razmeni vatre s Nemcima. I smrtnih ishoda, bojim se. Bilo bi i mnogo više da sovjetski tenkovi nisu stigli na železničku stanicu. Hvala bogu, gotovo je.

– Gotovo? – upitala je Jana, pokušavajući da shvati.

– Rat. Završen je i Prag je oslobođen. – Sestrin glas bio je pobednički.

Trebao joj je trenutak da potpuno shvati. Vest koju je tako očajnički želela da čuje bila je nestvarna, neverovatna, divna. Plamen sreće izmamio joj je osmeh na usnama. Morala je da razgovara sa Andrejem, da ga vidi.

– Molim vas, saznajte šta je bilo sa Andrejem Kovarom.

Sestra je kratko klimnula glavom. – Učiniću sve što mogu. Vaš dragan, zar ne?

– Jeste – rekla je Jana bez oklevanja. – Jeste.

Odeljenje je bilo puno ranjenih, muškaraca i žena, ispruženih na zbijenim krevetima poređanim uz duži zid sobe. Sestre su brzo ulazile i izlazile s posteljinom, lekovima i zavojima. Lakše povređeni pacijenti dozivali su jedni druge, razmenjujući najnovije vesti: Nemačka se predala i rat u Evropi zvanično je završen. Hitlerovo telo nađeno je u njegovom bunkeru; izvršio je samoubistvo.

Jana je tražila pogledom sestru koju je zamolila da sazna šta je sa Andrejem. Žena je nekoliko puta projurila pored nje, ali Jana nije uspela da joj privuče pažnju.

Sutradan još nije ništa čula i okrutna sumnja uvukla joj se u srce.

Ležala je na leđima, pokušavajući da ograniči pokrete, rana na ramenu i ona na ruci više su je bolele sad kad su joj ukinuli sredstva protiv bolova. Mlada sestra joj je promenila zavoje i objasnila joj da nema dovoljno lekova za sve. Jana je ugrabila priliku da pita za Andreja, ali mlada žena nije mogla da joj pomogne.

Plašeći se da zaspi i propusti stariju sestru, Jana je pazila na vrata odeljenja. Na kraju, predveče, sestra se pojavila, ali rekla je Jani da nema vesti; bolnička uprava bila je u rasulu.

Pomisao da je Andrej mogao umreti u poslednjim trenucima pred kraja rata, bila je previše strašna da bi je mogla podneti. To ne može biti; neće to dozvoliti.

Pala je noć, sati u vlažnoj sobi su se vukli dok, malo pred svitanje, Jana nije zaspala. Sanjala je kako je Andrej gleda kroz izlog knjižare dok ona kleči praveći lepezu od obeleživača. Onda je ispružio ruku i povukao je na parobrod, sklanjajući joj kosu s ramena, šapućući njeno ime. Ali ona ništa nije rekla, te je glasnije ponovio.

– Jano. Jano.

Srce joj je ubrzalo i otvorila je oči.

Stajao je pored njenog kreveta, sa udlagom na ruci, osmehujući se.

– Našao sam te – rekao je.

52.

Jana je bila previše slaba da ustane iz kreveta tog dana, te je Andrej sâm otišao da se dalje raspita o ranjenima. Ona je čekala, zureći u tavanicu, moleći se za dobre vesti o preživelima bitke. Posle nekog vremena zadremala je i probudila se kad se Andrej vratio, privukavši stolicu njenom krevetu. Ukočila se iščekujući.

Uhvatio ju je za ruku i osmehnuo se. – Našao sam Nelu na drugom odeljenju. Ima gadne povrede, ali izvući će se.

Jana je zadržala dah. – Preživela je! Mislila sam da sam je izgubila. Hvala bogu.

– Imala je sreće. Dva borca pokreta otpora koji su bili blizu nje kad su je našli nisu bili te sreće.

Jana je teško progutala. – Jedan od njih je Pavel: Pavel Krejci?

Andrej je klimnuo glavom. – To je ime sa spiska. Umro je po dolasku. Jesi li ga poznavala?

Bolno ju je steglo u grudima dok se prisećala: kako jedu čorbu od luka u svom omiljenom malom restoranu, sjaja u njegovim očima kad ga je poljubila ispred knjižare, njegove gorčine kad ju je uhodio dok je bila sa Andrejem. Da li ga je zaista poznavala? Da li ju je on izdao nacistima? Porekao je, ali sad nikad neće biti sigurna u to.

Andrej joj je obrisao suzu sa obraza. – Žao mi je, ako ti je bio prijatelj.

Zastao je, ostavivši joj vremena. Trenuci su prošli pre nego što je upitala: – A Egon?

Andreju su se oči napunile suzama i odmahnuo je glavom. – Uleteo je u unakrsnu vatru između Sovjeta i Nemaca.

Pomislila je kako su se Egon i Ramona zagrlili one noći pre nego što je on pošao u Prag i drhtavo je uzdahnula, obuzela ju je tuga.

Sedeli su nekoliko trenutaka u tišini, Jana je plitko disala kad ju je preplavio bol od povreda.

– Moram da nađem tatu i babi. – Bilo joj je naporno da govori, preplavio ju je umor.

– Otići ću u policijsku stanicu i saznaću šta budem mogao. – Glas mu je bio umoran, lice ispijeno.

– Hvala ti, Andreje. Još nešto. Brant. Je li mrtav?

– Verovatno, ali nisam siguran.

– Vrati se na svoje odeljenje i odmori se – rekla je Jana, zabrinuta zbog njegovog izgleda.

Kad je on otišao, došla je sestra i dala joj lekove koji su upravo stigli. Nekoliko trenutaka kasnije Jana se prepustila milosrdnom snu.

Na ulicama je vladala gungula. Jana je začuđeno gledala oko sebe kad je, posle četiri dana u bolnici, polako izašla držeći Andreja za ruku. Ljudi su plesali, češka muzika je treštala, a češke zastave su visile sa svih pročelja. Bilo je neobično videti sovjetske tenkove kako paradiraju ulicama i sveprisutne uniforme Vermahta zamenjene sovjetskim. Deca i žene su stavljali vence oko vrata ozarenim sovjetskim vojnicima, a mladići su se pentrali na tenkove podižući pesnice, kličući slobodi.

Ali ushićenje nije bilo na svačijem licu. Bilo je onih koji su čekali ispred gradske većnice i stanica Crvenog krsta, želeći da saznaju nešto o svojim najdražima koji su nestali. Svuda je bilo prizora ustanka: Sovjeti su uklonili barikade, pločnici i zidovi bili su isprskani krvlju, a zgrade izrešetane rupama od metaka.

– Koliko je Čeha ranjeno i poginulo tokom oslobađanja grada? – upitala je Jana.

– Izveštaji su nepotvrđeni, ali broj se kreće oko više hiljada.

– Svi su bili tako hrabri. – Janu je izdao glas, a Andrej ju je blago stegao za ruku.

Kad su stigli u policijsku stanicu, Jana je uzdahnula videvši red koji je vijugao ispred ulaza pa oko bloka, jedna za drugim zabrinuta lica. Andrej je pokušao da telefonira, ali niko se nije javio.

Andrej joj je pokazao na nizak kameni zid. – Sedi i odmori se, a ja ću, kao bivši policijski kapetan, pokušati da razgovaram s nekim u stanici. – Gledala ga je kako odlazi, polako i ukočeno od povreda, zahvaljujući bogu što je živ, i dalje jedva verujući da se vratio u njen život. Trenutak radosti ogrejao joj je srce, ali strah za oca i babi oterao ga je.

Sat na policijskoj stanici pokazao joj je da čeka skoro dva sata, a onda je pogledala u ženu s ružičastim šeširom kako se pomera po nekoliko koraka dok se red smanjuje. Žena još nije prešla ni polovinu puta do ulaza. Jani je bilo vruće i vrtelo joj se u glavi na podnevnom suncu, a nije imala vode. Prikovala je pogled za ulaz, želeći da se Andrej pojavi s dobrim vestima.

Napokon je stigao. Živnula je; osmehivao se. – Našli smo ih! I otac i baka su ti živi. Prijavili su se u centar za pružanje pomoći pri Crvenom krstu. Imam adresu.

Crveni krst je zauzeo školu, učionice su korišćene za pružanje prve pomoći ranjenima koji ne zahtevaju bolničko lečenje ili su posle pregleda poslati kući. Andrej i Jana su prišli prijemnom pultu, gde su tri sestre listale registre i davale informacije ljudima u redu. Kad se jedno mesto upraznilo, Jana je prišla sestri i rekla joj očevo i bakino ime. Sestra je klizila prstom niz stranicu dok nije rekla: – Aha. Evo nas. Učionica pet. – Pogledala je u Janu, zureći preko naočara za čitanje. – Samo da vas pripremim. Oslobođeni su iz štaba Gestapoa.

Jana se na trenutak zanela i pridržala za Andreja, sa strepnjom se približavajući stepenicama.

Kad je zastala na vratima učionice s poljskim krevetima, odmah je ugledala oca i babi. Sedeli su jedno pored drugog na krevetu pored prozora; sitne, krhke prilike, majka i sin zajedno, sad bezbedni, živi. Požurila je ka njima dozivajući ih, a oni su je pogledali, zapanjeni, a onda radosni. Nesigurno su ustali i nespretno se zagrlili, Jana ometena svojim povredama, a njen otac previjenih ruku.

Kad su jecaji i suze uminuli, seli su jedno pored drugog na krevet, Jana u sredini. Andrej im se pridružio stojeći pored prozora, a

Jana ih je upoznala. Onda je pogledala u očeve previjene šake. – Šta se dogodilo, tata? – Spustila mu je ruku na mišicu pa ga pogledala u lice. Sad je imao bradu, raščupanu sedu kosu, bore oko očiju su mu se produbile, ali najviše ju je pogodilo njegovo mršavo lice, upali obrazi.

– Nedeljama su nas držali u policijskoj stanici. Tamo je bilo rasulo; uglavnom su se dovikivali u vezi s napadima i racijama. Uhvatila ih je panika. Postalo je još gore kad su nas predali Gestapou.

Zastao je, a ona je sačekala da nastavi.

– Ne treba da znaš detalje, dušo. Ali moji lutkarski dani su završeni.

Obuzeta panikom, okrenula se ka baki.

– Smrvili su mu prste, jedan po jedan. Sve. – Babi je pognula glavu.

Jana je uzviknula: – Ne, tata, ne! Zašto?

– Čuli su glasine da ti pomažeš jevrejskoj deci i hteli su da saznaju gde si.

– Ali ti nisi znao gde sam!

– Misliš da bih im rekao da sam znao?

S nevericom je zurila u očeve previjene šake: njegove snažne, vešte, divne šake koje su udahnjivale život i karakter komadima drveta. Njegove nežne šake pune ljubavi koje bi pružio preko kuhinjskog stola da je uhvati za ruke, ili bi je pomilovao po glavi kad bi joj zatrebala uteha. Vrele suze su joj potekle niz obraze, spustila je glavu ocu na rame. – Tata, o, tata... – Nije mogla ništa drugo da kaže.

– De-de – rekao je, njegove beživotne šake nepomično su mu počivale na krilu. – Ja sam imao sreće; preživeo sam.

To je bila istina, preživeli su i on i babi. Udahnuvši, okrenula se ka baki.

– Šta se tebi dogodilo? – Iako je postavila pitanje, bila je prestravljena od odgovora.

– Nisu imali nikakav dokaz. Pravila sam se da sam senilna i ozbiljno sam ih gnjavila budalaštinama. Igrali su svoje mentalne igre mnome: jarka svetla i trešteća muzika. Onda su me stavili da stojim gola u buretu ledene vode. Ne mogu da lažem, bila sam spremna da me

streljaju. Ali onda su samo odustali; bilo je to neposredno pred usta-
nak te sam podozrevala da znaju šta će se dogoditi i da imaju važnija
posla. Nisam više videla gestapovce, samo stražara koji mi je davao
vodu i povremeno koru hleba. Onda su se jednog dana vrata otvorila,
a pred njima je stajao sovjetski vojnik.

53.

Drugi put u svom životu, Jana je sedela u vozilu Crvenog krsta koje je prolazilo kroz kapije Terezina. Ako se izuzme toplo sunce na plavom nebu, sve je bilo sasvim drugačije. Nemci su otišli, a ulice su ispunile medicinske sestre, socijalni radnici i kamioni s hranom. Bivše zatvorenike, skelete u širokoj, dronjavoj odeći, koji su bili previše slabi da bi mogli da stoje, negovali su radnici Crvenog krsta, dok su se ostali, stežući svoje činije, teturali ka kamionima s hranom. Jani je srce tuklo dok je gledala lica tražeći Lenku. Andrej ju je, sedeći pored nje, stezao za ruku.

Ostavili su oca i baku, koje je čekala još jedna noć u školi, pa se sovjetskim vojnim kamionom prevezli do Ivanovog i Lenkinog stana, nadajući se da Ivan ima vesti do Lenke. Niko nije bio kod kuće.

– Sigurno je otišao u Terezin da nađe Lenku – rekla je Jana. – Hajde da odemo do Crvenog krsta i nađemo kamion koji ide tamo.

Imali su sreće, našli su prevoz kamionom koji je vozio medicinske sestre u logor. I Jana i Andrej su klonuli, bol i umor uzeli su svoj danak. Ali u Crvenom krstu su im dali hranu i tablete protiv bolova, pa pošto su usput odremali, oboma im je bilo bolje. Kad su izašli iz kamiona, uputili su ih na informativni pult u jednoj od zgrada koju je odmah prepoznala. Bilo je to mesto gde su živeli jevrejski Starci, gde je isporučila knjige prilikom prethodne posete i odakle se iskrala da bi našla Lenku.

Ponovo red, ponovo čekanje. Napokon su stigli do dugačkog stola za kojim su sedela trojica muškaraca. Jana je dvaput pogledala u jednog od njih: sad ćelav, duge sede brade, mršav i povijenih ramena. Bio je to Samuel, koji joj je pomogao da se iskrade kroz zadnji prozor skrivajući njeno odsustvo kad je nemački stražar ušao da je traži. Obratila mu se po imenu. Pogledao je u nju praznim pogledom, lice mu je odavalo napor.

– Došla sam ovamo s knjigama pre tri godine, a vi ste mi pomogli da izađem kroz prozor, uputivši me na ženske barake.

Pomno se zagledao u nju pre nego što mu je izraz prepoznavanja preleteo licem pa se osmehnuo; ostao je bez dva zuba otkako ga je videla prošli put. – Devojka s knjigama.

Željno se raspitivala za Lenku, Lilijan i Mihalove roditelje. Pokazao joj je nekoliko spiskova, objašnjavajući da su Nemci uništili veći deo dokumentacije kad su shvatili da će Prag pasti u ruke saveznika.

– Desetine hiljada nas je transportovano odavde bog zna gde. Podozrevam da ćemo u narednih nekoliko nedelja otkriti šta se svima njima dogodilo. Ja sam još ovde zato što su nacisti prisiljavali Savet staraca da sve organizuje, da napravi spiskove... – Glas ga je izdao, glava mu je pala na grudi.

Jana je posegnula preko stola, pa mu obujmila ruke. Sumnjala je da se to događa otkako je čula Hajdriha kako govori o svom rešenju i pročitala njegovo pismo Himleru. Ipak, nije mogla da spreči to, uprkos svojoj poruci upozorenja skrivenoj u obeleživaču za knjige. A kad je Hajdrih poginuo, bilo je prekasno; mašinerija je već pokrenuta.

– Uradio sam šta sam mogao – zajecao je Samuel. – Zadržavao sam mlade, decu, kad je to bilo moguće, ali onda su počeli da šalju sve, čak i Starce. Trebalo je uskoro da dođem na red...

Kad se Samuel pribrao, pretražio je spiskove. Našao je Lilijan. Bila je živa i još je bila u Terezinu. Jani je srce bilo puno. Madina i Ivetina majka je preživela.

– Gde mogu da je nađem? – upitala je Jana.

– Pokušaj u ženskim barakama. Crveni krst je podigao šatore da bi mogao da leči žene pre nego što ih pošalje dalje.

Jana i Andrej su mu zahvalili, a pre nego što su otišli, Samuel je rekao: – Više informacija o ostalim prijateljima možete naći u nekadašnjoj kancelariji Gestapoa.

* * *

Na kraju su našli Lilijan na nosilima u improvizovanom bolničkom šatoru, prikačenu na infuziju. Bila je dehidrirana i neuhranjena, ali sestra je uverila Janu da će se brzo oporaviti. Pored nje je sedeo muškarac sa šeširom i u kaputu, iako je napolju bilo toplo. Držao je Lilijan za ruku, bolno zureći u nju. Kad je Jana prišla, ona je otvorila oči i prve reči su joj bile: – Moje devojčice! Iveta, Madi, moje devojčice. – Jana nikad neće zaboraviti Lilijanin izraz lica kad joj je rekla da su njena deca bezbedna.

Lilijan je objasnila da su se ona i muškarac pored nje zaljubili jedno u drugo i da se on, kao Starac, borio da je izostavi sa spiska za transport. *Dakle, bilo je nade u srećan kraj*, pomislila je Jana; bilo je čudo što je Lilijan preživela.

– Jedva čekam da se devojčice spoje s majkom – Jana je rekla Andreju dok su odlazili, živnuvši od radosti.

– Hajde da vidimo ima li dobrih vesti i o Lenki i Mihalovim roditeljima.

Sat kasnije, Jana i Andrej su sedeli sa Ivanom na travi ispred ulaza u terezinsku tvrđavu. Našli su ga u zgradi Gestapoa kako moli za informacije o ženi i detetu. Ali nije bilo pomena o Lenki i Aleni u nekolikim preostalim dokumentima i nisu bile na spisku preživelih u Terezinu. Službenik je rekao Ivanu da će ih potražiti u drugim nacističkim koncentracionim logorima, ali da za to treba vremena. Ivan im je ostavio svoje ime i adresu.

– I to je sve? – rekao je, gledajući u Janu, pa u Andreja. – Samo treba da odem kući i da čekam?

Jana nije znala šta da kaže. Andrej je progovorio, glas mu je bio blag. – Da. To je sve što možeš da uradiš. Da odeš kući i čekaš.

54.

U danima koji su usledili, svi su se, slomljenih tela i uzdrmanog duha, borili da održe privid normalnosti. Prvi zadatak im je bio da raščiste nered u stanu koji je Gestapo ostavio za sobom. Babi je ostala kod njih i spavala je s Janom u očevom bračnom krevetu, a otac se preselio u Janinu sobu. I Andrej je ostao s njima, neudobno je spavao na sofi u dnevnoj sobi.

Jedan od boraca pokreta otpora, Egonov prijatelj, uspeo je da pozajmi konja i kola te se odvezao da javi Ramoni tužnu vest o smrti njenog muža i da dovede decu u Prag. Jana i Lilijan su čekale u ugovoreno vreme nedaleko od stanice, a kad su se konj i kola približili s tri male glave koje su poskakivale pored vozara, Lilijan je odjurila da ih dočeka. Madi i Iveta su skočile majci u zagrljaj oduševljeno vrišteći i prolivajući suze radosnice.

Vozar je spustio Mihala, a Jana ga je zagrlila iako su je rane još bolele.

– Kako je Ramona primila vest? – Jana je upitala Egonovog prijatelja.

Zatim je dodala: – Glupo pitanje. Ramona je izgubila muža, a sad živi sama u nedođiji.

Uzdahnuo je. – Ja i moja žena ćemo paziti na nju.

Mihal je pogledao u Lilijan i devojčice, pa ponovo u Janu, upitnog izraza lica.

– Još nema vesti, Mihale. Tvoji roditelji nisu bili u Terezinu, što znači da su sigurno negde drugde. Na kraju rata vlada prilična zbrka, zato moramo da budemo strpljivi, ali naći ćemo ih. Da li bi dotad voleo da budeš kod mene? I babi je tamo.

Klimnuo je glavom, pa se ponovo okrenuo ka devojčicama, koje su mu mahnule na rastanku pa odskakutale pored majke ka Jevrejskoj četvrti da bi saznale šta se desilo s njihovim domom.

U stanu je vladala gužva, ali bili su srećni što su svi zajedno. Mihal je zauzeo sofu te je Andrej doneo polovni dušek koji je postavio na pod dnevne sobe. Ponovo je radio u policijskoj stanici, pomagao je da otpuste fašiste i zaposle nove ljude. Jana je počela da raščišćava rusvaj u knjižari.

Nedelje su prošle, Janine rane su zarasle, ali još nije bilo vesti o Mihalovim roditeljima i Lenki. Prvi izveštaji o tome šta su zatvorenici doživeli u koncentracionim logorima bili su tako jezivi da je Jani bilo teško da ih podnese. Onda je jednog jutra stiglo pismo od kojeg je strahovala: Mihalovi roditelji su umrli u Aušvicu.

Teška srca se odvukla uza stepenice u potkrovlje pa otvorila vrata. Mihal je stajao za očevim radnim stolom, rezbario je lutku, otac je bio pored njega, podučavao ga je, osakaćene šake počivale su mu u krilu. – Ovaj dečak je darovit. Biće moj štićenik i zajedno... Bože, Jano, šta se desilo?

Pozvala je Mihala da joj priđe, a on je skliznuo s visoke stolice. Seli su zajedno na pod, a ona mu je saopštila. Nije plakao; jedva da je uopšte reagovao. Posle nekoliko trenutaka, rekao je veoma tiho: – Znao sam da se neće vratiti.

Jana mu je prebacila ruku preko ramena. – Imaš nas. Uvek ćemo biti uz tebe.

Neko vreme su ćutke sedeli. Onda se Mihal izvio iz Janinog zagrljaja, pa ponovo seo na visoku stolicu pored Janinog oca. – Sad bih da nastavim – rekao je. – Kako da izdubim oči?

Jana je odlučila da dovede knjižaru u red i ponovo je otvori. Jednog popodneva, dok je stajala nasred knjižare, planirajući neke izmene, čulo se kucanje na vratima. Videla je Ivana i otvorila mu. Uteturao se unutra, lice mu je bilo sivo, iskrivljeno.

Žuč je pokuljala Jani u grlo. *Ne, molim te, ne.*

Ivan je pao na kolena, udarajući pesnicama u pod. Zavijao je strašno, životinjski, Jana je zadrhtala od tog zvuka. Odaja se okrenula oko nje te je pala pored njega.

– Kaži mi – rekla je. Pošto nije bilo odgovora, u njoj je buknuo nemir, od straha i besa izgubila je kontrolu.

Vrisnula je na njega: – Kaži mi!

Besno joj je uzvratio: – Mrtva je. Lenka je mrtva.

Jana se trznula kao da se metak ponovo zario u nju, pa legla na pod i okrenula mu leđa, čekajući da padne mrak. Ali nije pao. Osećala je samo najdublji bol usled gubitka i neizrecivu tugu.

Kasnije, gore, nad bocom votke, Ivan je svima ispričao detalje. Lenku su, otprilike godinu ranije, poslali u Ravenzbrik, koncentracioni logor za žene u Nemačkoj. Umrla je pre šest meseci, navodno od tifusa. Jana je zadržala dah, ne usuđujući se da postavi pitanje. Ali Ivan je pogledao njihova zabrinuta lica i odgovorio.

– I moja ćerka je bila tamo. Ali ona je preživela. Alena dolazi kući. – Slabašan plamičak sinuo je u njegovim očima.

55.

Tri prijateljice sedele su u dvorištu iza knjižare, sunce je grejalo s mutnog neba. Jana je prebacila ruku Karolini preko ramena, pa pogledala u Dašu, čiji je izraz lica pokazivao kako se oseća: bespomoćno. Šta bi mogla da kaže da bi utešila svoju prijateljicu? Posle tri godine patnje za mužem, Karolina je dobila vest da je on umro nedugo pred oslobođenje Praga. Jana nije mogla da smisli nijednu frazu koja bi ublažila bol njene prijateljice.

– Nisi sama – rekla je. – Kad god ti zatreba društvo, mi ćemo biti uz tebe. Dođi u knjižaru, čitaj ili samo sedi i gledaj mušterije kako dolaze i odlaze.

Karolina je podigla glavu, oči su joj bile šuplje na licu izmučenom od žalosti.

– Prestani! – uzviknula je, okrenuvši se ka Jani.

Zatečena, Jana je spustila ruku s njenog ramena. – Šta da prestanem?

– S tim ljubaznostima. Ne mogu to da podnesem!

Jana i Daša su se zapanjeno zgledale.

– Ne zaslužujem to. Ja sam rekla Gestapou za tebe i decu. Otišla sam preklinjući ih da puste Petra; teško se razboleo. Rekli su da će mi pomoći ako postanem doušnik. Nisam imala ništa što bih mogla da iskoristim, ali bila sam toliko očajna da sam pričala o svima koje sam znala, nadajući se da će ih nešto što budem rekla zadovoljiti.

Jana je zurila u nju, neverica se povukla pred besom. – Šta si rekla? – upitala je.

– Videla sam Dašu jedne nedelje pošto je razgovarala s tobom na autobuskoj stanici. Smejala se i rekla da si otišla kod bake s čitavom gomilom knjiga za decu. Setila sam se kako si pričala o jednoj deci iz Jevrejske četvrti. Rekla sam to Gestapou, a pošto im je to privuklo pažnju, ispričala sam im sve o našem čitalačkom klubu i o tome kako razgovaramo o zabranjenim knjigama; što sam više govorila, više su želeli da znaju, sve vreme me mameći Petrovim oslobađanjem. – Reči su joj izletele kao bujica. Onda je skočila na noge, oborivši stolicu. – Ali Gestapo me je slagao. Nisu ga pustili, ostavili su ga da umre, a ja sam izdajnik.

Poslednje reči izgovorila je kroz vrisak, pa je utrčala iz dvorišta u knjižaru. Nekoliko sekundi kasnije, zvonce iznad vrata je začangrljalo i ona je otišla.

Jana je zurila u Dašu, obe su ostale bez reči. Jedno vreme je sumnjala u Dašu, ali na kraju je bila ubeđena da ju je Pavel izdao. Pavel je mrtav, a ona nikad neće imati priliku da mu kaže da joj je žao što je sumnjala u njega. Ni na trenutak joj nije palo na pamet da bi Karolina mogla biti krivac. Setila se kako je molila Andreja da preduzme nešto povodom Petrovog hapšenja i kako se on postarao da ga Gestapo ne ispituje dok ga nisu poslali u Terezin.

– Izdala te je. Bila si joj prijateljica, a ona te je izdala – rekla je Daša, odmahujući glavom.

– I odvela je Nemce do babi i tate; mogli su da ubiju decu.

Kasnije te večeri, kad je sunce zašlo, Jana je sela u naslonjaču u knjižari, prisećajući se Karolininih reči; njihovo prijateljstvo zauvek je uništeno. Ali dok je razmišljala o motivima te očajne žene, znala je da će joj jednog dana oprostiti, samo ne još. Sad joj je izdaja ležala duboko u stomaku.

56.

Sedam nedelja posle oslobođenja, Jana je dodavala poslednje detalje u izlog. Srce joj je bilo puno, izložila je mamine knjige koje je skrivala svih tih godina. Nisu bile na prodaju, naravno, ali bile su simbol slobode, nade.

Izvukla se iz izloga, kretala se slobodnije sad kad su joj rane skoro sasvim zacelile. Ustala je i pogledala unaokolo. Koliko lakše diše otkako je uklonila sve nemačko iz knjižare: zastavu, plakat, svaku knjigu ispunjenu propagandom i mržnjom. Posle šest godina, konačno je mogla da prodaje knjige koje je sama izabrala da prodaje.

Dok je sređivala odeljak s knjigama za decu, iskrsla su sećanja na Mihala: kako je te februarske večeri kad su mu odveli majku sedeo u naslonjači udubljen u knjigu. Jana je pazila na njega čekajući da nadležni odluče kuda će ga poslati. Nije mogla podneti pomisao da dečaka smeste u dečji dom i borila se za pravo da ga usvoji, ali birokratija ju je izluđivala.

Zvono je začandrljalo iznad vrata i Andrej je ušao, sjajne crne kose, sveže obrijan. Živnula je i dočekala ga poljupcem.

– Jesi li spremna? Treba da popijemo vino dok se ne ugreje – rekao je, pokazujući korpu.

Zaključala je knjižaru, pa su se odšetali u blago letnje veče.

– Kuda ćemo na izlet?

Osmehnuo se. – Prati me.

Dok su hodali obalom daleko od gužve, Jana se setila kako je ranije prolazila tuda, oba puta vođena čežnjom za Andrejem. Sad se smejala, rasterećena i srećna.

– Naše posebno mesto.

Seli su na malu plažu pored starog parobroda koji je i dalje bio ugnežden ispod žalosne vrbe. Andrej je poneo bocu belog vina i dve čaše, te su pili uz hleb i sir. Labudovi su se vratili, jedrili su ta-mo-amo, mreškajući zelenu vodu.

– Imam nešto za tebe – rekao je, posegnuvši u korpu. – Zažmuri i ispruži ruku.

Bila je uzbuđena kao dete kad ga je poslušala.

Prstom joj je milovao dlan, nacrtavši krug.

– Hajde – zakikotala se. – Ne mogu da izdržim.

Dodir mu je bio topao. Onda je osetila nešto hladno i glatko na dlanu. Namrštila se i otvorila oči.

Mamin zlatni medaljon. Začuđeno je pogledala u Andreja.

Oči su mu sijale.

– Kako?

– Ušao sam u trag našem prijatelju Brantu: bio je ranjen, ali živ. Našao sam ga okovanog i šćućurenog u sportskoj hali, sa stotinama drugih vojnika Vermahta, koji čekaju transport za Sibir. – Podrugljivo se osmehnuo. – Divno mesto, uskoro će poželeti da je poginuo u borbi. Nije izgledao naročito srećno; bio je izobličen. Mislim da su se stražari pozabavili njime. U svakom slučaju, bio je iznenađujuće predusretljiv kad sam ga pitao za tvoj medaljon, zavaravajući se da ću reći koju dobru reč za njega, spasti ga pakla sibirskog zatvora. Rekao mi je ime zalagaonice kojoj ga je prodao, na drugom kraju Praga. Kad sam stigao u radnju, srce mi je potonulo. Bila je puna, od poda do tavanice, vrednih stvari koje su ljudi prodavali, jer im je očajnički trebao novac. Ali stari zalagaoničar se setio medaljona, rekao je da nikad pre toga nije video medaljon u obliku knjige. Pošto je neko vreme preturao, našao ga je, a ja sam ga otkupio.

– O, Andreje, hvala ti. – Otvorila ga je i osmehnula se videvši da je fotografija njenih roditelja još unutra. Ruke su joj drhtale kad ga je podigla do vrata.

– Daj da ti pomognem – rekao je.

Okrenula se, podigavši kosu dok je zakopčavao lanac. Usnama joj je očešao potiljak, pa prošaputao: – Hajde da se popnemo na brod.

Ustali su, pa zastali na obali da se poljube.

– Još nešto. – Pomilovao ju je po obrazu i pogledao je, pogled modroplavih očiju bio mu je prodoran.

– Da? – Osmehnula se, znatiželjna pred njegovim ozbiljnim licem.

– Venčani par imao bi bolje izglede da usvoji Mihala.

Nakrivila je glavu na stranu. Šta on to govori?

– Imaš li na umu neki par? – Srce joj je tutnjalo, nada joj je bujala u grudima.

– Gospodin i gospođa Kovar bi bili veoma prikladni.

– Da li ti to mene prosiš, gospodine Kovare?

– Naravno. Volim te, Jano.

Uhvatila ga je za ruku i povela ka parobrodu. – Dođi da me ubediš.

Vrtelo joj se u glavi od radosti dok su se peli na palubu i pre nego što joj je haljina skliznula na pod, prošaputala je odgovor.

Epilog

ŠEST MESECI KASNIJE

Miris cimeta koji se širio iz bakinog domaćeg keksa mešao se sa oštrim mirisom smreke koja je ukrašavala knjižaru. Ćaskanje i smeh okružili su Janu, koja je sedela s porodicom i prijateljima. Pošto je bilo vreme Božića, odlučila je da uobičajen sastanak čitalačkog kluba proširi na slavlje za sve njih.

Pored nje je bila Nela, jedna strana lica bila joj je u ožiljcima od eksplozije granate, ali se te večeri smešila više nego što ju je Jana ikad ranije videla da se smeje; postigla je svoj cilj – oslobađanje zemlje.

Daša je prišla s dve čaše crnog vina, pa je, pruživši jednu Jani, sela pored nje. Kucnule su se čašama i poželele jedna drugoj srećan Božić. Kako je bila zahvalna što joj je Daša prijateljica; bilo je teško poverovati da je, u onim strašnim vremenima, sumnjala u njenu odanost.

Babi se pojavila s tanjirom božićnog keksa koji je služila unaokolo. Kad je stigla do Jane, rekla je: – Kako si lepu atmosferu napravila ovde. Tvoja majka bi bila tako ponosna na tebe.

Toplota se razlila Janinim grudima pa je stegla medaljon koji joj je visio oko vrata, trljajući ga. Babi joj se osmehnula, pa produžila sa svojim keksom.

Naspram Jane je sedela Ramona, ćaskajući s Lilijan. Ramona je pozvala Janu. – Upravo slušam Lilijan kako priča o tvom divnom čitalačkom klubu. Imaš li mesta za još jednog člana?

Lilijan se pridružila čitalačkom klubu i bila je oduševljeni ljubitelj knjiga. Bilo je divno otvoreno je primiti u knjižari, bez straha od odmazde zbog njene vere. Jani je bilo drago što Lilijan ohrabruje

Ramonu, te je rekla: – Naravno da imamo mesta za tebe. Volele bismo da nam se pridružiš. – Ramoni će prijati da dolazi u Prag jednom mesečnom i sklopi nova prijateljstva. Ništa joj ne može zameniti Egona, ali možda joj prijateljstvo i deljenje knjiga mogu ublažiti samoću.

Mihal je uskočio u krug mašući lutkom koju je sâm izrezbario i obojio. Svi su izrazili oduševljenje, a Jana je videla oca kako sija od ponosa. Mihal je prošao kroz različite faze žalosti, od prvobitne uzdržanosti, preko noći ispunjenih jecajima, do izliva besa. Ali proteklih nedelja je bio smireniji. Jana ga je mnogo puta pitala da li želi da mu Andrej i ona budu usvojitelji, a njegov odgovor je svaki put bio da. Jana je još čekala da se usvojenje ozvaniči, ali posle početne borbe, događaji su obećavali.

Mihal je onda otrčao da se pridruži Madi i Iveti u zadnjem delu knjižare, koje su zabavljale mlađu decu. Jana je odlučila da pogleda šta rade deca, te je ustala držeći čašu i jedući keks. Dok je prolazila između okupljenih, bila je svesna da jedna osoba nedostaje: Karolina. Uništena žena koja je izdala Janu u uzaludnom pokušaju da spase muža, napustila je Prag i otišla da živi s tetkom. Kad se spakovala i spremila da pođe, došla je u knjižaru da zamoli Janu za oproštaj. Karolinino lice zaodenuto stidom i tugom nateralo je Janu da zaplače. Zagrlila je krhku devojku. – Razumem zašto si to uradila. Svi smo prolazili kroz tako strašna vremena. Želim ti sve najbolje, Karolina, i da, opraštam ti. – Kad je Karolina otišla, Jana je znala da je više nikad neće videti.

Jana je posmatrala prizor u zadnjem delu knjižare. Iveta je naglas čitala maloj grupi dece, trudeći se da nadjača one koji su vrištali trčeći unaokolo, igrajući se šuge. Andrej i Ivan su stajali u drugom uglu pazeći na najmlađe.

Trogodišnja devojčica svetle kose i odlučnog izraza lica spustila je gomilu knjiga na nizak sto. Pogledala je dva dečačića i rekla: – Ovo knjige. – Dečaci su prišli da pogledaju. Njen autoritativan glas podsetio je Janu na njenu majku, Lenku. Alena je nasledila Lenkinu ljubav prema knjigama. Jana na kraju nije uspela da bude uz Lenku, ali je bila rešena da kao kuma bude uz njenu ćerku na svakom njenom koraku.

Kad je Ivan prišao da se pridruži ćerki, Jana se približila Andreju pa mu nežno poljubila usne.

– Izgledaš divno večeras – rekao je, proučavajući joj lice.

– Divno se osećam. Ovo nam je prvi Božić u braku.

– Volim te. – Obavio joj je ruke oko struka.

– I ja tebe volim i imam veoma poseban božićni poklon za tebe.

– Treba li da čekam Badnje veče?

– Nego šta. – Tada će mu reći: Mihal će dobiti brata ili sestru, a idućeg leta, kad Prag bude u punom cvatu na obali reke, a veličanstvena zdanja zasijaju na suncu, oni će postati četvoročlana porodica.

Zahvalnost

Imam izuzetnu sreću da moja dela objavljuje izdavačka kuća *Boldvud buks*, zadivljujuć tim darovitih i srdačnih ljudi koji podržavaju i nadahnjuju svoje autore. Pošto živim u Nemačkoj, početni kontakti odvijali su se preko *Zuma* i imejla. Ove godine mi se ukazala savršena prilika da ih sve lično upoznam; sa svojim romanom *Majčin rat* postala sam finalista *RNA nagrade za debitantski roman* za 2024, koju dodeljuje Udruženje pisaca ljubavnih romana (*Romantic Novelists' Association*). Zato sam rezervisala let i prisustvovala blistavoj ceremoniji u Londonu, upoznavši svoju divnu urednicu Emili Jau i ostatak tima koji me je prihvatio kao člana porodice. Takođe sam sa oduševljenjem upoznala svoje drage kolege pisce. Ogromno hvala svima vama!

Hvala i mom agentu Kler iz *Književne agencije Liverpul*, koja me je povela na moje izdavačko putovanje i obezbedila prava za objavljivanje moje knjige u Nemačkoj.

I na kraju, ogroman zagrljaj mojoj porodici i prijateljima koji me i dalje podržavaju. Sve vas volim!

Beleška autora

Često me pitaju odakle mi ideje za moje priče. Kao piscu isto-
rijskih romana, najčešće dolaze iz istraživanja, memoara i romana.
Ali ovu knjigu nadahnuo je jedan film: *Antropoid*, u kojem glav-
nu ulogu tumači jedan od mojih omiljenih glumaca, Kilijan Marfi.
Smešten u Prag, pripoveda priču o dvojici muškaraca zaduženih da
uklone tiranina Hajdriha, guvernera zemlje. Zagolicana, započela
sam istraživanje ratnog doba u Pragu, a zadivljujuće priče samo su
se ređale jedna za drugom; Terezin, grad-model kako je bio pred-
stavljen svetu, zapravo je postao polazna stanica uglavnom Jevreja
koje su transportovali u logore smrti kao što je Aušvic; takozvano
„rešenje" smislio je Hajdrih koji je igrao ključnu ulogu u sprovođe-
nju Holokausta; i jeziv pokolj u Lidicama, događaj koji sam morala
da uključim. Danas, na mestu nekadašnjeg sela, stoje 82 bronza-
ne statue ubijene dece i divan ružičnjak koji pokriva memorijalnu
oblast.

Pre nekoliko godina posetila sam Prag i uživala tumarajući po
nekim od divnih gradskih knjižara, te je to sećanje kombinovano
s mojim istraživanjem nadahnulo *Poslednju knjižaru u Pragu*. Na-
dam se da ste uživali u priči. Najlepše vam hvala što ste je pročitali.

Beleška o autoru

Helen Paruzel je spisateljica istorijskih romana, a pre toga je bila učiteljica i akviziter odeće za *Marks i Spenser*. Trenutno s porodicom živi u Hamburgu.